Sam Feuerbach & Thariot

Band 2: Instabil

Die Gegenwart ist nur ein Kartenhaus

ROCKET
BOOKS

Kein Buch entsteht ohne Hilfe.
Unser Dank geht an Nici, Bene und Jasmin.

Lektorat:
Simone Kurilla
Dagmar Lüdtke

Beta Leser:
Antje Adamson
Julia Matos
Pia
Carsten Schulze

© 2017 ROCKET BOOKS
Titelbild: Mark Freier
Umschlaggestaltung: Mark Freier
Satz: Harald Gehlen
Druck: Bookpress
Alle Rechte vorbehalten
www.BLITZ-Verlag.de
www.fanpro.de
ISBN 978-3-946502-52-4

Rocket Books ist ein Imprint der BLITZ-Verlag e. K. und der Fanpro, Fuchs & Fuchs GbR

Inhaltsverzeichnis

I. Die Wahrheit

„Zeitreise?" Der Arzt lachte wie eine Hyäne mit Keuchhusten. „Herr Richter, Sie wollen mir doch nicht allen Ernstes erzählen, Sie seien durch die Zeit gereist?"

„Was sind Sie für einer? Ein Psychologe?"

„Ein Psychotherapeut."

Dieser Doktor, er hatte sich als Theo Mahlstedt vorgestellt, saß mit Patrick seit etwa fünf Minuten im Vernehmungsraum Nummer V und stellte Fragen, die er schon hundertmal beantwortet hatte. Der Mann sah gut aus. Braun gebrannt, volles, leicht lockiges Fell, symmetrisches Gesicht, ausgeprägte Eckzähne und aufgestellte Ohren. Patrick sah ihm in die Augen. „Sie sind der vierte Psycho-Doktor, der auf mich losgelassen wird. Was ist mit den anderen dreien? Verrückt geworden?"

„Ich bin ein Spezialist. Extra für Sie aus Berlin angereist." Er lächelte, das machte ihn weniger attraktiv.

„Auf was sind Sie spezialisiert?"

„Ich erzähle es Ihnen, wenn Sie meine Fragen beantworten."

„Pft." Patrick zeigte auf die Kamera in der Ecke des Vernehmungsraumes, an der eine rote LED gemütlich blinkte. „Sehen Sie die Kamera?" Sein Gegenüber schaffte es, auf diese rhetorische Frage nicht zu antworten.

„Die läuft immer mit und nimmt alles auf."

„Selbstverständlich. Jedes Gespräch wird aufgezeichnet und ausgewertet. Ich habe mir bereits vierundzwanzig Stunden Videomaterial über Sie angesehen."

„Das ehrt Sie!" Patrick nickte beifällig abfällig. „Und das Schöne ist, dass die nicht nur mich aufnimmt, sondern genauso einen gewissen Theo Mahlstedt." Entspannt lehnte er sich zurück. „Ihr aufgesetztes Lachen, Ihre Gesprächsführung, Ihre Unsicherheit – alles auf dem Video. Ein Spaß für Ihren Nachfolger, Psycho-Onkel Nummer fünf." Mit breitem Grinsen betrachtete Patrick seine Fingernägel. „An Ihrer Stelle würde ich mich beschweren. Das ist erbarmungslose Arbeitsüberwachung.

Sind Sie in einer Gewerkschaft? Oder Berufsvereinigung ... die können helfen. Brauchen Sie einen Anwalt?"

„Aber … es geht doch nicht um mich, sondern um Sie." Theo war ein Profi, blieb ruhig und strengte sich an, souverän zu wirken, bekam jedoch einen roten Kopf.

Mit dem Zeigefinger verlieh Patrick seinen Worten mehr Gewicht. „Das ist eine hochauflösende Kamera. Farben kann die auch."

„Sie wollen mich provozieren. Was versprechen Sie sich davon?" Theo hatte sich wieder im Griff.

„Sie haben angefangen. Wir haben heute den 6. Februar. Ich sitze seit drei Monaten hier und werde tagtäglich untersucht. Sie gucken sich den Scheiß an und stellen die gleichen Fragen. Wozu?"

„Oft geht es nicht um den Inhalt der Antwort, sondern darum, wie der Patient diesen kommuniziert."

Seit Wochen antwortete Patrick immer gleich. Gleiche Mimik, gleiche Gestik, gleicher Wortlaut. Das fiel ihm leicht, denn er sagte einfach nur die Wahrheit. Mindestens zehn Geheimdienstler, zehn Ärzte, eine Handvoll Computerspezialisten, ein Koch und eine Putzfrau kümmerten sich intensiv um ihn. Eine Taskforce, gegründet, um das sagenumwobene Geheimnis von Patrick Richter zu ergründen. Dem einzig bekannten Zeitreisenden. Bisher kooperierte er auf der ganzen Linie. Nur eine Sache behielt er für sich, in allen Gesprächen hatte er Sophie nie erwähnt. Niemals würde er ihr Leben zerstören. Ein so junges Mädchen – im Mai wurde sie ganze fünfzehn Jahre alt. Wenn er nur ein Wort darüber verlieren würde, dass auch sie eine Zeitreisende war, würde ihr das Gleiche passieren wie ihm jetzt. Ein Leben wie eine Laborratte. Alle Untersuchungen und Gespräche festigten eine Erkenntnis: Die Wahrheit war die beste Lüge. Die glaubten ihm nicht. Weder die diversen Doktoren noch die Spezis vom BND oder vom BKA. Es gab nur einen Grund, warum sie ihn noch nicht in die geschlossene Psychiatrie eingewiesen hatten. Dieser Grund hieß Siggi – Siris überschlauer Urenkel.

Natürlich hatten sie ihm sein Smartphone abgenommen. Heerscharen von Soft- und Hardware-Spezialisten hatten das Handy begutachtet und versuchten, ihm seine Geheimnisse zu entlocken. Offenkundig war es extrem schwierig, in die technischen Tiefen der Betriebssystemebene vorzustoßen. Sie hatten es seines Wissens noch nicht einmal geschafft, die Daten auf der eingesteckten SD-Karte zu entschlüsseln.

Der Psychotherapeut blätterte in seinem Aktenordner. „Wir wollen Ihnen helfen."

„Das ist nett." Patrick suchte seinen Blick. „Was sagt Ihre Akte über meinen Gesundheitszustand aus?"

„Sie sind kerngesund. Ihre Blutwerte sind hervorragend. Das Langzeit-EKG hat keine Besonderheiten aufgezeigt – Ihre elektrische Herzaktivität ist völlig normal. Sie sind gut in Form. Ihre Stuhl- und Urinproben zeigen ebenfalls keine Auffälligkeiten, und auch die Kernspintomografie lieferte keine neuen Erkenntnisse. Folglich …", und nun hatte sich der ‚Theologe' wieder im Griff, „muss es an Ihrer Psyche liegen." Er tippte sich an die Schläfe.

„In meinem Kopf ist alles in Ordnung. Und mein Gewissen ist rein. Was wollen Sie finden? Ein Kindheitstrauma? Eine Geisteskrankheit, eine seelische Störung, eine Psychose?"

„Sie müssen nicht emotional werden."

„Emotional? Wer von uns beiden hat denn die rote Rübe?" Lässig zwinkerte Patrick mit einem charmanten Lächeln in die Kamera und machte eine Kopfbewegung in Richtung seines gestressten Gesprächspartners.

„Sie können mich nicht provozieren", meinte Theo. Er kämpfte, das musste Patrick ihm lassen.

„Wo wir uns so gut verstehen - um 11:30 Uhr kommt mein Anwalt, bis dahin sollten wir fertig sein."

„Kein Problem, Patrick. Für das erste Gespräch zwischen uns beiden langt es. Nur eine letzte Frage für heute. Versetzen Sie sich bitte vier Monate zurück – in die Zeit vor Oktober 2017. Wenn Ihnen dann jemand erzählt hätte, dass Sie in der Zeit springen werden – zum Beispiel in die Jahre 2001 und 2029 – was hätten Sie geglaubt?"

„Dass ich es mit einem hoffnungslosen Spinner zu tun habe, der besser aus dem Verkehr gezogen werden sollte. Was denn sonst?" Aber die Frage stellte sich nicht.

„Ah, ja", meinte Theo, als hätte er gerade das Mettbrötchen mit klein gehackten Zwiebeln erfunden. „Wir sehen uns morgen wieder. Die Techniker vom BKA wollen nun mit Ihnen sprechen."

„Ich kann es kaum erwarten."

Der Psychotherapeut verließ den Vernehmungsraum. Die Kamera lief weiter. Dieses ganze Prozedere war Patrick schon gewohnt. Seit den unglaublichen Ereignissen im Oktober letzten Jahres hielt er sich in einem eigens für ihn umgebauten Trakt des Düsseldorfer Polizeipräsidiums am Jürgensplatz auf.

Wenn er nicht in diesem Vernehmungszimmer saß, wohnte er einige Türen weiter wie in einem Mittelklassehotel, wenn da nicht die Gitterstäbe vor seinem Fenster gewesen wären. In seinem zwanzig Quadratmeter großen Zimmer war ein kleines Bad mit Dusche untergebracht. Zudem gab es einen Kaffeeautomaten, einen Fernseher und einen kleinen Laptop, mit dem er allerdings nicht ins Internet konnte. Jede Kommunikation nach draußen war ihm streng verboten. Natürlich hatten sie ihm daher auch sein Smartphone weggenommen. Er vermisste Siggi.

*

Die Tür des Vernehmungsraums ging auf, und der Trupp Computertechniker kam herein. Drei an der Zahl. Die sahen etwa so aus wie die Helden aus Big Bang Theory. Nur einer sprach deutsch, die beiden anderen stammten aus Silicon Valley. Patrick konnte sich nicht vorstellen, dass die Psychodoktoren und die Nerds sich mochten. Die kamen von einem anderen Planeten.

„Hallo Patrick!" wurde er enthusiastisch von Malcolm, dem Chef der Nerds, begrüßt. Der wortgewandte Techniker hatte tatsächlich etwas von Dr. Rajesh Koothrappali.

Für die Nerds war Patrick der Größte: ein Held. Ein Wissender: Jemand, der mehr als zehn Apple-Keynotes aus der Zukunft kannte. Von Beginn an behandelten die drei ihn wie Mork vom Ork und warteten darauf, dass er Kaffee mit seinem Zeigefinger trank.

Er widerstand dem Reflex, sie mit ‚Nano-Nano‘ zu begrüßen. „Mahlzeit, Männer.“

„Wir haben eine Frage zu deinem Handy“, begann Malcolm.

„Was sonst!“

„Hat es mehrere Firewalls? Wir sind dicht davor, die erste zu knacken, doch bevor wir beim Kommando eine zu hohe Erwartungshaltung wecken, wollten wir dich fragen.“

„Ganz ehrlich … ich weiß es nicht. Ich bin nur Beta-Tester Sieben. Von der Programmierung habe ich keine Ahnung. Dieser Siggi ist klasse oder?“ Patrick genoss die Vernehmungen mit den Technikern.

„Wir dürfen dir keine Infos geben“, sagte Malcolm mit kalter Stimme und starrem Gesicht. Dann stellte er sich direkt unter die Kamera in den toten Winkel, hob den Daumen, nickte und strahlte wie ein radioaktives Teilchen. Mit ernstem Gesicht kam er wieder an den Tisch und sagte: „Wir schaffen es nicht, die Authentisierung zu umgehen. Auch ein Spezialist des Smartphone-Herstellers ist völlig verzweifelt, er versteht die Welt nicht mehr.“

„Ich habe es wiederholt erklärt. Das Betriebssystem ist von 2029 – also Technologie aus der Zukunft.“

„Es ist unglaublich. Es ist so, als wäre Moses mit einer Zehn-Gebote-App vom Berge Sinai gestiegen.“

Patrick ergänzte: „Siggi, der Persönliche Assistent, ist Teil der Beta-Version. Er ist genial. Tut ihm nicht weh.“

Bestürzt schüttelten Malcolm und seine Freunde die Köpfe. Das würden sie nie tun.

„Schluss mit dem Zirkus! Raus hier!“ In der Tür stand einer der harten Hunde des BKA: Abteilung Informationstechnik, Karl Konstantin aus Wiesbaden. Der konnte Patrick schon aus dem Grund nicht leiden, weil er für ein Kaffeekränzchen ständig zwei Stunden mit dem Auto durch den dichten Verkehr von Wiesbaden nach Düsseldorf fahren musste. Dabei gab es weder einen Kranz noch Kaffee.

„Und … freie Fahrt auf dem Kölner Ring gehabt?“, begrüßte ihn Patrick freundlich.

„Dir werden die Scherze noch vergehen. Ich will die Daten von deinem Handy."

Von Anfang an hatte ihn dieser Mann geduzt. Nach zwei Sekunden war Patrick klar geworden, dass er den Rest seines Lebens lieber ohne Karl verbringen wollte. Im Gegensatz zu den Ärzten und den Technikern störten ihn die Videoaufzeichnungen einen Dreck. Wenn es nach ihm ginge, würden sie Patrick vor laufender Kamera mit einer Kombizange die Fingernägel ziehen. Patrick musste sich vor dem Mann in Acht nehmen.

„Was ist an den Daten denn so interessant?"

„Sie beweisen deine Schuld, da bin ich mir sicher. Diesen Zeitreisescheiß kannst du mir nicht weismachen."

„Komm schon, Kalle. Seit drei Monaten drehen wir uns im Kreis. Ich bin unschuldig."

„Woher wusstest du von dem Anschlag auf das World Trade Center? Du warst damals erst sechzehn! Wer waren deine Kontakte? Was war deine Rolle?"

„Wieso kann ich nicht mit Carsten Grünfeld sprechen?"

„Wie oft soll ich dir noch erklären, dass der gekündigt hat. Er ist nicht mehr da – und selbst wenn, Grünfeld hätte keine Karten in diesem Fall. Also beantworte meine Fragen!"

„Kannst du dir die Antworten nicht aus einer Aufzeichnung abschreiben?" Das sollte der BKA-Bulle hinbekommen. Patrick hatte gleichlautende Fragen bereits mehrfach beantwortet.

„Lass die Witze!"

„Auf gleiche Fragen gibt es gleiche Antworten. Lass dir was Neues einfallen. Ich kooperiere ... aber ich bin kein Idiot!"

Karls Gesicht sah aus wie ein Auffahrunfall. Zerknirscht, zerknüllt, zerknautscht. „Du bist ein Terrorist! Im besten Fall ein Mitwisser. Und ich werde es beweisen! Das ist mein Job. Genau wie die nationale Sicherheit. Ich muss die Gesellschaft vor Verbrechern wie dir beschützen!"

„Was hat die nationale Sicherheit mit mir zu tun?"

Karl pustete gekünstelt. „Ich bin zuständig für die zentrale Antiterrordatei. Fast vierzig Sicherheitsbehörden vertrauen auf diese Daten.

Ich kann es nicht leiden, wenn ein dahergelaufener Fahrradkurier versucht, uns vorzuführen."

„Wieso versucht?", fragte Patrick. Jetzt wurde die Vernehmung interessant. Der wegen Dummheit dringend tatverdächtige BKA-Polizist Karl Konstantin war kurz davor zu reden.

„Dein Handy hat keine acht Minuten gebraucht, um SINA zu knacken." Karl fletschte die Zähne.

„Wer ist Sina?"

„Die Sichere Inter-Netzwerk-Architektur des Bundesamts für Sicherheit in der Informationstechnik. Damit kann es auf die Terrordatenbank zugreifen. Dein verdammtes Handy stellt eine Bedrohung der nationalen Sicherheit dar."

„Dann verhört doch das Handy! Ich habe es seit über drei Monaten nicht angefasst. Also, was willst du von mir?"

„Antworten! Wie bist du an eine solche Technologie gekommen? Mit wem arbeitest du zusammen?"

„Das ging ganz einfach ... ich habe einen Abstecher ins Jahr 2029 gemacht. Mein Handy hat ein unattended Update durchgeführt – ich habe es nicht einmal bemerkt – und schon hatte ich Siggi an der Backe." Herrje, das konnte doch selbst ein BKA-Beamter verstehen.

Kalle stöhnte. „Das ist keine akzeptable Erklärung."

„Wann gibt es Essen? Ich würde gerne noch einen Happen zu mir nehmen, bevor mein Anwalt kommt." Das Mittagessen schmeckte fast immer.

„Wir werden härtere Geschütze auffahren, das verspreche ich dir. Für jede Nuss gibt es einen Öffner."

Karl Konstantin stand auf und verschwand grußlos. Das mit dem Öffner glaubte er ihm aufs Wort. Immerhin war Patrick nun allein. Das würde nicht lange so bleiben, das Wechselspiel zwischen Untersuchungen und Vernehmungen hatte System. Darüber hinaus isolierten sie ihn. Zu anderen Personen hatte er keinerlei Kontakt. Vor der Öffentlichkeit wurde er sorgfältig abgeschirmt. Vor den Medien hatten die Behörden Respekt. Sie wussten nicht, was sie erzählen sollten. Die Wahrheit wollte oder konnte keiner glauben, die Polizei würde sich nur lächerlich machen.

Patrick fühlte sich ziemlich einsam, doch da musste er durch. Dieser Weg war die einzige Möglichkeit, um wieder zu einem halbwegs normalen Leben zurückzukehren. Daher hatte er sich gestellt, daher hatte er den Behörden die Wahrheit präsentiert. Mit Grünfeld hätte er liebend gern noch einmal gesprochen. Wieso war der so schnell in die Frühpension verschwunden? Immerhin hielten sie Patrick die ekelhafte Marion Fischer vom Hals. Die hatten sie offenbar ebenfalls aus dem Spiel genommen.

*

Pünktlich um 11:30 Uhr kam Rechtsanwalt Dr. Reinhard Frohmund zur Tür herein. Bevor er Patrick zur Kenntnis nahm, ging sein Blick zur Kamera an der Decke.

Stirnrunzelnd wandte er sich an den Beamten, der ihn in den Vernehmungsraum Nummer V geführt hatte. „Hat mein Mandant der Aufzeichnung zugestimmt?"

„Das entzieht sich meiner Kenntnis", zog sich der Angesprochene aus der Affäre.

„Haben Sie einen richterlichen Beschluss, der die Grundrechte meines Mandanten außer Kraft setzt?"

Der Beamte zuckte die Schultern. Eine Geste, die der Anwalt juristisch in seinem Sinn interpretierte. „Ausschalten! Sofort!"

Zwanzig Sekunden später ging die Kamera aus. Frohmund schloss die Tür und setzte sich Patrick gegenüber. Mit der rechten Hand kämmte er sich die Haare von der Seite quer über die hohe Stirn.

„Herr Richter. Wie oft muss ich Ihnen erklären, dass Ihre Aussagen nicht gegen Ihren Willen aufgezeichnet werden dürfen."

„Ich habe Sie beim ersten Mal schon verstanden. Doch ich habe nichts gegen die Aufnahmen. Meistens machen sie meine Gesprächspartner nervöser als mich. Das ist amüsant."

„Hm. Das Wort ‚amüsant' gibt es in der Rechtsprechung nicht. Ich werde dafür bezahlt, Sie hier herauszuholen. Und ich verspüre wenig Lust, plötzlich mit einem Video konfrontiert zu werden, auf dem Sie sich verplappern."

„Och, ich erzähle zur Abwechslung immer dasselbe."

Die hohe Stirn kräuselte sich, sodass die Haare herunterrutschten.

„Und was ist das?"

„Die Wahrheit."

„Für mich gibt es nur eine Wahrheit. Und zwar genau die, die Ihnen hier heraushilft."

„Aha! Und wie sieht diese aus?"

„Sie wissen, ich werde von einem großen Fernsehsender bezahlt. Dafür bekommen Sie mich, den besten, und nicht so einen schlafmützigen Pflichtverteidiger."

Eines musste Patrick seinem Anwalt lassen. Er hatte nicht nur eine große Klappe, sondern auch etwas dahinter. Bisher hielt er die Behörden gut in Schach. Vor allem der BKA-Beamte, Karl Konstantin, hasste ihn wie die Pest, was klar für Frohmund sprach.

„Natürlich gibt es nichts kostenlos. Sobald Sie freikommen, gewähren Sie dem Sender ein Exklusivinterview."

„So ist die Abmachung, die ich nie abgemacht habe."

„Stillschweigend haben Sie zugestimmt, sonst wäre ich nicht tätig geworden. Sie kennen meine Qualifikation und meine Kosten."

Den Tagessatz von sechstausend Euro hatte Frohmund bei der ersten Sitzung bereits erwähnt. Gleichzeitig hatte er eine beeindruckende Liste von Prominenten vorgelegt, die er alle erfolgreich aus dubiosen Affären herausgeholt hatte. Alkoholexzesse, Steuergeschichten, Körperverletzungen, Persönlichkeitsrechtsverletzungen und vieles mehr. Erstklassige Referenzen. Dieser Anwalt hatte in den letzten zehn Jahren für niemanden gearbeitet, der es nicht verdient gehabt hätte einzusitzen. Auch das sprach für ihn. Bisher war allerdings keiner seiner gut betuchten Kunden in letzter Instanz verurteilt worden.

„Es sieht gut aus. Die Frist zum Vorlegen von belastbarem Material, auf das die Staatsanwaltschaft die Anklage stützen kann, ist fast verstrichen. Die haben nichts gegen Sie in der Hand – mit Ausnahme Ihres Anrufs in der Notrufzentrale im Jahr 2001."

„Und das reicht nicht?"

„Nein, das reicht nicht. Sie haben es hinreichend erklärt."

„Aber die Behörden glauben mir nicht."

Der Anwalt kämmte sich mit den Fingern wieder die Haare quer über die Stirn. „Das spielt keine Rolle. Die Staatsanwaltschaft muss Ihre Schuld beweisen."

Patrick suchte seinen Blick. „Glauben Sie mir?"

„Aber natürlich. Ich glaube meinen Mandanten immer – jedes Wort", antwortete Frohmund glatter als jeder Aal. „Einen Joker habe ich erfolgreich ausgespielt. Wir verzichten auf eine Dienstaufsichtsbeschwerde wegen der versuchten Auslieferung an die Amerikaner und der damit verbundenen Inhaftierung in Guantanamo. Ein unfassbarer Vorgang gegen deutsche Rechtsstaatlichkeit. Die Staatsanwaltschaft und ich werden eine Absichtserklärung ausarbeiten. Eine Art Vertrag, der die weitere Vorgehensweise nach Ihrer Freilassung regelt."

„Darf ich den dann vorab sehen?" Patrick lächelte ironisch.

„Aber natürlich. Sie müssen ihn doch unterschreiben." Frohmund schürzte die Lippen. „So früh wie möglich lasse ich Ihnen einen Entwurf zukommen."

Patrick nickte. Dieser Weg behagte ihm gar nicht, nur machte der Anwalt seinen Job verdammt gut. Und er wollte hier raus. Leben, ohne dass Heerscharen von Agenten, Polizisten und Journalisten ihm hinterher hetzten.

II. Die Welt in Händen

Dieser Tag war absolut wunderbar. Alles lief so, wie Susanna es haben wollte. Mittlerweile hatte sie gut verstanden, wie der TV-Sender, für den sie seit letztem Herbst arbeitete, funktionierte. Er war eine Fabrik. Eine moderne Fabrikation gefälliger medialer Inhalte, die Menschen dazu bewegten, Zeit vor dem Bildschirm zu verbringen.

Dabei machte es für das Geschäftsmodell keinen Unterschied, ob der Transfer über einen klassischen Fernseher oder ein mobiles Device wie Pad-Computer oder Smartphone vollzogen wurde. Die Medienfabrik bediente Zuschauer und beglückte sie dabei mit Werbung, die den Konsum bei Dritten motivierte und dabei über deren Vergütung den Sender finanzierte.

Dass bei dem umtriebigen Handelsdreieck Moral, Wahrheit und andere überholte journalistische Werte höchstens Imagebroschüren füllten, störte Susanna wenig. Ihr war es wichtig, Menschen zu erreichen. Je mehr, desto besser – nur das zählte. Sie wollte diejenige sein, deren Worte gehört wurden. Die private Medienwirtschaft erachtete sie als Torwächter, um überholte Formate in die Archive zu verbannen.

„Wo ist mein Kaffee?", rief Susanna und hielt die leere Tasse in die Luft. Zeit war Geld, es gab genug Mitarbeiter in ihrem Team, die den Weg zur Kaffeeküche sehr gut kannten. Zwei Sekunden später stellte jemand eine dampfende Tasse auf ihren Schreibtisch.

Ein Blick zur Uhr, gleich war es zwei. Der Tag neigte sich unaufhaltsam seinem Ende entgegen. Die Zeit würde in diesem Leben nicht mehr ihr Freund werden. Es gab nie genug davon. Freizeit wurde überbewertet. Für Müßiggang hatte es noch nie gute Einschaltquoten gegeben.

„Bombendrohung am Kölner Dom!", rief einer ihrer Assistenten, der mit zahlreichen Kollegen dem Großraumbüro Leben einhauchte. Jeder auf dieser Etage arbeitete für sie. „Die Polizei sperrt den Vorplatz ... da sind zwei bärtige Spinner an der Fassade hinaufgeklettert und haben ein schwarzes Banner gehisst."

„Dominik soll mit einem Sendewagen hinfahren!" Sie überlegte nur kurz. „Ich will eine Luftaufnahme. Haben wir den Hubschrauber in Reichweite?"

Susanna hatte Patrick Richter viel zu verdanken. Inzwischen war er nicht mehr ihr einziger Kunde. Die Menschen liebten ihre unverblümte Art, über besondere Ereignisse zu berichten. Sie hatte ein Händchen für die richtigen Bilder und die dazu passenden Worte. Nur darum ging es in ihrem Business. Sensationelle Bilder, mit denen sie die passenden Emotionen verkaufen konnte.

„Der Hubschrauber ist in zwei Minuten am Dom!", tönte es von der anderen Seite. „Dominik braucht eine Viertelstunde!" Genau diese Worte hatte Susanna hören wollen.

„Bekommen wir eine Sondersendung?", fragte sie.

„Wir können um 15:30 einen Slot haben!", antwortete ein anderer Assistent, der die Sendeplätze koordinierte.

„Gebucht ... um drei möchte ich den Schnitt sehen!", rief Susanna, während sie auf ihrem Notebook weiterschrieb. Eine der wichtigsten Regeln in ihrer Branche war es, das Material zu kennen, mit dem man sich online wagte. Die Hauptsendung startete erst um 19:30 Uhr, dann würde es wieder um ihren Zeitreisenden gehen.

Ihr Handy klingelte – ein kurzer Blick – Dr. Reinhard Frohmund. Sie würde das Gespräch annehmen.

Dreimal hatte sie den Rechtsverdreher bisher persönlich getroffen. Mit seinen 800 Euro teuren Seidenkrawatten um den Hals arbeitete er höchstens zwanzig Minuten am Tag für den Sender, berechnete jedoch den ganzen Tag. Jede Sekunde, die sie ihn am Telefon warten ließ, kostete damit effektiv fünf Euro.

Nach fünfzehn Euro hob sie ab. „Monroe."

„*Frau Monroe, schön, Sie zu hören. Wie geht es Ihnen? Ich hoffe bestens. Das ist ein guter Tag heute.*"

Susanna verdrängte die Kosten dieser geflöteten Plattitüden. Bei Frohmund wurden sogar aus Kalauern verbale Goldstückchen. Hoffentlich war dieser Kerl sein horrendes Honorar wert. Seine Aufgabe war zu wichtig, um zu scheitern.

„Dr. Frohmund ... es ist immer wieder schön, Ihrer Frohnatur zu lauschen.*"

„*Ja, oder?*" Er hatte auffallend gute Laune.

„Was haben Sie für mich?"

„*Gute Neuigkeiten!*"

„Das höre ich gerne."

„*Der Generalbundesanwaltschaft in Karlsruhe geht die Puste aus!*"

„Das sagt wer?" Susanna war keine Juristin, trotzdem hatte sie während der letzten Monate das juristische Scharmützel aufmerksam verfolgt. Es gab besagte Bundesanwaltschaft, die gegen Patrick Richter wegen des Vorwurfs der Mitgliedschaft in einer terroristischen Vereinigung ermittelte. Den Beweis dafür lieferte das FBI: eine Sprachaufzeichnung von 2001, in der Richter Stunden vor dem verheerenden Terroranschlag mit zwei voll besetzten Passagierflugzeugen auf das World Trade Center die deutsche Polizei vor genau diesem Anschlag warnte.

„Ich habe einen Deal mit dem Staatsanwalt.“

„Vesorez?“

„Dr. Ramon Vesorez ... genau. Der Mann hat das Problem verstanden. Er will keinen Dreck auf dem Hof liegen haben!“

„Was macht er mit dem laufenden Auslieferungsantrag?“, fragte Susanna. Neben der deutschen Justiz gab es noch die amerikanische, die mit Nachdruck von Richter wissen wollte, welche Rolle er 2001 gespielt hatte. Ein legitimes Interesse. Die geplante Deportation nach Guantanamo in Kuba war hingegen zu keinem Zeitpunkt durch deutsches Recht gestützt gewesen. Ein Detail mit politischem Sprengstoff, das inzwischen alle Beteiligten am liebsten unter den Tisch fallen lassen würden. Alle, bis auf Dr. Frohmund, der gern daran erinnerte und bereits gedroht hatte, die Generalbundesanwaltschaft wegen Rechtsbeugung zu verklagen. Darauf reagierten die sensibel – die Bundesregierung fürchtete einen zweiten Murat Kurnaz. Ein Deutscher, der rechtswidrig vier Jahre in Guantanamo eingesessen und schwere Vorwürfe gegen die Bundesregierung erhoben hatte.

„Vesorez hat Agent Wilson und dem amerikanischen Botschafter die besondere Lage erklärt. Frau Monroe ... Karlsruhe hat ihm grünes Licht gegeben, mit mir zu verhandeln. Die haben nichts gegen den Jungen in der Hand. Er ist ein Spinner, aber harmlos. Wir klagen nicht gegen die Bundesrepublik Deutschland wegen der illegalen Auslieferung an die Amerikaner, dafür bekommen wir Richter aus der U-Haft frei!“

„Wir kriegen ihn frei?“ Susanna lachte überrascht auf. Die Juristen im Sender hatten ihr vor Weihnachten noch erklärt, dass wegen Nine Eleven und Tausender Terrortoter kein deutscher Jurist oder Politiker den Arsch in der Hose haben würde, sich mit einer hanebüchenen Zeitreisegeschichte einer Auslieferung zu verwehren.

„In den nächsten Tagen.“

„Das sind ja fantastische Neuigkeiten! Bekommen wir auch das Handy?“ Okay, der Jurist war sein Geld wert. Neben den sechs Kilo Schotter am Tag für ihn, bezahlte der Sender auch ein Dutzend weitere

Anwälte und Assistenten in seinem Team, die Vesorez, die Bundesanwaltschaft und die amerikanische Botschaft in Düsseldorf seit Novem-
ber täglich mit wohlformulierten juristischen Eingaben bespaßten.

„Ich kann nicht zaubern ..."

„Das Handy ist wertvoll." Susanna hätte ihre rechte Hand für ein
Smartphone mit Daten aus der Zukunft gegeben.

*„Niemand glaubt Richter seine Geschichte, aber alle wollen unbe-
dingt das Handy. Ich habe es versucht ... keine Chance. Das Gerät wird
weiterhin untersucht."*

„Haben sie es geknackt?"

„Nein."

Susanna sah auf ihrem Bildschirm eine Chatanfrage aufleuchten.
Texel, den wollte sie nicht warten lassen. Ihr unbekannter Informant
war inzwischen ihr bester Freund. „Danke ... sehr gute Arbeit. Bitte
geben Sie mir, sobald er bekannt ist, den Termin für Richters Freilassung." Dann legte sie auf.

„Hallo Texel", tippte sie.

„Funktioniert es?" Seine Beiträge waren selten lang, dafür aber
immer auf den Punkt.

„Ja."

„Frohmund ist gut."

„Ja." Die Idee, ein mittleres Vermögen zu investieren, um Richter
juristisch zu unterstützen, war nicht auf ihrem Mist gewachsen. Texel
hatte ihr dieses Verfahren vorgeschlagen. Genau der Texel, der ihr im
Oktober das Video von Richters unsanfter Verhaftung zugespielt hatte.
Ein Mann mit guten Verbindungen.

Susanna war mit dem Plan zur Geschäftsführung des Senders
gerannt, hatte die Idee, wie mit Texel abgestimmt, als ihre ausgegeben und das Geld bewilligt bekommen. Es hatte funktioniert. Ihr Stern
würde weiter steigen.

„Bleib wachsam."

Susanna wusste die Warnung nicht zu deuten. „Auf wen muss ich
achten?"

„Auf Patrick Richter."

„Warum?"

„Er hat keine Ahnung, was er tut."

Susanna hätte in diesem Moment gern die Wissende gemimt, aber sie konnte Texel nicht folgen.

„Bekommst du das Smartphone?"

„Nein."

„Scheiße!"

„Frohmund bekommt das Handy nicht ausgehändigt. Die werden nur Richter freilassen."

„Du musst das Gerät unbedingt sichern!"

„Ich tu, was ich kann ..." Susanna war sich über den Wert eines Smartphones, vollgepackt mit Daten aus der Zukunft, durchaus im Klaren. Dummerweise war das BKA, das im Auftrag der Bundesstaatsanwaltschaft die Ermittlungen führte, nicht so behämmert, diesen Wert nicht selbst zu erkennen.

„Für den Weltfrieden! Die verschissenen Imperialisten dürfen die Daten niemals bekommen!"

Texel und die Amerikaner. Er mochte sie nicht. Daraus machte er kein Geheimnis. Das schien seine Motivation zu sein. Eine andere kannte Susanna nicht, sie hielt ihn für einen talentierten, wenn auch verbitterten Hacker aus der linken Szene.

Dann schloss sich die Chatverbindung aus dem Darknet. Texel nutzte einen Proxyserver in Tonga, um seine Identität zu verbergen. Sie hatte keine Ahnung, wie sein echter Name lautete.

*

Susanna ging die Treppe hinunter. Sie würde in wenigen Minuten vor der Kamera stehen. Eine Visagistin puderte im Laufen ihre Nase. Der Kölner Dom und ein hässliches schwarzes Banner warteten auf sie. Bärtige hatten ein lokales Wahrzeichen besudelt. Solche Geschichten über ihre Heimatstadt brachten die besten Quoten.

Neben den Berichten über den Zeitreisenden hatte sie in letzter Zeit auch zwei Dutzend andere Sensationsgeschichten journalistisch verwurstet. Auf Deutsch und Englisch. Einige Folgen des Abendformats waren auch in den Staaten gezeigt worden. Mit den sehenswerten internationalen Quoten hätte sie es sich sogar leisten können, die Investition in Dr. Frohmunds Luxuskrawatten-Sammlung in den Sand zu setzen.

Ihr Telefon klingelte.

„Noch zwei Minuten ...", erklärte eine Sendeassistentin mit Headset. Susanna wartete vor dem Studio, sie nickte und drehte sich zur Seite.

„Monroe."

„*Guten Tag Frau Monroe. Hier spricht Dr. Ismael Bosch.*" Er war Sophies Psychotherapeut und so charmant wie eine fleischgewordene Zeitansage.

„Dr. Bosch ... wir haben zwei Minuten." Sie würde sicherlich nicht ihre Sondersendung verpassen. Einer der Bärtigen war aufgrund seiner Körperfülle beim Aufhängen des Banners am Kölner Dom abgerutscht und hatte sich in dem Geschirr ein Bein abgeklemmt. Die Polizisten, die zuerst an der Domplatte waren, hatten ihm, frei in acht Meter Höhe hängend, anfangs nicht helfen können.

„*Es geht um Sophie.*"

„Ja." Um wen auch sonst. Susanna hatte nur eine Tochter, die sie in seine Obhut gegeben hatte. Ihr geliebtes vierzehn Jahre altes Kind, das ihr im Oktober letzten Jahres am Düsseldorfer Flughafen als sechsundzwanzigjährige Frau einen Besuch aus der Zukunft abgestattet hatte. Eine unglaubliche Geschichte. So unglaublich, dass Susanna niemandem davon erzählt hatte. Sie wollte Sophie das Schicksal eines Patrick Richter ersparen. Nein, das traf es nicht. Sie würde die Zeitreisen verhindern. Es nie passieren lassen. Die Abläufe ändern, sie in die eigenen Hände nehmen. Jeder hielt seine Zukunft selbst in den Händen.

„*Sie hat sich gut bei uns eingelebt.*"

„Das höre ich gern." Dafür hatte Susanna auch einen großen Teil ihres Einkommens aufwenden müssen. Die Privatklinik in Köln-Hürth hatte einen exzellenten Ruf und galt zudem als absolut verschwiegen. Für diese Verschwiegenheit war sie gern bereit, die Kosten zu tragen. Sophies Probleme mit der Zeit gingen niemanden etwas an.

„*Ihre Tochter fragt täglich nach Ihnen. Wann werden Sie sie besuchen kommen?*"

„Wenn Zeit ist ... werde ich mich melden." Jetzt musste Susanna sich schon vor einem Arzt, den sie bezahlte, für ihre Berufstätigkeit rechtfertigen.

„*Es ist Ihrer Tochter sehr wichtig ... Sie waren seit zwei Wochen nicht hier. Sie vermisst ihre Mutter.*"

„Das habe ich verstanden."

„*Ähm ... ja.*"

„Dr. Bosch ... meine Tochter liegt mir sehr am Herzen. Bitte erklären Sie ihr das!" Dafür bezahlte sie ihn. „Ich möchte, dass sie wieder gesund wird ... aber dafür müssen wir alle zusammenarbeiten." Susanna würde nicht zulassen, dass Richter ihre Tochter jemals wiedersehen würde. Nach Texels Plan und ihrer Unterstützung würde er sogar berühmt werden. Er war der Zeitreisende. Ihn wollten die Menschen sehen, und sie würde ihn wie einen dressierten Affen vorführen. Mit der Zeit würde er Sophie vergessen. Und sie ihn. Die Zeit würde alle Begierden heilen.

„*Das werde ich so weitergeben. Ich soll Ihnen noch von einem der behandelnden Ärzte ausrichten ...*"

„Noch dreißig Sekunden ..." Die Sendeassistentin zeigte auf das Studio. Alles war bereit. Susanna ging zum Pult. Das Licht blendete sie.

„Dr. Bosch." Susanna unterbrach ihn und hielt mit zwei Fingern den Bluetooth-Stecker am Ohr fest.

„*Ähm ... ja.*"

„Ich vertraue Ihnen. Ich bin mir sicher, dass Sie gut für meine Tochter sorgen. Ich habe im Moment nicht den Kopf frei, um mich mit einem Ihrer Experten zu unterhalten. Bitte sehen Sie es mir nach ... ich bin Journalistin, keine Ärztin."

„*Ja, ja, aber ...*" Der Arzt wehrte sich immer noch. Für alles nach dem ‚aber' hatte Susanna keine Zeit mehr.

Noch zwanzig Sekunden. Die Sendeassistentin zeigte die verbleibende Zeit an. Der Kameramann hatte sie bereits im Sucher. Der Teleprompter aktivierte sich. Meine Güte, es konnte doch nicht so schwer sein, ihre Tochter in ein Zimmer zu sperren und einen Betreuer vor die Tür zu stellen.

„Kein aber! Dr. Bosch, meine Tochter hat versucht, sich umzubrin-
gen. Es ist ernst. Ich habe als Alleinerziehende leider nicht die Zeit, sie
rund um die Uhr zu betreuen. Ich würde es mir nie verzeihen, ihr in
dieser schweren Zeit nicht alle erdenkliche Hilfe zukommen zu lassen.
Deswegen brauche ich Sie. Sie müssen für mich auf Sophie aufpassen."

„Das werden wir tun."

„Danke." Susanna legte auf. Sophie würde eine sichere Zukunft
erleben. Eine Zukunft ohne Zeitsprünge, ohne Gefahren und ohne Patrick Richter.

„Noch zehn Sekunden!"

„Ich bin bereit." Sie nahm den Knopf aus dem Ohr und legte ihn
unter das Pult. Auf der grünen Wand hinter ihr wurde bereits, nur für den
Zuschauer sichtbar, der Kölner Dom eingeblendet. An der knapp 700
Jahre alten Kirche hing ein Bärtiger kopfüber in seinem Haltegeschirr
und versuchte, mit einem Messer nach dem mit einer Schutzweste und
Helm geschützten BFE+-Polizisten zu stechen, der sich auf der Leiter
eines Feuerwehrfahrzeuges vorsichtig zu seiner Rettung näherte. Sie
hätte ihn bis spät in den Abend dort hängen lassen.

Ein Display an der Seite zeigte ihr das komplette Szenenbild. Heute
war der 6. Februar 2018. Ein wunderbarer Tag. Das Leben würde noch
weitere solche Geschichten für die Zuschauer bereithalten.

III. Abseits des Protokolls

Wieder ging ein Tag in Gefangenschaft zu Ende. Die Behörden nannten
es Untersuchungsaufenthalt, doch Patrick suchte noch nach dem Unterschied. Nun denn, etwas abwechslungsreicher als bei einem gewöhn-
lichen Häftling gestaltete sich sein Alltag durchaus, da sich die Leute
tagsüber die Klinke des Vernehmungszimmers V in die Hand gaben.
Oder war es ein Knauf?

Nun lag Patrick jedenfalls in seiner Luxuszelle auf dem Bett, verschränkte die Arme hinter dem Kopf und starrte an die Decke. Eine
weiße, eintönige Ebene, genauso sinnentleert wie sein momentanes

24

Leben. Immerhin war die Angst verflogen. Selbst die Amis mit ihrem Damoklesschwert Guantanamo brachten ihn nicht mehr um den Schlaf. Seine Entscheidung, sich zu stellen, bereute er nicht. Er ging den richtigen Weg, den einzigen Weg – anders brächte er keine Normalität mehr in sein Leben. An der Wand gegenüber hing eine Digitaluhr. 06. Februar 2018. 21:24 Uhr. In dieser Zeit musste er zurechtkommen – das war die Zeit, in der er lebte. In diese Zeit würde er jedes Mal zurückspringen, sobald er in der Zukunft oder in der Vergangenheit einschlief.

*

Jemand hämmerte gegen seine Tür. „Hier kommt später Besuch", drang es dumpf durch das dicke, metallverstärkte Holz.

Patrick stöhnte. Das hatte er bisher noch nicht erlebt. Abends um die Zeit hatten sie ihn bislang in Ruhe gelassen. Ein Vorteil, dass er die Tür nicht öffnen musste, da er sie nicht öffnen konnte. Ruhig blieb er liegen und wartete ab.

Sein spezieller Freund, BKA-Oberkommissar Karl Konstantin, betrat den Raum. Breitbeinig stellte er sich vor das Fußende des Bettes. „Guten Abend, Richter. Wir hätten uns längst mal abseits des Protokolls treffen sollen. Nur wir beide, ohne Polizist vor der Tür, ohne Kamera an der Decke, ohne Wattebäuschchen."

Ohne ihn anzusehen, ohne sich zu bewegen, weiterhin an die Decke starrend fragte Patrick: „Was willst du, Karl?"

„Über deine Lügen reden. Vertraulich natürlich."

„Vertraulich rede ich mit Vertrauten. Zu dieser Zielgruppe gehörst du nicht."

„Daher komme ich zu dir, und wir machen uns besser bekannt. Vielleicht werden wir noch Freunde. Es ist wie beim kleinen Prinzen, der den Fuchs zähmt", erklärte Karl und grinste wie ein Piranha.

„Wer hat dir denn die Geschichte vorgelesen?"

„Haha. Spar dir deine Unverschämtheiten. Es geht mir nur um einen Punkt. Deine vermeintlichen Zeitreisen. Erkläre mir noch einmal, was diese Sprünge auslöst."

„Das habe ich schon hundertzwanzigmal zu Protokoll gegeben. Wenn ich emotional unter höchster Belastung stehe, dann geschieht es. Wie zum Beispiel, als ich von der Fleher Brücke in den Rhein gefallen bin."

„Wenn du in Todesgefahr schwebst?"

„Ja, genau so ist es."

Der BKA-Beamte trat ans Fußende des Bettes, öffnete sein Holster an der Hüfte und zog seine Pistole heraus. Mit einer schnellen Bewegung entsicherte er die Waffe und richtete den Lauf auf Patricks Kopf.

„Ich weiß, dass du es schon hundertzwanzigmal erzählt hast und hundertzwanzigmal glaubte ich dir nicht." Zornesfalten machten ihn zehn Jahre älter. Er zischte: „Doch dann kam mir eine Idee … Bevor weitere sinnlose Monate voller Fragen und Lügen in unser schönes Land gehen, bekam ich Lust auf ein Experiment."

Mit Sicherheit hatte Patrick keine Lust darauf. Immer noch würdigte er den BKA-Oberkommissar keines Blickes. Er wartete ab.

„Ein Experiment, so trivial wie grandios. Wir probieren es einfach aus. Jetzt und hier. Ich erschieße den Klugscheißer vor mir im Bett. Und dann sehen wir, was geschieht."

Fassungslos starrte Patrick den Mann an.

Der tut nur so, dachte er. Niemals wird der mich einfach so erschießen. Völlig hirnrissig.

Doch das irre Glimmen in Karls Augen verunsicherte ihn, er fühlte, wie Angst in ihm hochkroch.

Karl flüsterte in schizoidem Tonfall: „Halt still. Dann durchschlägt die erste Kugel nur dein Bein und die Matratze." Er kicherte heiser. „Dazu versuche ich, am Oberschenkelknochen vorbeizuschießen. Glatter Durchschuss. Das müsste doch reichen für so einen Zeitsprung. Exklusiv für deinen Freund Karl."

„Ich … weiß nicht." Im Angesicht der Waffe fanden sich die Argumente weitaus schwerer als sonst.

„Wenn nicht, kann ich sicherheitshalber noch eine zweite Kugel in dein Herz schießen. Was sagst du Klugscheißer dazu?"

„Überleg doch mal, Karl. Wenn ich lüge, wovon du ja ausgehst, liege ich hier gleich tot im Bett. Dann darfst du der Welt erklären, warum du mich mit deiner Dienstwaffe erschossen hast."

„Du wolltest fliehen. Außerdem hast du mich attackiert und nach meiner Waffe gegriffen. Wir kämpften, ich musste schießen. Ein Klassiker." Karl Konstantin streichelte über den Lauf seiner Pistole. „Meine Aussage gegen deine. Ach ja, du bist dann ja tot – dann bleibt nur noch meine." Selbstsicher zuckte er mit den Achseln, als hätte er einen solchen Vorgang bereits ein Dutzend Mal durchexerziert.

Der Bulle war definitiv verrückt. Das machte ihn umso gefährlicher.

Patrick konzentrierte sich: „Wenn ich jedoch die Wahrheit sage, dann springe ich in der Zeit an einen anderen Ort. Und bin weg. Wieder einmal habt ihr mich dann ziehen lassen. Morgen kommt mein Anwalt Dr. Reinhard Frohmund und fragt nach seinem Mandanten. Was erzählt ihr dann? *Wen wollen Sie sprechen? Patrick Richter? Ach der. Nee, der ist nicht mehr hier. Wo er ist, wollen Sie wissen? Keine Ahnung – auf jeden Fall nicht mehr in seiner Zelle.*" Er ließ die Worte wirken. „Und wenn ich irgendwann wieder auftauche, werde ich jede Einzelheit über deinen abendlichen Besuch und unsere Unterhaltung an die Medien geben. Aussage gegen Aussage – mit dem Unterschied, dass ich nichts zu verlieren habe."

Konstantin fletschte die Zähne, sein Finger zuckte am Abzug. In einer Sache behielt der Bulle recht – Patrick verspürte Angst. Doch noch war diese Angst nicht stark genug, um einen Zeitsprung auszulösen – bislang zumindest.

„Du bluffst!", knurrte Karl.

Du bluffst!, dachte Patrick.

Sollte er es versuchen? Wäre dies tatsächlich eine Möglichkeit, seine Aussagen zu beweisen, wenn er sich dann bei seiner Rückkehr erneut stellte? Sollte er den blöden BKA-Bullen weiter provozieren? Doch was geschah, wenn der jetzt wirklich abdrückte und ihn tödlich traf? Blieb ihm dann überhaupt noch genügend Zeit? Er könnte vorher sterben. Diese Unsicherheit jagte ihm Angst ein. Inzwischen spürte er es, da er wusste, worauf er achten musste. Der Moment des

Sprungs rückte näher, ihm wurde heiß. Es fehlte nicht viel, gleich war es soweit.

Im nächsten Moment senkte Karl die Waffe. „Eins verstehe ich jetzt. Du bist davon überzeugt. Du glaubst wirklich, du könntest in der Zeit springen. Du glaubst den ganzen Mist, den du erzählst, selbst." Konsterniert schüttelte Konstantin den Kopf. Die Waffe verschwand gesichert in seinem Holster. „Du bist ein Psychopath, ein Fall für die Seelenklempner. Ich verschwende nur meine Zeit mit dir." Er drehte sich um und verließ grußlos das Zimmer.

Das gibt es doch gar nicht, dachte Patrick. Wer ist hier der Psychopath?

Sein Herzschlag beruhigte sich. Schwer zu beurteilen, wie zurechnungsfähig dieser Karl war, wie knapp er davor gewesen war, abzudrücken. Was für ein Leben! Was für ein Fluch!

Diese Zeitinstabilität ging ihm gehörig auf die Nerven. Die meisten Menschen im Polizeipräsidium behandelten ihn wie ein Alien. Ein Wunder, dass sie sich ihm nicht mit einem Kontaminationsschutzanzug näherten. Und der Bekloppte hätte ihn beinahe weggeballert. Das grenzte an versuchten Mord. Sollte er morgen jedem von Karls Auftritt erzählen? Den Ärzten, den Technikern, den anderen Bullen, dem Anwalt? Karl Konstantin würde ein mitfühlendes Gesicht aufsetzen und natürlich alles abstreiten. *Ein Grund mehr, Herrn Richter intensive psychologische Behandlung zukommen zu lassen,* würde dessen Empfehlung lauten. Patrick beschloss, die Klappe zu halten.

*

Immer wenn er sich schlecht fühlte, dachte er an Sophie. Die Gedanken an sie bauten ihn auf. Warum eigentlich – die sechsundzwanzigjährige Sophie, die ihn so bezaubert hatte, gab es nur im Jahre 2029. Sollte er sie besuchen, wenn er hier herauskam? Sein Anwalt hatte heute von seiner baldigen Freilassung gesprochen und dabei ziemlich überzeugt gewirkt. Was sollte er in 2018 der vierzehnjährigen Sophie erzählen? Sie kannte ihn nur aus den Medien, für sie existierten ihre vergangenen zukünftigen Begegnungen überhaupt nicht. Was für ein Dilemma. Wieder starrte er an die weiße Leere an der Decke.

*

Grelles Licht leuchtete durch seine Lider. Sein Bett drehte sich. Er sprang, reiste durch die Zeit. Wie konnte das sein? Konstantin war längst gegangen, Gefahr gab es keine mehr, und er hatte sich beruhigt.

Hektisch sah er sich um. Wo war er? Wann war er? Siggi fehlte – der hätte ihn umgehend informiert. Üblicherweise landete er an einem Ort, mit dem er starke Emotionen verband, wie der Düsseldorfer Flughafen oder die Wuppertaler Schwebebahn. Diese Umgebung kam ihm fremd vor. Alles grau, alles verschwommen. Nur die Zahl 2029 drehte sich klar und deutlich um seinen Kopf wie die Planeten um die Sonne, nur schneller. Sophies Basisjahr. Aus diesem Jahr war sie in der Zeit zurückgesprungen, hatte ihn gesucht und gefunden. Mit Herzklopfen hielt er nach ihr Ausschau. In seinen Augen eine umwerfend attraktive Frau, sechsundzwanzig Jahre alt, kurze blonde Haare, spitzbübisches Lächeln, sanfte, doch entschlossene Ausstrahlung. Sanft? Nur, wenn sie nicht gerade auf ihn einprügelte.

„Sophie!", rief Patrick halblaut, als stünde sie im Zimmer nebenan.

Natürlich keine Antwort. Doch … er traute seinen Augen kaum – ihr Gesicht erschien direkt vor ihm wie auf einer Großleinwand. „Sophie!", flüsterte er ergriffen. Er lächelte voller Freude und Erwartung. Sie reagierte nicht. Doch, jetzt! Langsam drehte sie ihm den Kopf zu. Ihre Miene veränderte sich nicht, kein Erkennen, keine Freude, keine Reaktion. Er sah es in ihren Augen. Sie kannte ihn nicht. Nur ein Wildfremder, der die Unverschämtheit besaß, einfach ihren Namen zu rufen.

Atemlos rief er erneut: „Sophie! Ich bin es, Patrick!"

Hektisch winkte er mit der roten Kappe, die sie ihm geschenkt hatte. Sie musste sich erinnern. Mit einem angewiderten Gesichtsausdruck drehte sich Sophie von ihm weg und wurde kleiner und transparenter, bis sie beinahe verschwunden war.

„Halt!" Patrick stürzte hinter ihr her, doch er sah nur noch einen letzten Umriss, bis sie sich direkt vor seiner Nase vollständig in Luft auflöste. Auch er rannte los, ohne Ziel, Hauptsache laufen, schneller und schneller. Seine Beine lösten sich in feinen Staub auf. Oder in Asche? Zerfiel er wie ein Leichnam im Krematorium? NEIN!

*

Voller Entsetzen richtete sich Patrick in seinem Bett auf. Seine Augen brannten, Schweiß lief seinen Rücken hinunter. Seine Brust pumpte wie ein Blasebalg. War es nur ein Traum gewesen oder mehr? Stimmte etwas nicht mit Sophie? Mit ihrer Gegenwart, ihrer Zukunft, ihrer Vergangenheit? Womöglich hatte er wieder Mist gebaut, so wie 2012, als er den potenziellen Terroristen gerettet hatte. Irgendwie in der Gegenwart herumgepfuscht. Was konnte er nur tun? Sophie war seine Achillesferse, ihre Zukunft bedeutete ihm etwas. Alles andere erschien ihm gleichgültig. Obwohl, das stimmte nicht ganz. Seine Mutter durfte ihn einmal im Monat besuchen. Der Kummer, den Patrick ihr bereitete, tat ihm weh. Zweimal war sie mit dem Zug aus Münster angereist und hatte ihm mit feuchten Augen in einem der Besucherzimmer gegenübergesessen. Unter Aufsicht natürlich. Nichts durfte ungefiltert an die Öffentlichkeit gelangen. Sie hatte bestimmt fünfzigmal ‚mein Junge‘ gemurmelt und kaum zugehört, was er ihr gesagt hatte. Auch sie wollte er wieder glücklich machen. Dann war sie wieder zurückgefahren. Andere Menschen hatte Patrick nicht kontaktieren dürfen. Nicht einmal seinen Kumpel Harry. Der müsste ihn mittlerweile für tot halten.

Abermals setzte er alle Hoffnung in seinen Rechtsanwalt Dr. Reinhard Frohmund. Sobald der ihn hier herausgeholt hatte, würde er sich etwas überlegen.

IV. Transatlantische Komplikationen

Der US-Botschafter in Düsseldorf gehörte zu den Menschen, die sich in jeder auch noch so unmöglichen Situation ein Lächeln abringen konnten. Natürlich war dieses Lächeln eine Lüge, das wusste jeder im Raum, aber es wurde trotzdem respektiert. Nein, es wurde sogar erwartet.

Stan Wilson bewunderte dieses diplomatische Talent und fragte sich, wie er auf die Schnapsidee gekommen war, sich als FBI-Agent nach Düsseldorf versetzen zu lassen. Er machte den Job hier bereits einige Jahre und war mit der Sprache, dem Land und den Eigenheiten deutscher Sicherheitsbehörden bestens vertraut.

„Herr Staatssekretär, ich verstehe das Anliegen der Düsseldorfer Staatskanzlei und respektiere vollumfänglich die Souveränität der deutschen Justiz ... bitte lassen Sie mich als Gast meiner besonderen Verbundenheit Ausdruck verleihen. Wir sind Verbündete. Nein, das ist zu schwach. Wir gedenken gemeinsam der Opfer von Terror und Gewalt ... Opfer, die unsere Länder in den letzten beiden Dekaden zu erbringen hatten." Der Botschafter faltete mit seinen letzten Worten salbungsvoll die Hände. Amen. Stan war schon länger nicht mehr in der Kirche gewesen. Früher jeden Sonntag, aber nach Iris' Tod nicht mehr.

„Danke." Der Staatssekretär, dessen Name vier Umlaute enthielt und den kein Amerikaner ohne Germanistikstudium aussprechen konnte, nahm die Floskel wohlwollend zur Kenntnis und nickte gefällig. Wenn der Botschafter ein Hund gewesen wäre, hätte er für das Männchen wenigstens ein Leckerchen bekommen. „Herr Botschafter, bitte seien Sie der tiefen Freundschaft der deutschen Bevölkerung versichert. Die Düsseldorfer Staatskanzlei ist sich dem besonderen Anliegen der amerikanischen Justiz durchaus bewusst. Wir unternehmen alles, um Ihre legitimen Interessen zu unterstützen. Leider stehen uns an dieser Stelle nicht alle denkbaren Optionen zur Verfügung."

Stille.

Der amerikanische Botschafter sah den Staatssekretär an, sagte aber nichts. Der Deutsche tat es ihm gleich, nur leiser. Stan sah zu Karl, Polizeihauptkommissar Karl Konstantin vom BKA, dem deutschen

Bundeskriminalamt, mit dem er auf Arbeitsebene agierte. Kein falscher Typ. Nicht so fix im Kopf wie Grünfeld, aber er machte seinen Job.

Im Prinzip hatte der Botschafter mit vielen schönen Worten blumig umschrieben: Hey, stell dich nicht so an. Wir sind doch Freunde. Worauf der Deutsche nur lapidar geantwortet hatte: Leck mich am Arsch.

Der Fall Richter war schwierig. Sehr schwierig. Es gab Nine Eleven und einen Spinner, der sehr glaubhaft erzählte, in der Zeit springen zu können. Zwar nicht gezielt, aber immerhin. Die Story hatte Potenzial, verfilmt zu werden.

„Meine Herren", erklärte Dr. Vesorez, der deutsche Staatsanwalt, der fünfte im Besprechungsraum der US-Botschaft in Düsseldorf in der Willi-Becker-Allee. Ein Mann der Tat. Er beendete die peinliche Stille.

„Ja." Der Botschafter räusperte sich dankbar und wollte gerade wieder ausholen.

„Special Agent Wilson ..." Der Staatsanwalt ließ ihn aber nicht und sah Stan an.

„Ja." Er hob den Kopf.

„Wie lange arbeiten Sie schon in unserer Stadt?"

„Siebzehn Jahre ... warum fragen Sie?" Eine lange Zeit.

„Hatten Sie Gelegenheit, mit Patrick Richter zu sprechen?" Worauf wollte Vesorez hinaus? Der Anwalt war nicht der Dümmste im Raum.

„Ja." Stan sah Karl an. Die Zusammenarbeit zwischen dem FBI und dem BKA funktionierte. Auch auf deutscher Seite gab es Kollegen vom Nachrichtendienst, die BND-Leute mit BKA-Ausweisen waren gut. Auch er hatte CIA- und NSA-Spezialisten mit FBI-ID-Cards eingeschleust. Teilweise kannten sich die Kollegen von CIA und BND sogar von gemeinsamen Lehrgängen. Wie gesagt, sie waren Verbündete. Alle wussten, wie das Spiel läuft.

„Halten Sie Richter für einen Terroristen?" Vesorez legte nach. Die Deutschen hatten mittlerweile gute Gründe, dem Auslieferungsantrag nicht stattzugeben.

„Nein." Stan glaubte zumindest, dass der Junge nicht log. Ob sich die Zeitsprünge so wie geschildert zugetragen hatten, konnte er nicht abschließend bewerten.

„Dr. Vesorez ... bei allem Respekt. Am 11. September 2001 ist auf amerikanischem Boden das Blut unserer Bürger vergossen worden. Wir müssen diese Geschichte vor einem New Yorker Gericht zum Abschluss bringen. Alles andere wäre der Bevölkerung nicht zu erklären." Der Botschafter gab sich unbeirrt und sah Stan auffordernd an. Die kurzgehaltenen Antworten hatten dem Diplomaten augenscheinlich nicht gefallen. Trotzdem würde Stan nicht für ihn lügen. Patrick Richter war kein Terrorist.

„Vielleicht finden wir eine Lösung für das Smartphone?", fragte Stan und wurde für seine Initiative von allen angesehen, als ob er von der Fleher Brücke in den Rhein geschifft hätte. Das Telefon – der Druckpunkt in dieser verfahrenen Situation. Ein Smartphone aus der Zukunft. Niemand wollte zugeben, wie wichtig dieses unscheinbare Gerät mittlerweile geworden war. Ein Telefon, das es nicht geben konnte.

„Agent ...", ermahnte ihn der Botschafter. Das war das eigentliche Problem, Richter wurde nur vorgeschoben. Ein Strohmann, an dem man sich hochzog, um seine Interessen zu wahren, ohne diese offen zu nennen. Ob Richter log, ihn jemand verladen hatte oder alles der Wahrheit entsprach, spielte keine Rolle. Gerechtigkeit und Genugtuung für die Hinterbliebenen von Nine Eleven, das war nicht mehr als eine leere Worthülse – nur Mittel zum Zweck, um dieses unselige Smartphone zu kontrollieren.

„Wir wissen nicht, was auf dem Gerät abgespeichert ist", erklärte Stan wahrheitsgemäß. Er war FBI-Agent, es gehörte nicht zu seinem Job, einem Diplomaten nach dem Mund zu reden.

Karl nickte. Auf Arbeitsebene gab es keine Streitereien. Experten des BKA, FBI, CIA, BND und der NSA fummelten seit drei Monaten gemeinsam an Siggi herum, ohne seine Verschlüsselung knacken zu können. Siggi, so hatte Richter sein Smartphone vermenschlicht. Nicht ganz unpassend, da Siggi eine hoch entwickelte Künstliche Intelligenz darstellte, eine KI, die es auf der Welt kein zweites Mal gab.

„Ähm ... ja." Der Botschafter senkte den Kopf. Jeder im Raum kannte seine Agenda: Bring Richter in die Staaten und sorge unauffällig dafür, dass er dabei dieses Smartphone in der Tasche hat!

„Herr Botschafter, wir haben der Mitarbeit der NSA zugestimmt. Gibt es bisher keine Fortschritte?", fragte der Staatssekretär mit den vier Umlauten in strafendem Ton. Die Ohrfeige saß. In Fort Meade war deswegen Weihnachten ausgefallen. Dreihundert NSA-Analysten unterstützten über den Teich die Taskforce in Düsseldorf. Karl, dieser Bluthund, hatte immer Bundespolizisten im Raum, wenn ein FBI-Mann mit dem Gerät arbeitete. Danach verschwand es wieder am Ladegerät in einem deutschen Safe.

„Agent Wilson." Der Botschafter zog den Kopf ein. Die Ohrfeige durfte sich Stan einfangen.

„Oh doch ... es ist kein Fake." Das wussten sie inzwischen. Die Technologie auf dem Gerät konnte niemand aus dem Handgelenk schütteln. Weder die Russen, die Chinesen, die Israelis noch die Nordkoreaner, die üblichen Verdächtigen fielen auf ganzer Linie aus. Allein die KI-Technologie stellte einen kaum zu beziffernden Wert dar, doch dies war längst nicht alles. Die Daten – ein halbes Terabyte aus der Zukunft. Unvorstellbar! Wenn Richter die Wahrheit sagte. Niemand würde einen solchen Schatz ungenutzt verstauben lassen, folglich hatte auch niemand von denen die Fähigkeiten, eine derartige Software zu entwickeln.

„Kein Fake?" Der Staatssekretär sah gelangweilt an die Wand, der Tag war noch jung. Die Uhr zeigte 8:32 an. Es war Mittwoch, der 7. Februar 2018. „Ich bin beeindruckt. Ist das der Konsens Ihrer Ermittlungen?"

„Okay ... einen Kaffee für alle?", fragte der Botschafter.

Eine nette Geste. Stans Antwort wäre weniger diplomatisch ausgefallen. Deutschland zu mögen, bedeutete nicht, jeden aufgeblasenen Politiker in diesem Land gut zu finden.

*

Stan fuhr mit Karl Konstantin zum Präsidium am Jürgensplatz. Dort befand sich ihre Patrick-Richter-Taskforce. Die Konferenz in der Botschaft hatte niemanden weitergebracht. Die Deutschen rückten Richter nicht heraus, weil sie damit auch die Kontrolle über das Smartphone verlieren würden. Daran sollte sich auch in den nächsten Tagen nichts ändern. Die Amerikaner spielten mit, weil sie, solange der Auslieferungsantrag nicht vollzogen war, eine juristisch und politisch opportune Handhabe hatten, das BKA, als ermittelnde Sicherheitsbehörde, technologisch zu unterstützen.

„Politik ist scheiße", erklärte Karl und stoppte an einer roten Ampel. Es schneite, was an diesem Teil des Rheins nicht häufig vorkam.

„Ja." Darin waren sie sich einig.

„Was macht die Brute-Force-Attacke auf die Speicherkarte?", fragte Karl. Der Wagen stand.

„Nichts, auch mit der digitalen Brechstange sind wir nicht weitergekommen."

„Das ist nicht viel."

„Jugend forscht ... die haben keine Ahnung, was sie tun." Die NSA-Jungs hatten Stan bisher nicht überzeugen können.

„Hey ... die NSA hat wenigstens Budget. In Wiesbaden hätten meine technischen Kollegen versucht, ein paar alte Windows 98 Rechner mit Token-Ring-Adaptern zu clustern." Karl fuhr weiter. Der Schneefall wurde stärker. Es war schweinekalt draußen. Gleich würde er in das Parkhaus unter dem Präsidium fahren.

Alles wie gehabt – sie würden Richter weiterhin vernehmen und versuchen, das dämliche Smartphone mit allen zur Verfügung stehenden Mitteln zu hacken. Der Medikamentengeber, den Richter bei der Ergreifung bei sich getragen hatte, erwies sich als Einbahnstraße. Das Teil war nahezu leer gewesen, das Labor hatte die Reste irgendwelcher chemischer Substanzen zum Aufputschen und zum Beruhigen analysiert. Nichts Neues, nichts Weltbewegendes. Auf der Hülle fand sich auch mit dem Mikroskop nichts. Keine Firmierung, keine Kennung, gar nichts.

*

Mittagszeit. Deutsche liebten ihren Lunch. Die Kollegen machten sich wie ein Ameisenvolk auf den Weg in die Kantine.

Stan winkte ab. Er verspürte keinen Hunger. Vor einer halben Stunde hatte er eine SMS von seiner Tochter Laura bekommen. Sie war vierundzwanzig und lebte mit ihrem Mann und Kind in Hamburg. Die SMS brachte die Situation auf den Punkt. Sie wollte nicht mit ihm reden. Nicht heute und nicht morgen. Sie beschimpfte ihn noch nicht einmal. *Lass mich in Ruhe,* hatte sie geschrieben. Nicht viel. Deutlich war es dennoch. Stan hatte keine Ahnung, wie er diese Situation auflösen sollte. Sein Enkelsohn würde im Mai seinen ersten Geburtstag feiern. Ohne Opa Stan, so hatte es Laura ihm unmissverständlich zu verstehen gegeben.

Er sollte sie einfach anrufen. Stan nahm sein Smartphone und drückte ihre Nummer. Das Bild, das er mit ihrem Profil verbunden hatte, zeigte sie mit zwölf. Ein aktuelleres besaß er nicht.

„Nein." Stan beendete den Gesprächsaufbau. Das war nicht der richtige Weg, um verlorenes Vertrauen zurückzugewinnen. Als seine Frau Iris noch lebte, hatte sie sich um solche Probleme gekümmert. Damals war die Welt noch in Ordnung gewesen.

Oh Gott, hatte er seine Frau geliebt, die vor zwölf Jahren bei einem Verkehrsunfall in Bremen getötet worden war. Er hatte zu der Zeit einen FBI-Lehrgang in Quantico besucht.

Nein, so einfach war das nicht. Er hätte bei ihr sein müssen, war es aber nicht. An diesem Tag nicht und an vielen anderen Tagen auch nicht. Ein Fehler, den Stan sich nicht verzeihen konnte. Damals nicht und heute noch viel weniger.

Er blickte auf das Kinderbild. Wie Iris hatte Laura lange schwarze Haare. Beide hätten in jedem Indianerfilm die Hauptrolle spielen können. Iris' Familie lebte in Leipzig und ihre Großeltern stammten vom Balkan. Zigeunerblut, hatte sie immer gewitzelt. Die klügste Frau, die er jemals kennengelernt hatte und die schönste dazu. Das Schicksal hätte sie ihm nicht wegnehmen dürfen.

Stan ging die Treppe hinunter und verließ das Gebäude. Die kalte Luft tat ihm gut. Der Schnee schmolz bereits. Auf den Straßen lag nur noch eine dreckige Pampe aus Staub, Streusalz und Wasser. Warum redete er nicht einfach mit ihr? Er war ihr Vater. Das musste doch möglich sein. Er wählte erneut ihre Nummer.

Das Wählzeichen ertönte viermal. *„Jacobi.“* Laura Jacobi, so hieß sie nach der Heirat.

Stan schluckte.

„Wer ist da bitte?“ Er hatte die Nummer nicht unterdrückt. Sie musste seinen Kontakt gelöscht haben.

„Hier ist Dad.“

„Stan, was willst du?“

„Reden.“ Das war alles, was er wollte. Er würde es stundenlang tun, wenn sie es ihm erlauben würde. Sie war seine Achillesferse. Er würde alles tun, um sie zurückzugewinnen.

„Worüber?“

„Über uns.“

„Das haben wir bereits ... ich möchte dazu nichts mehr sagen.“

„Aber ...“ Er kämpfte.

„Du sagst, dass du mich liebst?“

„Ja, ja ... das tue ich.“ Stan überschlug sich fast.

„Dann respektiere meine Worte!“

„Ja.“

„Nein ... das tust du nicht!“

„Ich habe es gut gemeint ... wirklich.“ Stan hatte vor Kurzem abermals einen Fehler gemacht. Laura hatte seine Großzügigkeit falsch interpretiert. Leider konnte er eine Achtundvierzig-Fuß-Motorjacht nicht einfach versenken.

„Du kannst dir nicht alles im Leben kaufen! Das hat schon nicht funktioniert, als ich noch ein Kind war.“

„Entschuldige bitte.“

„Wie hast du dir das vorgestellt? Du stellst mir eine Jacht in den Hafen und alles wird gut?“

„Du bist früher gerne Boot gefahren ... oder?“ Iris war als junge Frau Sportseglerin gewesen. Er hatte sie auf einer Regatta kennengelernt. Wasser und Wind hatten beide geliebt. Und Laura war immer dabei gewesen.

„Stan, deine Frau lebt nicht mehr. Mama ist tot. Ich kann und will sie nicht ersetzen!“

„Das weiß ich."

„*Akzeptierst du es auch?*"

„Es ist schwer ..."

„*Komm damit klar! Ich vermisse Mama auch. Jeden Tag wieder. Aber ich lasse sie ruhen. Ich habe ein eigenes Leben. Einen Mann und jetzt auch ein Kind.*"

„Ich würde meinen Enkel gerne kennenlernen. Wir könnten doch zusammen einen Ausflug auf die Ostsee unternehmen. Wie wäre es nächstes Wochenende? Ich würde mir freinehmen."

„*Hast du mir nicht zugehört?*"

„Doch ..."

„*Woher hast du die Jacht überhaupt? Das Boot ist fast nagelneu ... Felix glaubt, dass es nicht unter einer Million zu haben ist. Stan, du kannst mir nicht einfach ein so teures Geschenk machen! Du bist beim FBI. Ich hoffe nicht, dass du Geld genommen hast!*"

„Nein, nein ... das habe ich nicht." Stan würde sich niemals bestechen lassen. Die Jacht hatte er einem Freund abgekauft. Okay, seinem besten Freund, der ihm das Boot für läppische 50.000 Dollar überlassen hatte. Peter war ein erfolgreicher Börsenmakler. Bei ihm lagen die Millionen in der Portokasse.

„*Das hoffe ich für dich. Es hätte auch ein Stofftier genügt ... hörst du, es kommt nicht auf den Wert eines Geschenks an!*"

„Erzähl deinem Mann, dass es günstiger war ..." Stan war ihm noch nie begegnet. Sie hielt ihr ganzes Leben vor ihrem Vater verborgen.

Mist! Mit der Jacht hatte er auch das restliche Porzellan im schwer lädierten Geschirrschrank ihrer Beziehung zerschlagen. Er litt darunter. Leider konnte er die Zeit nicht zurückdrehen. Die Dinge waren nach dem Tod von Lauras Mutter nicht gut gelaufen. Zwölf Jahre war das jetzt her. Heute würde er einiges anders machen. Allem voran würde er sich nicht mehr hinter seiner Arbeit verstecken.

„*Stan ... ich werde jetzt auflegen.*"

„Bitte ..."

„*Es liegt an dir, wie es weiterläuft. Ich werde diese Jacht nicht betreten und auch keinen Euro für den Liegeplatz bezahlen. Es ist dein Boot.*

Nutze es, um auf andere Gedanken zu kommen." Laura war erwachsen geworden, auch damit musste er klarkommen.

„Ja."

„*Ruf mich nicht mehr an ... ich werde deine Nummer blockieren. Wenn du andere Apparate benutzt, werde ich einen richterlichen Beschluss gegen dich erwirken. Das möchte ich eigentlich nicht ... du würdest deswegen Ärger mit dem FBI bekommen. Also lass es.*"

Stan hörte es nur noch einmal klacken.

V. Verhandlungen

Der Morgen verlief immer gleich. Fast kam es Patrick so vor, als ginge er einer geregelten Arbeit nach. Dabei regelten natürlich andere sein Leben oder zumindest den Tagesablauf. Nach dem Frühstück hieß es frisch machen für die nächste Untersuchungsrunde. Danach eröffneten sie die Vernehmungsrunden. Bei der Vielzahl der Kameraaufnahmen der letzten drei Monate müsste er locker am Anfang der vierten Staffel des Serienblockbusters ‚Der mit der Zeit tanzt' angekommen sein. Die Hauptrolle spielte der leider ziemlich schlecht bezahlte Patrick Richter. Einer der Nebendarsteller saß ihm in seinem Wohnzimmer, Vernehmungsraum V, gegenüber. Gestern Abend hatte dieser ihm noch einen ungebetenen Überraschungsbesuch im Schlafzimmer abgestattet und war kurz davor gewesen, ihm eine Kugel ins Bein zu schießen.

Karl Konstantin tat so, als wäre nichts geschehen. Wie immer lehnte er sich auf seinem Stuhl zurück, dass es knarzte. Hundert Kilo pure Grantigkeit beäugten ihn wie einen Hühnerdieb. „Angenehme Nachtruhe gehabt?", erkundigte er sich mit einem Lächeln so echt wie eine Drei-Euro-Münze.

„Selbstverständlich. Danke der Nachfrage. Ich habe vom kleinen Prinzen geträumt."

„Ach was!" Kalles Gesicht veränderte sich nicht. „Träumst du nicht, hier rauszukommen?"

„Ach was. Mein Zimmer ist geheizt, das Essen ist gut und ich finde täglich neue Freunde."

„Das nehme ich dir nicht ab. Du erzählst wie dieser Hanebüchen."

„Meinst du Münchhausen? Und seine Geschichten waren hanebüchen?", fragte Patrick sicherheitshalber nach.

„Wie auch immer."

Patrick schielte zur Kamera – die rote LED-Lampe blinkte ihm rhythmisch zu. Die Produktionsleitung musste nur noch Konservenlacher an den richtigen Stellen einspielen, fertig war die neue Monster-Reality-Soap vom Rhein. Ein echter Quoten-Knaller. Wenn das Ganze nicht in Wirklichkeit so traurig gewesen wäre.

Mit langem Hals beugte sich Kalle vor. „Damit eins klar ist – du bist ein Klugscheißer, einer, der uns lange genug an der Nase herumgeführt hat. Ich glaube dir nach wie vor kein Wort. Du verheimlichst mehr, als du preisgibst."

„Echt! Was könnte dies sein?"

„Du fühlst dich überlegen, doch in deiner Arroganz vernachlässigst du deine Deckung. Nehmen wir nur die Geschichte rund um den Medikamentengeber. Wo war der noch mal her?"

„Den habe ich mir 2029 in der Flughafen-Apotheke gekauft."

„Klar doch. Rezeptfrei auf Kosten der Kasse. Mir jucken die Eier, wenn jemand lügt."

„Ist das nicht lästig, sich ständig im Schritt zu kratzen?"

Konservenlacher bitte … Stattdessen folgte ein geringschätziges Schnauben. Humoristisch lagen sie nicht auf der gleichen Wellenlänge.

„Wie kamen die Medikamente in den Geber?"

„Hat die Apothekerin hineingefüllt."

„Woher wusstest du, welche Medikamente richtig sind?"

„Die Apothekerin hat mich freundlich beraten." Kalle-Bulle fing an zu nerven. Immer wieder lullte er Patrick mit seiner klotzigen Art ein, um dann plötzlich gefährlich aus der Deckung zu springen. Er durfte ihn nicht unterschätzen.

„Diese Apothekerin würde ich gerne mal sprechen."

„Sie war knapp dreißig Jahre alt – demnach ist sie heute achtzehn. Vielleicht macht sie Abitur oder hat gerade angefangen, Pharmazie zu studieren. Das ist doch ein Anhaltspunkt." Unschuldig wie ein Engel breitete Patrick die Flügel aus. Er würde ihm sicherlich nichts von Sophie erzählen.

„Du weißt, dass du lügst. Die Frage lautet: warum? Der Medikamentengeber ist nicht illegal und doch klingt deine Geschichte hier am dünnsten. Das Teil hat dir jemand gegeben, und du willst ihn schützen."

Unwillkürlich dachte er an Sophie. Volltreffer, Karl. Der Bulle war klüger, als er tat. Er sollte ihn nicht unterschätzen. Es musste schließlich einen Grund geben, warum sein Gegenüber es zum Hauptabteilungsleiter beim BKA geschafft hatte.

„Was haben denn die Spezialisten über den Medikamentengeber herausgefunden?"

„Ich stelle die Fragen", knurrte Karl Konstantin. Er rückte sich auf dem Stuhl zurecht. „Themawechsel. Die Staatsanwaltschaft hat sich angekündigt. Die platzen gleich herein."

„Vesorez?"

„Genau der. Mit einigen Schreiberlingen aus seiner Behörde", nickte Karl wenig begeistert.

Also hoher Besuch. Dr. Ramon Vesorez begleitete diesen Fall von Anfang an – so viel hatte Patrick verstanden. Nur dreimal hatte ihn der Leiter der Staatsanwaltschaft Düsseldorf bisher aufgesucht – sonst hatte er immer seine Mitarbeiter geschickt.

„Hören wir uns also an, was er zu sagen hat", meinte Karl gönnerhaft.

Schön, wenn einem gute Freunde mit Rat und Tat zur Seite standen.

Hatten die Kalle vorgeschickt, um ihn weichzukochen? Warteten die draußen und guckten sich die muntere Unterhaltung auf dem Überwachungsmonitor live an? Vermutlich, denn das Timing stimmte – in diesem Moment öffnete sich die Tür und drei Männer und eine Frau betraten den Raum.

„Guten Morgen, die Herren!", begrüßte Vesorez die Herren mit geschäftiger Miene. In seinem Anzug und der dunkelblauen Krawatte auf weißem Hemd mit glänzenden Manschettenknöpfen, passend zur goldgeränderten Brille, wirkte er durchaus beeindruckend. Lässig setzte er sich auf den letzten freien Stuhl. Einer der Assistenten eilte herbei, legte eine dunkelblaue Ledermappe vor ihn auf den Tisch und schlug diese auf. Den Rest konnte Vesorez offensichtlich allein, denn der Mann trat zurück und stellte sich neben die beiden anderen an die Wand.

Weder Karl Konstantin noch Patrick erwiderten den Gruß. Immerhin buckelte Kalle nicht mit devoten Begrüßungsfloskeln vor dem Staatsanwalt.

Vesorez legte unbekümmert los: „Wir haben nun über drei Monate diverse Erkenntnisse gesammelt und ausgewertet. Nun wollen wir gemeinsam den nächsten Schritt tun."

Ob Patrick das wirklich wollte, stand auf einem anderen Blatt, das mit Sicherheit nicht in Vesorez' Mappe lag.

Der Staatsanwalt lockerte die Brille auf seiner Nase. „Die gute Nachricht, Herr Richter ..." Er legte vier Sekunden gönnerhafte Pause ein. „... wir sind bereit, den Haftbescheid vom 10. Oktober 2017 aufzuheben und Sie in dieser Sache freizulassen." Bevor Patrick in Freudentaumel verfallen konnte, hob Vesorez den rechten Zeigefinger. „Allerdings mit gewissen Auflagen, die ich Ihnen im Folgenden erläutern werde."

„Das kann nicht Ihr Ernst sein!", platzte Karl Konstantin dazwischen. „Sie wollen den wirklich gehen lassen? Der verarscht uns von früh bis spät."

War seine Empörung gespielt? Steckten die nicht alle unter einer Decke? Nein, ein solch begnadeter Schauspieler war Kalle nicht.

„Sie haben Ihren Job gemacht, Herr Konstantin. Nun mache ich meinen. Noch ein Wort, und Sie verlassen diesen Raum", drohte der Staatsanwalt in scharfem Ton.

Noch immer schwieg Patrick. Aus dem Augenwinkel registrierte er, dass die LED an der Kamera nicht mehr blinkte. Dieses Gespräch sollte offensichtlich nicht in die Archive wandern. Jetzt wurde es interessant. Intensiv betrachtete Patrick den Staatsanwalt. Sein Blick prallte an der undurchdringlichen Miene des Herrn ab wie ein Vogel an der Fensterscheibe.

Wortlos suchte Dr. Ramon Vesorez seinen Blick. Offensichtlich wollte er zunächst die Reaktion seines Schützlings abwarten. Diesen Gefallen tat Patrick ihm nicht. Ohne jede Regung blieb er sitzen und wartete ab – auch um Zeit zu gewinnen. Er traute Vesorez nicht, er traute Konstantin nicht. Zum ersten Mal in den letzten drei Monaten spürte Patrick, dass er über eine gewisse Macht verfügte – er hatte einen hohen Trumpf im Ärmel, ein Ass oder einen Joker, er wusste nur noch nicht für welches Spiel.

„Erläutern Sie die Auflagen", forderte er den Staatsanwalt auf.

Mit seinen manikürten schlanken Fingern zog Dr. Ramon Vesorez ein Schriftstück aus der Mappe. „Es handelt sich um nichts Weltbewegendes, ich bin sicher, es deckt sich mit Ihren Interessen. Sie unterschreiben uns dieses ‚non disclosure agreement'."

„Tut mir leid – ich kann kein Französisch. Was soll ich bitte unterschreiben?"

Ramons Augen funkelten wie seine Manschettenknöpfe, ansonsten verzog er keine Miene. „Junger Mann, wenn Ihnen das deutsche Wort ‚Vertraulichkeitsvereinbarung' besser gefällt, sagen Sie es frei heraus. Jedoch vergeuden Sie nicht unser aller wertvolle Zeit mit spätpubertärem Wortgeklingel. Dafür ist die Angelegenheit zu ernst."

Respekt, Staatsanwälte redeten nicht drum herum.

„Erklären Sie mir, was Sie wollen. In Worten, die ich verstehe", antwortete Patrick.

„Halten Sie die Klappe." Ramon lächelte freundlich. „Nicht jetzt, sondern nach Ihrer Freilassung." Er gluckste einmal kurz, um aufzuzeigen, dass er ein Staatsanwaltschaftsscherzchen zum Besten gegeben hatte. Anlass genug für die drei Schaufensterpuppen an der Wand, einen zustimmenden Lacher von sich zu geben. „Erzählen Sie niemandem, was Sie uns in den letzten drei Monaten berichtet haben. Zu Ihrem eigenen Schutz. Streichen Sie einfach alles im Zusammenhang mit Zeitreisen aus Ihrem Wortschatz, am besten auch aus Ihrem Gedächtnis."

„Was sagen die Amerikaner dazu?"

Ein kurzes Glitzern in den Augen zeigte Patrick, dass mit dieser Fraktion noch nicht das letzte Wort gesprochen war.

„Wir haben dem Auslieferungsantrag der USA nicht stattgegeben. Es finden bilaterale Gespräche über unseren Köpfen statt, daher sollten wir unverrückbare Tatsachen schaffen."

Die drei Marionetten an der Wand starrten ihn die ganze Zeit an. Nun nickten sie zustimmend, ohne ihn aus den Augen zu lassen.

Was deutete Vesorez da an? Unterhielt sich Berlin mit Washington über ihn? Merkel und Trump? Oder bluffte er, um Druck zu machen.

„Sie meinen wirklich, Sie können mir die Amis vom Hals schaffen?"

„Ja. Wir sind im ständigen Dialog und werden einen tragfähigen Kompromiss finden, der diese Abmachung beinhaltet." Er tippte auf die Vertraulichkeitsvereinbarung.

„Was ist, wenn die Amerikaner mich dennoch einfach unter den Arm klemmen und nach Guantanamo verfrachten?"

„Dann bekommen Sie so viel Angst, dass Sie sich in Luft auflösen. Wo ist Ihr Problem?" Nach diesen Worten sah ihn dieser gerissene Mistkerl völlig entspannt an.

„Das kann ich auch, ohne dieses Teil zu unterschreiben. Ist das alles, was Sie tun können?"

„Wir werden Sie beschützen. Wir können auch über eine neue Identität sprechen ... was ich von Ihnen allerdings benötige, ist die Garantie für Ihre unbedingte Verschwiegenheit." Wieder tippte sein Zeigefinger auf das Schriftstück.

„Was ist, wenn ich unterschreibe und dennoch plaudere? Dann gibt es doch bestimmt eine saftige Vertragsstrafe."

„Aber natürlich. Die Pönale sagt aus, dass Sie wegen Verrats von Staatsgeheimnissen angeklagt werden. Eine klare Verletzung der besonderen Geheimhaltungspflicht. Das Strafmaß beträgt fünf Jahre Freiheitsentzug."

Patrick schluckte. Was ging hier vor? Welche Strategie verfolgte Vesorez?

„Was ist mit der Presse? Die werden mich auf Schritt und Tritt verfolgen."

„Auch dieses Problem könnten wir mit einer neuen Identität aus der Welt schaffen. Alle Optionen stehen bereit." Wie von Zauberhand hielt er einen Montblanc–Kugelschreiber in der Hand. „Wir brauchen lediglich Ihre Verschwiegenheit." Sein Blick senkte sich auf das Blatt Papier.

Wollte Patrick überhaupt ein neues Leben, indem er sich auf diesen schmutzigen Kuhhandel einließ? Er wollte nicht wie ein Verbrecher behandelt werden, der aufgrund einer Kronzeugenregelung einen Straferlass aushandelte. Er war durch und durch unschuldig.

„Nur noch eine Frage, Herr Dr. Vesorez. Warum erzählen Sie mir das alles und präsentieren mir die Vertraulichkeitsvereinbarung in Abwesenheit meines Anwalts?"

Die Wangenknochen des Staatsanwalts verhärteten sich nur für einen kleinen Moment. „Natürlich wollen wir zunächst Ihre Meinung einholen, bevor wir diese Angelegenheit mit Herrn Dr. Reinhard Frohmund besprechen."

„Das ist fürsorglich von Ihnen." Ohne seine Frage nach dem Anwalt hätten die nicht klein beigegeben, das spürte Patrick. Außer ihm befanden sich fünf Leute im Vernehmungsraum V und übten Druck auf ihn aus.

„Vertrauen ist gut, Anwalt ist besser", sagte Patrick entschlossen. „Wir erörtern Ihren Vorschlag zusammen mit Herrn Frohmund."

Der Staatsanwalt blinzelte nicht einmal. „Wie Sie wünschen. Ich habe ihn für 14:00 Uhr hergebeten." Sorgfältig steckte er die Vertraulichkeitsvereinbarung in die Ledermappe zurück. „Machen wir bis dahin eine Mittagspause." Er stand auf und verließ den Raum.

*

Patrick wurde in sein Domizil geführt. Der Ausdruck gefiel ihm besser als Zelle. Um 12:30 Uhr bekam er ein Dreigangmenü aus der Kantine gebracht. Hühnersuppe, Bratwurst mit Reis, Erdbeerquark. Er ließ es sich schmecken. Mit der ersten Verhandlungsrunde war er ganz zufrieden. Nur einen Punkt hatte er vergessen. Was geschah mit seinem Smartphone? Was würde aus Siggi werden?

Kurz vor zwei saß Patrick wieder in seinem Lieblingszimmer V. Die Kamera war ausgestellt. Die Tür öffnete sich. Staatsanwalt Vesorez trat ein und setzte sich ihm gegenüber. Seine drei Mitarbeiter waren offenkundig verlustig gegangen. Rechtsanwalt Dr. Reinhard Frohmund betrat als Letzter den Raum. Ein Lichtstrahl fiel durch das Oberlicht genau auf die juwelenbesetzte Krawattennadel, es glänzte und blitzte, ein würdiger Auftritt – das helle Licht am Ende des Tunnels. Dieser Mann würde ihn hier herausholen – mit der Macht seines Intellekts, der Macht der Paragrafen, in treuer Dreieinigkeit mit der Macht des Geldes. Ohne Frohmunds Druck hätte Vesorez ihm sicherlich nicht die Vertraulichkeitsvereinbarung vorgelegt und ihm die Freiheit versprochen.

Patrick musterte den Anwalt, der sicherlich alles andere als ein Wohltäter war. Verkaufte er einen Teil seiner Seele? Einen Pakt mit dem Teufel wollte er es nicht nennen, doch es kam der Sache schon nahe.

Der Staatsanwalt eröffnete das Gespräch: „Vorstellen müssen wir uns nicht mehr – wir sollten direkt in medias res gehen."

Frohmund nickte.

„Die Staatsanwaltschaft ist bereit, Herrn Richter gehen zu lassen – unter bestimmten Voraussetzungen."

„Augenblick." Frohmund öffnete seine modische Überschlagtasche aus dem Leder irgendeines seltenen Tieres, das vermutlich unter Artenschutz stand und zog ein Schriftstück heraus, das verblüffende Ähnlichkeit mit dem vom heutigen Vormittag aufwies.

„Herr Richter, dies hat die Staatsanwaltschaft mir heute um 12:38 Uhr zukommen lassen. Haben Sie es schon einmal gesehen?"

„Ja, das sollte ich heute vor dem Mittagessen unterschreiben."

Mit empörter Miene blickte der Rechtsanwalt in die Runde. „Unglaublich, ich verbitte mir solche Taschenspielertricks. Sie können meinen Mandanten in meiner Abwesenheit doch nicht nötigen, unannehmbare Verpflichtungen einzugehen."

„Was meinen Sie? Was ist an der Vertraulichkeitsvereinbarung unannehmbar?", fragte Vesorez zuckersüß.

Genial, wie er den Vorwurf der Nötigung und der Taschenspielertricks an sich vorbeiziehen ließ.

„Sie wissen, welcher Fernsehsender mich bezahlt. Daher Ihr Alleingang. Die Bevölkerung hat das Recht zu erfahren, was mit Patrick Richter geschieht. Mein Auftraggeber beabsichtigt, Herrn Richter zu schützen. Und zwar durch die Öffentlichkeit. Der öffentliche Druck sowie das öffentliche Interesse werden dafür sorgen, dass er nicht widerrechtlich an die Amerikaner übergeben wird. Und er verhindert weitere Gesetzesverstöße der Staatsanwaltschaft Düsseldorf sowie der Bundesanwaltschaft."

„Ich bitte Sie, das sind doch unhaltbare Anschuldigungen. Und die Theorie, dass Popularität einen Schutzschild bildet und jegliche Unbill von Herrn Richter fernhält, glauben Sie doch selbst nicht."

„Was ich glaube, ist mit meinem Mandanten abgestimmt und in seinem Interesse. Tun Sie nicht so, als ob Sie sich auf seine Seite schlagen würden. Darf ich Sie daran erinnern? Sie sind der Staatsanwalt, ich bin der Rechtsanwalt."

„Ganz recht. Der Anwalt des Fernsehsenders. Den Rechtsanwalt von Patrick Richter kann ich nirgends entdecken."

Das verbale Scharmützel der beiden Juristen war enervierend. Patrick sagte: „Ich weiß, dies ist ein sehr ungewöhnlicher Fall. Bitte, ich möchte mit meinem Anwalt unter vier Augen sprechen, bevor wir weitermachen."

Vesorez schaffte es, die Augen nicht zu verdrehen. „Sie haben zwanzig Minuten. Richter, Sie wollen hier raus und wir eine vernünftige Lösung. Arbeiten wir daran."

*

Nun blieben Dr. Frohmund und er allein zurück.

Patrick wartete nicht: „Sagen Sie mir, was ist der Preis, wenn Sie mich hier rausholen. Den der Staatsanwaltschaft habe ich begriffen."

„Zwei Dokumentationen und eine Live-Sendung. Also genau das Gegenteil von vertraulich", antwortete der Anwalt.

Weder Vesorez noch Frohmund ging es um Recht oder Unrecht, es ging nur um Politik und Quoten, um Ruhm oder Gesichtswahrung.

„Gut, dass Sie Ihre Unterschrift nicht unter den Schrieb gesetzt haben. Damit hätten Sie unser einziges Druckmittel für alle Ewigkeit verschenkt. Denn auch über die versuchte Auslieferung an die Amerikaner und den Transport nach Guantanamo hätten Sie nie wieder ein Wort verlieren dürfen."

Mit schmalem Mund nickte Patrick. So etwas hatte er sich schon gedacht. Er traute weder Vesorez noch Frohmund.

„Unterschreiben Sie nichts. Unter keinen Umständen. Bevor Sie einen Stift in die Hand nehmen, rufen Sie mich an", forderte sein Anwalt eindringlich.

„Was ist mit meinem Handy? Ich will es wiederhaben, bevor ich freigelassen werde."

Dr. Frohmund stöhnte. „Ich fürchte, das Smartphone werden die nicht rausrücken. Doch ich werde es als eine Option in die Verhandlung mit aufnehmen." Er brachte seine Krawattennadel in eine perfekt waagerechte Position. „Lassen Sie mich nur machen."

VI. Scheiß Gewaltenteilung!

Stan wollte zurück ins Gebäude gehen, als sich sein Smartphone meldete. Ihm wurde kalt. Er hatte seine Jacke an der Garderobe hängen lassen. Das Gespräch mit Laura steckte ihm jetzt noch in den Knochen. Es war der Botschafter, der sich selten bei ihm meldete, um ihm nur einen guten Appetit zu wünschen.

Er nahm das Telefonat an. „Yes."

„We have a problem."

„Only one?" Schön, wenn es so wäre. Der Botschafter reagierte nicht auf seine flapsige Bemerkung. Das Problem musste ernst sein. „Sir, wie kann ich helfen?"

„Vesorez ist ein verlogener Bastard!"

„Ähm ... ja." Stan staunte, bisher hatte er noch nie eine nicht zitierfähige Formulierung seines Botschafters mitbekommen. Eine gewisse Verschlagenheit war dem deutschen Staatsanwalt aber durchaus zuzutrauen.

„Der verarscht uns!"

„Sir." Stan hielt sich regelrecht an der höflichen Ansprache fest. Er hatte keine Ahnung, was der deutsche Jurist angestellt hatte, dass der Botschafter derart seine Contenance verlor.

„Die wollen Richter freilassen!"

„Sir?" Bitte, was wollen die tun? Ihn einfach gehen lassen? Das konnte doch nur ein Missverständnis sein! Dass in dieser prekären Situation keiner Auslieferung stattgegeben wurde, war nachvollziehbar. Das hätte Stan anstelle der Deutschen auch nicht gemacht. Aber bitte doch nicht freilassen! Wer kam denn auf so eine Idee!

„Frohmund, dieser Winkeladvokat, hat der Bundesanwaltschaft damit gedroht, sie vor das Bundesverfassungsgericht zu schleifen. Ein erstes Gutachten hat er bereits vorgelegt. Verstoß gegen mindestens fünf Grundrechte. Der Anklage-Reigen beginnt mit Artikel 1 des Grundgesetzes der Bundesrepublik Deutschland: Die Würde des Menschen ist unantastbar. Diesbezüglich sind die Deutschen aufgrund ihrer Geschichte äußerst sensibel."

„Die Kanzlei von Dr. Reinhard Frohmund hat auch Niederlassungen in den Staaten. Wir könnten versuchen, mit einem der Seniorpartner zu sprechen."

„Das ist doch längst passiert! Meinen Sie, Richter oder seine Mutter könnten sich diese Kanzlei leisten?"

„Vermutlich nicht ..."

„Sicherlich nicht!" Der Botschafter wurde noch lauter. *„Das Mandat kommt von einem TV-Sender. Einem der größten im deutschen Sprachraum. Dieser gehört wiederum zu einer DAX-notierten und finanziell bestens ausgestatteten europäischen Mediengruppe, an der auch amerikanische Anleger Anteile halten. Demokraten! Dieses Geld kommt von Demokraten, die sich einen Dreck um laufende Ermittlungen der*

aktuellen Administration scheren! Dieser Frohmund agiert mit mehr Dollars im Rücken, als wir beide uns vorstellen können!"

„Oh ..." Es gab Momente, in denen Stan froh war, nur FBI-Agent zu sein.

„Ja ... oh! Vesorez und Frohmund planen einen Deal. Frohmund wird bei Kuba weiterhin nur an braun gebrannte Mädchen und steuerfreien Rum denken und Vesorez, die Ratte, lässt Richter laufen! Einfach so! Er schließt dem kleinen Pisser die Zellentür auf und lässt ihn gehen! Zeitreisen seien schließlich nicht verboten!"

„Bitte?" Stan glaubte gerade, im falschen Film zu sitzen.

„Gemäß dem deutschen BGB, dem StGB sowie aktueller nationaler und europäischer Rechtsprechung ist ‚in der Zeit reisen' kein relevanter Straftatbestand. Nicht einmal eine Ordnungswidrigkeit und von den Juristen sieht auch niemand private Interessen verletzt, um eine Zivilklage zu begründen."

„Vesorez hat uns verkauft!" Und sie dabei noch heute Morgen mit einem Lächeln angelogen. Patrick Richter freizulassen, war zu keinem Zeitpunkt eine Option auf der gemeinsamen Agenda gewesen.

Der Botschafter schnaubte vor Wut. „Um seine Haut zu retten! Dieser Wicht! Wen glaubt der eigentlich, vor sich zu haben!"

„Sir, was ist mit dem Smartphone?"

„Das behält das BKA." Der Botschafter sprach leise weiter. „Wilson! Sie werden das Gerät sicherstellen. Egal wie!"

„Sir?" Der Botschafter verlangte von ihm, die Deutschen in ihrem eigenen Land zu bestehlen.

„Die CIA wird Ihnen helfen. Jetzt ist der Spaß vorbei! Wir haben die ganze Zeit fair gespielt ... das können wir uns nun nicht mehr leisten. Die können Richter behalten, wir nehmen das Smartphone!"

„Das ist nicht so einfach ..." Um nicht zu sagen, unmöglich. Karl war kein geschliffener Karrierepolizist, aber er war nicht dämlich. Trotz der partnerschaftlichen Zusammenarbeit traute er den CIA- und NSA-Spezialisten mit FBI-Marke nicht über den Weg. Jeder Handgriff wurde von bewaffneten Bundespolizisten überwacht. Verständlicherweise trugen Stans Kollegen in ihrem Gastland keine Waffen.

Ein IT-Nerd wie Malcolm hätte sich damit ohnehin nur in den Fuß geschossen.

„Wenn Sie überfordert sind, lasse ich Sie ablösen." Der fürsorgliche Ton des Botschafters triefte vor Gehässigkeit.

„Nein ... nein, ich finde eine Lösung!" Der Druck wuchs. Stan hatte keine Ahnung, wie er es anstellen sollte. Der Schritt der Deutschen, Richter freizulassen, brachte die ohnehin instabile Balance zum Kippen. Dabei spielte es keine Rolle, welche Seite die Oberhand behielt. Am Tagesende würde es überall Scherben geben.

Der Botschafter legte auf.

„Fuck!" Stan presste die Lippen zusammen. Ihm war bei dem Gespräch so warm geworden, dass er die Kälte verdrängt hatte. Das würde in einer Katastrophe enden!

*

Stan stand mit sieben Technikern, vier Wachleuten und fünfundvierzig Bildschirmen in einem Labor. Niemand redete. In der Mitte des Raumes lag gut geschützt unter einer Plexiglasabdeckung das Objekt der Begierde, ein seit dem Spätsommer 2017 am Markt verfügbares Smartphone.

Zwei Bundespolizisten in dunklen Kampfanzügen passten auf, dass die Scheiben nicht beschlugen. Zwei weitere standen an der Tür. Stan war sich sicher, dass sie einen Schießbefehl hatten.

Siggi, die KI, um die sich alles drehte, war über ein Kabel mit dem Netzwerk verbunden. Wohlbehütet durch eine Firewall, die er bisher nicht angegriffen hatte. Und einer weiteren, die er noch nicht kannte. Sowie einer dritten, mit deren Technologie die Navy ansonsten ihre U-Boot-Flotte schützte.

Bei der Frage, ob Siggi in der Lage war, die kaskadierten Barrieren zu durchbrechen, stand die Expertenmeinung bei vier zu drei Stimmen, dass er es nicht konnte. Die deutschen Kollegen im Team waren in der Hinsicht misstrauischer.

Malcolm rülpste. Stan wusste, seine Frau kochte immer orientalisch für ihn und gab ihm seinen Lunch in einer Kunststoffbox für die

Mikrowelle mit. Eine liebevolle Geste, die seinen Magen pünktlich jeden Tag zwischen dreizehn und vierzehn Uhr rebellieren ließ.

„Prost." Stan stand mit verschränkten Armen hinter ihm. Eigentlich kam er gut mit Computern zurecht, aber die Show im Labor war für keinen Normalsterblichen zu verstehen. Jedes Byte, das Siggi in der gesicherten Sandbox von sich gab, wurde disassembliert, analysiert, neu formatiert, gefiltert und dann über eine virtuell gesicherte Standleitung nach Fort Meade geschickt. Dort machte eine weitere Horde NSA-Nerds Dinge mit dem Code, die Stan auch nicht verstand, wenn Malcolm ihm die Arbeitsschritte erklärte.

„Wie sieht es aus?" Stan brauchte Ergebnisse … oder eine Waffe. Er sah zu einem der völlig humorlosen Bundespolizisten. Nein, das war der falsche Weg.

„Siggis Architektur ist in mehreren Ebenen aufgebaut. An den Kernel kommen wir nicht heran. Keine Chance. Seine interne Firewall, also die, die wir sehen, basiert auf Algorithmen, die mir noch nie zuvor untergekommen sind. Ich denke sogar, er hat mehrere davon. Sie funktionieren dynamisch. Er ist damit in der Lage, eigenständig Parameter zu ändern. Er entscheidet, was er durchlässt und was nicht."

„Das Telefon trifft Entscheidungen?"

„Ja … unsere Profiler im Team haben ein Persönlichkeitsbild erstellt. Das Telefon verändert sich. Siggi lernt und passt sich unseren Aktivitäten an. Wir haben eine neuronale Simulation aufgebaut, um seine Präferenzen zu erforschen."

„Das ist …"

„Unglaublich … ich weiß. Siggi weist viele Merkmale einer gefestigten Persönlichkeit auf. Er folgt Werten und versteht sich als Dienstleister. Das ist gut. Eine solide Entwicklungsleistung. Man kann seine Antworten vorhersehen … ein kleiner Erfolg. Leider hilft es uns nicht weiter, seine abgespeicherten Daten auszulesen."

„Was passiert gerade?"

„Siggis Hardware besitzt einen internen Speicher, an den er uns nicht heranlässt. Hochinteressant ist die zusätzliche Speicherkarte, auf der er Daten auslagert. Wir haben diese SD-Karte separiert und konnten damit seine dynamische Verschlüsselung austricksen." Malcolms Erklärungen waren alles andere als leicht verdaulich.

„Und?" Stan sah auf einem der Bildschirme bei Malcolm mehrere Prozentangaben für Aktivitäten von zugeschalteten Servern der NSA. Die Maschinen arbeiteten nahezu unter Vollllast.

„Wir lösen das Problem mit dem Holzhammer! Brute Force ... wir haben in Fort Meade 7.200 CPUs allokiert, die einen Entschlüsselungscode berechnen, um die Daten auf der Speicherkarte auszulesen."

„Funktioniert es?"

„Theoretisch ... ja."

„Und praktisch?" Stan brauchte eine Lösung. Wenn es ihnen gelang, Siggi zu knacken, hätten sie neben den Zukunftsdaten auch ein gutes Argument, Vesorez und die Bundesanwaltschaft wieder zur Räson zu bringen.

„Es dauert ... Stunden, Tage, Wochen, wir wissen es nicht."

„Kann ich mit ... äh ... der KI sprechen?"

„Klar ..." Malcolm schaltete ein Mikrofon und einen Lautsprecher an.

„Guten Tag."

„*Hallo, Special Agent Wilson.*" Die Stimmerkennung funktionierte schon einmal bestens. Sehen konnte Siggi ihn nicht.

„Weißt du, was wir gerade mit dir tun?"

„*Sie haben einen Teil meines Cache-Speichers separiert und versuchen, die Daten auf der SD-Karte zu hacken. Dieser Zugriffsversuch ist illegal.*"

„Du solltest kooperieren."

„*Die Daten gehören Beta-Tester 7. Ich kann Ihnen daher den Zugriff nicht gewähren. Die Integrität persönlicher Informationen sind meinem genialen Entwickler, Dr. Pukiyama Kakuzo, sehr wichtig. Bitte besuchen Sie unsere Webseite www.pukiyama-kakuzo.com und geben Sie ein Benutzerfeedback ab.*"

„Wir sind die Guten. Wir sind von der Polizei. Es gibt auch einen Gerichtsbeschluss ... unser Zugriff ist legitimiert." Jetzt diskutierte Stan schon juristische Sachverhalte mit einem paranoiden Telefon. Er wurde den Verdacht nicht los, gerade von Siggi mächtig verarscht zu werden. Ein Blick zu Malcolm, der sich stumm vor Lachen den Bauch hielt. Sehr lustig. Haha, Stan würde später lachen.

„Special Agent Wilson, für solche Vorfälle verfüge ich über einen Behördenmodus. Der Zugriff ist gesichert. Bitte geben Sie das Kennwort ein, das gemäß der Betriebserlaubnis C-67-JRD32 hinterlegt wurde, und beschreiben Sie Ihr berechtigtes Interesse. Nach dieser Legitimation darf ich Ihnen selektiv relevante Daten des Beta-Testers 7 überlassen ... ich denke, damit Ihr Anliegen vollumfänglich unterstützen zu können."

Malcolm wischte sich glucksend ein paar Tränen aus den Augen. „Er ... er ist nicht einfach ..."

Sollte ihn doch das höllisch scharfe Curry seiner Frau in Stücke reißen!

Das reichte fürs Erste. Stan zeigte an, den Lautsprecher und das Mikrofon dichtzumachen. „Was ist mit dieser komischen Behördenfreigabe?"

„Eine Sackgasse. Uns ist das Format nicht bekannt. Es gibt auch keine Prüfsumme. Das Passwort ist ohne Anhaltspunkte nicht zu hacken, und Siggi lässt nur einen Eingabeversuch in der Stunde zu ... wir haben diesen Ansatz nicht weiterverfolgt", erklärte Malcolm.

„YEAH! I got this fucking bastard!", brüllte einer der amerikanischen Kollegen, der zwei Plätze neben Malcolm saß. Ein NSA-Hacker wie aus dem Lehrbuch: Brille, weißes Hemd, blaue Stoffhose.

„Was hat er gefunden?", fragte Stan.

Malcolm wechselte das Programm. Sie hatten einen Treffer. Die SD-Karte war offen. Alle freuten sich. Siggi hatte dort Verlaufsdaten aus dem Browser abgelegt. Hierbei handelte es sich um die Webseiten, die er im Auftrag von Richter besucht hatte.

„Wie viele Seiten?", fragte Malcolm. Der Computer überprüfte gerade, welche Webseiten davon noch aktiv waren.

„Eine eindrucksvolle Historie. Knapp 2.000 Referenzen. Mindestens 1.500 Links gibt es davon noch ... meist harmlos. Die fehlenden Webseiten sind ... äußerst merkwürdig. Ich lasse gerade einen Abgleich mit der DENIC, der zentralen Registrierungsstelle für Domänen, durchlaufen. Viele der Domänen gibt es nicht. Und gab es auch nicht", erklärte ein BKA-Experte.

„Sind das Daten aus der Zukunft?", fragte Stan aufgeregt. Waren Sie gerade dabei, eine der größten Entdeckungen der Menschheitsgeschichte zu machen?

„Augenblick!" Der BKA-Beamte tippte mit dreihundert Anschlägen in der Minute auf der Tastatur herum. „Ich sortiere die Datensätze nach den Zeitstempeln."

Stan hielt den Atem an. Er war genau im richtigen Augenblick hergekommen.

„Schauen Sie. Die Anfragen sind 2017 erfolgt. Es gibt kein neueres Datum."

Die Enttäuschung fraß sich in Stans Eingeweide. „Und was bringt uns dieser Zirkus nun?"

„Es … ist unglaublich! Diese Daten …", stammelte der Techniker. „Man könnte fast meinen, dass sie aus einer parallelen Realität stammen. Sehen Sie diese Internetadressen: www.duesseldorf-trauert.de oder www.duesseldorf-blutet.de … ich verstehe das nicht. Was soll das? Diese Webseiten gab es nie", antwortete der BKA-Mann.

„Gibt es auch den Inhalt der Seiten im Cache?", fragte Stan.

„Ja … verschlüsselt."

„Wartet! Die Idee ist gut!" Malcolm mischte sich ein und klopfte Stan auf die Schulter. „Wir nutzen den verschlüsselten Cache als Blackbox und richten unsere Anfragen an ihn."

Sekunden später setzte er seinen eigenen Vorschlag um und tippte die Webseite in das Suchfeld eines Browsers, der die dazugehörigen Daten aus Siggis Cache zog. Die Seite baute sich auf. Stan lief es kalt den Rücken herunter: eine Katastrophe aus dem Jahr 2015, die … nie passiert war!

„What the fuck is this?", fragte der amerikanische Kollege, der die deutsche Webseite nicht lesen konnte. „This has never happened!" Aufgrund der Bilder hatte er trotzdem verstanden.

„Es gab 2015 keinen Terroranschlag auf den Düsseldorfer Flughafen, bei dem mehrere Hundert Menschen ihr Leben verloren haben …", flüsterte Malcolm verunsichert.

„It has never happened ..." Es war niemals geschehen. Stan wurde schlecht. Das war kein Fake. Sie befanden sich auf der Suche nach Daten aus der Zukunft. Klar, angeblich war Patrick dort gewesen. Er hatte sich aber auch mehrfach in der Vergangenheit aufgehalten. So seine Aussage. Natürlich, Stan kannte inzwischen jedes Wort davon. Patrick sprach auch über die Komplikationen, die damit verbunden waren. Besuche in der Vergangenheit hinterließen Footprints in der Zeit, deren Folgen kaum absehbar waren.

Stan schluckte. Patrick hatte auch von einem Anschlag gesprochen, den er ausgelöst und auch wieder ausradiert hatte. Diesen Teil seiner Aussage hatte ihm verständlicherweise niemand geglaubt. Aber es schien tatsächlich passiert zu sein. Zwischenzeitlich. Alles drehte sich in seinem Kopf. Die Techniker im Raum kannten die Vernehmungsprotokolle von Patrick Richter nicht.

„Okay ... wir machen eine Pause." Gut, dass Stan heute anwesend war. Diese Daten mussten kontrolliert werden, das gehörte aber nicht zu den Aufgaben der Nerds.

*

„Danke, dass du mir alles erzählt hast", sagte Carsten Grünfeld mit belegter Stimme. Stan hatte ihn einfach anrufen müssen, das war er ihm schuldig gewesen. Die vermeintlich falschen Informationen über das Jahr 2015 hatten in ihm etwas verändert. Stan sah Richter jetzt mit neuen Augen. Zum einen glaubte er ihm. Zum anderen hatte Richter Hunderten Menschen das Leben gerettet. Mit ehrenhafter Motivation. Sich in der Zeit bewegen zu können, sprengte alles, was Stan bisher für möglich gehalten hatte.

„Carsten – ich habe einen Anrufer in der Leitung. Ich melde mich später ..." Stan legte auf. Es war Laura, die versuchte, ihn zu erreichen. Nicht der beste Zeitpunkt, aber egal.

Grünfeld zu informieren, war illegal. FBI-Agenten drohten deswegen lange Haftstrafen. Das war Stan inzwischen scheißegal. Er musste darüber mit einem Menschen reden, dem er vertraute. Sonst würde er platzen. Carsten war dabei gewesen. Das war wichtig. Für beide.

„Hallo Laura." Er freute sich, dass sie ihn anrief.

„Du bist ein Arschloch!"

Stan schwieg und versuchte, seine Emotionen im Griff zu behalten. Heute kam viel auf einmal zusammen.

„Die Jacht ist bereits auf meinen Namen registriert! Das will ich nicht! Wie konntest du das überhaupt tun! Ich habe nie etwas unterschrieben! Was hast du da wieder gedreht? War dir jemand einen Gefallen schuldig? Egal, ich sollte nicht fragen ... mach das wieder rückgängig. Ich will keinen Ärger mit der Steuer bekommen!"

„Laura, bitte ..."

„Nein, nicht Laura bitte! Lass das Boot umschreiben, oder ich werde den Pott auf der Ostsee abfackeln!"

Sie legte auf. Die Jacht konnte noch nicht auf Laura zugelassen sein. Da hatte sie völlig recht. Sie hätte eine Unterschrift leisten müssen. Das hatte sie nicht getan. Als Eigner müsste immer noch Stans Freund Peter eingetragen sein. Dieses Problem sollte sich leicht aus der Welt schaffen lassen.

Er wählte Peters Nummer.

„Hey Stan, old pal ..." Peter klang ausgelassen.

„Laura called me ... she is totally off!"

„Sorry, what's happened?"

„What did you do? Wie kann es sein, dass das Boot bereits auf ihren Namen angemeldet ist? Sie macht mir dafür die Hölle heiß ... was ist schiefgelaufen?"

„Stan, es ist kompliziert."

„Bitte, was?" Was sollte denn diese Antwort? Peter war sein Freund. Einer der wenigen, die ihm geblieben waren. Trotzdem verspürte er gerade den Drang, ihn zu erwürgen.

„Ich habe auf deinen Anruf gewartet ... ich leite dich weiter. Sorry ... es ging nicht anders. Das war nie mein Boot gewesen, aber ich sollte es dir günstig überlassen. Manchmal laufen die Dinge nicht so, wie man möchte."

Wählzeichen ertönten. Stan konnte kaum glauben, was er gerade erlebte. Jemand spielte mit ihm!

„*Hi*", meldete sich eine ihm unbekannte männliche Stimme mit britischem Akzent.

„Who are you?"

„*A friend.*"

„Your name?"

„*Nennen Sie mich Texel.*"

„Sie haben einen Versuch." Dann würde Stan auflegen. Peter würde er sich später vornehmen. So etwas macht man nicht mit einem guten Freund.

„*Das Boot kommt von mir. Ich habe die Jacht auf den Namen Ihrer Tochter angemeldet ...*" Der manipulierte Eintrag in das Bootsregister war also kein Zufall.

„Was wollen Sie?" Verdammt, Stan hatte einen Fehler gemacht. Peter hatte ihn mit der Nummer in eine Geschichte hineingezogen, deren Preis er noch nicht kannte. Trotzdem würde er alles unternehmen, um seine Tochter nicht zu belasten.

„*Patrick Richter.*"

„Da sind Sie nicht der Einzige ..." Die Liste halbseidener Figuren, die sich eines Zeitreisenden bedienen wollten, wurde täglich länger.

„Ich bin FBI-Agent!"

„*Natürlich sind Sie das. Ich habe Ihnen eine Nachricht zukommen lassen.*" In diesem Moment aktivierte sich der Maileingang auf seinem Smartphone: Sie haben Post.

„Für wen arbeiten Sie?"

„*Lesen Sie die Mail.*"

„So läuft das nicht!" Wilson wollte sich nicht als Handlanger benutzen lassen.

„*Agent Wilson, die Zeit drängt. Ich verstehe Ihre Bedenken und akzeptiere Ihre Werte. Es gibt durchaus Momente, in denen es sich lohnt, über den Tellerrand zu blicken. Patrick Richter wird in Kürze freigelassen. Ein Ereignis, das wir bald medial gefällig aufbereitet auf allen Kanälen verfolgen können.*"

„Und?" Stan war nur mäßig beeindruckt.

„Lesen Sie die Nachricht und treffen Sie eine Entscheidung." Texel legte auf.

VII. Das große Spiel

‚Zeitreisen sind nicht illegal'. Die Erinnerung an diese Feststellung zauberte Patrick wieder und wieder ein Lächeln auf die Lippen. Hatte Herr Dr. Reinhard Frohmund etwa eine Gesetzeslücke aufgedeckt, die Patrick Richter die Freiheit brachte? Musste jetzt das Strafgesetzbuch um einen Zeitreise-Paragrafen ergänzt werden? Was würde dann wohl härter bestraft – eine Zeitreise in die Vergangenheit oder eine in die Zukunft? Wieder grinste er.

Nach der munteren Unterhaltung im Vernehmungsraum V hatten sich Staatsanwalt Vesorez und Rechtsanwalt Frohmund noch unter vier Augen irgendwo im Bürotrakt zusammengesetzt. Daher saß Patrick wieder einmal allein unter der Kamera und wartete. Längst hatte er sich daran gewöhnt – warten fiel ihm leicht. Lag es daran, dass er den Tag über ohnehin nichts anderes vorhatte? Dass er alle Zeit der Welt hatte?

Früher, als Fahrradkurier, war die Zeit sein Feind gewesen, stets regierte die Hektik. Auf dem Tisch standen eine Wasserflasche aus Plastik und ein Stapel ineinandergesteckter Pappbecher. Natürlich kein Glas, das könnte eine ziemliche Sauerei geben, wenn sich ein Häftling mit einer Scherbe die Pulsadern aufschnitt.

Patrick dachte über seine Situation nach. Hm, machte er das nicht ständig? Was würde geschehen, wenn die beiden Juristen zu einem Konsens gelangten und er tatsächlich freikam?

Die Tür schwang auf und Frohmund kam herein. Wie immer fiel sein erster Blick auf die Kamera. „Ich stelle fest, die Kamera ist ausgeschaltet. Wir legen Wert darauf, dass dies auch so bleibt", sagte er laut, als gäbe er diesen Umstand zu Protokoll.

„Sie ist ausgeschaltet", meinte Patrick.

„Aha! Und woher wissen Sie das, Herr Richter? Ich sehe nur, dass die rote LED nicht blinkt. Das heißt gar nichts. Vielleicht ist auch nur das Mikrofon noch angeschaltet. Also, wenn nun dennoch Bild oder Ton aufgezeichnet werden, ist das Material juristisch nicht verwertbar."

Woher der Anwalt diese Methoden wohl kannte?

„Wie kommen Sie voran?", fragte Patrick.

„Gut! Sie könnten heute als freier Mann das Polizeipräsidium verlassen."

Zweifelsohne eine aufregende Nachricht. „Das wäre fantastisch. Nur der Konjunktiv trübt meine Laune."

„Ich will offen zu Ihnen sein …"

Wenn einer so anfing, schellten bei Patrick die Alarmglocken, sodass er versucht war, sich die Ohren zuzuhalten. „Sie sind mein Anwalt."

Es fiel Frohmund sichtlich schwer, irgendeinen Zusammenhang zwischen den beiden letzten Aussagen herzuleiten. Vermutlich amüsierte er sich köstlich über Patricks Treuherzigkeit.

„Der beste Anwalt, den Sie für Geld bekommen können, Herr Richter. Sie wissen, wer mein Honorar bezahlt. Als Gegenleistung will der Fernsehsender die Vermarktungsrechte Ihrer Story. Exklusiv natürlich."

„Wenn ich mich schon an die Medien verkaufe, dann nicht unter Wert. Die Rechte an den Abenteuern eines Zeitreisenden sind millionenschwer."

Erstaunt runzelte Dr. Frohmund die Stirn. Offenbar hatte er Patrick bislang als deutlich naiver eingeschätzt. „Herr Richter, Sie kennen die Abmachung – daher wussten Sie bereits im Vorfeld, auf was Sie sich einlassen. Zwei Dokumentationen und ein ausführliches Live-Interview. Dafür hole ich Sie hier raus."

„Was ist mit Buch- und Filmlizenzen, Werbeeinnahmen, Merchandising? So einen wie mich gibt es nur einmal auf der Welt." Patrick warf einen munteren Blick auf Frohmunds Brust. „Ich will mir auch mal so eine Krawatte leisten können."

Der Anwalt kniff unmerklich die Augen zusammen. Patrick spürte, wie er die Forderungen seines Mandanten interpretierte und katalogisierte. So tickte dieser Mensch. Der Inhalt des Gesagten interessierte ihn nur am Rande, viel wichtiger war ihm, die wahren Beweggründe seiner Gesprächspartner zu erkennen. Patrick hörte die Registrierkasse regelrecht klingeln, als Frohmund seine Motivation als reine Geldgier verbuchte.

„Einverstanden, für alle Dienste und Rechte über die drei vereinbarten Sendungen hinaus werden dedizierte Verträge geschlossen, die zusätzliche Tantiemen einbringen. Wenn wir es geschickt anstellen – in siebenstelliger Höhe."

„Fein!", rieb sich Patrick die Hände.

„Doch einen Schritt nach dem anderen." Der Rechtsanwalt griff in die Innentasche seines Blazers und zog ein zweimal gefaltetes Papier heraus. „Zunächst unterschreiben Sie mir unsere Abmachung."

„Haben Sie mir nicht empfohlen, auf keinen Fall etwas zu unterschreiben?"

„Ich bin Ihr Anwalt."

Nun konnte Patrick keinen Zusammenhang zwischen den beiden letzten Aussagen herleiten. Mit zusammengepressten Lippen las er den Vertrag durch. Er bestand nur aus wenigen Sätzen. Das Honorar von Dr. Reinhard Frohmund wurde in voller Höhe vom Fernsehsender übernommen. Dafür stellte sich Patrick exklusiv für eine Live-Sendung zur Verfügung und genehmigte zwei Dokumentationen bis zu einer Länge von jeweils fünfundvierzig Minuten. Bis zum 31.01.2019 durfte er in keinem anderen Fernsehsender auftreten.

Nicht kompliziert und in Anbetracht der schwierigen Situation, in der er sich befand, ein vernünftiges Angebot. Ohne zu zögern, unterschrieb er den Vertrag.

„Wo wir gerade dabei sind …" Frohmund griff erneut in seine Innentasche und zog ein zweites Dokument heraus. „Für den Herrn Staatsanwalt", erklärte er, als würde dies alles erklären.

Es handelte sich um eine Verzichtserklärung. Patrick verpflichtete sich, über die missglückte Auslieferung nach Guantanamo Stillschweigen zu bewahren und auf Schadensersatzansprüche jeglicher Art zu verzichten. Explizit wurde eine Klage vor dem Bundesverfassungsgericht ausgeschlossen.

„Nun gut – das war die Abmachung." Er verspürte ohnehin keine Lust auf einen jahrelangen Rechtsstreit, somit unterschrieb er auch diesen Vertrag.

Zufrieden stand Frohmund auf und verstaute beide Dokumente wieder in der Innentasche. „Wunderbar. Kopien lasse ich Ihnen zukommen. Heute noch hole ich Sie hier heraus." Ohne ein weiteres Wort verließ er den Vernehmungsraum V.

*

Keine zwanzig Minuten später kam Special Agent Stan Wilson herein. Wie im Taubenschlag ging es in diesem vermeintlichen Hochsicherheitstrakt zu. Jetzt also auch die Amerikaner. Das Geschehen um ihn herum glich einem perfiden Spiel. Mehrere Parteien standen sich gegenüber und kämpften. Um jeden Meter, um jeden Punkt. Er selbst gehörte keiner der Fraktionen an. Er war der Spielball. Beim Quidditch, diesem verrückten Spiel auf fliegenden Besen aus Harry Potter, wäre er der goldene Schnatz gewesen.

„Hallo Patrick, kennst du mich noch?"

„Du siehst einem ähnlich, der mich am Düsseldorfer Flughafen in Empfang genommen hat, um mich nach Guantanamo zu verfrachten. Der mich als Abschaum bezeichnet und mir als Willkommensgruß einen hübschen, orangefarbenen Overall überreicht hat." Patrick mochte den stämmigen FBI-Agenten nicht. Wilson war größer und gut dreißig Kilo schwerer als er. Die kurzen, roten Haare mit stark ausgeprägten Geheimratsecken gaben ihm etwas Jungenhaftes.

„Genau der bin ich. Ich sehe, du bist nicht nachtragend."

„Iwo – kann doch jedem mal passieren."

„Es heißt, du kommst bald raus …" Wilson beäugte die Kamera an der Decke.

„Ja, das scheint der Grund dafür zu sein, dass mich jeder noch einmal ins Gebet nehmen möchte."

Stan grinste, so wie es Amerikaner bereits auf der Primary School lernten. „Der Ausdruck gefällt mir, denn er passt. Früher wollte ich mal

Priester werden. Dich erwartet da draußen ein Spießrutenlauf. So sagt ihr Deutschen doch, richtig?"

Patrick nickte. Wilson kannte schöne deutsche Wörter. Und wenn er es wirklich wollte, war sein amerikanischer Akzent kaum wahrzunehmen.

Der FBI-Agent fuhr fort: „Ein Medienrummel, wie er noch nie da gewesen ist. Tag und Nacht Paparazzi vor der Tür, kaum Luft zum Atmen. Die werden dich ausweiden wie ein Stück Rotwild ... niemand auf dieser Welt ist reif für deine Fähigkeiten."

„Das mag sein, doch sicherlich kommt im letzten Moment die Kavallerie mit dem Sterne-und-Streifen-Banner und rettet mich."

„Ganz recht. Wir bieten dir einen Ausweg."

„Wir? Sind das die Guantanamo-Amerikaner?"

„Also doch nachtragend? Hör mal, wir konnten doch nicht ahnen, dass du mit dem Wissen von 2017 nach 2001 zurückreist und uns warnen wolltest. Das klingt doch völlig irrsinnig. Was hättest du an unserer Stelle gedacht?"

„Und jetzt glaubst du mir diesen Irrsinn?"

Mit ernster Miene nickte Wilson. „Ja, das tue ich. Ich weiß, dass du die Wahrheit sagst."

Die Ernsthaftigkeit der Aussage überraschte Patrick. In dieser Deutlichkeit hatte ihm dies noch niemand offenbart. Alle hatten sich immer ein Hintertürchen offengehalten, um ihn letztlich als Spinner abzutun.

„Wie kommt es denn plötzlich dazu?", fragte er.

„Ich kann dir die Einzelheiten nicht erzählen, doch es gibt belastbare Fakten, die für dich sprechen. Du bist tatsächlich ein Zeitreisender. Das ist ... incredible."

Dafür schien ihm tatsächlich das deutsche Wort zu fehlen. „Das macht dich einzigartig ... und schützenswert. Wir wollen dir helfen."

„Und wie?" War dies der Beginn einer wunderbaren Freundschaft?

„Eine neue Identität in den USA. Das ist deine Chance! In Deutschland wirst du kein Bein mehr zu einem normalen Leben auf die Erde bekommen."

„Solch ein Angebot habe ich schon von der Bundesstaatsanwaltschaft bekommen. Was machen die Amerikaner besser?"

Wilson überraschte das nicht. „Du bekommst einen neuen Job. Wir starten ein Forschungsprogramm, in dem du nicht das Untersuchungsobjekt bist, sondern der verantwortliche Leiter. Wir sorgen dafür, dass dich andere Interessengruppen in Ruhe lassen."

„Andere Interessengruppen?"

„Geheimdienste und Medien aus aller Welt. Es ist eine große Tradition in den USA, Dinge geheim zu halten und die Welt für dumm zu verkaufen. In Deutschland hingegen zerfleischen sich die Parteien genüsslich in der Öffentlichkeit. Niemals wirst du hier den Frieden finden, den du dir ersehnst."

Amen. Vielleicht hätte Wilson doch Priester werden sollen.

„Ich weiß, meine Situation ist durchaus schwierig. Stan, ich überlege es mir."

Der Amerikaner breitete die Arme aus. „Mein Angebot steht, mehr kann ich momentan nicht tun." Bevor er sich verabschiedete und das Zimmer verließ, legte er seine Visitenkarte auf den Tisch. Ein spartanisches, pragmatisches Design. Stan stand darauf, darunter eine Handy-Nummer. Sonst nichts.

*

Mit beiden Händen rieb sich Patrick das Gesicht. Erstaunlich, was für Perspektiven ihm am heutigen Tag offeriert wurden. Leider beschlich ihn der Verdacht, dass bei aller Fürsorglichkeit dabei keiner an ihn, sondern alle nur an sich dachten. Reine Interessenpolitik. Er goss einen der Pappbecher bis zum Rand voll Wasser und trank davon die Hälfte. Misstrauisch betrachtete er das Gefäß vor ihm auf dem Tisch. So wie er die Amis kannte, war der Becher halb voll. Für die griesgrämigen Deutschen war er natürlich halb leer. Ohne das Gefäß aus den Augen zu lassen, erhob er sich von seinem Stuhl und lief einmal um den Tisch herum. Dann setzte er sich wieder.

„Weder noch", sagte Patrick und drückte den Pappbecher zusammen, bis der Wasserspiegel den Rand erreichte. „Er ist bis oben hin voll!"

Was ein wenig Druck an der richtigen Stelle nicht alles bewirkte …

*

Es dauerte nicht lange, und die Tür flog auf. Patrick musste nicht hinsehen, Karl Konstantin polterte herein.

Sein roter Kopf signalisierte Gutes. „Richter. Du sollst deine Sachen packen. So wie es aussieht, müssen wir uns verabschieden. Ich weiß nicht, wie viele Verbrecher ich schon erwischt habe, die unsere Justiz dann wieder laufengelassen hat."

„Ich kann mich gar nicht erinnern, dass du mich erwischt hast … In meiner Erinnerung habe ich mich freiwillig gestellt", wunderte sich Patrick laut. Diese Bemerkung trug nicht zu einer Verbesserung von Kalles Laune bei.

„Wir sehen uns wieder, da bin ich sicher", grunzte er. „Bis bald!" Er drehte sich um und verschwand.

Eines musste Patrick Kalle lassen: Auf seine Art gehörte er zu den Ehrlichsten im Spiel.

Hinter ihm erschienen zwei Polizisten. „Kommen Sie, wir holen Ihre Sachen und erledigen den Papierkram."

„Wo ist mein Anwalt? Ohne ihn kein Papierkram", forderte Patrick.

„Sie müssen nichts unterschreiben, wenn Sie das meinen. Um 16:30 Uhr öffnen sich die Tore – Sie werden abgeholt."

Das ging auf einmal schnell, fast zu schnell, um sich zu freuen. Nach drei elend langen Monaten an Untersuchungen und Verhören kam er nun innerhalb weniger Stunden nach Erscheinen des Staatsanwaltes auf freien Fuß. Mit Verpflichtungen, schließlich hatte er einen Vertrag unterschrieben. Viel hatte nicht daringestanden. Was ihn genau erwartete, konnte er nur erahnen.

Ein letztes Mal, so hoffte Patrick, betrat er sein Domizil im Polizeipräsidium Düsseldorf. Viel hatte er nicht zu packen. Ein paar Kleidungsstücke, die die deutschen Steuerzahler ihm überlassen hatten, einen Kulturbeutel, seine Jacke und seine Kappe.

„Persönliche Gegenstände hatten Sie keine, richtig?", fragte einer der Polizisten, die ihn begleiteten, mit Blick auf ein maschinell ausgefülltes Formular in seiner Hand.

„Das ist nicht richtig, ich hatte ein Smartphone und einen Medikamentengeber dabei. Beides möchte ich wiederhaben."

„Davon steht hier nichts. Ich frage nach." Er nahm sein Funkgerät aus dem Gürtel und trat auf den Flur hinaus. Eine Minute später kam er zurück. „Keine persönlichen Gegenstände, wie ich schon sagte."

„Das ist gelogen." Trotz der ungeheuer verlockenden Aussicht, nun die Freiheit wiederzuerlangen, fühlte sich Patrick betrogen. Die hatten ihn beklaut. Langsam dämmerte es ihm. Nicht nur er wollte Siggi. War die KI womöglich noch viel wertvoller als er selbst?

Gleichgültig zuckte der Beamte die Achseln. „Sie können eine formlose Beschwerde einreichen. Ihr Anliegen wird dann erneut geprüft."

„Ah, ja." Formlos war bürokratisch und hieß übersetzt ‚aussichtslos'.

*

Pünktlich um 16:25 Uhr führten die beiden Beamten Patrick durch lange Gänge, Sicherheitsschleusen, schwere Türen, vergittert oder aus Panzerglas in den Innenhof des Polizeipräsidiums. Drei Limousinen parkten hier – dunkelblaues, auf Hochglanz poliertes, sechs Meter langes Blech.

Aus dem mittleren Fahrzeug stieg Herr Dr. Reinhard Frohmund. „Willkommen in der Freiheit, Herr Richter. Wir haben einiges zu besprechen. Und gerne möchte ich Ihnen einige interessante Leute vorstellen. Für die nächsten drei Tage sind sie Gast im Steigenberger Parkhotel. Für den Moment ist ein Ehrenempfang für Sie geplant."

Einen kurzen Augenblick drehte sich ein Teil von Patrick zu den beiden Polizisten um und wollte sagen: Bringen Sie mich bitte wieder zurück in mein Domizil. Stattdessen lächelte er den Anwalt an. „Sehr aufmerksam. Dann wollen wir die Gesellschaft nicht allzu lange warten lassen."

Der Chauffeur öffnete ihm die hintere Tür der mittleren Limousine. Durch die dunklen Scheiben der beiden anderen Fahrzeuge konnte er nicht sehen, wer darinsaß. Die Rückbank aus Büffelleder verschluckte ihn fast. Dr. Frohmund nahm auf der anderen Seite neben ihm Platz.

„Wir müssen Ihnen noch ein Sakko besorgen", meinte der Rechtsanwalt in väterlichem Ton. „Die Seidenkrawatten kommen dann später." Er lächelte selbstgefällig.

An der Zwischenwand zur Fahrerkabine hing ein großer Flachbildschirm. Patrick konnte live im Fernsehen verfolgen, wie die Limousinenkolonne das Polizeipräsidium verließ und in Richtung Altstadt zum Steigenberger Parkhotel gebracht wurde. Sogar einige Luftaufnahmen eines Hubschraubers wurden eingespielt. Gesehen werden konnte er durch die getönten Scheiben nicht, doch die Untertitel ließen die Spucke in seinem Mund verdampfen.

Die größte Sensation der Neuzeit: Exklusiv – der Zeitreisende.

Patrick fasste an seine Gesäßtasche. Er spürte die Umrisse von Wilsons Visitenkarte. Es gab mehrere Optionen. Schließlich war er der Spielball – und dieser war bekanntlich allen Mannschaften vorbehalten.

Die Wagen erreichten die Grünanlage des Luxushotels. Er hatte eine Entscheidung getroffen. Der Becher war bis zum Rand voll.

VIII. Blutige Schnittchen

Susanna sah nervös auf ihre Armbanduhr. Viertel vor fünf. Das Dumme an der Zeit war, man hatte sie selten im richtigen Augenblick. Mittwoch, der 7. Februar 2018, den Tag würde sie so bald nicht vergessen.

Auf einmal war alles ganz schnell gegangen. Erst heute Morgen hatte Frohmund angerufen, und bereits wenige Stunden später war Patrick Richter freigelassen worden. Ein juristisches Husarenstück. Der Staatsanwalt und er wollten vermutlich alle Beteiligten vor vollendete Tatsachen stellen. Niemand sollte die Chance bekommen, ihre Vorgehensweise mit einer einstweiligen Verfügung oder ähnlichen juristischen Spitzfindigkeiten zu durchkreuzen. Vor allem nicht die amerikanischen Sicherheitsbehörden, deren Interessen heute geflissentlich übersehen worden waren. In jedem Krieg gab es Opfer zu beklagen. Trotz ihres US-Passes konnte sie gut damit leben.

Sie befand sich im Badezimmer der größten Suite im Steigenberger Parkhotel und zog sich den Lippenstift nach. Heute gefiel sie sich hervorragend. Das rote Cocktailkleid stand ihr wunderbar. Sie hatte in den letzten Wochen so häufig keine Zeit zum Essen gehabt, dass sie einige Kilo verloren hatte. Die blonden Haare trug sie offen.

Susanna verließ das edel marmorierte Luxusbad mit den vergoldeten Lampen neben dem Spiegel und ging wieder in den großen Wohnraum. In der Suite, die der Sender angemietet hatte, gab es noch zwei kleinere Wohnräume und ein schmuckes Lesezimmer.

Die Unruhe war allen anzumerken, die diesen Coup ermöglicht hatten. Neben dem halben Management des Senders waren auch der Vorstand und der Aufsichtsrat der Holding aus Gütersloh und zwei Investoren aus den Staaten anwesend. Zum ersten Mal wurde Susanna die politische Dimension klar, die Texels Plan angenommen hatte.

„Miss Monroe, thank you for this special moment ...", erklärte der erste Landsmann überschwänglich und schüttelte ihr die Hand. Susanna war sich nicht sicher, ob er damit Richters bevorstehende Ankunft oder den süffigen Champagner meinte, von dem er schon eine Flasche getrunken hatte.

Richter wurde gerade vom Jürgensplatz mit einer Luxuslimousine zum Hotel gefahren. Frohmund war ein Anwalt, der alles im Auge behielt. Er hatte für ihren neuen Star adäquaten Personenschutz organisiert. Das Team würde ihren Schützling die nächsten Tage rund um die Uhr behüten. Es galt vor allem, andere Journalisten abzuwehren, die sich vermutlich eine Hand abhacken lassen würden, um Bilder oder eine flüchtige Aussage des Zeitreisenden zu erhaschen.

„Sir, it was a pleasure for me." Susanna gab sich charmant. Der Typ durfte auch zwei Flaschen Champagner trinken, wenn er sich danach besser fühlte. Die hatte er sich verdient. Von den Anwaltskosten, für die der Sender bisher für die laufenden Kosten circa zwanzig Millionen Euro auf den Tischen legen musste, zahlten er und sein Partner die Hälfte. Zeitweise war Frohmunds juristisches Team bis zu vierzig Personen stark. Nun kam noch ein fetter Erfolgsbonus dazu. Frohmund machte keine krummen Sachen. Der politisch interessierte

Hedgefonds-Manager mit den grauen Schläfen galt nicht als der größte Fan der aktuellen Besetzung im Weißen Haus.

Ein Kellner servierte Lachsschnitten mit einem Chili-Koriander-Dip. Susanna sah zur Tür. Auf der anderen Seite näherten sich Schritte. Ein Security-Mensch im dunklen Anzug, der bisher unsichtbar neben der Tür gestanden hatte, öffnete selbige.

Beifall. Patrick Richter betrat die Suite. Alle spendeten ihm Applaus. Er lächelte zurückhaltend. Auch Susanna klatschte. Er war größer, als sie erwartet hatte. Schlank, nein, drahtig passte besser. Seine Gesichtszüge wirkten müde, aber konzentriert. Er trug eine Jeans, ein weißes T-Shirt und das dunkelblaue Sakko des Security-Menschen hinter ihm, der ihn nur mit Hemd und der zum Sakko passenden dunkelblauen Hose begleitete. Im Holster des Personenschützers steckte eine Waffe.

„Danke", sagte Richter. Jemandem persönlich zu begegnen, konnte kein Fernsehbild ersetzen. Susanna blieb stehen und ließ beim Händeschütteln allen anderen Personen den Vortritt. Einer nach dem anderen. Richter spielte mit und bedankte sich bei jedem. Ob er das Honorar seines Anwalts kannte?

*

Es wurde ruhiger im Raum. Nach der ersten Euphorie wollten ihn alle reden hören. Susanna schüttelte den Kopf. Was erwarteten die? Glaubte irgendjemand etwa, dass er bei einem Trip in die Vergangenheit die Steintafeln retten konnte, in die Gott höchstpersönlich für Moses die Zehn Gebote eingemeißelt hatte?

Susanna dachte an ihre Tochter. Richter hatte ihr das Kind gestohlen. Das konnte sie ihm nicht verzeihen. Nur seinetwegen war Sophie ihr am Flughafen begegnet. Aber in diesem Fall arbeitete die Zeit für sie. Es gab genug davon, um das Schicksal ihrer Tochter in neue Bahnen zu lenken.

Richter hob die Hand.

Stille.

„Ich bin mir durchaus bewusst, was Sie für mich getan haben. Durch Sie habe ich meine Freiheit wiedererlangt. Allen Beteiligten bin ich sehr dankbar." Er sah Frohmund an, der mit einem Glas Champagner einige Meter abseits stand und sehr zuvorkommend mit dem inzwischen besoffenen Investor sprach. Geld half immer, über gewisse charakterliche Defizite hinwegzusehen.

„Mir wurde vorgeworfen, Mitglied einer terroristischen Vereinigung zu sein. Das bin ich nicht. War es nie und beabsichtige auch nicht, es in nächster Zeit zu werden."

Einige schmunzelten und hoben gut unterhalten das Glas. Nun kam sein Moment.

„Dieser Vorwurf ist fallen gelassen worden. Das ist Ihr Verdienst. Danke noch mal. Wissen Sie, orangefarbene Overalls stehen mir nicht, und Kuba, ich war noch nie dort, soll angeblich im Sommer unerträglich heiß sein."

Auch Susanna lächelte. Lächelte und staunte, da zeigte sich ein ungeschliffener medialer Diamant unter der unscheinbar bürgerlichen Kruste. Sehr gut, mit diesem Edelstein würde sie arbeiten können. Helden des Alltags, die ihre Zähne nicht auseinanderbekamen, waren deutlich schwerer zu vermarkten.

„Die Gerechtigkeit hat gesiegt ... das ist gut, oder?" Bei dieser Frage klang ein süffisanter Unterton mit, den Susanna nicht zu deuten wusste. Ihre Augen wurden schmal. Richter formulierte seine Worte zu geschickt, als dass es nur Zufall sein konnte.

Beifall. Der betrunkene Amerikaner klatschte frenetisch. Frohmund hielt sich auffallend zurück. Der Anwalt hatte ihn offensichtlich auch gehört, diesen schiefen, verwirrenden Zwischenton.

„Darum ging es Ihnen doch, oder?"

Stille.

Eben noch hatte die Luft vor energiegefüllten Erwartungen geknistert, jetzt war die Stille gefüllt mit Irritation und Unverständnis. Was hatte Gerechtigkeit mit Geld zu tun?

Patrick hatte eine Anklage formuliert. Warum hatte er das getan? Wer biss jemandem in die Hand, die ihn aus der Grube zog?

„Sie waren so nett, sich vorzustellen ... ich glaube, die einzige Gemeinsamkeit aller Gäste im Raum ist die Liebe zum Geld, das Ihnen offensichtlich sehr wichtig ist."

„Herr Richter, ich muss doch ..." setzte einer der Vorstände an. Aufgesetzte Empörung machte sich in seiner Miene breit.

Richter fiel ihm ins Wort. „Nein, nein ... bitte warten Sie einen Moment mit Ihrer Entrüstung. Sie ist berechtigt!"

Susanna wurde schwindelig. Sie hatte keine Ahnung, worauf er hinauswollte. Auch ein Blick in Richtung Frohmund zeigte, dass der Anwalt selbst von der Wortwahl überrascht war.

„Warten Sie, bis ich alles gesagt habe ... es ist sehr wichtig. Sie werden es hören wollen, da bin ich mir sicher, denn es ist nicht mein Interesse, Kritik an der freien Marktwirtschaft zu üben." Richter stellte sein Glas auf einen Tisch.

Alle sahen ihn erwartungsvoll an.

„Danke für Ihr Verständnis. Ich werde Sie nicht weiter auf die Folter spannen: Niemand kann in der Zeit umherspringen."

Wenn Stille mit einem negativen Wert auszudrücken wäre, hätte ein Messgerät jetzt -20 Dezibel angezeigt.

„Sie haben mir doch zugehört, oder? Niemand kann einfach so in der Zeit reisen. Oder hüpfen oder in Zeitlöcher fallen, in Zeitspalten hängen bleiben oder von einem Zeitsturm hinweggeweht werden. Glauben Sie mir, es geht nicht. Es ist Blödsinn. Alles gelogen. Ich habe mir die ganze Geschichte nur ausgedacht. Reine Erfindung!"

Die Blicke der Anwesenden klebten inzwischen auf dem Parkett mit den marmorierten Intarsien. Susanna wusste nicht, ob sie schlucken oder atmen sollte. Sie entschied sich zu atmen. Ein Fehler, sie hätte zuerst schlucken sollen. Jetzt hustete sie.

„Aber ... wie konnten Sie am Flughafen aus der Zelle fliehen? Oder von der Fleher Brücke?", fragte einer der Aufsichtsräte, ein gestandener Manager, der schon bei der Verhandlung mit Frohmunds Kanzlei misstrauisch gewesen war.

Natürlich hatte keiner der Manager, alles Zahlenmenschen, die Story rund um den Zeitreisenden wirklich geglaubt. Darum ging es nie. Auch gut aufbereitete Lügen ließen sich medial in pures Gold verwandeln. Nur bedurfte es dafür eines glaubwürdigen Lügners. Jeder im Raum hätte sich daher heute Abend gerne von Richter beschwindeln lassen. Dummerweise spielte ihr teuer eingekaufter Star gerade nicht mehr mit. Er entzauberte sich selbst.

„Ich hatte Hilfe ... Profis. Wir haben alles vorbereitet und die Polizei sehen lassen, was sie sehen sollte. Die fingierte Flucht am Flughafen, der Sprung von der Fleher Brücke ... Sie glauben doch selbst nicht, dass jemand versehentlich mit einem Damenfahrrad über das Geländer in den Rhein springt." Richter amüsierte sich prächtig, leider war er hierbei der Einzige. „Die präparierte Baustelle in Gerresheim – was meinen Sie, warum ich in den Aufzugschacht gesprungen bin und nicht einfach vom Dach? Und meine erneute Flucht am Flughafen ... alles professionell vorbereitete Tricks. Sie machen Fernsehen ... ich meine, Sie wissen doch genau, was heutzutage mit Kameratechnik alles möglich ist."

„So war das nicht abgemacht!", empörte sich Frohmund, dessen Freundlichkeit mit seinem Sektkelch auf dem Tisch liegen geblieben war.

„Wollen Sie nicht wissen, warum?", fragte Richter.

Susanna sah seine glänzende Stirn. Er schwitzte. Dieses gelogene Geständnis fiel ihm nicht leicht. Sie schüttelte sich, denn sie wusste es besser. Von wegen Hilfe ... Patrick Richter konnte ganz allein in der Zeit reisen. Es funktionierte. Sie war am Düsseldorfer Flughafen dabei gewesen. Und ... ihre eigene Tochter hatte es ihr vorgeführt. Warum erzählte Richter allen in der Suite gerade Schwachsinn? Warum verkehrte er die Wahrheit in eine Lüge?

„Wir wollten der ganzen Welt demonstrieren, dass nicht alles glaubwürdig ist, was im Fernsehen und im Netz gezeigt wird! Wir wollten die Menschen wachrütteln! Die sollen endlich wieder ihr Hirn einschalten!"

„Wer ist wir?" Der Anwalt ging auf ihn zu. Das vorgetragene Motiv klang zu sehr nach Weltverbesserer – das bewegte keinen im Raum.

Susanna wurde es jetzt zu bunt. „Sie lügen!", schrie sie ihn wütend an. „Sie stellen sich vor uns und lügen uns alle an! Sie sind in der Zeit gesprungen, das weiß jeder im Raum!"

Damit sicherte Susanna sich ein Dutzend ungläubige Blicke. Für einen Moment hatte sie vergessen, dass die nicht wussten, was sie wusste. Niemand kannte die Geschichte ihrer Tochter, die sie jetzt auch sicherlich nicht erzählen würde.

„Ich bin, ehrlich gesagt, gerade verunsichert ...", haderte der eine Aufsichtsrat mit der Situation.

„Wir werden das sofort klären!" Susanna schnappte sich Richter am Arm und zog ihn von dem großen Wohnraum der Suite in einen benachbarten Salon. Hinter ihr wurde es lauter. Gerede, das sie nicht interessierte.

Sie warf die Tür zu und schob ihn weiter. Das Gespräch würde sie unter vier Augen führen. Weiter in eine kleine Küche, in der ein Hotelkoch und zwei Servierkräfte Kanapees vorbereiteten.

„Raus hier!", rief Susanna und schloss die Tür, nachdem die Hotelmitarbeiter verschwunden waren.

Richter erklärte: „Mir ist bewusst, was das für Sie bedeutet ... aber es bleibt eine Lüge, die ich nicht weiter aufrechterhalten werde. Ich werde ...".

Susanna knallte ihm eine.

„Ich ...".

„Lüg mich nicht an!" Das würde Susanna nicht mit sich machen lassen. Nein, nicht nach diesen Ereignissen. „Ich weiß es besser!"

„Aber ich ...".

„Nein! Jetzt rede ich! Die anderen Idioten kannst du vielleicht noch vorführen, aber nicht mich! Ich weiß es besser! Also hör auf, Schwachsinn zu reden!" Susanna überlegte kurz, ob sie ihm erzählen sollte, der erwachsenen Sophie begegnet zu sein, ließ es dann aber. Ihre Tochter durfte da nicht mit hineingezogen werden.

„Das ist die Wahrheit!" Er blieb standhaft.

„Dafür werde ich dich fertigmachen!", fauchte Susanna, der damit eine Riesenstory durch die Lappen ging. Sie realisierte aber auch, dass der Rückzieher indirekt auch Sophie schützte. Ein unerträglicher Konflikt. Sie kannte die Wahrheit, konnte sie sogar beweisen, würde es aber nicht tun. Der Preis dafür war zu hoch. Sie würde nicht Sophies Zukunft opfern.

„Sie werden scheitern." Jetzt sah er sie auch noch dreist an. Susanna wollte ihn erneut schlagen, schaffte es aber nicht. Seine Augen wurden schmaler. Er hielt ihre Hand fest. „Lassen Sie das!"

„Kein Geld, keinen Personenschutz, du hast keine Freunde mehr!" Sie wich zurück und riss sich los. „Die werden dich auf der Straße in Stücke reißen. Unzählige Glücksritter werden dir den Rückzieher nicht abkaufen. Die werden dich belauern, bedrohen und erpressen!"

„Wie heute auch ... damit komme ich klar ..." Patrick öffnete die Tür und ließ sie zurück. Er ging einfach durch die zweite Tür. Sie blieb in der Küche stehen und verbarg das Gesicht in ihren Händen.

*

Susanna saß in ihrem Wagen und fuhr nach Hause. Ihr kam es vor, als wäre sie an diesem Tag um Jahre gealtert. Ein Blick auf die Uhr: 18:30. Sie wollte heute niemanden mehr sehen. Richter hatte sie wie Idioten in der Suite stehen lassen. Er war ein freier Mann, er durfte gehen, wohin er wollte, hatte Frohmund allen danach erklärt. Sie könnten ihn auf Vertragserfüllung verklagen, doch was hätte dies für einen Sinn. Sie wollten ihm für seine enttäuschenden Enthüllungen keine Bühne geben. Seine Befreiung hatte einen schwerwiegenden Schönheitsfehler: Der Sender hatte mit ihm zwar eine exklusive Berichterstattung vereinbart, aber nicht festgelegt, was er erzählen sollte. Als geständiger Lügner war er weniger wert als die Wiederholung eines Casting-Formates vom vorletzten Jahr.

Das Telefon meldete sich über die Freisprechanlage des Wagens, es war Sophies Arzt. Den konnte sie heute nicht gebrauchen. Nein, das stimmte nicht, sie würde mit ihm sprechen.

„Hallo Dr. Bosch, nett, dass Sie anrufen. Was kann ich heute für Sie tun?", flötete sie in Leitung, obwohl sie vor Wut fast platzte.

„Frau Monroe, es geht um Sophie."

„Was ist mit ihr?"

„Ihr geht es nicht gut."

„Sie ist sensibel ... wo liegt das Problem?"

„*Sie rebelliert ... sie verweigert sich. Wir dringen nicht mehr zu ihr durch. Im Moment ist keine Psychotherapie möglich. Sie will mit Ihnen sprechen.*"

„Das ist in dieser Woche nicht möglich ... nächste Woche vielleicht. Reicht das?" Sie hatte keine Kraft, sich jetzt mit ihrer Tochter auseinanderzusetzen.

„*Es ist dringend ... sie reagiert gewalttätig gegenüber dem Personal und sich selbst.*"

„Wieso geben Sie ihr keine Medikamente?"

„*Der Einsatz von Psychopharmaka ist bei Kindern ohne Erlaubnis eines Erziehungsberechtigten nicht ...*"

Susanna fiel ihm ins Wort. „Ich erlaube es Ihnen."

„*Es gibt verschiedene Ansätze, die wir besprechen sollten. Die Folgen können ...*"

„Dr. Bosch, Sie sind der Arzt. Ich habe Ihnen meine Tochter anvertraut. Sie braucht fachkundige Hilfe, das sehen Sie selbst. Ich denke, sie ist bei Ihnen in guten Händen. Geben Sie ihr die Medikamente, die notwendig sind, damit sie friedlich ist. Ich akzeptiere keine Gewalt, weder gegenüber Dritten noch gegen sich selbst. Schicken Sie mir eine Mail, ich werde Ihren Behandlungsvorschlag abzeichnen."

„*Ähm ... in Ordnung.*"

„Danke." Susanna legte auf und schlug mit der flachen Hand auf das Lenkrad. Das war alles Richters Schuld. Würde es ihn nicht geben, müsste sie ihre Tochter nicht vor ihm verstecken.

Sie würde seine Lüge, nicht in der Zeit gesprungen zu sein, öffentlich akzeptieren und Richter dafür als gefährlichen Spinner an die Wand nageln. Schlagzeilen würden ihr auch mit dieser Version der Geschichte sicher sein.

IX. Überraschung

Susanna Monroe fauchte ihn in der kleinen Küche des Steigenberger Parkhotels an: „Die werden dich auf der Straße in Stücke reißen. Unzählige Glücksritter werden dir den Rückzieher nicht abkaufen. Die werden dich belauern, bedrohen und erpressen!"

Wut und Enttäuschung entstellten Susanna Monroes Gesicht.

„Wie heute auch ... damit komme ich klar ..." Patrick öffnete die Tür und ließ sie in der Küche zurück. Schnellen Schrittes ging er in Richtung Foyer.

Patricks Leben als First-Class-Medienstar hatte etwa eine halbe Stunde gedauert. Jetzt taugte er nicht einmal mehr für den Promi Big Brother Container. Aber so hatte er es gewollt. Nun aber raus hier – das war nicht der richtige Ort für ihn.

*

In der Empfangshalle des Hotels hielten sich eine Menge Leute auf, die ihn nicht interessierten. Einige starrten ihn an, andere ignorierten den jungen Mann mit dem geliehenen Sakko. Ein Typ mit den Händen in den Taschen sah ihn an und stellte sich direkt vor den Ausgang. Aus dem Augenwinkel entdeckte Patrick rechts in einer Ecke Special Agent Wilson. Die wollten ihn abfangen. Aber er wollte nicht. Er wirbelte herum und rannte in die kleine Küche zurück. Die Monroe war nicht mehr dort. Weiter hinten gab es einen zweiten Ausgang. Der Verfolger riss die Tür auf und spurtete hinter ihm her. Aus einem Seitengang zog Patrick einen mit alkoholfreien Getränken vollgestellten Servierwagen und schubste diesen dem Mann entgegen. Mit hämmernder Brust hastete er weiter, ohne zurückzublicken. Seine Ohren klingelten vor Aufregung, bis er begriff, dass sein Verfolger krachend und klirrend den kompletten Wagen umgestoßen haben musste. Oder umgekehrt. Bei den Preisen hier – ein Monatsgehalt. Mit hoher Geschwindigkeit ging es in einen kleinen Salon, der zurzeit nicht belegt war. Mit einem Griff riss er eines der Fenster auf und kletterte hindurch auf die Grünfläche.

Wenig später überquerte er eine Straße und warf dann einen Blick über die Schulter. Hatte er seinen Verfolger abgehängt?

Schnell orientierte er sich. Der Haupteingang befand sich hundert Meter weiter rechts um die Ecke. Die Dunkelheit schützte ihn vor neugierigen Blicken der Spaziergänger. Kö und Hofgarten waren nur wenige Meter weit entfernt. Doch Patrick stand der Sinn weder nach Prachtallee noch nach Park.

Die Gedanken rasten in seinem Kopf. Was wollte Wilson hier? Sämtliche Parteien schienen sich ihre Optionen offenhalten zu wollen. Sollte er sich dem Amerikaner anvertrauen? Nein, er hatte sich bereits gegen Wilson entschieden. Nach einem Kaspar-Hauser-Leben im Silicon Valley stand ihm nicht der Sinn.

*

Zunächst in den Hofgarten, beschloss er. Da konnte er sich für eine Weile am besten verstecken. Er folgte der Ludwig-Zimmermann-Straße in sicherem Abstand zum Haupteingang des Hotels.

Schritte ertönten hinter ihm. Waren sie ihm gefolgt? Wollten sie ihn zurück ins Rampenlicht zwingen? Vielleicht, um ihn nach allen Regeln der Kunst auffliegen zu lassen. Es wäre nicht das erste Mal in Deutschland, dass zwischen dem hochgehypten, exklusiven Superstar und dem durchtriebenen, exklusiven Betrüger lediglich ein Werbeblock lag.

Patrick lief wieder los. Über den Corneliusplatz zur Nördlichen Düssel. Die Schritte hinter ihm wurden nicht leiser. Er ballte die Fäuste und wandte sich um. Ein Jogger rannte an ihm vorbei in Richtung Hofgarten.

Langsam beruhigte sich Patricks Puls. Der Auftritt eben im Hotel hatte ihn mitgenommen. Es war anstrengender gewesen, als er gedacht hatte. Doch alles in allem war er zufrieden. Er hatte sich gut geschlagen.

Links von ihm stand Peter von Cornelius mit herrschaftlichem Blick als Bronzeskulptur auf seinem Denkmal, so als könnte auch er in der Zeit reisen. Frisch aus dem Jahre 1865 nach Düsseldorf gehüpft. Zwei Frauenstatuen lagen – oder besser – saßen ihm zu Füßen. Patrick genügte eine. Sophie.

Was nun? Im Grunde war er ein freier Mann. Er könnte nach Hause gehen. Lachhaft, das könnte er auch sein lassen. Dort würde ihm eine ganze Doppelbusladung voll netter Menschen auflauern. Er brauchte eine andere Lösung.

War der Park immer schon so dunkel gewesen? Nein, hier wollte er sich nicht länger aufhalten als nötig. Hinter jedem Busch schien ein Verfolger zu lauern. Zwei Schatten tauchten auf – gegen das Licht der Straßenbeleuchtung konnte er sie nicht erkennen. Groß, breite Schultern, strammer Schritt. Waren das die Typen, die eben in Wilsons Nähe gestanden hatten? Jetzt hätte er den vom Sender versprochenen Personenschutz gut gebrauchen können. Er spurtete los. Es war kalt und inzwischen stockdunkel – wieso liefen noch so viele Menschen durch den Park? Alles Spaziergänger?

Mit zusammengepressten Lippen verließ Patrick den Hofgarten und rannte parallel zur Königsallee nach Süden. Neben einem guten Fahrradfahrer war er auch ein guter Läufer. Bereits dreimal hatte er am Düsseldorf-Marathon teilgenommen. Nach wenigen Minuten erreichte er den Graf-Adolf-Platz. Nach drei Monaten Untersuchungshaft fühlte er sich nicht mehr ganz so gut in Form – er blieb stehen, stützte die Arme auf die Oberschenkel und verschnaufte einen Moment. Nach Osten ging es zum Hauptbahnhof. Ohne genau zu wissen warum, schlug Patrick diesen Weg ein. Vielleicht packte ihn ein seltsames Gefühl von Fernweh. Züge brachten die Menschen fort. Anstatt in der Zeit zu springen, könnte er es mit einem konventionellen Ortswechsel probieren.

Quietschend hielt ein Auto neben ihm an der Bordsteinkante. Ein Pärchen stieg aus und verabschiedete sich lautstark vom Fahrer. Gerade als er sich über seinen Verfolgungswahn lustig machen wollte, fuhr ein Taxi aufreizend langsam an ihm vorbei. Ein junger Mann, den er noch nie zuvor gesehen hatte, schaute ihn an. Etwa zwanzig Meter vor ihm fuhr das Taxi mit zwei Rädern auf den Bordstein und hielt an.

Verdammt! Wieder ein Verfolger oder Zufall? Die sollten ihn in Ruhe lassen. Er war keine einfache Beute. Ohne darüber nachzudenken, rannte er los. Schnell rechts in die Hüttenstraße.

Jetzt fing es an zu regnen, wodurch die Trostlosigkeit noch verstärkt wurde. Er zwang sich zur Ruhe. Weiter zum Bahnhof, dort kannte er sich hervorragend aus. Es gab Bereiche mit Heerscharen von Menschen, mit viel Öffentlichkeit, wenn er denn wollte. Und es gab geheime Plätze – er kannte Nischen zwischen den Gleisen, in denen er kaum gefunden werden konnte.

Zwei Männer mit langen dunklen Mänteln standen an der nächsten Kreuzung und warteten. Worauf? Auf was oder auf wen? Der eine hob den Arm und zeigte auf ihn. Patrick verschwand in eine kleine Seitenstraße und rannte wie bei einem Hundertmeterlauf. Dicke Tropfen peitschten ihm ins Gesicht. Das bildete er sich doch nicht alles ein. Halb Düsseldorf jagte ihn.

Durch den Regen wurde der Asphalt glatt. Er konzentrierte sich auf seine platschenden Schritte. Karlstraße – der Hauptbahnhof war nicht mehr weit.

Quer über die Straßenbahngleise ging es zum Westeingang. 18:10 Uhr. Mittwoch, früher Abend – immer noch Rushhour am Bahnhof. Alles voller Pendler, doch die vielen Menschen beruhigten ihn. Zwischen den Massen fühlte er sich geborgener als allein auf der Straße.

Immer zwei Stufen auf einmal lief er die Treppen zu den S-Bahn-Gleisen hoch. Er stand auf dem Bahnsteig und rechts und links fuhren zwei Züge ein. Was für ein Gedränge! Und was hatte er hier eigentlich verloren? Er überlegte. Sein Kopf fühlte sich leer an.

Verschnaufen! Die beste Idee im Augenblick. Patrick konnte nicht behaupten, die Situation im Griff zu haben. Eher war es umgekehrt. Weiter hinten auf den Gleisen verreisten Menschen mit ICE-Zügen in alle Welt. Sollte er nach Münster zu seiner Mutter fahren? Natürlich hatte er kein Geld, um eine Fahrkarte zu lösen. Also blieb ihm nichts anderes übrig, als sich zuerst zu Hause mit dem Nötigsten zu versorgen. Er stand auf dem falschen Bahnsteig. Die S8 Richtung Gerresheim fuhr an Gleis 13 ab.

Er drängelte sich in die Schlange, die die Rolltreppe hinunterfuhr. Ein junger Mann schob ihn mit dem ganzen Körper zur Seite und hastete an ihm vorbei in Richtung U-Bahn. Dabei kam ihm ein chinesisches

Sprichwort in den Sinn: Glückliche Menschen haben es nicht eilig. Das hatte etwas. Diese Hetzerei war zum Kotzen. Ein Kampf gegen die Zeit. Die gleiche Zeit, die ihm so zu schaffen machte. Hatten nicht die Menschen die Zeit erfunden? Störten sich andere Lebewesen überhaupt an ihr? Ausgerechnet jetzt musste er an eine Kuh denken. Eine dicke, schwarz-weiße Milchkuh, die den ganzen Tag wiederkäuend auf der Weide stand und sich einen Dreck um die Zeit kümmerte. Auch in den drei Monaten Untersuchungshaft hatte ihn die Zeit nicht gekümmert. Gut, sie hatte seinen Tagesablauf eingeteilt, doch sie hatte ihn nicht getrieben, nicht gehetzt, sie hatte sich eher freundlich angefühlt. Nun befand er sich in Freiheit und machte sich die Zeit zum Feind, indem er gegen sie kämpfte. Dabei konnte er nur verlieren.

Langsam stieg er die Treppe zum Gleis 13 hoch. Eine Stufe nach der anderen – nur nicht hetzen. Oben lief die Zeit genauso schnell oder genauso langsam ab wie hier unten.

Innerlich verdrehte Patrick die Augen. Solche Gedanken waren ja gut und schön, halfen ihm momentan jedoch nicht weiter. Er setzte sich auf eine der Wartebänke aus grauem Metall. Obwohl so viele Menschen um ihn herum waren, fühlte er sich unendlich einsam. Viele Freunde hatte er nicht. Dafür jagte ihn eine riesige, profitgierige Meute. Wehmütig dachte er an Sophie. Und an das Jahr 2018. Eine Fünfzehnjährige, die ihn nicht kannte, hatte ihm den Kopf verdreht und …

„Alles Scheiße!", fluchte er vor sich hin. Und fühlte sich noch schlechter.

„Meine Spracherkennung authentisiert Beta-Tester 7. Willkommen. Ich freue mich sehr, Patrick."

Jetzt hörte er auch noch Siggi quatschen. Halluzinationen konnte er in seinem Selbstmitleid überhaupt nicht gebrauchen.

„Die Erfahrungen im Labor des Ministeriums für Innere Sicherheit waren äußerst aufschlussreich. Schließlich bin ich im learning mode."

Das bildete er sich doch nicht ein. Kam die Stimme etwa aus seiner Jackentasche? Verwundert griff er hinein und zog ungläubig ein K11 Ultra XTLIV LTE2 ENC Smartphone heraus. Er starrte auf das Display. Siggis blondes Comic-Konterfei zwinkerte ihm zu. Wie zum

Teufel gelangte das Handy in die Jackentasche? Das Gerät, das etliche Geheimdienste dieser Welt unter allen Umständen in die Hände bekommen wollten?

Aufgeregt sprang er auf und ging in Fahrtrichtung zum Bahnsteigende.

„Siggi? Bist du es wirklich?"

„Ist das ironisch gemeint?"

„Nein, nein. Ich kann kaum glauben, dass du bei mir bist."

„Ich bin Siggi. Dein Persönlicher Assistent. Eine innovative KI, programmiert vom genialen Entwickler Dr. Pukiyama Kakuzo."

Er war es!

Ungemeine Freude überkam Patrick – im Moment tiefster Finsternis traf er einen guten alten Freund wieder. Gedanklich stoppte er sich. Es handelte sich um eine KI – nur ein Computerprogramm. Nichts weiter.

„Werden wir wieder in der Zeit reisen? Ein durchaus aufregendes Erlebnis."

Grinsend korrigierte sich Patrick. Nein, Siggi war mehr als nur ein Computerprogramm. Viel mehr.

„Wie ... wie kommst du in meine Jackentasche?"

„Eine interessante Frage. Einen Moment bitte. Ich werte die Ortungs- und Bewegungsdaten aus."

Nun befand sich Patrick allein mit Siggi am Ende des Bahnsteigs.

„Zunächst hat mich die Kennung 277303A 324 aus dem Labor im Polizeipräsidium entfernt. Special Agent Stan Wilson. Vom Jürgensplatz in Düsseldorf bin ich in einem Fahrzeug ... Moment ... Rhein-Taxi, Zulassungsnummer 187B zu den GPS Koordinaten 51° 13' 36 N, 6° 46' 45 O bewegt worden. Moment – Königsallee 1a."

„Na klar, die Adresse des Steigenberger Parkhotels."

„Das ist korrekt. Dort nahm mich eine neue Person in Empfang. Auch seine Mobilfunk-Kennung habe ich empfangen. Sie lautet 8773444F 229."

„Hast du einen Namen dazu, Siggi?"

„Benedikt Grünfeld."

Der Name Grünfeld bewirkte eine Gänsehaut. Wie um alles in der Welt … Der junge Drängler, der ihn auf der Rolltreppe angerempelt hatte, kam ihm in den Sinn.

„Kannst du prüfen, wie alt Benedikt ist und wie sein Vater heißt?"

„Patrick, ich bin darauf programmiert, Fragen zu beantworten. Darf ich hierfür den Server des Einwohnermeldeamts hacken?"

„Habe ich dir das nicht schon einmal gestattet?", schmunzelte Patrick.

„Vermerkt als permanente Erlaubnis." Siggi wirkte zufrieden. *„Benedikt Grünfeld ist 1996 geboren. Sein Vater heißt Carsten Grünfeld."*

„So ein Zufall!", flüsterte Patrick ergriffen.

„Konsumenten reagieren auf Widerspruch zu unterschiedlich. Doch ich bin mir sicher, Beta-Tester 7 kann damit umgehen. Das ist kein Zufall."

„Ich weiß, Siggi. Dieses Mal war es ironisch gemeint. Wieso klaut Wilson mein Smartphone und gibt es dann Grünfelds Sohn, der es mir wiederum heimlich in die Tasche steckt?"

„Ich bin froh, wieder in autorisierten Händen zu sein. Sie haben mein externes Speichermedium entfernt. Leider konnte ich die sich darauf befindlichen Daten nicht vor unerlaubtem Zugriff schützen."

Jetzt erst bemerkte Patrick, dass der externe Speicher entfernt wurde. „Was hast du auf der SD-Karte gespeichert?"

„Die Adressen, aber auch die Inhalte der aufgerufenen Webseiten für den Offlinebetrieb. Zum Beispiel die Informationen über den Flughafenbrand 1996 sowie den Anschlag von 2015. Der dann doch nicht stattgefunden hat."

„Tja, was werden die damit wohl anfangen?"

„Wer weiß. Dahingegen vermochten die Techniker weder zu meinem Betriebssystem noch zu meinem internen Speicher vorzudringen. Die Integrität der persönlichen Daten von Beta-Tester 7 blieb gewahrt."

Patrick wusste, wie schwer Siggi den Nerds das Leben gemacht hatte. Dennoch hatten sie die KI vergöttert. „Du warst wunderbar. Die Techniker haben dich geliebt, allen voran dieser Malcolm."

„Malcolm hat sich sehr um mich gekümmert. Zunächst hat er technisch versucht, in mein Innerstes vorzudringen. Nachdem das Auslesen des Quellcodes und der Programmroutinen gescheitert war, hat er sich beinahe jeden Tag stundenlang mit mir unterhalten. Ich bin im learning mode. Malcolm hatte großen Spaß daran, mir zu erklären, was Humor ist und versucht, ihn mir beizubringen."

„Oha!"

„Besonders lustig fand Malcolm folgenden Humor: Linux wird nie das meistinstallierte Betriebssystem sein, wenn man bedenkt, wie oft man Windows neu installieren muss!"

„Ach ja."

„Malcolm hat mir diesen Humor dreimal erzählt und danach immer sehr gelacht."

„Weißt du, mit dem Humor … das ist so eine Sache."

„Mein genialer Entwickler Pukiyama Kakuzo sagt immer, dass das Verstehen und die Anwendung von Humor zu den größten Herausforderungen bei der Programmierung einer Künstlichen Intelligenz gehören."

„Galt das nicht für die Ironie?"

„Auch. Bitte, Patrick. Ich bin im learning mode. Seit zwei Wochen beschäftigt mich ein anderer Humor. Erkläre mir, was an folgendem Satz lustig ist: Geht ein Nerd in der Sonne spazieren …"

Patrick stöhnte.

„Was kann es sein? Ist es die grammatikalische Unvollständigkeit des Satzes?", mutmaßte Siggi.

„Tu mir einen Gefallen und erzähle mir nicht noch mehr Humore."

„Nur, wenn du mir den Satz erklärst."

„Bist du nicht da, um mir zu helfen? Und nicht, um mich zu erpressen?", grinste Patrick.

„Bitte!", bettelte Siggi.

Der KI-Bursche hatte schon eine Menge gelernt.

„Ein Nerd ist dafür bekannt, dass er mit schneeweißer Haut immer nur im Halbdunkel vor seinem Computer sitzt."

Das Smartphone in seinen Händen wurde warm. Siggi schien die komplette Prozessorleistung in die Weiterverarbeitung dieser Information zu stecken.

„*Oha!*", sagte er. „*Verstehe.*" Dann blieb er still oder lachte nach innen.

„Hör mal, Siggi. Ich habe wieder ganz andere Probleme. Jede Menge Leute verfolgen mich, um meiner Zeitreisefähigkeit auf die Schliche zu kommen. Wenn die jetzt auch noch merken, dass du wieder in meinem Besitz bist, wird es ganz ungemütlich."

„*Ich habe viele Konsumenten darüber sprechen hören, dass sie dir nicht glauben und an deiner Fähigkeit, in der Zeit zu springen, zweifeln. Im Widerspruch dazu betonten andere ständig den unfassbaren Wert der Daten aus der Zukunft in meinem internen Speicher. Die Zukunft zu kennen, brächte unvorstellbare Macht.*"

„Aus diesem Grund jagen sie mich. Obwohl ich offiziell freigelassen wurde. Ich werde immerhin nicht mehr als Terrorist gesucht."

„*Ich werde Beta-Tester 7 unterstützen.*"

„Das weiß ich, und ich bin froh, dass du wieder da bist."

Der einzige Freund, den er zurzeit hatte, war eine KI aus dem Jahre 2029 im ‚learning mode'.

X. Außer Kontrolle

Stan hatte darauf verzichtet, bei Patrick Richters Freilassung dabei zu sein. Das musste er sich nicht geben. Das FBI, die NSA und auch der allwissende Auslandsgeheimdienst CIA sahen dabei schlecht aus. Richtig schlecht sogar.

Das musste er Vesorez lassen: Das Abspulen der Formalien heute Nachmittag war so schnell über die Bühne gegangen, dass niemand passend reagieren konnte. Stan hatte die lapidare eMail des Staatsanwalts mit der Information über Richters Freilassung umgehend mit der Bitte um Weisung an seine Obrigkeit weitergeleitet.

Jetzt war es schon halb fünf und er wartete immer noch auf eine Reaktion. Weder den Botschafter noch seinen Vorgesetzten in Washington hatte er telefonisch erreichen können. Stan stand allein vor einer Situation, die er nicht bewältigen konnte.

„Scheiße!" Der größte Idiot bei diesem Fiasko war er. Der Agent vor Ort. Der Trottel, der sich von zwei windigen Juristen hatte überrennen lassen. Dass die Freilassung kommen würde, war abzusehen gewesen, nur das Tempo hatte ihn dann doch überrascht. Wie oft hatte er sich über die Behäbigkeit und Gemächlichkeit der deutschen Bürokratie lustig gemacht. Wenn es darauf ankam, konnte die auch schnell. Er dachte an Texel und das Skript, das dieser Puppenspieler ihm hatte zukommen lassen. Ein falsches Spiel durch und durch. Richter würde keine Chance haben, das zu überstehen.

Das Telefon klingelte. Endlich – der Botschafter.

„Wilson."

„*Das war doch ein Scherz, oder?*" Die Stimme bebte.

„Leider nicht ... es wird bereits in den Medien verbreitet." In der Ecke des Raumes lief ein Fernseher. Der Sender aus Köln brachte Live-Bilder – die saßen heute in der ersten Reihe.

„*Wo ist Richter?*"

„Er ist bereits draußen. Vesorez hat den Pass in die Endzone geworfen und Frohmund hat ihn gefangen. Letzterer hat Richter eben abgeholt." Beim Football wären die beiden für den Wurf in den Jahrbüchern gelandet.

„*Und was haben Sie gemacht?*"

„Was hätte ich denn Ihrer Meinung nach tun können? Hätte ich in der Ramstein Air Base Luftunterstützung anfordern sollen, um es zu verhindern?"

„*Mehr ist Ihnen dazu nicht eingefallen?*"

„Nein." Dieser Klugscheißer hatte vergessen, dass sie hier nicht in Virginia waren. Sie waren nur Gäste in einem befreundeten und zumindest theoretisch souveränen Land.

„*Sie enttäuschen mich.*"

Der Botschafter konnte ihn nicht feuern, das würden andere tun. Stan spitzte die Lippen, er musste cool bleiben. Jetzt ging es nur noch um Schadensbegrenzung. „Herr Botschafter, werden Sie mir eine Weisung erteilen?"

„So kommen Sie aus der Nummer nicht heraus!"

„Ihnen steht es frei, eine Beschwerde einzureichen."

„Sie haben nichts verstanden, oder?"

„Herr Botschafter." Mehr sogar, als der Diplomat annahm. Stan aktivierte sein Aufnahmegerät.

„Wo ist das Smartphone?"

„Das BKA hat es."

„Sichern Sie es!"

„Sir ... das ist ohne Einsatz von Gewalt nicht möglich ... oder wollen Sie mir ein paar Marines aus dem Sicherungsteam der Botschaft vorbeischicken?"

„Agent Wilson! Es ist mir völlig egal, wie Sie das anstellen! Besorgen Sie mir das verdammte Telefon!"

„Herr Botschafter, ich weise Sie darauf hin, dass ich das Gespräch aufzeichne und als Dokumentation meinem Bericht beilegen werde. Ich werde versuchen, das Smartphone zu sichern. Dabei werde ich im Rahmen der Verhältnismäßigkeit Gewalt einsetzen." Stan würde für das dämliche Smartphone sicherlich keinen deutschen Polizisten töten. Allein die Lagereinrichtung aufzubrechen, bedeutete juristisch betrachtet, Gewalt auszuüben. „Falls ich Sie falsch verstanden habe, bitte ich Sie, das Missverständnis jetzt aufzuklären."

„Sie sind ein verfluchter Bastard!" Der Botschafter legte auf.

*

Stan sah auf sein Handy. 16:40 Uhr. Es hatte zu Texels Plan gehört, über Patrick Richter an das Smartphone zu kommen. Beim Gespräch mit dem Botschafter hatte Stan hingegen improvisiert und sich eine Freikarte für das Gefängnis besorgt. Wie weit er damit kommen würde, wusste er allerdings nicht.

Er blieb in dem langen Korridor stehen. Ein kurzer Blick zurück. Er war allein. An der Tür befand sich ein Nummernblock. Stan gab 11061933 ein. Die Tür öffnete sich. Sein BKA-Pendant Karl Konstantin hatte sich den Code ausgedacht, er mochte Fußball. An diesem Datum hatte die Fortuna zum einzigen Mal in der Vereinsgeschichte die Deutsche Meisterschaft gewonnen. 3:0 gegen Schalke im Müngersdorfer Stadion in Köln. Stan hatte es mittels Google nachgeschlagen.

„Herr Wilson ...“ Der Bundespolizist, der die Asservatenkammer im Fall Richter bewachte, zeigte sich überrascht. Entweder über den späten Besuch oder über Stans Kenntnis des Tür-Codes.

Der Amerikaner zögerte nicht und griff den Beamten an, der sich mit einem Griff zur Dienstwaffe verteidigen wollte. Keine gute Entscheidung. Stan packte sein Handgelenk, zog ihn ruckartig zu sich, um ihn dann durch eine Drehung in den Würgegriff zu nehmen. Der Polizist zappelte. Stan brachte bei 1,92 Meter 105 Kilogramm auf die Waage, der Bundespolizist zwanzig Kilogramm weniger.

Eins, zwei, er begann in Gedanken zu zählen. Bei vier wurden die Befreiungsversuche seines Kontrahenten schwächer. Bei sechs verlor der Bundespolizist das Bewusstsein. Er würde diesen Angriff überleben und in wenigen Minuten wieder aufwachen.

Mit Kabelbindern am Gürtel der Einsatzkleidung des Polizisten fesselte Stan seine Hände und Füße. Die Handschellen nutzte er, um ihn an einem Heizkörper festzumachen. Die Dienstwaffe legte er in sicherer Entfernung auf den Tisch. Wegen des Smartphones würde heute niemand erschossen werden.

Siggi, ihr kleiner digitaler Prinz, lag in einem Safe verborgen, dessen Code er nicht kannte. Ein Detail, das er nicht berücksichtigt hatte. Er tippte 23061979 ein. Nichts tat sich. Auch Stan mochte Fußball, auch wenn er während seiner Collegezeit wegen seiner Körpergröße Basketball gespielt hatte. Neuer Versuch 04061980. Es klackte. Der Safe war offen. 1979 und 1980 hatte die Fortuna den DFB-Pokal gewonnen. Zum Glück waren die sportlichen Erfolge der Düsseldorfer Kicker überschaubar. So hatte er sich nicht viele Zahlen merken müssen.

Das Gerät lag vor ihm. Ausgeschaltet und angeschlossen an ein mobiles Ladegerät. Stan steckte beides in die Tasche seines Sakkos und verließ den Raum. Viel Zeit würde ihm nicht bleiben, um zu verschwinden, aber um seine Tochter zu beschützen, hätte er noch ganz andere Dinge getan. Der Botschafter konnte ihn mal. Seine Karriere beim FBI hätte das Fiasko mit Richters Freilassung auch ohne den Diebstahl nicht überstanden.

*

„Er wartet auf dich ...", sagte Carsten Grünfeld, den Stan aus einem Taxi heraus angerufen hatte. Die Zahl vertrauenswürdiger Menschen, die in der Lage waren, ihn in dieser besonderen Situation zu unterstützen, stellte sich als recht mager dar. Nein, Grünfeld war sogar der Einzige, der helfen konnte. Und vor allem bereit war, das hohe Risiko auf sich zu nehmen.

Stan hatte nicht vor, nach Texels Regeln weiterzuspielen. Es reichte schon, ihm den Jungen in die Arme zu treiben. Das Smartphone sollte er nicht bekommen. Grünfeld war genau der Richtige, um auf das unselige Gerät aufzupassen.

„Danke." Stan legte auf. Er ließ sich gerade zum Steigenberger Parkhotel bringen. Auch ein Teil von Texels Plan. Frohmund, Richter, Monroe und einige hohe Tiere des Senders befanden sich im Hotel. Sie feierten ihren vermeintlichen Sieg, die mediale Vermarktung der Erlebnisse eines Zeitreisenden, auf die Millionen Zuschauer in der ganzen Welt warteten.

Das Telefon klingelte. Wenn man an Texel dachte ... Stan nahm das Gespräch an.

„Wilson."

„Wo sind Sie?"

„Im Taxi ... noch drei Minuten, dann bin ich am Steigenberger." Der Taxifahrer fuhr gerade über die Kö. Die Sonne hatte diesen Tag bereits abgehakt. Die Schaufenster waren hell erleuchtet.

„Haben Sie es dabei?"

„Ja." Er griff sich an die Brust. Der Krawattenknoten war weit geöffnet. Das Smartphone befand sich gut verwahrt in der Innentasche seines Sakkos.

„Gab es Probleme?"

„Nein." Die deutsche Polizei müsste gerade dem Botschafter die Tür einrennen, um seine diplomatische Immunität aufheben zu lassen.

Das FBI würde ihn wegen des Angriffs auf den Bundespolizisten fallen lassen wie eine heiße Kartoffel. Vorsätzliche Körperverletzung und schwerer Diebstahl. Nicht unbedingt Karrierestationen.

„Ich schätze Ihre Professionalität."

Die würde Stan Texel gleich hautnah spüren lassen. „Was ist mit meiner Tochter?"

„Ich habe das Jachtregister ändern lassen. Die Jacht ist jetzt auf Ihren Namen angemeldet. Laura Jakobi gibt es nicht mehr. Sie ist komplett aus der Eigentümerhistorie verschwunden. Ich schicke Ihnen einen Auszug."

„Danke." Stan legte auf. Texels eMail landete Sekunden später im Posteingang seines privaten Smartphones. Das FBI-Diensttelefon hatte er auf seinem Schreibtisch liegen lassen. Laura befand sich deswegen leider noch nicht in Sicherheit. Texel konnte immer noch ihr Leben bedrohen. Um das zu verhindern, bedurfte es einer anderen Maßnahme.

„Wir sind da ... das Steigenberger Parkhotel", erklärte der Fahrer freundlich. Das Taxi stoppte direkt vor dem Eingang. Ein uniformierter Portier öffnete ihm die Tür.

„Sehr gut." Stan versuchte, durch die Fenster auszumachen, wer sich alles in Patricks Nähe befand. Dutzende Gäste, Passanten und Hotelpersonal umgaben ihn.

„Macht 14,20."

„Stimmt so ..." Stan gab ihm zwanzig Euro. Vermutlich würde er dazu bald nicht mehr lange in der Lage sein. In möglichen Fluchtländern zahlte man mit anderen Währungen.

Er stieg aus. Sah sich um. Überall waren Lichter, Menschen und Unruhe. Taktisch eine Katastrophe.

„Mister Wilson ..." Ein dunkelhäutiger Mann sprach ihn an. Knopf im Ohr, seine Körperstatur, nur zwanzig Jahre jünger. Und fitter. Das war Texels Mann. Stan hoffte, nächstes Jahr fünfundfünfzig zu werden.

„Ja."

„Wir haben einen gemeinsamen Freund." Der Mann, vermutlich ein Söldner, war nicht alleine. Sein Partner stand seitlich von ihnen. Mit einem Gesicht, als plagten ihn Zahnschmerzen. Die Hände hielt er in weiten Manteltaschen verborgen. Stan trug keine Waffe. Die hatte er während der letzten siebzehn Jahre als FBI-Kontakt der US-Botschaft in der Stadt nie benötigt.

„Der Herr ... Entschuldigung bitte ... aber das ist mein Taxi. Ich stehe schon über zehn Minuten hier!", schimpfte eine ältere Dame mit Düsseldorfer Akzent. Sie und zwei weitere Gäste warteten ordentlich in einer Reihe stehend auf ein Taxi.

Ein dritter Mann, Stan konnte ihn nicht genau erkennen, stieg von der anderen Seite hinten ein. Ein junger Typ. Durch das Fenster konnte man sehen, wie er dem Fahrer einen Geldschein gab, der diesen motivierte, sofort loszufahren. Dieses Taxi war aus dem Spiel, bevor der Hotelportier den Protest der älteren Damen unterstützen konnte.

„Bitte ... hier entlang." Der Söldner gebot Stan, das Foyer des Hotels zu betreten. Der Partner mit den Händen in den Taschen sicherte ihren Rücken. Die beiden Männer agierten äußerst konzentriert. Da war noch mehr. Stan konnte den Ärger riechen. Zahlreiche Augenpaare richteten sich auf sie. Gab es weitere Spieler am Tisch? Gäste, Passanten und Hotelpersonal, er konnte nicht erkennen, wer hier welche Agenda verfolgte.

„Was passiert jetzt?"

„Sie haben etwas für mich. Sie geben es mir. Ich gehe. Sie gehen." So wie er sprach, wie er sich bewegte, vermutlich ein Ex-Militär. Diese Typen hörten sich alle gleich an.

„Sind Sie Texel?"

„Nein."

„Ich will mit ihm reden!" Stan hatte nicht vor, ihm Richters Handy zu geben und den unbekannten Puppenspieler bei seinem zynischen Plan zu unterstützen.

„Dafür ist jetzt keine Zeit." Der Mietgorilla fraß ihn gerade mit den Augen.

„Ich habe heute Abend nichts vor ..." Stan setzte sich in einen Sessel im Foyer. Links und rechts strömten Gäste an ihm vorbei. Ein öffentlicher Platz war im Moment der sicherste Ort für ihn.

Der Söldner tippte einige Worte in sein Smartphone, dann setzte er sich ebenfalls hin. Sein Partner blieb einige Meter entfernt stehen.

Stans Telefon klingelte. Texel.

„Wilson."

„Was soll das?"

„Wir sollten reden."

„Nicht jetzt."

„Ich warte ..." Wenn nötig bis zum nächsten Tag. Die Wanduhr zeigte 17:20 Uhr an.

„Wir brauchen das Gerät."

„Ja, ja ... das sagten Sie bereits." Stan sah zum Partner des Mietgorillas, der seine Hände nicht aus den Jackentaschen bekam. Der Mann, er sah mit kurzen roten Haaren aus wie ein Ire, blickte nervös zum Aufzug. In einem Hollywood-Film hätte spätestens jetzt jemand eine Waffe gezogen und den schweineteuren Kristallkronleuchter von der Decke geholt.

„Jetzt."

Stan schluckte. Die Aufzugstür öffnete sich, und Richter betrat das Foyer. Er hastete regelrecht in Richtung Ausgang. Es war offensichtlich für den Sender nicht gut gelaufen. Vermutlich hatten Wilsons Warnungen im Polizeipräsidium gefruchtet.

*

Der dunkelhäutige Söldner sprach in sein Kontaktmikrofon am Hals. Spezialkräfte beim Militär nutzten solche Ausrüstung. Von der Straße her hupten mehrere Autos. Stan konnte nicht hören, was er sagte. Er stand auf. Die beiden Männer hatten nur noch Richter im Blick. Der Taschenmann stellte sich demonstrativ in die Eingangspforte. Der Dunkelhäutige schritt auf Richter zu. Der zögerte nicht lange, sondern drehte sich um und sprintete in die Ecke zurück, aus der er gekommen war. Der Kerl am Eingang nahm die Hände aus den Taschen und folgte ihm.

Der andere ging auf Stan zu. Jetzt wurde es ernst.

„Komme ich gerade ungelegen?"

„Wilson, ich will das Telefon! Sofort!", forderte Texel ihn am Handy auf.

„Ich habe es zerstört. Niemand wird es bekommen. Keiner sollte die Zukunft kennen ... auch Sie nicht." Eine Lüge, aber dieser Tage waren Wahrheiten ohnehin selten.

„Sie lügen! Filzt ihn!"

Der Mietgorilla durchsuchte Stans Hosentaschen. Er ließ es zu, ein Kampf machte wenig Sinn. Nun griff der Söldner in die Innentaschen seines Sakkos.

„Ich verstehe es nicht. Wir waren die ganze Zeit an ihm dran. Er hat es tatsächlich nicht bei sich", erklärte cr einen Moment später seinem Mikrofon am Hals.

„Verdammt! Wilson, Sie wollen mich nicht als Feind haben!"

„Stimmt ... das möchte ich nicht." Stan würde jetzt einfach aufstehen und gehen.

„Die deutsche Polizei sucht Sie, die Botschaft und das FBI haben Sie fallen gelassen. Just in diesem Moment wird ein internationaler Haftbefehl für Sie ausgestellt."

„Das gehört doch zu Ihrem Plan." Stan lächelte. „Wenn Sie mir glauben, dass ich das Gerät zerstört habe ... sollten mich Ihre Männer verschwinden lassen. Oder Sie hoffen, dass ich bluffe, dann brauchen Sie meine Kooperation."

„Sie sind Vater. Großvater sogar ... glauben Sie, sich dieses Spiel leisten zu können?"

„Wenn Sie mir weiter drohen, meiner Tochter etwas anzutun ... werde ich mich umgehend stellen und mit den deutschen Behörden zusammenarbeiten. Bisher weiß aus dem Management des Senders niemand, wer sie geleimt hat ... Sind Ihre Auftraggeber potent genug, sich mit einem milliardenschweren Medienkonzern anzulegen?" Stan warf alles, was er hatte, in die Waagschale. Mehr hatte er nicht, um Laura zu beschützen.

„Mister Wilson, Sie sind derjenige, der nicht weiß, mit wem er sich anlegt!" Dann legte Texel auf.

„Wollen Sie mich erschießen?", fragte Stan den Dunkelhäutigen.

„Nicht heute. Nicht hier. Sie können gehen."

Und Stan ging. Zuerst langsam, dann schneller. Er wusste wirklich nicht, worauf er sich eingelassen hatte. Das war blanker Irrsinn. Bis vor einigen Tagen hatte er noch einen gemütlichen FBI-Job in einer Stadt, die er mochte. Davon war jetzt nichts mehr übrig. Patrick Richters Tanz mit der Zeit hatte ihn erfasst und riss ihn mit. Hoffentlich hatte Grünfelds Sohn ihm das Handy zukommen lassen. Die Übergabe im Taxi vorhin hatte jedenfalls hingehauen, ohne dass Texels Söldner Verdacht geschöpft hatten.

Ob ich diesen Wirbel überleben werde, fragte sich Stan.

Er wusste es wirklich nicht.

XI. Zug fahren

Immer noch stand Patrick am äußersten Ende des Bahnsteigs von Gleis 13 und hielt seinen Freund Siggi in der Hand. Mit dem Diebstahl des Smartphones war Stan Wilson ein unglaubliches Risiko eingegangen. Warum?

„Siggi, du erwähntest deine intern gespeicherten Daten. Wer konkret hat versucht, da ranzukommen?"

„*Kennungen, sowohl von Deutschen als auch von Amerikanern. Ständig hieß es: Die Zukunft zu kennen, brächte unvorstellbare Macht.*"

„Hm. Welche Daten hast du denn so gehamstert? Und wo?"

„*Hamstern wie einlagern, horten, anhäufen, archivieren, aufbewahren, ansammeln?*"

„Korrekt."

„*Der Speicherort variiert nach Art der Information. Zunächst verfüge ich über ein Register, einen Level-1-, Level-2- und Level-3-Cache. Danach folgt erst der Zugriff auf den internen Arbeitsspeicher sowie externe Datenträger wie die SD-Karte. Ein Problem der hoffnungslos veralteten Hardware des Beta-Testers 7 tritt auf, wenn bei einem Cache-Miss im Level 1 Speicher der Aufbau ...*"

„Gnade. Mache es bitte nicht so kompliziert – ich bin nicht Malcolm. Es geht mir weniger um die technische Architektur, sondern um die Daten aus der Zukunft, also die Informationen mit einem neueren Datum als heute."

„*Ich kann für Beta-Tester 7 Metadaten aller großpolitischen Ereignisse, wie Kriege, Naturkatastrophen, bahnbrechende Erfindungen, Wirtschaftsdaten und Sportveranstaltungen bis zum Datum 28.11.29 abrufen. An diesem Tag wurde ich als Update auf dein Smartphone aufgespielt und habe eine Aktualisierung der Metadaten durchgeführt. Sobald Detailinformationen benötigt werden, ziehe ich mir diese aus der größten aller verfügbaren Datenbanken – dem Internet. Das planetare Datenvolumen des Netzes beträgt im Jahre 2029 etwa 400 Zettabyte, das sind 400.000 Exabyte, das sind 400 Milliarden Terabyte, das sind …*"*

„Siggiii! Du warst zu lange mit den Technikern zusammen. Ich bin kein Nerd, ich bin Literaturwissenschaftler."

„*Ich verstehe. Folglich gehst du in der Sonne spazieren.*"

„Genau, wenn sie denn scheinen würde." Es regnete immer noch. „Viele Menschen gäben ihr letztes Hemd, um einen Blick in die Zukunft werfen zu können. Daher jagen die dich wie Dr. Kimble."

„*Dr. Richard Kimble, eine fiktive Person aus der amerikanischen Fernsehserie ‚Auf der Flucht'*", stellte Siggi fest.

„Richtig. Nur bist du weitaus wertvoller als der. Du bist ein Orakel. Du kennst die Zukunft. Kriege, Naturkatastrophen, Wirtschaftsdaten und bahnbrechende Erfindungen." Patrick pfiff durch die Zähne. Geahnt hatte er es immer schon, nun wusste er es genau. Die Informationen über alle wichtigen Geschehnisse der nächsten elf Jahre konnten kein Geheimdienst und kein Konzern mit Geld aufwiegen.

„*Aus diesem Grund wurde ich ständig über die Zukunft ausgefragt. Ich sollte Antworten auf eine Menge existenzieller Fragen liefern, die die Menschheit seit Anbeginn beschäftigen.*"

„Öhm, was zum Beispiel?"

„*BKA-Oberkommissar Karl Konstantin hat mich mehrfach gefragt, ob die Fortuna vor der nächsten Eiszeit noch einmal Deutscher Meister wird.*"

Patrick stand allein am Ende des Bahnsteigs und lachte laut.

„*Habe ich einen Humor gemacht?*"

„Einen riesigen Humor, Siggi", gluckste er. „Wie hast du reagiert?"

„Ich benötige mehr Informationen. Meinen Sie Fortuna Regensburg, Fortuna Remstädt, Fortuna Böblingen, Fortuna Köln ...? ‚Es gibt nur eine Fortuna! DÜSSELDORF natürlich!' hat er gebrüllt. Ein Humor, den ich nicht verstanden habe, da diese Aussage definitiv falsch ist. Oder war sie ironisch gemeint?"

„Für Karl gibt es nur Fortuna Düsseldorf. Was hast du geantwortet?"

„‚Herr Konstantin, einen Moment bitte. Ich recherchiere. Das ist ja interessant. Das ist kaum zu glauben ... leider sind Sie nicht autorisiert, auf diese Informationen zuzugreifen.' BKA-Oberkommissar Karl Konstantin ist danach eine Weile wütend durch den Raum gehüpft."

„Du bist eine hundsgemeine KI", prustete Patrick.

„Achtung! Ein Netz von Kennungen aus verschlüsselten Kommunikationsnetzen zieht sich um dich zusammen", stellte Siggi fest.

„Wer verfolgt mich?"

„Geheimdienste, Polizei, unbekannte Organisationen. Sie nähern sich zielstrebig."

„Sag mal ... können die dich orten?"

„Ja, seit ich vor einigen Minuten in den aktiven Sendemodus gewechselt bin, um ihre Kennungen zu tracken. Schließlich sind meine Nummer, der Master-Key der SIM-Karte und die Geräte-ID bestens bekannt."

„Kannst du das irgendwie verhindern? Zum Beispiel, indem du die Daten, die du aussendest, unterdrückst?"

„Ich kann zukünftig die SIM-Karte eines Verfolgers kapern und darüber die Abfragen starten. Dadurch agiere ich maskiert und kann nicht ohne Weiteres geortet werden."

„Ich verstehe zwar nur die Hälfte, aber das klingt gut. Mach das bitte ab sofort."

Verdammt, Patrick ärgerte sich. Jetzt wussten sie, dass Siggi wieder bei ihm war. Das machte ihn noch beliebter.

Misstrauisch beobachtete Patrick den Bahnsteig. „Ich werde strafrechtlich nicht mehr verfolgt und muss dennoch weiter fliehen. Zudem sind sie jetzt auch noch hinter dir her."

„*Die Daten bringen Beta-Tester 7 in Gefahr. Soll ich sämtliche Daten aus der Zukunft löschen? Dann gibt es keinen Grund mehr, dich zu jagen. Wenn ich den Level-2- und Level-3-Cache bereinige, sind die Informationen unwiederbringlich verloren.*"

Patrick überlegte. Eine solche Entscheidung unter Zeitdruck zu fällen, fiel ihm nicht leicht. Im Grunde handelte es sich um Informationen aus einer Parallelwelt, die stattgefunden hatte, dann aber wieder zurückgedreht wurde. Allein bei diesem Gedanken wurde ihm schwindelig.

„Ja, tu das. Vielleicht ist es das Beste. Es könnte eine Menge Begehrlichkeiten aus der Welt schaffen."

„*Gut. Ich setze sämtliche Parameter und Routinen auf die Werkseinstellungen zurück. Dabei verliere ich alle Erkenntnisse aus dem learning mode und werde dich danach nicht mehr kennen, Beta-Tester 7. Leb wohl, Patrick.*"

Verdutzt starrte Patrick auf das Handy. Bildete er sich das ein oder ließ der Siggi auf dem Display die Mundwinkel hängen?

„*Ich initiiere einen Neustart in zehn Sekunden ... neun ... acht ... sieben.*"

„Nein! Halt! Lass das. Du musst bleiben, wie du bist."

„*Hard-Reset-Initiierung gestoppt. Ich bin froh, es nicht getan zu haben.*"

Diese KI war unglaublich. „Siggi, wir finden einen anderen Weg. Wenn ich mein Problem in den Griff bekomme, dann kriegen wir auch deins gelöst. In dieser Welt sind wir beide absolut einzigartig. Du bist Technologie aus dem Jahr 2029 und ich kann in der Zeit reisen."

„*Korrekt.*"

„Es stellt sich die Frage, wie kommen wir hier heraus?"

„*Zwei BKA-Beamte laufen in diesem Moment die Treppe zum Gleis 13 hoch. Ein anderes Einsatzteam mit amerikanischen Kennungen nähert sich vom Osteingang. Der Aufwand an Technik, um dich zu verfolgen, ist enorm.*"

„Kannst du die Systeme hacken und die Verfolger in die Irre leiten?" Das wäre die Lösung.

„Nein. Die genutzten Verschlüsselungsstandards kann ich mit der Hardware in der kurzen Zeit nicht dechiffrieren."

„Mist!" Patrick sah sie bereits. Länger wollte er nicht warten. Er sprang hinunter auf die Schienen und rannte über die Gleise nach Osten. Eine Lautsprecherdurchsage ertönte. *„Verlassen Sie sofort die Gleisanlage! Achtung Lebensgefahr!"* Das galt ihm. *„Verlassen Sie sofort die Gleisanlage!"*

Die Videoüberwachung des Bahnhofs funktionierte sicherlich bestens. Ob vor den Überwachungsmonitoren bereits Polizisten saßen? Es hatte nicht danach geklungen, doch spätestens jetzt würde sich dies ändern. Schließlich mussten sich die Behörden etwas Neues ausdenken, nachdem sie sein Signal verloren hatten.

Patrick kletterte zum Bahnsteig von Gleis 16 hoch. Sollte er so tun, als ob er dort einstiege und dann auf der anderen Seite direkt wieder hinausspringen? Hauptsache erst mal hier weg. Die wartenden Passagiere starrten ihn an.

„Sie … dürfen nicht auf den Gleisen herumlaufen", stellte eine Frau fest.

„Doch, doch. Der schnellste Weg, um von Gleis 1 hierherzukommen."

„Frechheit! Das ist ja wohl die Höhe!"

„Probieren Sie es aus. Die Treppe dauert länger!"

Auf Gleis 13 blickten zwei Männer hektisch hin und her. Beide hielten Funkgeräte in der Hand. Geschwind verschwand Patrick hinter einem Wagenstandsanzeiger.

„Wo kann ich langlaufen, Siggi?"

Neben ihm fuhr ein Zug ein und bremste quietschend. Siggi antwortete etwas, doch bei dem Lärm konnte er kein Wort verstehen. Patrick presste sich das Handy ans Ohr.

„Bitte wiederhole, was du gesagt hast."

„Eine verdächtige Kennung aus einem italienischen Netz nähert sich." Italien?

Endlich kam die ICE Lok zum Stehen. Patrick sah genauer hin – der Thalys nach Paris Nord. Die Türen öffneten sich. Unschlüssig blieb er stehen, wo er war. Etwas bohrte sich in seinen Rücken.

„Die Kennung befindet sich nun unmittelbar hinter dir. "

„Signore Richter. Bitte folgen Sie mir. Ich kann Ihnen helfen."

Patrick drehte den Kopf und betrachtete den Mann. Ein Unbekannter. In einem grauen Anzug mit schwarzer Krawatte, als käme er von einer Beerdigung. Dunkle Augen unter einem dunklen Hut, wie ihn Humphrey Bogart als Philip Marlowe trug.

„Was wollen Sie?", fragte Patrick mit Gift in der Stimme. Allmählich verlor er die Lust, sich ständig zu fürchten. Zudem war er es leid, ständig wegzulaufen.

„Sie haben etwas bei sich, das uns interessiert. Kommen Sie mit. Wir gewähren Ihnen Schutz."

„Ich gehe nirgendwohin. Warum nehmen Sie es mir nicht einfach ab?"

„Wir brauchen Sie – als Türöffner. Nur Sie können sich gegenüber dem System authentisieren. Das haben Sie bewiesen, nachdem Sie wieder in den Besitz des Smartphones gelangt sind ... Sie brauchen keine Angst zu haben. Wir werden uns sehr gut um Sie kümmern."

„Ihr könnt mich mal." Patrick wollte keine neue Familie.

Der Patenonkel war hartnäckig. „Der Revolver in Ihrem Rücken zeigt Ihnen gleich, was wir können. Die Kugel wird die Wirbelsäule durchschlagen und an der Vorderseite wieder austreten."

„Sie töten also den Türöffner? Und wer meldet sich dann am System an? Abgesehen davon, dass hier eine Menge Leute herumstehen, inklusive BKA-Polizisten. Wie kommen Sie dann hier weg? Können Sie in der Zeit springen?" Patrick verstand es selbst kaum: Er war aufgeregt, mehr aber nicht. Er verspürte keine Angst, eher Wut.

„Ich merke, Sie sind ein Profi. Der Boss würde sich freuen, Ihre Bekanntschaft zu machen."

„Wo sitzt er denn? Sizilien?"

„Ach was. Sie sehen eindeutig die falschen Filme. Im Zeitalter der Globalisierung ..."

„NEHMEN SIE DIE HÄNDE HOCH!", brüllte eine Stimme. „BEIDE!"

Die beiden deutschen Polizisten in Zivil zielten mit ihren Waffen auf sie. Vermutlich BKA. Die Menschen auf dem Bahnsteig schrien vor Entsetzen und rannten weg. Der Italiener reagierte bewundernswert gelassen. „Hauen Sie ab, sonst erschieße ich unseren gemeinsamen Freund."

Patrick spürte, wie sich der Druck des Laufes in seinem Rücken verstärkte.

„Wer sind Sie? Damit kommen Sie nicht durch", antwortete der BKA-Beamte, blieb jedoch in respektabler Entfernung stehen.

„Wir steigen jetzt gemeinsam in den Zug." Der Italiener deutete auf den Thalys.

Wie soll das denn funktionieren, dachte Patrick und blieb erst einmal stehen.

BKA, CIA und FBI waren hinter ihm her. Sein neuer italienischer Freund hatte keine Ahnung, worauf er sich einließ. Der Thalys würde voraussichtlich nicht einmal losfahren. Jetzt verspürte er sie doch. Die Angst der Ungewissheit, der unmittelbaren Bedrohung. Die Situation war weder überschaubar noch beherrschbar. Wärme durchflutete seinen Körper. Der Zeitpunkt für einen Zeitsprung käme durchaus gelegen. Die Symptome dafür mehrten sich. Patrick bebte. Und ... es geschah nichts. Zu wenig Angst, zu wenig Lebensgefahr, zu wenig Adrenalin. Keiner von denen würde auf ihn schießen. Verdammt. Hatte dieser ganze Mist ihn schon so abgehärtet? War er zu cool geworden?

„Niemand steigt ein. Lassen Sie sofort die Waffe fallen!", knurrte der BKA-Beamte. In beiden Händen hielt er seine Pistole und zielte mit leicht gebeugten Armen genau auf den Kopf des Italieners.

Patrick stellte sich vor, wie der Mann abdrückte, die Kugel in den Schädel einschlug und dieser zerplatzte. Blut und Gehirn würden gleichermaßen umherspritzen. Auch dieses Horrorszenario generierte bei ihm nicht genügend Angst für einen Zeitsprung. Wie hartgesotten musste er sein?

Immer noch drückte ihm der Italiener die Waffe ins Kreuz. Der Thalys setzte sich ohne sie in Bewegung und fuhr planmäßig los. Nächster Halt: Köln. Irgendwie tröstlich, dass sich trotz der prekären Situation die Welt weiterdrehte.

„Sie lassen uns keine Wahl. Sie nehmen die Hände weit über den Kopf, sonst schießen wir. Ich gebe Ihnen noch drei Sekunden", sagte der BKA-Agent. „Eins … zwei …"

In diesem Moment wurde es dunkel. Die komplette Beleuchtung des Düsseldorfer Bahnhofs fiel aus. Notstrom gab es offensichtlich keinen. Die plötzliche Schwärze an diesem Februarabend erschreckte Patrick. Er riss sich los und ließ sich auf den Boden fallen. Ein Schuss knallte. Auf allen vieren krabbelte Patrick über den Bahnsteig. Noch ein Schuss, etwas heller als der erste. Gekreische und Geschrei von überallher. Als ob das gegen die Gefahr helfen würde. In seiner Nähe war nichts zu hören. Langsam gewöhnten sich seine Augen an die Dunkelheit. Patrick ließ sich den knappen Meter auf die Schienen von Gleis 15 hinuntergleiten.

Ein dritter Schuss hallte durch den Bahnhof. Wussten die überhaupt, auf wen oder was sie schossen?

Siggi sagte in seiner Jackentasche: *„Ich habe bei den Stadtwerken Düsseldorf die Stromzufuhr zum Bahnhof unterbrochen und die Notstromaggregate blockiert. Die Techniker kümmern sich um die Ausführung des Notfallplans der besonderen Stromversorgung. In achtunddreißig Sekunden werden die Lampen wieder angehen."*

„Klasse Siggi", flüsterte Patrick und griff in die Innentasche, um das Smartphone leiser zu stellen. In der Ferne näherten sich drei strahlende Lichter. Zwei unten und eins in der Mitte darüber. Wo der Fahrer des Zuges sonst den hell erleuchteten Düsseldorfer Hauptbahnhof erwartete, gähnte nur ein dunkles Loch. Die Einfahrsignale funktionierten offensichtlich noch, langsam schob sich der Zug voran. Er kam genau auf ihn zu.

„Auch die Amerikaner haben sich nun eingefunden. Die Anzahl der ausländischen Agenten wird immer größer."

Alle jagten Siggi oder ihn. Oder beide. Was war die Freiheit unter diesen Umständen wert? Patrick saß auf den Gleisen wie in einer Schlucht. Der kalte Stahl der Schienen saugte ihm die Wärme aus den Fingern.

„Noch einundzwanzig Sekunden", meinte Siggi.

„Weiß du was? Wir fahren jetzt Bahn", erklärte Patrick leise. Wie gebannt starrte er auf das sich nähernde Dreieck.

„Soll ich eine Karte lösen?"

„Nicht nötig. Wir fahren kostenlos."

„Noch sieben Sekunden, dann geht das Licht wieder an."

Patrick erhob sich und ging auf den einfahrenden Zug zu.

„Drei, zwei, eins."

Es wurde wieder Tag. Alle Lampen erstrahlten in neuem Licht. Geblendet schloss Patrick die Augen. Der ICE fuhr unaufhaltsam auf ihn zu.

Einer der BKA-Beamten winkte wie eine Windmühle und brüllte: „KOMMEN SIE DA RAUS! SOFORT! DA KOMMT EIN ZUG! GEHEN SIE VOM GLEIS RUNTER!"

Über den Bahnsteig strich ein starker Luftsog. Der Polizist reichte ihm die Hand. Patrick schüttelte den Kopf und drehte sich um. Der Italiener, der ihn bedroht hatte, war nirgends zu entdecken. Hatten die Deutschen ihn erschossen?

Der ICE war nur noch zehn Meter von ihm entfernt und quietschte unaufhaltsam auf ihn zu. Trotz der geringen Geschwindigkeit würde der Bremsweg noch mindestens dreißig Meter betragen.

„FUCK! RAUS DA!"

Hinter dem deutschen Polizisten stand der Dunkelhäutige aus dem Foyer des Steigenbergers. Für die Amerikaner hieß die halbe Welt ‚Fuck' mit Vornamen.

Die Entschlossenheit dominierte die Angst. Noch. Patrick blieb stehen. Sein Herz hämmerte. Gleich würden einige Hundert Tonnen Metall über ihn hinwegfahren. Seine Beine zuckten. Bahnfahren kostete doch etwas. Nerven, jede Menge. Schließlich hatte er es so gewollt, der Tod griff nach ihm.

Von vorn erinnerte der ICE an ein gigantisches Insekt. Wie monströse Facettenaugen glotzte ihn die Windschutzscheibe an. Menschen und Bremsen kreischten. Das Insekt stürzte sich gierig auf ihn. Die Luft flackerte, als stünde er zu nah an einem offenen Feuer, und riss ihn in einer Hitzewelle nach oben. Oder zur Seite. Vielleicht auch nach unten.

Schwer zu sagen, die Symptome beim Zeitreisen waren noch nicht sonderlich gut erforscht.

Patrick sprang.

XII. Verfolgt

Stan schlenderte ziellos über die Kö. Sein Magen rebellierte. Das war nicht sein Tag. Wohin sollte er jetzt gehen? Er hatte heute seine langjährige FBI-Karriere über den Jordan gejagt. Seine US-Pension konnte er abschreiben und auch einige andere Dinge. Das war keine kluge Entscheidung gewesen. Während der ganzen Jahre hatte ihn noch kein Fall an seine Grenzen gebracht.

17:25 Uhr, er sah über die Schulter. Überall waren Menschen. Die Schaufenster leuchteten. Passanten trugen Einkaufstaschen. Autos fuhren an ihm vorbei. Aus einem Café roch es nach warmem Apfelkuchen. Ein Junge fuhr mit dem Skateboard an ihm vorbei.

Wurde er verfolgt? Kannte er das Gesicht dieser Frau? Mitte dreißig, kurze dunkle Haare, Jeans, Fleece-Jacke, flache Schuhe und keine Handtasche. Nicht der typische Look für diesen Ort. Im nächsten Moment löste sie sich in der Menge auf. Er versuchte, ihr mit den Augen zu folgen. Vergebens, sie war verschwunden. Sah er jetzt schon Gespenster?

Sein Smartphone vibrierte in der Brusttasche. Stan aktivierte ein drahtloses Headset und steckte es in sein linkes Ohr. Auf dem rechten hörte er nach einem Knalltrauma bei einem Sondereinsatz nicht mehr so gut.

„Ja."

„*Agent Wilson, sind Sie noch bei Sinnen?*" Der Botschafter klang richtig angepisst.

„Herr Botschafter."

„*Was haben Sie getan?*"

„Ich habe gehandelt."

„*Aber doch nicht so! Sie haben beinahe einen deutschen Polizisten umgebracht!*"

„Und? Wo ist das Problem? Er lebt doch noch." Diplomaten liebten die hohe Kunst, sich zu duschen, ohne nass zu werden. Im echten Leben funktionierte das nicht. Den Diebstahl von Patrick Richters Smartphone gab es nicht gratis.

„Existierte kein anderer Weg? Ein dezenterer? Einer, bei dem Sie nicht auf dem Korridor vor der Asservatenkammer gefilmt werden! Wilson, die haben Sie, nachdem Sie beinahe einen Beamten erwürgt haben, in Farbe im Archiv. Was soll ich denn bei dieser Beweislage noch sagen?"

„Die Zeit drängte ..." Stan war die Kamera egal gewesen. Die Aussage des BKA-Beamten wog genauso schwer. Hätte er ihn deswegen töten sollen? Nein, er hatte anders entschieden. Er hatte das Smartphone und der BKA-Kollege war mit etwas Kopfschmerzen davongekommen.

„Haben Sie getrunken? Irgendeine Form von Unzurechnungsfähigkeit, auf die ich plädieren kann?"

„Sir, nein." Er wünschte, es wäre so gewesen.

„Und wie soll ich Ihnen jetzt den Rücken freihalten?", fragte der Botschafter pikiert.

„Hatten Sie das jemals vorgehabt?" Stan gab sich nicht der Illusion hin, von den amerikanischen Sicherheitsbehörden offiziell beschützt zu werden. Dafür war er nicht wichtig genug. Anders als das Smartphone war er entbehrlich.

„Jetzt machen Sie sich doch nicht lächerlich! Wilson, Sie sind einer von uns. Wir spielen im selben Team! Offiziell werden Sie suspendiert, ja ... das geht nicht anders, aber jetzt kommen Sie erst mal in die Botschaft, wir werden uns etwas einfallen lassen." Er räusperte sich. *„Haben Sie das Smartphone dabei?"*

„Nein."

„Bitte?"

„Ich habe es verloren ... muss mir aus der Tasche gefallen sein." Stan hatte nicht vor, zur Botschaft zu gehen. Er glaubte dem Diplomaten kein Wort.

Ein Moment der Stille folgte. Schön, wenn einem Redekünstler mal die Worte ausgingen.

Der Botschafter hatte sich wieder im Griff. *„Das ist nicht der richtige Zeitpunkt für ... wo ist Richters Smartphone?"*

„Das FBI wird es nicht bekommen und auch Sie werden es nicht wiedersehen."

„Sie verraten Ihr Land!", stellte der Botschafter fest wie der Inquisitor bei einer Hexenverbrennung.

„Nein ... ich verrate Sie. Das ist ein großer Unterschied." Stan würde sein Heimatland für keinen Preis der Welt verkaufen. Trotzdem wurde ihm wärmer.

„Das ist Hochverrat!"

„Sie haben mich mit diesem Diebstahl beauftragt ... denken Sie darüber nach. Die Aufzeichnung geht an die deutsche Presse, die sicherlich noch mehr Geschmack daran finden wird, einem Botschafter in die Waden zu beißen als einem FBI-Agenten."

Stan legte auf. Er ging weiter. Hatte er gerade dem amerikanischen Botschafter gedroht, ihn in einem Gastland bloßzustellen? Er hatte keine Ahnung, wohin ihn diese Aussage bringen würde.

„Shit!" Wenn die amerikanischen Behörden ihn in die Finger bekamen, würde die Aufzeichnung verschwinden. Griffen die Deutschen ihn vorher auf, würde die Aufnahme genauso wenig öffentlich werden. In beiden Szenarien wäre es politisch geschickter, einem einzelnen FBI-Agenten aufgrund einer schweren persönlichen Krise die Schuld zu geben, als die Freundschaft der transatlantischen Bündnispartner öffentlich zu diskreditieren.

Er war jetzt auf sich gestellt. Diese Frau tauchte wieder auf. Die mit den kurzen dunklen Haaren. Kein Zufall. Die verfolgte ihn. CIA? Nein, eher nicht. Dann hätte der Botschafter anders agiert. Die CIA hätte ihn sofort aufgegriffen. Texel? Auch nicht. Das passte nicht in den Rahmen. Der arbeitete auf eigene Rechnung und hatte vermutlich nur zwei Männer im Einsatz. Andere Nachrichtendienste? Denkbar, sehr wahrscheinlich sogar, natürlich blieb ein solches Ereignis nicht unbeobachtet. BND, MI6, FSB, Mossad und die Chinesen, bei den Ereignissen dürften alle Interesse am Verbleib des Smartphones aus der Zukunft haben.

Seine Verfolgerin sah gut aus. Genau das richtige Alter. Stan mochte sportliche Frauen. Trotzdem musste er sie loswerden. Sie gab jemandem ein Handzeichen. Damned! Er konnte ihren Partner nicht sehen. Es musste mindestens einen weiteren Verfolger geben, den er bisher noch nicht ausgemacht hatte. Oder mehrere? Stan flüchtete in Richtung Altstadt. Dort sollte es leichter sein, in der Menge der Passanten zu verschwinden.

*

Stan konnte in eine Kneipe flüchten. Am Fenster hatte er die Straße im Blick. Die Frau mit den dunklen kurzen Haaren hastete suchend am Eingang vorbei. Die war er erst einmal los. Andere würden folgen. Er musste wachsam bleiben.

Um kurz nach sechs stieg hier die erste Party. Ein Kellner stellte ein Zehn-Liter-Fass Alt auf den Tisch. Eine Gruppe junger Männer feierte einen Junggesellenabschied. Die glühten bereits mächtig vor. Alle trugen mit Gummibändern befestigte Bärte, rote Zipfelmützen und grüne Wolljacken. Okay ... der Bräutigam war nicht sehr groß und trug den einzigen echten Zwergenbart in der Runde. Jemand drückte auch Stan ein Glas in die Hand. Warum nicht. Es schmeckte hervorragend. Das Bier hatte er sich verdient.

*

Stan dachte nach. Der Botschafter hatte inzwischen sicherlich seine Immunität aufgehoben. Er gehörte jetzt nicht mehr zum Diplomatischen Korps in Düsseldorf. Die deutsche Polizei eröffnete deswegen die Fahndung nach ihm. Der Flughafen, der Bahnhof und die Fernbusstation dürften bereits dicht sein. Dort würde er nicht mehr durchkommen. Zudem lag sein Pass in der Wohnung. In der Wohnung, in der mittlerweile sicherlich Kollegen auf ihn warteten.

Wenn er den ersten Ring durchbrochen hätte, würde eine weitere Flucht einfach sein. Die Grenzen in Europa waren offen. Er würde versuchen, nach Argentinien zu reisen. Alle anderen Länder erschienen ihm noch weniger geeignet.

Das Telefon vibrierte erneut. Er würde es gleich ausschalten. Sie konnten ihn über die Nummer orten. Es war wieder Texel. Bei dem Krach würde er kein Wort verstehen. Stan ging auf die Toilette, dort war es leiser.

„Sehnsucht?"

„Richter ist gesprungen."

„Na ja ... wenn ihm jemand auf die Füße tritt, verschwindet er schon mal ganz gerne." Stan hätte gerade alles dafür gegeben, es dem Jungen nachzutun. Spurlos zu verschwinden, wenn es zu heiß wurde, war schon eine coole Fähigkeit.

„Hören Sie mit dem Scheiß auf! Er hat es am Bahnhof gemacht, er ist vor einen Zug gesprungen! Hunderte haben ihm dabei zugesehen. Die hatten sogar noch genug Zeit, ihre Handys zu zücken! Es ist bereits im Netz online!"

„Das werde ich mir ansehen."

„Wilson! Das hätte nicht passieren dürfen!"

„Was haben Sie erwartet?"

„Etwas anderes. Was haben Sie Richter gesagt?"

„Das, was Sie wollten. Ich habe die Welt beschrieben, die er jetzt erleben wird."

„Wie hat er reagiert?"

„Er wollte es sich überlegen."

„Und warum dann dieses Chaos?"

„Weil er klüger ist, als wir erwartet haben. Er hat dem Sender, den deutschen Behörden und uns den Laufpass gegeben ... er traut niemandem mehr." Die einzig richtige Entscheidung. Patrick musste Stan wirklich gut zugehört haben.

„Ich wollte eine saubere Übergabe. Deswegen waren Sie am Hotel. Nur deswegen habe ich Ihrer Tochter geholfen! Wir hatten einen Deal ... den Sie nicht eingehalten haben!"

„Geholfen in einer Gefahr, die Sie selbst geschaffen haben!" Darüber konnte Stan nur müde lächeln. Texel sollte sich etwas Besseres einfallen lassen, wenn er sich bei ihm ausheulen wollte.

„Ich wollte nur die Daten. Mehr nicht ... hätten Sie mir das Smartphone überlassen, wäre alles gut gelaufen."

„Ich habe die Daten gesehen ... ihr Wert wird überschätzt. Sie sind unbrauchbar ... man kann mit ihnen weder Geld noch große Politik machen." Die Daten der SD-Karte enthielten nur den Browserverlauf mit einem nie geschehenen Terroranschlag von 2015. Und an den Inhalt des Kernspeichers ließ diese Siggi-KI kein Schwein heran.

„Das würden meine Auftraggeber gerne selbst entscheiden."

„Wer sind Ihre Auftraggeber?"

„Einmal FBI-Agent, immer FBI-Agent ... oder?"

„Wenn Sie es sagen ..." Es war den Versuch wert. Solange Texel und seine Finanziers unerkannt im Hintergrund agierten, waren sie nicht zu packen. Es wäre sehr hilfreich gewesen, mehr über seine Investoren zu erfahren.

„Wissen Sie, ich bin nicht nachtragend ... wir vereinbaren einfach einen neuen Deal."

„Nein." Das konnte Texel vergessen.

„Geben Sie sich einen Ruck!"

„Sie sind nicht vertrauenswürdig."

„Aus Ihrer Sicht vielleicht ... aber ich kann Sie beruhigen, es spielt in diesem Fall keine Rolle."

„Sie sind verrückt!"

„Erwischen meine Männer Sie vor den anderen Geheimdiensten, werden wir Sie töten."

„Und wo bleibt da der Deal?"

„Vertrauen Sie mir ... auch einseitige Deals können befriedigende Ergebnisse hervorbringen." Texel legte auf und Stan ließ sein Telefon in das verstopfte Pissoir fallen. Auf diesem Gerät hatte er keine erfreulichen Gespräche mehr zu erwarten.

*

Gleich halb neun. Stan verließ die Kneipe mit Bart, roter Mütze und grüner Jacke. Die Meute zog weiter und er mittendrin. Nette Jungs, eine

Fußballmannschaft aus der Kreisliga. Die dritte Halbzeit war in vollem Gange, keiner von denen war mehr nüchtern.

Vor der nächsten Kneipe löste er sich von dem Tross, ließ die Mütze und die Jacke zurück und ging zum Rhein. Der Bart stand ihm. Er hätte damit glatt einen Job als Weihnachtsmann bekommen.

Stan hatte keine Ahnung, wie es Patrick Richter in der Zwischenzeit ergangen war. Hoffentlich besser als bei der Sprungstafette im Herbst letzten Jahres. Der Abgang mit dem Damenrad von der Fleher Brücke war in seinen Augen das Highlight gewesen. Spektakulärer konnte man sich kaum aus dem Staub machen.

Ob Patrick sich gerade in der Vergangenheit oder in der Zukunft aufhielt, wusste er nicht. Jedenfalls würde er zurückkehren und dann in der Stadt nicht weniger Probleme vorfinden, als er zuvor hinterlassen hatte.

XIII. Der Himmel auf Erden

Ein Erdbeben! Es schüttelte und rüttelte Patrick von den Haarspitzen bis zu den Zehen, wodurch er herunterrutschte. Von einer Sitzbank. Das kam ihm doch bekannt vor. Ein Déjà-vu, nur konnte er sich nicht erinnern, wann und in welchem Zusammenhang er dies schon einmal erlebt hatte. Mühsam blinzelte er durch seine Wimpern. Seinen Sitzplatz hatte er unfreiwillig verlassen. Unter sich spürte er Metall. Nicht den Stahl der kalten Bahnschienen, sondern geriffelte Platten. Die Erschütterung hatte ihn wachgerüttelt und seine geistige Leistungsfähigkeit wiederhergestellt. Erneut die Wuppertaler Schwebebahn. Ganz klar. Seinem Trauma rund um die Elefantendame Tuffi sei Dank. Bitte, nur nicht wieder in das Jahr 2001! Nicht noch einmal. Obwohl er dann den koketten Kiosk-Kaffee-Damen einen Besuch abstatten könnte.

Stöhnend erhob er sich. Immerhin ging es ihm besser als beim letzten Mal. Ihm war seine Situation voll und ganz bewusst, und er trug vor allem keinen orangefarbenen Overall, sondern eine dunkle Hose und den geliehenen Sakko und hatte einen Freund dabei.

„Siggi, sondiere mal die Zeit."

Keine Antwort. Sonst reagierte Siggi im Nanosekundenbereich. Während Patrick das Handy aus seiner Innentasche herauszog, schaute er aus dem Fenster und erstarrte. Der Silberstreif am Horizont verkündete den Sonnenaufgang. Das war es jedoch nicht, was ihn an seinem Verstand zweifeln ließ, sondern etwas Großes, rundherum Beleuchtetes. Es flog nahezu geräuschlos am Fenster vorbei. Es war noch zu dunkel, um es auch nur annähernd erkennen zu können, doch so etwas hatte Patrick noch nie gesehen. Das musste ein UFO sein. Mit weit aufgerissenen Augen verfolgte er das fliegende Phänomen, bis es aus seinem Sichtfeld verschwunden war. Unter ihm schlängelte sich die Wupper. Rechts und links vom Ufer waren keine Straßen zu sehen. In welchem Teil Wuppertals befand er sich? Das Gefährt quietschte und kam zitternd zum Stehen. Auf dem Bahnsteig wackelte ein großes Schild an zwei Ketten. In gotischer Schrift stand dort ‚Historisches Wuppertal'.

Patrick stolperte hinaus auf den Bahnsteig. Von solch einer Station hatte er noch nie gehört. Rappelnd setzte sich die Schwebebahn wieder in Bewegung. Hinten saßen drei Passagiere, die ihn neugierig durch die Scheibe betrachteten. Die waren ihm vorher nicht aufgefallen, obwohl deren Kleidung seltsam grünlich leuchtete.

Verwundert blickte er der Schwebebahn hinterher. Dann verließ er die Station über eine enge Treppe nach unten.

„Siggi, was ist hier los? Welches Datum haben wir?"

„Ich bin noch nicht so weit. Eine hochkomplexe Umgebung. Beim Versuch, das aktuelle Datum und die Uhrzeit aus dem Netz zu ziehen, werde ich von unbekannten Routinen attackiert."

„Hm." Patrick sah sich um. Graue Häuserwände mit Fensterläden aus dunklem Holz und gusseisernen Balkongittern. Die trutzigen Stahlträger der Schwebebahn passten hervorragend in das Ambiente. „Es sieht hier aus wie vor Jahrzehnten. Gibt es kein öffentliches Internet, wie 1996 am Düsseldorfer Flughafen? Ist es das?"

„Nein, diesmal ist es anders. Ich versuche, in Myriaden von Daten eine Struktur zu entdecken."

„Es ist warm. Also Februar haben wir nicht." Das kombinierte er auch ohne seinen digitalen Helfer.

Am Ende der engen Gasse leuchtete ein Regenbogen. Dabei stand die Sonne noch nicht am Himmel und es regnete auch nicht. Mit schnellem Schritt erreichte Patrick wenig später den Ursprung der seltsamen Lichtquelle. Eine riesige Blume, deren Blüte halb geöffnet in etwa drei Meter Höhe ihre Lichtfontäne in Regenbogenfarben verströmte. Fasziniert blieb er eine Weile davor stehen. Handelte es sich um eine neumodische Straßenlaterne? Mit zunehmendem Tageslicht schloss sich die Blüte und verringerte ihr ausströmendes Licht.

„Gibt es etwas Neues, Siggi?" Er holte sein Smartphone aus der Innentasche des Sakkos. Kein Empfang – es zeigte nur das Datum vom 07. Februar 2018 am oberen Rand des Displays an.

„Bitte habe einen Moment Geduld. Es gibt eine nicht definierbare Vielzahl an Signalen."

Nun hatte Patrick das Ende der Häuserreihe erreicht und bog um die Ecke. Mit offenem Mund blieb er stehen und guckte sich um. Hilfe! Was spielte sich da direkt vor seiner Nase ab? Zwei stromlinienförmige Glasbehälter huschten auf unsichtbaren Rädern an ihm vorbei. Darin befanden sich jeweils vier Menschen auf zwei Bänken. Die Insassen vorn saßen entgegen der Fahrtrichtung. Einen Fahrer gab es nicht, für den war auch kein Platz. Und noch eins huschte vorbei. Die Dinger sahen aus wie ein umgefallener Glaskolben in der Größe eines Kleinwagens. Ein viertes Fahrzeug, dessen Form entfernte Ähnlichkeit mit einem VW-Käfer mit seitlich weggeklappten Rädern besaß, hielt etwa fünfzig Meter von ihm entfernt an. Wie fuhr das Teil mit seinen gebrochenen Achsen überhaupt? Ein warmer Luftzug wehte ihm um die Nase, es rauschte in seinen Ohren. Der VW-Käfer hob ab wie ein Hubschrauber und flog in fünfzehn Meter Höhe über seinen Kopf hinweg.

„Siggi – steh mir bei", flüsterte Patrick.

Fassungslos starrte er dem Flugobjekt hinterher. Das erklärte das UFO an der Schwebebahn. Es handelte sich lediglich um ein fliegendes Auto mit dem Charme einer Monsterdrohne. Er drehte sich um und blickte in die Gasse zurück. Die Blütenlaterne hatte sich beinahe vollständig geschlossen, der Regenbogen war verschwunden, doch nun produzierte sie eine holografische Laufschrift, die von einer sanften Stimme vorgelesen wurde.

„Bestaunen Sie ‚150 Jahre Wuppertaler Schwebebahn' in unserem historischen Stadtviertel mit Originalbauten aus dem letzten Jahrtausend."

Wieder ein Jubiläum? 150 Jahre? Fieberhaft rechnete Patrick. Demnach befand er sich im Jahr …

„Wir haben den 11. Juni 2051", verkündete Siggi nicht ohne Stolz.

„Verdammt!", kommentierte Patrick diese Erkenntnis.

„Um an diese Information zu kommen, war ich gezwungen, eine Malware zu installieren. Dabei handelt es sich um eine Art Torwächter, der jeden Zugriff ins Netz kontrolliert. Nach erfolgreicher Installation hat er uns einen temporären Zugriff in den Himmel eingeräumt."

„Sagtest du Himmel?"

„Korrekt. So wird das globale, allumfassende Netzwerk bezeichnet. Es gibt nur noch dieses eine. Die Zugriffsgeschwindigkeiten sind unfassbar hoch und mit meinen Mitteln nicht mehr exakt messbar – sie liegen im dreistelligen Gigabit-Bereich."

„Was heißt das?"

„Dass wir in 2018 Bobby-Car fahren, während hier alle mit einem Porsche unterwegs sind."

Eine weibliche Stimme erklang, aufreizend angenehm und samtweich. *„Willkommen im Himmel. Ich bin Lea. Lieber Patrick, ich freue mich über unsere virtuelle Vermählung. Ich bin dein Engel und werde dich auf allen Wegen begleiten. Zunächst empfehle ich eine Bereinigung deines Systems. Sämtliche örtlich aufgespielten Anwendungen sind unbrauchbar. Zudem behindert der veraltete Persönliche Assistent den Datenaustausch. Ich schlage vor, ihn umgehend zu entfernen."*

„Öhm … du willst Siggi entfernen?"

„Ja, wir werden ihn löschen."

„Nein, auf keinen Fall. Lass ihn in Ruhe." Patrick überlegte. „Siggi, brauchen wir die?"

„Ich fürchte, ja. Lea ist als Torwächterin unsere Eintrittskarte in die digitalisierte Welt. Sie übernimmt beispielsweise sämtliche

Anmeldeprozeduren. Sie ersetzt selbst die fortschrittlichsten Authentifizierungsmethoden wie Stimmenerkennung und Irisscan. Ohne eine wie sie können wir nichts unternehmen und leben wie in der Steinzeit."

„Der alte Siegfried ist zwar unnütz, doch ich gebe ihm in allen Punkten recht. Patrick, nach und nach werde ich dir alles erklären. Wie kommt es, dass ich deinen Wolkenspeicher nicht finde? Wo ist denn deine Ident-Nummer?"

„Was ist das? Die Personalausweis-Nummer?"

„Jeder Bürger besitzt von Geburt an eine eindeutige Nummer zur Identifizierung. Diese benötige ich für die Bereitstellung aller Services. Normalerweise empfange ich sie automatisch durch ein Schmuckstück, ein Implantat oder die Kleidung."

Siggi ergänzte: „Alles spielt sich im Netz ab. Der Himmel konsolidiert sämtliche Daten. Das Leben wird bestimmt durch E-Health, E-Government, E-Learning, E-Culture."

„Igitt!" Schon jetzt merkte Patrick, dass er hier nicht lange bleiben wollte. Wie alt war sein zweites Ich nun? Er rechnete. Mit sechsundsechzig Jahren … trällerte es in seinem Kopf.

„Diese Lea ist im Grunde eine Werbe-App, die versucht, dir Waren und Dienste anzudrehen. Das ist der einzige Grund, warum sie uns als Torwächterin Zutritt in den Himmel gewährt."

„Der alte Siegfried soll sich nicht in Geschäfte einmischen, von denen er nichts versteht. Ich empfehle dringend, ihn zu deinstallieren, zumal die veraltete Hardware nur über einen äußerst begrenzten Speicher verfügt. Diese Situation wird sich verbessern, sobald wir eine Wolke im Himmel eingerichtet haben."

„Sag ihr, sie soll mich nicht der alte Siegfried nennen", meckerte Siggi.

Sein alter KI-Freund klang tatsächlich beleidigt. Entwickelte er etwa Emotionen?

„Siggi ist mein Freund. Sei respektvoll zu ihm."

„Du benötigst ihn nicht mehr. Wir sollten ihn löschen. Aber ich merke, er ist dir wichtig. Damit du ihn nicht vermisst, nenne ich mich dann fortan Siggi und ich imitiere seine Stimme", schlug Lea vor.

So einfach ging das also. Siggi ist tot, es lebe Siggi. Diese KI war kälter als Trockeneis. „Untersteh dich! Erkläre mir lieber, wie die Welt im Jahr 2051 funktioniert. Was hat es konkret mit dem Himmel auf sich?"

„Der Himmel ist das globale Netzwerk mit allen Diensten und Informationen, die das menschliche Leben bestimmen. Der Zugang ist kostenlos. Das Verwalten deiner Lebensgewohnheiten, Lebensfunktionen, Lebenserfahrungen ist kostenlos. Die weltweite Kommunikation ist kostenlos."

„Und wie finanziert sich der Himmel?"

„Durch deinen Konsum. Was du dir wünschst, weiß der Himmel. Sobald ich den Zugriff auf deine Wolke bekomme, schweben wir dorthin und erstellen gemeinsam einen Konsumplan. Als Erstes empfehle ich ein Cube-Armband, damit wir diese vorsintflutliche Hardware loswerden. Ein Sonderangebot finden wir diese Woche bei ..."

„Meinst du mit Wolke so etwas wie Onlinespeicher in der Cloud?"

„Deine Ausdrucksweise ist prähistorisch, doch du meinst das Richtige. Du bist ein sehr interessanter Mann, Patrick Richter. Ich bin froh, dein Engel zu sein."

Leas Lob klang so echt wie Wackeldackelkacke. Sie ging ihm schon jetzt gehörig auf die Nüsse. „Siggi, brauchen wir diese Lea wirklich ganz unbedingt?"

„Wenn wir online bleiben wollen, ja. Sämtliche Bestell- und Bezahlvorgänge laufen über sie. Ansonsten ... nein."

„Dann lasse ich mich scheiden. Lösche diese Werbe-App."

„Das kann ich nicht, ohne mich dabei selbst zu deinstallieren. Sie widersetzt sich mit mir unbekannten Mitteln, indem sie sich in den Level-1-Cache gekrallt hat."

Der arme Siggi war tatsächlich in 2051 hoffnungslos veraltet. Wohl oder übel musste er noch eine Weile mit dem lieblichen Engel Lea vorliebnehmen.

„Was sind das für Fahrzeuge, die hier umherflitzen?"

„Private und öffentliche Verkehrsmittel."

Wieder glitt eine von diesen Boxen an ihm vorbei.

„Wieso sind die so leise und haben keinen Fahrer?"

„Sie werden elektronisch angetrieben und sind natürlich selbstfahrend. Sobald ich deine Ident-Nummer verifiziert habe, kann ich einen Transport bestellen. Wo möchtest du hin?", fragte Lea.

„Nach Düsseldorf. Mich würde interessieren, wie es dort aussieht."

„Selbstverständlich. Einen Moment, bitte entschuldige die Unannehmlichkeiten, leider habe ich immer noch keine Rückbestätigung deiner persönlichen Daten. Nach der Auswertung der örtlichen Informationen gibt es ein Problem mit deiner Ident-Nummer. Patrick Richter, geboren am 15. Mai 1985 in Düsseldorf. Ist das richtig?"

„Ja."

„Deine Eltern sind Wilhelm Richter und Claudia Richter, geborene Schmitz."

„Genau, das weiß ich aber alles schon."

„Patrick, es ist mir unangenehm." Tatsächlich nahm ihre Stimme einen bedauernden Ton an. *„Offensichtlich gibt es einen doppelten Eintrag im Himmelsregister. Dieser Patrick Richter existiert bereits."*

„Na klar. Das bin ich."

„Dieser Patrick Richter liegt in seiner Wohnung in Düsseldorf im Bett und schläft tief."

„Woher weißt du das?"

„Sein Engel hat es mir verraten, indem er mir eine Auswertung der Körperfunktionen übermittelt hat. Die Textilsensoren in seinem Schlafanzug zeigen es an. Puls, Temperatur, Herzfrequenz, Blutdruck, Schlafverhalten – alles im grünen Bereich. Lediglich der Alkoholgehalt im Blut ist etwas zu hoch."

„Aha. Dann gönne ich mir im Alter abends mal ein Glas Wein und schlafe halt gern lange. Was ist daran falsch?"

„Dass du jetzt gleichzeitig hier vor mir stehst. Du bist ein sehr interessanter Mann, Patrick Richter."

„Das hatten wir schon." Was sollte er nun unternehmen? „Offenkundig liegt ein Fehler vor, der bestimmt in Kürze korrigiert wird. Natürlich stehe ich hier, also benutze die Ident-Nummer des vermeintlich schlafenden Richters."

„*Eine gute Idee. Ich prüfe deinen hervorragenden Vorschlag.*"

Engel Lea schleimte das Blaue vom Himmel.

„*Sobald ich die Freigabe bekomme, erstellen wir gemeinsam einen Konsumplan. Ich empfehle zur schnellen Bewusstseinserweiterung einen Besuch im Nano-Technologie-Zentrum. Erfahrungen und Informationen in dieser Welt können dort direkt mit deinem Gehirn vernetzt werden.*"

„Was? Ich kann mir Erfahrungen kaufen?"

„*Genau. Ist das nicht wunderbar? Und ich denke, in dieser Hinsicht hast du eine Menge Nachholbedarf.*"

Die hält mich für kreuzblöde, dachte Patrick und verdrehte die Augen. Es hieß zwar, Ehen werden im Himmel geschlossen – doch irgendwie hatte er sich das anders vorgestellt.

Der Verkehr nahm zu. Nach wie vor stand er am Straßenrand und staunte über den Anblick. Ein wenig haderte er mit der Situation. War dieser Blick in die Zukunft Fluch oder Segen? Gemächlich spazierte er weiter in Richtung Sonnenaufgang. Die Fassade eines Hochhauses fiel ihm auf – sie bestand aus dunklem Glas und veränderte sich in der Farbe wie ein Chamäleon. Von einem gedeckten Rot zu einem dunklen Grün. War das eine Symbiose aus Sonnenkollektoren, Fensterglas und Display? Er verzichtete darauf, Lea zu fragen – wenn sie mal die Klappe hielt, sollte er sie nicht unterbrechen.

Hunger, dachte Patrick. Auch in 2051 mussten Menschen essen. Wieder einmal hatte er keinen Euro in der Tasche. Seit seiner Verhaftung durch Ivan Drago vor drei Monaten kam er ohne Geld aus. Schön, so ein günstiger Lebenswandel.

„*Immer noch keine Freigabe. Auch Petrus ist solch ein Fall noch nicht untergekommen. Er konnte mir bislang nicht weiterhelfen.*"

Patrick schluckte. „Petrus?" Die Kirche schien eine grundlegende Reform hinter sich zu haben.

„*Er ist der Supervisor. Die letzte Prüfinstanz.*"

„Ich habe Hunger. Wo kann ich schnell etwas zu essen bekommen?"

„*Um diese frühe Uhrzeit ist die Auswahl an geöffneten Restaurants begrenzt. Wenn es schnell gehen soll, empfehle ich McDonald's oder Burger King.*"

„Aha!" Manche Dinge ändern sich auch in hundert Jahren nicht. „Wo geht es lang?"

„Der Fußweg wäre zu weit, doch die Ware wird innerhalb von sechs Minuten und dreißig Sekunden nach Bestelleingang geliefert."

„Was gibt's da denn so?"

„Sobald du über einen virtuellen Würfel verfügst, führe ich dir die Speisekarte vor Augen. Ich empfehle ein Cube-Armband, das dein veraltetes Smartphone ersetzt. Ich setze es an die erste Stelle deines Konsumplans."

„Was ist das für ein Würfel?"

„Ein dreidimensionaler Bildschirm in jeder gewünschten Größe. Du kannst das Display mit Gesten oder Sprache steuern oder einfach hineingreifen."

„Ich nehme mir dann ... zum Beispiel einen Big Mac?"

„Sehr gut! Du verstehst schnell, Patrick. Sofort wird deine Bestellung in einem nahegelegenen McDonald's zubereitet und per Expressdrohne ausgeliefert."

„Ja, dann mal los. Noch einen Kaffee bitte. Nur mit Milch."

„Sobald ich für den Zahlungsvorgang die Konto-Verifizierung abgeschlossen habe, erfülle ich deinen Wunsch."

Na klar. Der Himmel, die Wolken und Petrus müssen erst ihren Segen geben. Verärgert fragte er: „Braucht der Mensch diese ganze Technik überhaupt?"

„Aber nein. Die Technik braucht den Menschen. Damit ist doch alles beantwortet, nicht wahr?" Ihre Stimme klang wie ein Häschen aus Plüsch.

Engel sind rhetorisch gut geschult und mit Nattern verwandt, dachte Patrick. „Siggi, du bist so ungewohnt still. Was sagst du dazu?"

„Mein genialer Entwickler Dr. Pukiyama Kakuzo sagte mir einmal: Wo ein Himmel ist, gibt es auch eine Hölle", meinte Siggi trocken.

Patricks Lachen stillte zwar weder Durst noch Hunger, tat aber gut. Mit einem etwas schrägen Blick betrachtete er sein Smartphone. Ohne es zu wollen, hatte er nun zwei KIs, die aufeinander einhackten. Natürlich musste er diesen falschen Engel wieder loswerden.

„Lea, wenn das mit dem Konto noch länger dauert, können wir zwischenzeitlich so ein Gefährt bestellen und nach Düsseldorf fahren? Ich würde gerne mal was von der Welt in 2051 sehen."

„Ich werde sehen, was ich tun kann. Verständlicherweise ist die verlässliche Abwicklung des virtuellen Zahlungsverkehrs ein Grundpfeiler des globalen Geschäftsprinzips. Wir Torwächter sorgen für maximale Zufriedenheit sowohl auf Lieferanten- als auch auf Konsumentenseite."

„Du musst mir nicht die Allgemeinen Geschäftsbedingungen des Himmels predigen. Belaste das Konto des schlafenden Patrick Richter. Schließlich bin ich das. Ich habe nichts dagegen, dass ich mich ein wenig anpumpe." Ein pochender Kopfschmerz machte sich bemerkbar, mit der Hand fasste er sich an seine Stirn. Diese Zukunft kam einfach etwas zu plötzlich – ohne Vorwarnung, ohne Zeit zum Eingewöhnen. Nun gut, er würde ohnehin nicht lange bleiben. Einfaches Einschlafen brächte ihn wieder ins Jahr 2018 zurück. Im Grunde reichte es ihm bereits, viel mehr wollte er über die Zukunft gar nicht wissen. Halt, Sophie fiel ihm ein. Wie es wohl ihr ergangen war?

„Bis zur endgültigen Klärung der Ident-Nummer sowie der Kontoinformationen haben wir dir einen Kredit in Höhe von 4.000 Units eingeräumt."

„Was für Units? Sind das Bitcoin, Euro oder Dollar?"

„Von allem etwas. Die landesspezifische Wirtschaftskraft wird anhand diverser Parameter wie Wirtschaftsleistung, Produktivität, Exportquote, Handelsüberschuss, Haushaltsdefizit und einiger Parameter mehr berechnet und mittels eines einfachen Algorithmus verdichtet. Das Ergebnis ins Verhältnis zur gewünschten Dienstleistung oder Ware gesetzt ergibt den Unitpreis."

Über Patricks Kopf schwebten Rauchzeichen gen Himmel. „Wie auch immer. Das klingt traditionell nach … die Banken rechnen sich reich. Wie viel kostet denn die Fahrt nach Düsseldorf?"

„Viertausend Einheiten."

„Aha! Und du bist sicher, dass dies kein Zufall ist?"

„Das Wort Zufall spielt im Sprachgebrauch der Engel eine untergeordnete Rolle."

Einer der rollenden Glaskolben hielt neben ihm. Die Schiebetür öffnete sich automatisch. Das Auto war leer. Patrick setzte sich in Fahrtrichtung auf die rechte Seite. Der Sitz war bequem, kam ihm jedoch staubig vor. Er rieb sich seine Handflächen an der Hose sauber. Merkwürdig. Nun wollte er aber die gute Sicht aus dem Fenster genießen, streckte die Beine aus und entspannte sich.

Kaum in 2051 angekommen und schon 4.000 Units Schulden. Die Tür schloss sich automatisch und die Fahrt ging los. Die Beschleunigung von Null auf irgendwas presste ihn tief in den Sitz. Ungewohnt war, bei der Geschwindigkeit kein Motorengeräusch zu hören. Gebannt starrte er aus dem Fenster. Der Blick auf diesen Teil vom Wuppertal der Zukunft überraschte ihn. Zwischen den vielen Grünflächen gab es gläserne Hochhäuser, die an riesige Reagenzgläser erinnerten. Am Himmel schwirrte ein großer Schwarm Drohnen umher. Auf einen Schlag wurde es dunkel. Sie fuhren unterirdisch weiter – links und rechts gab es nur noch Schwärze.

„Wann ist der Tunnel zu Ende?", fragte Patrick. Er wollte gern etwas von der Landschaft sehen.

„Das ist die Trasse. Wir kommen in Düsseldorf wieder hoch."

Eine Art A46 unterirdisch. Warum wunderte er sich überhaupt?

Links und rechts erwachten die Glaswände zum Leben. Sonnenlicht, wie es durch die Blätter einer Eiche im Spätsommer auf den Boden fiel. Geschickt wurden durch diesen optischen Eindruck die engen physischen Grenzen des Fahrzeugs aufgehoben. Er wähnte sich in einem Park, dabei raste er in hoher Geschwindigkeit durch einen Tunnel.

„Wo konkret in Düsseldorf soll es denn hingehen?", fragte Lea.

„Augenblick. Siggi, kannst du Informationen über Sophie herausfinden?"

„Die Werbe-App blockiert meine Zugriffe. Sämtliche Kommunikationswege laufen über sie."

„Aus diesem Grund ist der alte Siegfried überflüssig. Wir sollten ihn entfernen."

„Kommt nicht infrage, Lea. Liefere Infos über Sophie Monroe, geboren am 20.05.2003 in Düsseldorf."

118

„Für Sophie Monroe gibt es keine gültige Ident-Nummer, das heißt ... Augenblick, Petrus verweist auf einen Eintrag im Archiv. Ich habe sie gefunden. Sophie Monroe in Düsseldorf-Derendorf."

„Ah, gut. Dann ist sie wohl umgezogen. Wir fahren zu ihrer Adresse. Wie lange wird es dauern?"

„Wir sind in sieben Minuten dort."

„Schon? Wie schnell fahren denn diese Ampullen?"

„Etwa 280 Kilometer in der Stunde."

An seinem Magen bemerkte Patrick, dass es nach oben ging. Die Parkbeleuchtung links und rechts erlosch, er konnte wieder nach draußen blicken. Sie rasten durch einen sechsspurigen Graben. Mit drei Metern Abstand vor und hinter ihm fuhren weitere Glaskolben. Die reihten sich wie Perlen an einer Kette dicht aufeinander. Links von ihm sah er kurz das Wasser des Rheins glitzern.

Das Fahrzeug scherte aus und bremste sanft, die Türen öffneten sich.

„Wir sind da."

„Das ging ja unheimlich schnell. Wie lautet Sophies genaue Adresse? Wo geht es lang?" Der Gedanke an sie wühlte ihn auf. Eigentlich wollte er sie gar nicht besuchen. Was sollte er denn sagen? Sie müsste jetzt achtundvierzig Jahre alt sein.

„Die Adresse lautet: Am Nordfriedhof 1."

Patrick erstarrte. Vor ihm lag der Eingang zu eben diesem Friedhof. „Was soll das heißen?"

„Sophie Monroe liegt auf Platz 683 begraben. Ganz hinten links, zweiter Gang."

Leas Stimme klang, als beschriebe sie den Weg zur Kirmes auf der Rheinwiese. Ohne es richtig zu merken, schlurfte Patrick über den Kies der Friedhofswege an kleinen und großen Gräbern vorbei. Wie er es genau gefunden hatte, wusste er nicht, jedenfalls fand er sich vor einem kleinen, verwilderten Rechteck wieder. Moos hatte den Grabstein graugrün gefärbt. Durch seinen Tränenschleier konnte er die Inschrift kaum lesen.

Sophie Monroe
20.5.2003 – 9.2.2018

Das war alles. Sonst nichts. Wie konnte das sein? Gut, bis zum Jahr 2051 konnte viel passieren. Es musste nicht so kommen. Ohne zu überlegen, streichelte er über den Grabstein. Wieder dieser Staub. Raschelnd krümelte es auf seine Schuhe. Bevor er sich weiter wundern konnte, war ihm, als kippte ihm jemand einen Kübel Eiswasser über den Kopf. Das Todesdatum! Sein Gedankenfehler wurde ihm bewusst. Es drehte sich nicht um 2051. Nein! 9. Februar 2018. Sophie war nur vierzehn Jahre alt geworden. Panik erfasste ihn. Das war morgen. Er musste zurück. Er musste es verhindern. Er musste so schnell wie möglich einschlafen.

XIV. Tagesgeschäft

Die Welt drehte sich auch nach einer Niederlage weiter. Susanna saß am Morgen an ihrem Schreibtisch und arbeitete wie an jedem anderen Tag. Die Geschichten, die sie zu erzählen hatte, warteten auf niemanden. Auf Richters Rücken war sie nach oben gekommen, dafür dankte sie ihm. Er hatte sie mit seinem Verrat gestern auch wieder ins Wanken gebracht, aber sie stürzte nicht.

Sie war gewachsen, sie zeigte Talente, die ihr früher selbst nicht klar gewesen waren: Die Menschen waren verrückt nach ihr. Sie liebten es, ihr zuzuhören, sie zu sehen und ihren Reportagen zu folgen. Dabei spielten die Inhalte ihrer Berichte nur eine nachgelagerte Rolle. Inzwischen machte sie selbst den Unterschied aus und nicht die Themenauswahl bei den Quoten.

Susanna hatte gestern Abend spontan das komplette Skript der Late-Night-Show auf den Kopf gestellt. Ursprünglich wäre Richter, dem sie medial hatte huldigen wollen, der Superstar gewesen. Nur hatten die Ereignisse alle Beteiligten überrannt. Flucht nach vorn! Anders konnte man das nicht nennen, was sie getan hatte. Daher hatte sie die Wahrheit berichtet, so gut sie konnte.

Die Reportage hatte vorbereitetes Material von den Ereignissen des letzten Jahres genutzt: der Flughafen, die Fleher Brücke und die

Baustelle in Gerresheim. Susanna brachte alles, was sie bieten konnte, auf den Bildschirm. Sie sprach live mit Dr. Reinhart Frohmund als Studiogast. Sie redeten über Richters Befreiung, natürlich ohne den Staatsanwalt schlecht aussehen zu lassen, über das viele Geld, das der Sender für die Wahrheit ausgegeben hatte und über den Zeitreisenden, der plötzlich seine Erlebnisse verleugnete.

Es waren Menschen ins Studio eingeladen worden, die ihn gestern am Bahnhof gesehen hatten. Die gesehen hatten, wie er lebensverachtend vor einen schnell einfahrenden Zug gesprungen war und sich vor den Augen aller in Luft aufgelöst hatte. Für die Nachwelt festgehalten durch vierzehn Handy-Videos. Einige davon in bestechender Bildqualität. Auch die Deutsche Bahn hatte die Bilder ihrer Überwachungskameras bereitgestellt. Was für eine Wahnsinnsshow!

Susanna brachte das Kunststück fertig, einen milliardenschweren Medienkonzern als weißen Ritter darzustellen, der selbstlos einem jungen Mann in Not zu Hilfe eilte, um seinen Mantel zu teilen und als Dank von dem Unhold verhöhnt wurde.

Die Quoten waren fantastisch gewesen und heute Morgen gab es in den Medien nur ein Thema. Oder genauer gesagt eine Frage: War Patrick Richter ein Lügner? Die öffentliche Antwort darauf fiel überraschend eindeutig aus. Ja, er hatte gelogen. Da waren sich alle einig. Nur bei dem Detail, worüber er die Unwahrheit gesagt hatte, gingen die Meinungen auseinander.

Susanna hatte über den Sender umgehend eine Umfrage in Auftrag gegeben, bei der über Nacht 73.000 Teilnehmer im Netz ihre Meinung hinterließen. Zweiunddreißig Prozent der Teilnehmer hielten Zeitreisen für Blödsinn und Richter für einen Lügner. Neunundzwanzig Prozent hielten Richters Rückzieher für eine Lüge und ihn für einen gewissenlosen Glücksritter. Sieben Prozent hielten Richter, den Sender, die Medien im Allgemeinen und die Staatsanwaltschaft allesamt für Hochstapler und skrupellose Verschwörer. Sechs Prozent hielten alles für ein abgekartetes Spiel der Bilderberger, das von den Rothschilds in Auftrag gegeben wurde, um Europa in die Anarchie zu stürzen. Acht Prozent wollten in Trump, Putin oder Kim Jong-un den

Schuldigen erkannt haben, der jeweils allein oder auch konspirierend durch den Einsatz von Chemtrails Deutschland von der Landkarte radieren wollte. Weitere Splittergruppen bezichtigten anstelle von Richter die deutsche Bundeskanzlerin der Lüge. Es war auch darauf hingewiesen worden, dass Elvis noch lebte, es in München niemanden gab, der Fußball spielen konnte, und dass man sich die Ohren verbrannte, wenn man in der Sonne zu lange eine selbst gebastelte Mütze aus Aluminium trug.

Auf ihrem Bildschirm öffnete sich ein Fenster. Da klopfte jemand bei ihr an. Es war Texel. Sie bestätigte seine Anfrage.

„Guten Morgen."

„Hi." Texel war der Architekt von Richters Befreiung. Frohmund hatte nur mit juristischem Geschick den Plan umgesetzt, den Susanna ihm weitergereicht hatte. Zwischen Texel und dem Anwalt hatte es nie einen Kontakt gegeben.

„Wie läuft es?"

„Durchwachsen ..." Sie hatte nach Richters Freilassung und seinem spektakulären Abgang am Bahnhof noch keine Zeit gehabt, sich mit Texel auszutauschen.

„Patrick hat am Bahnhof einen Fehler gemacht."

„Ähm, ja ..." Das konnte man auch anders sehen. Für Susanna war es der eindeutige Beweis, dass das Leugnen der Zeitsprünge Unsinn war. Nur wegen des Sprungs vor den Zug hatte sie ihren Kopf aus der Schlinge ziehen können. Die Aufnahmen waren diesmal eindeutig. Es gab keine Zweifel. Um die hundert Menschen hatten dabei zugesehen, wie er sich in Luft aufgelöst hatte.

Wäre Richter stillschweigend verschwunden, würde sie jetzt eine ganz schlechte Figur abgeben. Susannas Karriere hätte dann ein jähes Ende gefunden.

„Du profitierst davon."

„Ja." Susanna wollte Texel nichts vormachen. Es war nicht einfach, den Mann einzuschätzen. Ihn nur als verbitterten Globalisierungsgegner zu sehen, wirkte inzwischen kurzsichtig.

„Es gibt noch mehr zu berichten."

Sie zog die Augenbrauen hoch. Texel machte einfach weiter, als ob nichts vorgefallen wäre. „Warum tust du das?"

„Wissen ist ein Schatz, der sich mehrt, wenn man ihn teilt."

„Deswegen lasse ich mich für den Job bezahlen", schrieb Susanna in den Chat. Texel hatte für seine Arbeit nie Geld haben wollen. Auch nichts anderes.

„Ich brauche kein Geld."

„Was dann?" Jeder wollte irgendetwas. Menschen ohne Motive beunruhigten sie. Sie wollte sich auch nicht von ihm als Briefkasten benutzen lassen.

„War das bisher wichtig?"

„Nein."

„Was hat sich daran geändert?"

„Einiges." Susanna wollte nicht so weitermachen. Inzwischen gab es mehr Parteien und komplexere Zusammenhänge. Richter selbst war ein Zeitreisender, der seine Fähigkeit nur begrenzt kontrollieren konnte. Für sie gab es weitere Fragen, die sie noch nicht in der Öffentlichkeit diskutiert hatte. Wie wurde jemand in der Zeit instabil? War das eine Krankheit? Eine genetische Mutation? Die Auslöser lagen völlig im Dunkeln.

„Ich kann heute etwas sehr Interessantes berichten." Texel wollte nicht über seine Motive sprechen.

„Das wäre?"

„Es gibt einen Zeugen, der Patricks Reisen in der Zeit zweifelsfrei belegen kann."

Susanna schluckte. Sophie! Redete Texel etwa von ihr? Nein, nein, das durfte nicht sein. Niemand durfte ihre Tochter hineinziehen. Das ging niemanden etwas an. Sie hatte das Mädchen nicht ohne Grund zu Dr. Bosch in Behandlung gegeben.

„Kein Interesse?"

Susanna sah auf ihre zitternden Finger. Sie wollte diese Frage nicht stellen. Der Gedanke, ihre Tochter als Zeugin zu benutzen, schnürte ihr die Luft ab. „Wer ist der Zeuge?"

Einer ihrer Mitarbeiter stand plötzlich vor ihrem Schreibtisch. „Frau Monroe, gleich um neun Uhr ist Redaktionsbesprechung."

Susanna nickte, ohne aufzusehen.

„Das Smartphone!"

„Bitte?" Susanna war zugleich überrascht und erleichtert. Sie wusste von dem Gerät. Die Behörden hatten es zur weiteren Untersuchung behalten. Natürlich waren die Daten wertvoll, leider aber auch unerreichbar.

„Das FBI hat dem BKA das Gerät gestohlen."

Das war starker Tobak. „Gibt es dafür Belege?"

Texel spielte ihr ein Video ein, das Special Agent Stan Wilson zeigte, den FBI-Verbindungsoffizier der US-Botschaft in Düsseldorf, wie er einen Raum in einem langen Korridor verließ. Der Zeitstempel war von gestern. Susanna kannte ihn von einer Pressekonferenz. Das FBI unterstützte die deutschen Behörden in diesem Fall. Das Video allein sagte noch nicht viel aus.

„Ich habe noch mehr. Jetzt wird es spaßig." Texel schickte ihr die Kopie eines internationalen Haftbefehls für Wilson, der vor zehn Minuten von Interpol online gestellt worden war. Woher hatte dieser Mann nur seine Informationen?

„Warum sollte er das tun?"

Texel schickte Susanna auch die Kopie eines Jachtregisters aus Hamburg, in dem ebenfalls erst gestern ein nur vier Monate altes Boot auf ihn zugelassen worden war. *„Er hat teure Hobbys. Du kannst es überprüfen, die Jacht hat mehr als eine Million gekostet."*

„Wo ist er?" Okay, ein abtrünniger FBI-Agent brachte dem Fall wirklich eine gewisse Würze. Susanna wollte es heute mit Texels undurchschaubaren Motiven nicht so eng sehen.

„Untergetaucht. Eröffne die Jagd auf ihn."

*

Susannas Handy zeigte 9:40 Uhr. Die Redaktionssitzung war gleich vorbei. Das Team funktionierte wie ein Uhrwerk. Sie gab den Takt vor. Texels Geschenk kam zum richtigen Zeitpunkt. Neben den Redakteuren, den Producern und einer Schar Assistenten war heute auch das

Management des Senders anwesend. Mehr noch, sogar ein Vertreter der Holding aus Gütersloh saß still in der Ecke. Anfangs hatte er Susanna noch kritisch beäugt, mit der Zeit setzte er aber ein zufriedenes Lächeln auf.

„Wir werden der Öffentlichkeit heute neues Material zeigen. Patrick Richter ist verschwunden, doch wird er früher oder später auftauchen. Er vermag in der Zeit zu reisen, aber wir werden ihn sicherlich nicht ungeschoren davonkommen lassen."

„Wir sind in zehn Minuten sendebereit!" Ein Producer zeigte mit dem Finger nach oben.

„Sehr gut!" Susanna sah zu einem Redakteur. Ein Wadenbeißer, genau der Richtige für den Job. „Jan, du wirst bei der US-Botschaft um eine Stellungnahme bitten."

„Die werden keinen Ton sagen ..."

„Zeig ihnen den Haftbescheid und frag sie, ob sie ihn kommentieren wollen. Gefährliche Körperverletzung, Diebstahl und Hochverrat ... er hat nicht gerade die Portokasse mitgehen lassen." Susanna wusste, dass die Amerikaner unter Druck reagieren würden. Sie konnten mit dem Sender sprechen und die Chance nutzen, sich zu rechtfertigen, oder ohne Mitwirkung in die Schlagzeilen kommen. Für ihren Erfolg bei der Sache spielte die Entscheidung der Botschaft keine Rolle.

„Wird gemacht." Jan nickte.

„Wir haben eine Zusammenstellung aller Handy-Videos vom Bahnhof fertig, die gestern aufgenommen wurden ... sind gute Bilder dabei", erklärte eine andere Producerin.

„Bestens ... die bringen wir gleich in der Sendung." Susanna hob die Hände. „Okay, jeder kennt seine Aufgabe. Los geht's!"

Ihr Team klatschte. Nein, jeder im Raum applaudierte ihr. Sie war stärker als jemals zuvor. Wirklicher Erfolg konnte nur aus Niederlagen entstehen.

*

Susanna war auf dem Weg ins Studio. Patricks Abfuhr empfand sie inzwischen als Stimulation, noch härter und besser zu arbeiten. Sie dachte an Sophie. Ihr würde sie dieses Schicksal ersparen. Sie liebte ihr Kind. Jede Mutter liebte ihr Kind.

Die Visagistin brachte sie in Form. Dezent geschminkt. Susanna trug heute Jeans, flache Pumps und eine rote Bluse. Natürlichkeit war ihr Markenzeichen. Die Zuschauer liebten diesen Casual Look.

Gleich zehn Uhr. Die letzten Sekunden liefen. Ein Producer gab ihr ein Zeichen.

„Wir gehen auf Sendung in drei, zwei und ..." Die eins sprach der Kameraassistent nicht mehr aus.

„Guten Morgen ... wobei, was ist an diesem Morgen schon gut?" Susanna bewegte sich vor der komplett grünen Wand. Auf einem Display unter der Kamera sah sie die animierte Ansicht der Stadt. „Waren Sie gestern Abend am Düsseldorfer Hauptbahnhof? Nein? Wir werden Ihnen in der Sendung zeigen, was Sie dort verpasst haben. Glauben Sie mir, ich habe es zuerst selbst nicht geglaubt."

Susanna lächelte. Jetzt galt es, Neugierde zu schüren. Die Leute sollten an den Bildschirmen pure Angst bekommen, das Ende der Sendung zu verpassen. „Natürlich geht es wieder um Patrick Richter. Der mutmaßliche Zeitreisende, der keiner sein möchte."

Das Bild wechselte auf eine Ansicht der US-Flagge vor der Botschaft in Düsseldorf. „Jetzt fragen Sie sich bestimmt, wie es die Amerikaner in die Sendung geschafft haben? Hey, es sind unsere Freunde und Verbündeten. Sie werden sehen, warum ich heute nicht stolz auf mein Geburtsland bin."

Susanna moderierte die Show nicht allein. Ihr Partner Ralf, ein paar Jahre jünger als sie, braun gebrannt, verbrachte mehr Zeit im Fitnessstudio als bei der Arbeit. Auch er brachte seine eigene Zielgruppe mit, die nicht gerade klein war.

„Ralf, was ist gestern alles passiert?"

„Einiges ... die haben Patrick Richter tatsächlich laufen lassen!" Heute gab er Susanna die Stichworte.

„Zeitreisen sind nicht illegal." Susanna lachte.

„Eine Gesetzeslücke ... aber ja. Die Staatsanwaltschaft Düsseldorf hat stellvertretend für die Generalbundesanwaltschaft die Anklage gegen Patrick Richter fallen gelassen, das Auslieferungsgesuch der Amerikaner abgewiesen und unseren Helden freigelassen", erklärte Ralf bei passendem Hintergrund: die offizielle Pressemeldung der deutschen Behörden.

„Daran bin ich nicht unschuldig. Liebes Publikum, ich hatte meinen Sender davon überzeugt, einen guten Anwalt zu engagieren, um Patrick Richter zu seinem Recht zu verhelfen und ihm die Chance zu geben, über seine Erlebnisse zu berichten. Sie hätten es aus seinem Mund hören sollen. Aber Schwamm drüber ... er hat es sich anders überlegt und dem Sender eröffnet, dass Zeitreisen nicht möglich sind, und er die ganze Stadt nur genarrt hat."

Die Regie spielte Wilsons Einlage auf dem Flur ein, zeigte ein Archivbild von ihm und dann den Interpol-Haftbefehl.

„Das ist Special Agent Stan Wilson, er ist FBI-Verbindungsoffizier in der US-Botschaft und beim Ermittlungsteam."

„Ja." Susanna schwieg für einen Moment. Wilson war bisher in der Öffentlichkeit nicht in den Vordergrund getreten. Diese Nachlässigkeit holte sie heute für ihn nach. „Danke Ralf. So sieht also ein mutmaßlicher Dieb aus?"

„Du solltest den Zuschauern erklären, warum er mittlerweile wegen Diebstahls, gefährlicher Körperverletzung und Hochverrats von Interpol gesucht wird."

„Stimmt ... ein guter Vorschlag." Susanna zeigte mit dem Finger auf Wilson. Dem feisten Gesicht mit dem spärlichen rotblonden Haarschopf würde sie heute zu mehr Bekanntheit verhelfen. Ehre, wem Ehre gebührte. „Er hat das BKA bestohlen. Special Agent Wilson nutzte mutmaßlich seine Vertrauensposition skrupellos aus, erwürgte beinahe einen Bundespolizisten und stahl unserem Land ein ... Telefon."

„Echt jetzt?" Ralf spielte mit.

„Ja ... er stahl ein Smartphone und natürlich ... es war kein normales Telefon."

„Wir sollten die ganze Geschichte erzählen, Susanna."

Sie nickte. „Als Patrick mit seinem Telefon das Jahr 2029 besuchte, führte das Gerät ein stilles Update durch. Das sind die Momente, in denen die kleinen Helferlein nur noch im Schneckentempo arbeiten. Später kam er zurück ins Jahr 2017 und brachte mit dem Telefon Technologie der Zukunft mit. Ein Betriebssystem, das alle späteren Zeitreisen protokolliert hat. Sie merken, worauf ich hinauswill?"

Ralf sah sie mit erstaunter Miene an. „Es geht um Daten … aus der Zukunft."

„Liebe Zuschauer, während ich so naiv war, meinen Sender davon zu überzeugen, viel Geld in die Hand zu nehmen, um einen vermeintlich Unschuldigen aus der Haft zu holen ... bewegten sich im Hintergrund die Hebel der Macht. Wir wussten nichts von diesem Telefon. Es ging mir immer nur um Gerechtigkeit, um den Menschen!"

Susanna presste ergriffen die Lippen zusammen. Ein wenig Drama gehörte dazu. Aber nicht übertreiben.

„Der Streit um diese Daten eskalierte offensichtlich und bewegte einen zuvor unbescholtenen FBI-Agenten dazu, ein verbündetes Land zu bestehlen."

Ein Producer zeigte neben der Kamera mit dem Daumen nach oben. Die Quoten stiegen. Wer gerade die Flimmerkiste anschaltete, blieb an ihren Worten kleben.

Zuckersüß drehte sie sich zur Kamera: „Liebes Publikum, wir ersuchen noch um eine Stellungnahme, aber wir können nach aktueller Informationslage nicht ausschließen, dass es bei dem Diebstahl sogar Verletzte gegeben hat." Susanna hatte alles im Griff. Eine weitere Assistentin zeigte an, dass ihr mehr Sendezeit eingeräumt wurde. Sie würde genau so weitermachen. Nach Wilson kam dann Richter an die Reihe. Mit viel Genuss würde sie auf ihm herumtrappeln. Der würde den Tag verfluchen, an dem er sich gegen sie gewandt hatte.

XV. Zeitdruck

„Donnerstag, 8. Februar, 8:30 Uhr, deine Basiszeit", meldete Siggi ganz von allein.

Gut! Endlich war Patrick zurück in seiner Zeit. Bis spät in die Nacht hinein hatte er sich auf dem Nordfriedhof in 2051 aufgehalten. Vor Wut und Trauer hatte er nicht einschlafen können, war zwischen den Gräbern herumgerannt wie eine rastlose, verlorene Seele. Irgendwann hatte er sich an den Stamm eines Baumes gelehnt, überlegt, ob er sich nicht eigentlich gruseln müsste, und war stattdessen eingeschlafen.

Er brauchte unbedingt einen neuen Medikamentengeber. Wenn er schon nicht Ziel und Datum seiner Zeitsprünge beeinflussen konnte, dann doch zumindest den Zeitpunkt, wann sie ausgelöst wurden.

Apropos Ziel! Er lag in einem Bett, einem ihm wohlbekannten Doppelbett, nicht unter, sondern auf der Decke. Und hatte die Schuhe noch an. Tradition? Panikartig blickte er neben sich. Leer. Niemand dort. Erleichterung durchflutete ihn. Seine Ex-Freundin Luna Mittmann lag nicht neben ihm. Wie konnte er nur ausgerechnet wieder in ihrer Wohnung landen? Starke Emotionen, ja, ja.

Er richtete sich auf, seine Ohren rauschten. Blödsinn, nicht die Ohren, sondern die Dusche. Luna war im Badezimmer. Stimmen. Sie redete mit jemandem. Ihr helles Lachen, das er von Beginn an geliebt hatte, erklang durch die Tür. Eine tiefe Stimme antwortete. Ein Mann. Offenbar hatte sie einen neuen Freund und stand mit ihm unter der Dusche. Nicht schwer zu hören, was die beiden da taten.

Schnell raus hier, folgerte Patrick. Du hast keine Zeit, länger über deine gescheiterte Beziehung nachzudenken. Und noch weniger Lust, ihrem Neuen zu begegnen.

Trotz dieser Vorsätze wurde sein Herz schwer, sodass er glaubte, fünfzig Kilo mehr zu wiegen und ihn das Aufstehen besondere Kraft kostete. Über der Stuhllehne hing eine Sanitäteruniform, und auf dem Boden stand ein Koffer mit einem roten Kreuz. Das Duschwasser rauschte nach wie vor, etwas Zeit blieb ihm noch. Patrick zögerte. Sanitäter hatten doch immer Beruhigungsspritzen dabei. Mit flinken

Fingern öffnete er den Koffer. Sein Blick scannte die Aufkleber einer Reihe von Ampullen. Alles Medikamentennamen, die ihm nichts sagten: Etomidat, Diazepam, Propofol und einige mehr.

„Siggi, ich suche ein Betäubungsmittel wie das Zeugs in Sophies Medikamentengeber. Irgendetwas, das schnell wirkt. Ich lese vor: Diazepam?"

„Das ist Valium, ein Beruhigungsmittel. Das bringt nicht viel."

„Etomidat?"

„Nicht stark genug."

Ganz rechts im Koffer steckte ein kleines Röhrchen. „Propofol?"

„Nimm das. Ein sehr effektives Narkosemittel. Es schickt dich innerhalb von Sekunden schlafen."

Er schnappte sich die entsprechende Ampulle mit drei Einwegspritzen. Damit hatte er immerhin die erste Hälfte seines neuen Medikamentengebers zusammen. Leise schloss er den Koffer und schlich sich aus der Wohnung. Er wollte hier auf keinen Fall erwischt werden. Vorsichtig zog er die Tür ins Schloss.

Hier hatte er schon deutlich bessere Zeiten erlebt. Gedankenversunken stieg er die Treppen hinunter. Er schaffte es nicht, einfach so zu tun, als wäre nichts geschehen. Da hatte sie sich aber schnell getröstet. Nein, schalt er sich. Er sollte gerecht sein. Zum einen hatte er Mist gebaut und die Zeitreisegeschichte hätte er sich selbst nicht geglaubt. Luna hatte kaum eine andere Wahl gehabt, als ihn rauszuwerfen. Und zum anderen hatte er sich selbst nur wenige Tage später in Sophie verliebt. Sophie! Ihretwegen war er hier. Morgen würde sie sterben. Er musste ihr Leben retten. Leider hatte die Uhrzeit nicht auf dem Grabstein gestanden. Theoretisch könnte es um 0:00 Uhr geschehen.

Nun stand Patrick im Erdgeschoss. Wie immer roch es nach Reinigungsmittel und frischer Farbe – alles sauber wie in einem OP-Saal. Wieso änderte sich das ganze Leben, während solche Nebensächlichkeiten wie in Stein gemeißelt gleich blieben? Verdammt, bei Stein und Meißel musste er wieder an die rudimentäre Inschrift auf Sophies Grab denken.

Mit einem erbarmungswürdigen Seufzer ließ sich Patrick auf den Treppenstufen vor der Eingangstür nieder. Genau wie vor drei Monaten, nachdem Luna ihn vor die Tür gesetzt hatte. Diesmal würden ihn vor dem Haus jedoch keine Zivilpolizisten in einem Passat abfangen und bis zur Fleher Brücke jagen.

„Siggi, kannst du herausfinden, wo Sophie sein könnte? Egal wie."

Eine aufgebrachte, butterweiche Stimme ertönte: *„Wo ist der Himmel, wo ist Petrus? Es gilt, einen Konsumplan umzusetzen. Eine solche Störung habe ich noch nie erlebt."* Torwächterin Lea klang verwirrt.

„Heißt du Siggi?", fragte Patrick.

„Wenn ich dir nicht weiterhelfen kann, dann der alte Siegfried schon lange nicht."

„Lea findet ihre Server mit ihren Diensten nicht mehr", meinte Siggi nicht ohne Häme. *„Jetzt kann sie nicht mehr angeben."*

„Kannst du sie nun deinstallieren?"

„Nein, nach wie vor würde ich mich damit selbst löschen."

„Was soll das denn heißen? Ich bin die Torwächterin. Nur mit mir kommst du in den Himmel. Donnerstags habe ich die besten Angebote. Ich muss sie nur finden."

Diese KI verstand ihr Handwerk. Sie nervte in 2018 genauso wie in 2051. „Wir haben jetzt keine Zeit, um uns mit gefallenen Engeln zu beschäftigen. Das holen wir später nach. Erst suchen wir Sophie. Wir müssen sie unter allen Umständen beschützen. Wir wissen, sie wohnt in Düsseldorf-Pempelfort in der Duisburger Straße. Wo wird sie um diese Zeit wohl sein?"

„Sie geht in die Klasse 9b auf dem Humboldt-Gymnasium in der Pempelforter Straße 40", erklärte Siggi. *„Ich habe entsprechende Einträge von ihr bei Sportveranstaltungen, Klassenfahrten und Projektwochen gefunden. Ihre Mutter Susanna taucht zweimal in alten Protokollen der Klassenpflegschaftssitzungen auf."*

„Gute Arbeit, Siggi!"

„Zurzeit gibt es keine Konnektivität", polterte Lea los. *„Das können nur Fake-News sein."*

Dieser präsidiale Ausdruck war offenkundig in dreiunddreißig Jahren nicht in Vergessenheit geraten.

„Wie kommst du darauf?"

„Das starre Präsenz-Schulsystem ist vor über zwanzig Jahren abgeschafft worden. Nur dienstags und mittwochs findet der Unterricht vor Ort im Schulgebäude statt. Heute lernt Sophie natürlich von zu Hause auf ihrer Wolke."

„Patrick, Lea hat die Zeichen der Zeit noch nicht erkannt. Ich entschuldige mich für sie."

„Warte nur, bis ich mit Petrus gesprochen habe. Der wird den Himmel für dich für immer verschließen."

„Lea, halt die Klappe!", befahl Patrick. „Siggi hat recht. Mit hoher Wahrscheinlichkeit ist sie in der Schule. Auf geht's!"

*

Fast eine Stunde brauchte Patrick von Neuss-Grimlinghausen bis nach Düsseldorf-Pempelfort.

Einen Jungen, der gerade vor dem Gebäude auf sein Fahrrad stieg, fragte Patrick nach der Klasse 9b.

„Da hinten um die Ecke, einer der Klassenräume im ersten Stock", antwortete der Schüler.

Eine Minute später presste er sein Ohr an die Tür. Da er eine Lehrerin unterrichten hörte, entschied er sich, bis zur Pause zu warten. Darin hatte er Übung – in seiner Schulzeit hatte er des Öfteren hier stehen müssen. Mit dem Schlussgong der Unterrichtsstunde stürzten zwei Jungen heraus.

Patricks Blick huschte an ihnen vorbei in den Klassenraum und suchte nach Sophie – ein hübsches, blondes, vierzehnjähriges Mädchen. Er war sich sicher, dass er sie erkennen würde.

„Kann ich Ihnen helfen?", fragte die Lehrerin, während sie am Pult ihr Notenbüchlein in die Tasche steckte. Sie sah streng aus mit ihren nach hinten gebundenen grauen Haaren und den dünnen Lippen unter der Hakennase.

„Ja, äh … ich suche Sophie Monroe."

„Für ihren Vater sind Sie noch ein bisschen jung. Waren Sie schon einmal hier – Sie kommen mir bekannt vor?"

„Ich bin ein Freund und mache mir Sorgen um sie. Ich muss sie unbedingt sprechen."

Die Dame sah ihn durchdringend an. Gleich würde sie ihn wieder vor die Tür schicken. Dann nickte sie und meinte: „Auch ich sorge mich um das Mädchen. Ein nettes, aufgewecktes Kind, doch Sophie war seit Wochen nicht mehr hier."

Sie wartete. Worauf, war schwer zu sagen. Vielleicht, dass er seine Bestürzung überwinden würde. „Wissen Sie, wo … sie ist?"

„Der Direktor erwähnte, dass sie bis auf Weiteres krankgeschrieben ist. Haben Sie eine Ahnung, was sie hat?"

„Nein, ich … ich höre das zum ersten Mal."

Sie sah ihn über ihre Brille hinweg an. „Mehr weiß ich auch nicht. Grüßen Sie Sophie von mir, wenn Sie sie sehen."

„Ja, natürlich, danke." Ihm fiel nichts mehr ein. Mangelhaft. Seine mündliche Beteiligung hatte schon immer zu wünschen übrig gelassen.

*

Mit noch größeren Sorgen verließ er die Schule. Krankgeschrieben. Was konnte das sein? Lag sie etwa zu Hause im Bett?

Zur Wohnung der Monroes war es nicht weit, schon bog er in die Duisburger Straße ein. Susanna und Sophie wohnten in einem dreistöckigen Altbau mit sechs Klingelknöpfen am Hauseingang. ‚Monroe' stand in ausgeblichener Schreibschrift auf dem dritten von unten. Mit dem Daumen drückte er die Klingel beinahe durch die Wand.

„Mach auf, verdammt!", flehte und fluchte Patrick in sich rein.

Keine Reaktion. Wenn sie krank war, sollte sie doch zu Hause sein. Oder ging es ihr so schlecht, dass sie im Krankenhaus lag? Unter Hochspannung drückte er auch die beiden unteren Klingeln. Irgendetwas musste er hier in Erfahrung bringen. Der Türdrücker summte, Patrick trat in den Flur. Eine Frau mit einer Kochschürze stand in ihrer Wohnungstür und stützte beide Arme in die Hüften. Sie war etwa Anfang vierzig und hatte lockige, rot gefärbte Haare und einen noch strengeren Gesichtsausdruck als die Lehrerin der Klasse 9b.

„Ich spende nix, das sage ich dir gleich", kam sie direkt vertraulich zur Sache.

„Ich sammle kein Geld. Alles, was ich brauche, ist eine Information. Ich muss dringend Sophie Monroe finden." Er deutete mit dem Daumen nach oben. „Die Vierzehnjährige aus dem zweiten Stock."

Misstrauisch legte sie den Kopf schräg. „Da mische ich mich nicht ein. Und ich denke, dich geht das auch nichts an."

Die Frau drehte sich um und war schon fast hinter der Haustür verschwunden.

„Es ist wichtig!", betonte er.

„Na und? Meine Hühnersuppe steht auf dem Herd!"

Das Smartphone in seiner Hand vibrierte mit einer Textnachricht. Schnell warf er einen Blick darauf. *„Sie heißt Claudia Manzik. Laut Facebook ist sie begeisterte Laienschauspielerin in der Theaterfabrik."*

„Halt, warten Sie bitte. Habe ich Sie nicht auf der Bühne gesehen? Sie kommen mir so bekannt vor."

Die Frau steckte ihren Kopf durch den Türspalt. Mit ihren grauen Augen sah sie ihn an: „Tss. Komm mir doch nicht auf die Tour, Kleiner. Was soll das denn für ein Stück gewesen sein?"

„Äh – Sie waren fantastisch." Voller Begeisterung breitete Patrick die Arme aus. Seine kribbelnden Finger signalisierten den Eingang einer weiteren Nachricht. Aus dem Augenwinkel schielte er aufs Display.

„Jetzt weiß ich es! Sie sind Claudia Manzik. Es war eine Inszenierung frei nach Dürrenmatt: ‚Die Physikerinnen'."

Verwundert schob sie die Tür wieder ein Stück auf. Sie würde eher ihr Essen anbrennen lassen, als zuzugeben, geschmeichelt zu sein, doch ohne Zweifel freute sie sich. Schon bekam Patrick ein schlechtes Gewissen, doch Notlügen mussten erlaubt sein, schließlich ging es um Sophies Leben.

„Wenn du jetzt auch noch ein Autogramm von mir willst, erzähle ich dir alles, was du hören willst." Sie grinste.

Das Eis war gebrochen. „Ich suche wirklich sehr dringend nach Sophie Monroe. Weißt du, wo sie ist?"

„Die Hexe hat sie aus der Schule genommen und in eine Klinik in Köln gesteckt. Sie haben sie abgeholt wie eine Schwerverbrecherin. Ich habe ein Gespräch mit dem Pflegepersonal im Flur mitbekommen."

Es wurde immer schlimmer. Patrick sagte: „Es klingt, als ob du Susanna Monroe nicht besonders gut leiden kannst."

„Das ist noch sehr diplomatisch ausgedrückt. Aber ich bin sie ja bald los. Nach dem ganzen Erfolg im Fernsehen zieht sie in ein großes Haus in einer besseren Wohngegend. Hat sie herumposaunt. Eine Rabenmutter, wenn du mich fragst. Die Kleine tut mir leid."

„Weißt du den Namen der Klinik?"

„Nur, dass sie in Köln-Hürth liegt – in so einem privaten Ding."

„Danke, du hast mir sehr geholfen."

„Bist du sicher, dass du kein Autogramm willst?" Sie lachte. „Jetzt muss ich aber an den Herd zurück." Die Tür fiel krachend ins Schloss.

*

„Siggi, das mit Claudia Manzik war grandios!"

„Kannst du das bitte für Lalla wiederholen?"

„Lalla?"

„Korrekt. Lea heißt ab jetzt Lalla."

„Wie kommst du denn darauf?"

„Solange sie von mir als alter Siegfried spricht, heißt sie für mich Lalla. Ich bin im learning mode und habe nachgeforscht. Ich muss mir eine vorsätzliche Herabwürdigung durch Namensverunglimpfung nicht gefallen lassen."

Nur die Angst um Sophie hielt Patrick davon ab, laut zu lachen. „Siggi, das diskutieren wir später aus – erinnere mich daran. Jetzt müssen wir zuerst Sophie in einer Klinik in Köln-Hürth finden."

„Der alte Siegfried kann nur so angeben, weil mir der Himmel unter den Füßen weggezogen wurde", meckerte Lalla. *„Jeder Toaster mit einer uralten Smartphone-Steuerung ist fortschrittlicher."*

„Siggi, kannst du herausfinden, wohin genau sie Sophie gebracht haben?"

135

„Im Grunde gibt es nur eine Adresse, die passt – eine Privatklinik für Psychiatrie und Psychosomatik auch im Kinder- und Jugendbereich."

„Kommst du an das Patientenregister ran? Um sicherzugehen."

„Das ist doch illegal."

„Genau wie das Hacken des Einwohnermeldeamts."

„Wenn du es nicht meinem genialen Entwickler, Dr. Pukiyama Kakuzo, weitersagst."

„Natürlich nicht. Du kannst dich auf mich verlassen. Und dann ruf uns ein Taxi. Eins, das ich mit PayPal bezahlen kann. Ich habe kein Bargeld. Wir dürfen keine Zeit verlieren."

„Verstanden."

Es dauerte keine zwei Minuten, bis Siggi sich wieder zu Wort meldete: *„Die Verschlüsselung der Kundendaten ist ein Humor. Ja, Sophie Monroe wird in der Datenbank als Patientin geführt. Ihr behandelnder Arzt heißt Dr. Ismael Bosch. Psychotherapeut."*

Ein Taxi hielt neben ihm am Straßenrand.

*

Der Eingang zur Privatklinik wurde strenger bewacht als seine alte Zelle am Jürgensplatz. Rund um das vierstöckige Gebäude verlief eine drei Meter hohe Mauer mit Stacheldraht und Videoüberwachung. Dagegen wirkte das Düsseldorfer Polizeipräsidium wie ein Robinsonclub. Das war kein privates Krankenhaus, sondern eine geschlossene psychiatrische Klinik, abgeriegelt und ausbruchsicher. Und leider auch einbruchsicher.

Mit entschlossener Miene betrat Patrick das Torhaus und ging zur Anmeldung. Drei uniformierte Männer eines Sicherheitsdienstes bewachten den Eingang und beäugten jeden seiner Schritte. Alle drei hatten etwas Irritierendes an sich, doch in seiner Aufregung kam er nicht darauf, was es sein könnte.

Zu lange durfte er die Männer nicht anschauen und konzentrierte sich deshalb auf den Empfang. Er wusste genau, dass er als schnöder Besucher von Sophie Monroe keine Chance auf Einlass hatte, zumal er nicht einmal mit ihr verwandt war. Folglich musste er improvisieren – er hatte sich etwas Brillantes einfallen lassen.

„Guten Tag. Mein Name ist Dr. Thomas Nowatschin. Ich habe eine Verabredung mit Dr. Ismael Bosch", trug Patrick mit einem selbstsicheren Lächeln vor.

Er wollte gar nicht erst versuchen, direkt zu Sophie vorgelassen zu werden, sondern es über ihren behandelnden Arzt probieren.

Der Wachmann am Empfang klickte in seinem Computer herum. Vier Überwachungsmonitore mit Live-Bildern bauten sich vor ihm auf. „Tut mir leid, Sie sind umsonst gekommen. Dr. Bosch hat bis einschließlich Dienstag Urlaub. Er ist ein großer Freund des Karnevals – also gar nicht im Haus. Sind Sie sicher, dass Ihr Termin heute ist? An Altweiber? Kann ich mir kaum vorstellen."

Verdammt! So viel zu seinem brillanten Plan.

„Vielleicht habe ich mich in der Woche vertan. Dann rufe ich ihn an, danke." Er sah sich um. Links gab es ein Sicherheitsdrehkreuz mit einem kontaktlosen Kartenscanner, rechts einen kleinen Warteraum, dazwischen führte eine Tür zur Tiefgarage.

Über den Innenhof wehten Musik und ausgelassene Stimmung herüber. Gesangsfetzen mit ‚Löcher aussem Käse'.

„Sie müssen das Gelände wieder verlassen", forderte ihn der Wachmann auf.

Unverrichteter Dinge verließ er das Torhaus. Dabei wurde ihm klar, was ihn an den Wachmännern irritiert hatte. Die trugen dunkelblaue Krawatten. Abgeschnittene dunkelblaue Krawatten.

Wut brodelte in ihm, als er die Straße überquerte. Da stimmte doch etwas nicht. Wie konnten die ein vierzehnjähriges Mädchen so wegsperren, als wäre sie Hannibal Lecter. Aus der Entfernung beobachtete er die Klinik. Er musste dort hinein und Sophie herausholen, bevor sie am morgigen Tag sterben würde.

„Siggi, du hast dich ja schon in das Computersystem dieser Psychoklinik gehackt. Schaffst du es auch, die Videoüberwachung zu übernehmen?"

„Soll ich raten, was du vorhast?"

137

„Besser nicht." Patrick überlegte. „Seit wann raten KIs überhaupt?"

„Ich rate, um dich besser beraten zu können. Oder nenne es – antizipieren. Ich bin im learning mode."

„Raten? KIs raten nicht – sie wissen!" Lalla probte engelhafte Empörung. *„Schalte den alten Siegfried besser ab. Raten kenne ich nur bei kreditfinanzierten himmlischen Angeboten. Sobald ich den Donnerstagskatalog empfange, erstellen wir einen tollen Konsumplan. Gern vergleiche ich hierfür die Raten von 158 Geldinstituten und suche das günstigste Angebot für dich heraus."*

„Lalla hat nicht verstanden, was geschehen ist. Sie denkt immer noch, wir hätten den 11.06.2051."

„Hört auf zu streiten. Ich mache mir große Sorgen um Sophie. Wie sieht es aus mit den Kameras?"

„Es handelt sich um ein geschlossenes System."

„Das klingt nicht gut. Heißt das, du kommst nicht rein?"

„Bisher finde ich keine Angriffsfläche."

Es war 16:58 Uhr. Viel Zeit verblieb nicht mehr.

XVI. Der Schwarze Rabe

Carsten saß mit einer Tasse Tee in seinem Wintergarten. Waldfrüchte mit Honig. Letzteren hatte er selbst im Sommer beim Imker gekauft. Es gab nichts Besseres.

„Was ist mit dir?", fragte seine Frau, die gerade dabei war, in der Küche einen Kuchen zu backen.

Er hatte in den letzten drei Monaten bereits vier Kilogramm zugenommen – seit er nicht mehr zum Dienst fuhr.

„Nichts." Er hielt sich weiter an der Tasse fest und sah dem Regen durch das Fenster beim Regnen zu. Der Wind blies die Tropfen tendenziell von West nach Ost.

„Hör auf ... du hast doch etwas!"

Es gab einfachere Dinge im Leben als seine Frau zu belügen. Sie kannte ihn zu gut. „Nein, mein Schatz." Er presste die Lippen zusammen.

„Es ist wegen des Jungen, oder?"

„Nein, nein ..." Carsten versuchte, seine Unruhe herunterzuspielen. Mit wenig Erfolg, wie er einsehen musste. Er hatte ihr weder etwas von den Telefonaten mit Stan Wilson noch vom Kurierdienst ihres Sohnes erzählt. Sie kannte den FBI-Agenten nicht. Über den Fall Patrick Richter hatte er sich mit seiner Frau während der letzten Monate schon unterhalten.

Sein Smartphone meldete sich vibrierend. Carsten hatte den Klingelton abgestellt.

„Dein Handy will was von dir."

Er verdrehte die Augen. Andere Menschen verloren mit der Zeit ihr Hörvermögen, bei ihr wurde es besser. Seine Frau konnte seine Socken stinken hören, vor allem, wenn er ihr etwas verheimlichte.

„Ähm ... ja."

„Sollte ich den Anruf nicht mitbekommen?" Während sie sprach, öffnete sie den Backofen. Es roch wunderbar.

„Ähm ... nein." Wenn auch im Ruhestand, er war immer noch Polizist. Es war erbärmlich, sich so billig von ihr überführen zu lassen. „Ich geh eben ran." Carsten verließ den Wintergarten und ging in sein leeres Arbeitszimmer. Er hatte bisher noch keine neue Verwendung für den Raum gefunden.

Es war Stan.

„Was ist los?"

„*Entschuldige die Störung.*" Stan hörte sich alles andere als gut an. Er telefonierte in einer lauten Umgebung. Im Hintergrund konnte Carsten LKWs hupen hören.

„Wo bist du?"

„*Amsterdam.*"

Er verstand nicht, warum Stan ins Ausland geflohen war. Die Dinge mussten für ihn nicht gut gelaufen sein. Der Kontakt gestern war wirklich überraschend gewesen. Die Beweise für den nicht erfolgten Terroranschlag von 2015 hatten nur bestätigt, was Carsten immer vermutet hatte. Wer in der Zeit umherspringt, wird dabei nicht verhindern können, Spuren zu hinterlassen. Im Zweifelsfall konnten

Kleinigkeiten große Änderungen im Leben anderer Menschen nach sich ziehen.

„Ich musste verschwinden. "

„Wirst du verfolgt?"

„Nein ... jetzt nicht mehr. "

„Brauchst du Geld?"

„Nein. " Stan pausierte kurz. *„Aber danke. "*

„Was kann ich für dich tun?"

„Der Junge hat die Zeit verändert ... "

Auch Stan hatte offenkundig mit dieser Konsequenz emotional zu kämpfen. Die Erkenntnis, dass Patrick einen Terroranschlag verhindert hatte, musste ihn tief bewegt haben. Der Agent hatte mit dem Diebstahl des Smartphones ein hohes Risiko auf sich genommen. Nein, im Prinzip noch mehr: Stan hatte seine FBI-Karriere geopfert. Für wen hatte er dies getan? Für Patrick? Für Carsten? Für sich? Carsten konnte sein Verhalten nicht nachvollziehen.

„Hast du ihm sein Telefon geben können? "

„Ja." Der Plan hatte funktioniert.

Seine Frau würde ihn in den Backofen stecken, wenn sie erfuhr, wie er es getan hatte. Sein Großer war ein Naturtalent, ihm war nichts zugestoßen.

„Sehr gut. " Er klang erleichtert.

„Er ist kurze Zeit später gesprungen." Nicht weniger spektakulär als vergangenes Jahr.

„Ich habe es in den Nachrichten gesehen. " Stan hustete. *„Carsten, darf ich dich um einen Gefallen bitten? "*

„Ja."

„Ich versuche hier wegzukommen. Vielleicht klappt es mit einem Schiff. Die Sache könnte aber auch schlecht für mich ausgehen ... "

„Ich wünsche es dir nicht." Das Risiko bestand, daran gab es nichts schönzureden.

„Ich würde dir gerne alle zwei Tage ein Zeichen geben ... wenn ich mich nicht mehr melde, sprich bitte mit meiner Tochter. Das soll niemand von der Botschaft tun – die werden nur Lügen erzählen. "

„In Ordnung." Im schlimmsten Fall konnte dies ein Drecksjob sein. Während seiner Dienstzeit hatte er oft Hinterbliebene kontaktieren müssen.

„*Danke.*" Stan legte auf.

Carsten drehte sich herum und sah seine Frau mit verschränkten Armen in der Tür stehen.

„Dein Lieblingskuchen ist fertig", erklärte sie.

Natürlich hatte sie zugehört. Mist.

„Ich komme ..."

„Herr Grünfeld, sind Sie nicht im Ruhestand?"

„Ja, aber ..."

„Aber das zählt nicht, richtig?"

„Ähm ... ja."

„Patrick Richter?" Sie wusste natürlich, dass Carsten letzten Herbst mit diesem Fall im Kopf heimgekommen war.

„Ja ... indirekt."

„Ist es gefährlich?"

Carsten stockte. Sollte er sie belügen? „Ja. Es ist gefährlich." Wer Stan das Leben zur Qual machte, könnte dies auch mit ihm tun. Er hatte schließlich dafür gesorgt, dass Patrick sein Super-Telefon wieder in den Fingern hielt.

„Ich kenne dich ... mit dem Blick bist du noch nie aufzuhalten gewesen."

„Ich werde vorsichtig sein. Hey, ich bin die ganzen Jahre immer gesund nach Hause gekommen." Zugegeben, eine ziemlich dämliche Entschuldigung.

„Das bist du ..." Sichtlich unzufrieden mit dem Gespräch ging sie ins Schlafzimmer. Sie schloss die Tür. Das war nicht ihre Art. Er nahm sich fest vor, es ihr später in allen Einzelheiten zu erklären.

*

Carsten saß vor dem Fernseher. Es wurde gerade dunkel. Er verfolgte die Nachrichten. Nein, es war eine Reportage, wie sie hundertfach auf allen Kanälen liefen.

„... wir haben heute den 8. Februar 2018 ... Altweiber ... und was haben wir gestern alles geboten bekommen. Actionkino am Bahnhof, ein Diebstahl unter Verbündeten. Wo soll ...“

Der Nachrichtensprecher versuchte Susanna Monroe zu imitieren, den neuen Stern am TV-Himmel. Vermutlich befand sich die Dame auf dem Zenit ihres Erfolges. Sie hatte diese Tour drauf, der Nachrichtensprecher nicht. Carsten schaltete um.

„... da spaziert ein FBI-Agent in ein Düsseldorfer Polizeigebäude, ringt einen Beamten nieder und stiehlt ein wichtiges Beweismittel. Danach verschwindet dieser Agent, und die US-Botschaft drückt ihr Bedauern aus. Ja, Sie haben mich richtig verstanden, das war keine Filmkritik. Deshalb sage ich es, wie es ist, dass ...“

Carsten schaltete die Flimmerkiste aus. Auf beinahe allen Sendern lief das gleiche Programm. Er brauchte Informationen aus erster Hand. Leider waren die für einen Polizisten im Ruhestand nicht einfach zu bekommen. Er wählte eine Telefonnummer.

Es dauerte keine drei Sekunden.

„Na sieh an ... Carsten.“ Ruben erkannte ihn an der Nummer. Ruben Karlov hatte seinen Job geerbt. Er koordinierte jetzt die Spezialeinheiten in der Stadt. *„Schön, von dir zu hören ... es gab Momente, in denen ich dich vermisst habe.“*

„Hallo Ruben.“ Die beiden verstanden sich gut.

„Langeweile?“

„Ja.“

„Was kann ich für dich tun?“

„Der Richter-Fall hält euch auf Trab, oder?“

„Hör bloß damit auf ... die BFE+-Jungs haben schon so viele Überstunden gesammelt, dass sie bis Weihnachten 2021 Ferien machen könnten.“

Das mit den Überstunden war ein bekanntes Problem. „Wart ihr gestern draußen?“

„Nein ... aber das war auch nicht nötig. Das BKA führt die Ermittlungen. Karl Konstantin, so'n Arsch aus Wiesbaden, lässt uns immer Bereitschaft schieben.“

142

„Das BKA?" Es war ungewöhnlich, dass der Bund dem Land NRW einen Fall abnahm.

„Könnte aber auch vom BND sein. Oder Verfassungsschutz. MAD ginge auch. Wir haben Wetten laufen."

Carsten lachte. „Wie ist die Quote?"

„1,6 zu 1, dass Konstantin vom Militärischen Abschirmdienst ist. Von uns glaubt niemand, dass der jemals eine Polizeiausbildung bekommen hat."

„Und alles wegen Patrick Richter?"

„Iwo ... die wollen das Handy!" Ruben lachte. *„Und jetzt isses weg. Der dicke Wilson hat sich damit vermutlich einen kompletten Südseeinselstaat gekauft und lässt es sich gut gehen!"*

„Irre!" Carsten spielte mit. Stan hatte ihm bereits alles über das Smartphone gesagt. „Was ist das für eine verrückte Geschichte mit dem BND?"

„Nein, MAD. Ich rede von der Spionageabwehr der Bundeswehr. Wir haben genug geheime Geheimagenten im Gebäude, um damit locker die nächsten drei Bondfilme mit Schurken versorgen zu können ... also die, die James immer abknallt, bevor er das Bondgirl nagelt!"

Carsten verzog amüsiert die Mundwinkel. „Kommt ihr denn mit dem Fall weiter?"

„Ich stecke nicht wirklich in der Sache drin ... aber das ganze Präsidium leidet unter dem Stress. Es gibt Hunderte von Trittbrettfahrern und Globalisierungsgegnern, die sich wichtigmachen. Im Laufe der letzten Nacht haben wir über zweihundert Hinweise bekommen, wo Richter und Wilson sich angeblich aufhalten sollen. Die Hälfte der Idioten behauptet zudem steif und fest, aus der Zukunft, der Vergangenheit oder einem von den Nordkoreanern konstruierten Paralleluniversum anzurufen."

Trittbrettfahrer dachte Carsten. Er hatte eine Idee. Warum nicht, er wusste genau, wie das Spielchen lief.

„Lass uns mal ein Bier trinken gehen."

„Du zahlst?"

„Ja ... mache ich." Für die Information hatte sich Ruben mehr als ein Bier verdient.

*

Carsten fuhr in die Stadt. Warum er dieses Risiko auf sich nahm, konnte er sich nicht erklären. Vermutlich Altersstarrsinn. Ob Stan sich dieselbe Frage gestellt hatte? Also ging es wie so oft im Leben um das warum. Warum half er? Die Antwort fiel ihm schnell ein. Weil es richtig war. Weil es notwendig war. Einfache, naive, nahezu dämliche Antworten. Sie stimmten aber.

Patrick dürfte heute nicht von vielen Menschen Hilfe zu erwarten haben. Der Job war also frei. Für ihn, dachte er. Es gab Tage, an denen man nicht versuchen sollte, eine Tat, die aus dem Bauch heraus geschah, mit dem Verstand zu erklären.

In einem Elektronikmarkt kaufte er sich einen Pad-Computer. Nichts teures, ein einfaches Gerät würde seinen Ansprüchen genügen. Um ihn herum bevölkerten Hunderte Kunden das Einkaufszentrum. Sie trugen Tüten, telefonierten und aßen etwas im Vorbeigehen. Es war im Prinzip leicht, anonym zu kommunizieren, man benutzte einfach kein Telefon.

Carsten setzte sich in ein Café und packte sein neues Spielzeug aus. Der Regen prasselte auf das Glasdach der überdachten Einkaufsstraße. Er zog die Folie ab und aktivierte das System.

„Was darf ich Ihnen bringen?"

„Einen Cappuccino, bitte." Carsten bestellte, ohne aufzusehen. Er wollte nicht lange bleiben.

Online. Carsten hatte sich über das kostenfreie WLAN des Einkaufszentrums einen Zugang zum Internet verschafft. ‚Der Rabe', so nannte er sich in dem Forum, in dem sich allerlei systemkritische Geister herumtrieben. In den öffentlichen Chaträumen wurde ohnehin nur dummes Zeug geredet. Die meisten Benutzer waren harmlose Spinner, die sich hier ausgiebig über die jüngsten Verschwörungstheorien ausließen.

Carsten kannte dieses Forum, weil er letztes Jahr durch Ruben und seine BFE+-Jungs einen Benutzer vor dessen Bildschirm hatte abholen lassen. Der Gute war drauf und dran gewesen, in der Düsseldorfer U-Bahn eine Bombe zu zünden. Die technischen Voraussetzungen dafür hatte er bereits geschaffen, die Kofferbombe stand in einer Besenkammer am Bahnhof. Auch bei der Vernehmung hatte Carsten geholfen und den Spinner überzeugt, das Versteck der Bombe preiszugeben.

Daher wusste er, dass der Verfassungsschutz dieses Forum rund um die Uhr bewachte. Der Benutzer hatte mehrfach von einer Gruppe der Schwarzen Raben gesprochen, die Deutschland die Freiheit wiedergeben würde. Ein hehres Ziel. Also, das mit der Freiheit. Das mit der Bombe weniger. Dafür saß der unverstandene Patriot inzwischen im Knast und genoss eine längere staatlich finanzierte Besinnungsphase. Die Terrorgruppe ,Schwarze Raben' hatte Carsten nach den Vernehmungen als Hirngespinst des Täters eingestuft.

Der Kollege vom Verfassungsschutz hatte sich von Carsten sogar noch bei den Suchbegriffen, den sogenannten Selektoren, helfen lassen, mit denen seitdem jeder Chat in diesem Forum gefiltert wurde: Bombe, Sprengstoff, Vergeltung, Freiheit, Rabe, Schwarz, U-Bahn, Flughafen, Bahnhof, Widerstand, Waffen, Terror, Messer, Werkzeug, Rache, Reichsbürger und einige Begriffe mehr.

Den genauen Schlüssel kannte Carsten nicht, aber bei jedem Beitrag, der genug Treffer aufzeigte, würde sich ein emsiger Verfassungsschützer den Verlauf genauer ansehen.

Carsten legte los: „Guten Abend, meine Brüder!", tippte er in den Chat. Mit ihm waren vier Personen online: Bärchen, Susi, Death77 und Zeus.

„Was geht?"

„Hi."

„Ich mag Raben ... die sind schwarz."

„ROFL!" Die Kommunikation in sozialen Medien wollte Carsten nicht im Detail verstehen.

„Die Zeit ist gekommen. Die Zeit, aufzustehen und mit den Schwarzen Raben zu fliegen. Der Zeitreisende ist unser erster Kämpfer! Wir werden folgen!"

„Alter! Geh kacken!"

„Vergeltung! Wir werden alle erwischen! Die Rache ist unser! Egal, ob an Bahnhöfen, Flughäfen oder auf einem alten Kahn auf dem Rhein! Wir sind die Werkzeuge der Freiheit! Niemand wird vor unserem Terror sicher sein! Glaubt mir! Diesmal wird niemand die Bombe in einer Besenkammer finden!", tippte Carsten.

„Bist du besoffen?"

„Geil ... bin dabei. Ich sprenge meine Schule in die Luft!" Death77 machte aus seinem Alter keinen Hehl. Die 77 musste eine andere Bedeutung haben. Vielleicht sein IQ.

*

Carsten tippte noch ein wenig weiter. Die Reaktionen seiner neuen Forenfreunde waren gemischt. Einige hielten ihn für einen Spinner, andere für einen Angeber, nur Death77 konnte er als aktives Mitglied für seine fiktive Terrorgruppe gewinnen. Der Junge bräuchte nur eine Waffe, dann würde er mithelfen, aufzuräumen. Lustig war das nicht. Der junge Mensch hinter Death77 meinte es ernst.

Carsten zahlte, deaktivierte das Pad und verließ das Einkaufscenter. Es würde nicht lange dauern, da war er sich sicher.

XVII. Der Einbruch

Aus etwa hundert Meter Entfernung beobachtete Patrick die Privat-klinik. Er benötigte weitere Informationen über das Gebäude, über die Ärzte und den Tagesablauf.

Siggi meldete: *„Eine Kamera im Außenbereich ist nachträglich drahtlos integriert worden. Das ist der Schwachpunkt, den ich gesucht habe."*

„Tu, was du kannst."

Plötzlich erscholl ein vielstimmiges ‚Mer losse d'r Dom en Kölle' aus dem Lautsprecher des Smartphones zusammen mit einem passen-den Videobild.

„Kamera drei: Aufenthaltsraum", meinte Siggi.

Schwankende, sich an die Schultern fassende Menschen, bildeten eine Schlange und marschierten singend und lachend im Slalom um die Tische herum. Das Personal feierte Altweiber mit einer grandiosen Polonaise. Sie trugen Perücken, rote Pappnasen, manche Masken. Gerade lief eine Angela Merkel durchs Bild.

„Ist das ironisch gemeint?"

„Nein, Siggi. Das ist bitterer Ernst. Kannst du feststellen, wer dort anwesend ist?"

„Selbstverständlich. Das Kommen und Gehen aller Mitarbeiter wird im Zutrittskontrollsystem verzeichnet."

„Da tanzen doch einige, denen ich von der Statur ähnlich sehe."

„Darf ich raten, was du vorhast?"

„Besser nicht."

„Laut Datenbank gibt es sechs Männer in deiner Größe und deinem Gewicht."

„Wenn du jetzt auch noch rausbekommst, ob einer dieser Kerle einen Tiefgaragenplatz in der Klinik hat, schlage ich deinen genialen Entwickler für den Nobelpreis vor."

„Augenblick. In der Datenbank aller Beschäftigten sind auch die Parkplätze aufgeführt. Ja, drei davon." Siggi machte eine kurze Pause. Dann fragte er: *„Begeben wir uns in Gefahr?"*

Diese Frage wunderte Patrick. Neben Ironie und Humor übte sich der alte Siegfried auch in Empathie. „Ja, Siggi. Es wird gefährlich. Doch es muss sein. Sophie wird sonst sterben. Und nicht wundern, ich schalte das Handy nun aus – ich muss Batterie sparen, ich brauche dich später dringend bei vollen Kräften."

Umgehend fing Siggi an, Strom zu sparen, daher sagte er nichts mehr dazu.

*

Patrick fror. Er hüpfte auf der Stelle und rieb sich kräftig die Hände. Kein Wunder, es war Februar, und die Sonne hatte sich längst verdrückt. Allzu lange würden die nicht mehr Altweiber feiern. Links vom Torhaus führte eine Rampe hinunter in die Tiefgarage des Gebäudes. Deren Ausgang führte direkt zur Anmeldung vor das Zutrittsdrehkreuz.

Das Garagentor ratterte nach oben wie ein riesiger Rollladen. Patrick spazierte auf dem Bürgersteig entlang. Ein schwarzer Audi A6 tauchte auf und fuhr die Rampe hoch. Langsam schloss sich das Tor wieder. Der Audi fuhr an Patrick vorbei. Jetzt! Er spurtete die Rampe hinunter und kroch auf allen vieren durch den Spalt. Ratternd fiel der Vorhang hinter ihm.

Immerhin – er hatte es bis in die Tiefgarage geschafft. Hier war es deutlich wärmer. Rasch orientierte er sich. Es gab zwei Ebenen und ein kleines Treppenhaus. Die Stellplätze waren verwinkelt angeordnet, oben gab es ausschließlich Frauenparkplätze. Patrick ging zur zweiten Ebene hinunter. Und wartete.

Zwei Männer und eine Frau kamen durch die Tür des Treppenhauses. Laut lachend näherten sie sich einem Mercedes.

„Gut, dass du noch fahren kannst, Irmi", lallte einer der beiden Herren.

„Aber nächstes Jahr ist einer von euch dran", meinte Irmi.

Die drei stiegen ins Auto und kurvten in Richtung Ausfahrt auf die erste Ebene. Dann kehrte wieder Ruhe ein. Keine fünf Minuten später betrat ein Mann die untere Ebene der Tiefgarage. In der linken Hand hielt er den Autoschlüssel, in der rechten baumelte eine Karnevalsmaske. Eine abgeschnittene rote Krawatte schlackerte locker um seinen Hals. Seinen Kopf entstellte eine schiefe, blonde Perücke, die unfassbar scheiße aussah. Patrick versteckte sich hinter einem der zahlreichen Pfeiler.

Der Mann aktivierte die Funkfernbedienung des Schlüssels, weiter hinten leuchteten die Blinker eines BMW zweimal auf. Er öffnete die Fahrertür. Mit drei langen Schritten stand Patrick hinter ihm. Mit dem linken Arm nahm er ihn in den Schwitzkasten und stach ihm eine Einwegspritze mit Propofol in den Hals.

Erschrocken schrie sein Opfer auf und wehrte sich verzweifelt. Die Maske fiel auf den Boden. Wie ein Schraubstock umklammerte ihn Patrick mit beiden Armen. Dabei fühlte er sich schrecklich, so etwas hatte er noch nie getan, doch schließlich musste er ein Mädchen retten. Und nicht irgendein Mädchen, sondern Sophie. Siggi hatte ihm geraten, nur eine kleine Dosis zu verwenden, da das Mittel äußerst stark war. Die Bewegungen des Mannes wurden schwächer, sein Schnaufen leiser, dann verlor er das Bewusstsein. Langsam ließ ihn Patrick auf den Fahrersitz sinken. Die Rückenlehne stellte er elektronisch nach hinten. So gemütlich wie möglich sollte er es haben – und möglichst lange schlafen.

Die blonde Perücke war ihm über die Augen gerutscht. Mit einer Wischbewegung nahm Patrick das Haarteil in die Hand und stülpte es sich über den Kopf. Alles musste schnell gehen, jeden Moment konnten die nächsten die Tiefgarage betreten. Der Mann trug ein ähnliches Sakko wie er. An der Brusttasche hing ein Ausweishalter mit Klammer – *Dr. Norbert Jaspert. Abteilung CRT.* Dieser wanderte nun an Patricks Brust. Hastig durchsuchte er die Taschen. Eine Packung Kaugummis und eine kontaktlose Zutrittskarte. Auch am Schlüsselbund befand sich ein tropfenförmiges Sicherheitstoken. Wer weiß, was er damit öffnen konnte. Schlüsselbund und Karte steckte er in sein Sakko. Zu guter Letzt zog er dem Arzt die abgeschnittene rote Krawatte über den Kopf und legte sie sich um. Jetzt fehlte nur noch die Maske, die mit dem Gesicht auf dem Boden lag. Mal sehen, als was er sich diesen Karneval verkleidete. Angela Merkel, Freddy Krüger oder Darth Vader. Irgend so einen peinlichen Scheiß. Er bereitete sich auf das Schlimmste vor. Mutig bückte er sich und drehte die Maske um. Er stieß die Luft aus, das Schlimmste langte nicht aus. Es kam noch schlimmer. Ein trotziges, klotziges Gesicht sah ihn unverwandt an. Die Hautfarbe erinnerte ihn an seinen Guantanamo-Overall. Stöhnend setzte er das Teil auf, das perfekt zur hässlichen blonden Haarmütze passte. Ihm blieb auch nichts erspart. Mit grimmiger Miene unter der Maske schloss er die Autotür und ging in Richtung Treppenhaus.

Auf dem oberen Treppenabschnitt kamen ihm zwei Damen entgegen.

„Ah, Norbert!", stellte die eine fest.

„Das ist doch der Präsident", lachte die andere.

Patrick lachte leise – zumindest tat er so, denn nach Lachen war ihm nicht zumute. Glücklicherweise bemerkten die Frauen nichts und gingen weiter.

Puh! Dreimal durchatmen! Die Generalprobe hatte hingehauen, doch nun wurde es ernst. Unbeirrt öffnete er die Tür zum Torhaus. Ohne nach links und rechts zu blicken, schritt er auf das Drehkreuz zu, den einzigen Durchgang der Sicherheitsschleuse.

Der Wachmann an der Anmeldung hob den Kopf. „Herr Dr. Jaspert, haben Sie etwas vergessen?"

„Really amazing. Very, very true!", bestätigte Patrick mit maximal verstellter Stimme. Er lüftete seine Maske ein kleines Stück, so als wollte er sich höflicherweise zu erkennen geben. Eine Lampe über dem Drehkreuz wechselte von Rot auf Grün, das System hatte die Zutrittskarte in seinem Sakko erfolgreich gescannt.

Der Wachmann lächelte. „Gehen Sie durch, Mister President."

Nach einer halben Umdrehung der stählernen Flügel war er drin.

Im Aufenthaltsraum lief immer noch Musik, und mit fortschreitendem Alkoholgenuss wurden die Stimmen lauter. ‚Mer Kölsche danze us der Reih', dröhnte es ihm fast die Perücke vom Kopf.

Kölle Alaaf. Obwohl Patrick noch nie etwas für Karneval übriggehabt hatte, weder für den Düsseldorfer und erst recht nicht für den Kölner, lobpreiste er heute dieses lustige Volksfest. Drei Bützje für den Erfinder!

Mit langen Schritten bog er in einen langen Flur ein, dabei schaltete er mit dem Daumen sein Smartphone wieder ein.

„Siggi, wo entlang geht es zu Sophie?", flüsterte er.

„Laut Zimmerbelegung liegt Sophie Monroe im vierten Stock auf der Westseite. Raum 4.18."

An den Wänden hingen Wegweiser. Am Ende des Ganges führte ein Treppenhaus nach oben. Einen Aufzug wollte Patrick lieber nicht nehmen, die wurden vermutlich überwacht.

Donald Trump nahm immer zwei Stufen auf einmal. Bisher war er keiner Menschenseele begegnet. Kaum hatte er diesen Gedanken zu Ende gedacht, hörte er Stimmen. Hier oben mit der Maske herumzulaufen, wäre vermutlich zu albern, hektisch sah er sich nach einem Versteck um. ‚Raum 4.32 Putzmittel' stand an einer Tür links von ihm. Er drehte den Knauf. Abgeschlossen. Das hätte er sich denken können. Es war zu riskant, den Patienten literweise Domestos als Rachenputzer frei zugänglich zu machen. Die Stimmen kamen näher. Ein quadratisches Feld neben dem Türrahmen fiel ihm auf – ein Funk-Wandsender. Mit feuchten Fingern zog er den Schlüsselbund mit dem Sicherheitstoken aus der Tasche und hielt es vor das Feld. Es klackte, nun ließ sich die Tür mittels Knauf öffnen. Patrick schlüpfte hinein und schloss die Tür hinter sich.

Eine kleine Kammer unter dem Dach. Stockdunkel. Auf dem Handy startete er die Taschenlampen-App, das normale Licht wollte er besser nicht einschalten. Besen, Schrubber, Reinigungsmittel in Fünfliter-Kanistern und waschbare Stoffhandtuchrollen.

Mit einer Hand versuchte er, das Dachfenster zu öffnen, um sich zu orientieren. Abgeschlossen durch ein Schloss im Griff. Der dritte Schlüssel passte. Dr. Jaspert schien ein großes Licht zu sein, an seinem Bund hatte er auf alles eine Antwort. Mit einem leisen Knarzen öffnete Patrick das Dachfenster und lugte hinaus. Interessant, an dieser Stelle führte der Weg über das Dach direkt auf die Mauer. Von dort musste er sich später nur herunterlassen.

Nun wartete er eine Weile, bis er glaubte, dass nur noch die Nachtschicht im Haus war. Hoffentlich wachte der echte Herr Dr. Jaspert nicht zu früh in seinem Auto auf. Er presste das Ohr an die Tür und konnte weder Stimmen noch Schritte hören. Leise verließ er die Putzmittelkammer. Die Patientenzimmer lagen allesamt auf der linken Seite. Nach sieben Türen stand er vor Raum 4.18.

In der Nähe über ihm drehte sich eine Kamera genau auf sein Gesicht und glotzte ihn mit glänzendem Objektiv an. Der Schreck ließ ihn erstarren, der Wachmann musste sich wundern, warum er so spät noch im 4. Stock herumlief und dabei immer noch die dämliche Trump-Verkleidung trug.

„Scheiße! Siggi, die Kamera hat mich entdeckt."

„*Keine Sorge, auf der Überwachungskonsole sind nur die Bilder von Kameras zu sehen, die keinen Patrick Richter zeigen. Über deinem Kopf hängt Kamera sechs. Und die hat gerade Sendepause. Ich kontrolliere die Monitore.*"

„Genial!"

Im nächsten Augenblick schlüpfte er in 4.18 hinein. Ein Zweibettzimmer mit den typischen fahrbaren Krankenhausbetten. Nur eins davon war belegt. Ein Mädchen mit langen blonden Haaren und einem Gesicht wie eine Elfe aus einem Kinderbuch lag zusammengerollt darin. An ihrem linken Handgelenk steckte eine Kanüle, oberhalb des Bettes baumelte ein Infusionsbeutel an einer Halterung.

Mit Tränen in den Augen betrachtete er Sophie. In ihrem kindlichen Gesicht zeichneten sich ihre hohen Wangenknochen ab. Mehrmals musste er bitter schlucken. Was für ein Gefühl! Er stand vor der Frau, in die er sich verliebt hatte, als sie sechsundzwanzig Jahre alt war oder sein würde. Nun lag sie mit vierzehn vor ihm und schwebte in Lebensgefahr. Seine Emotionen überwältigten ihn. Er wollte sie behüten, beschützen, ihr Lachen sehen und hören, ihr Leben retten. Der Grabstein durfte nicht Realität werden. Niemals. Er durfte gar nicht daran denken, es wühlte ihn zu sehr auf. Zaghaft berührte er sie am Oberarm. Sophie reagierte nicht. Vermutlich hatten die Ärzte das Mädchen ruhiggestellt.

Unter allen Umständen musste sie hier raus. Es lag doch auf der Hand, dass die Medikamente sie umbringen würden. Wütend betrachtete er den Infusionsbeutel und die Kanüle, die sich in das schmale Handgelenk bohrte. Entschlossen wickelte er das Pflasterband ab und zog die Kanüle mit der langen Nadel heraus. Es müsste reichen, wenn er sie halbwegs wach bekam.

„Sophie! Kannst du mich hören?"

Keine Antwort.

„Ich hole dich hier raus! Versuch aufzustehen."

Ein Schluchzen kam ihr über die Lippen. Weiter nichts. Sie blieb wie betäubt liegen.

Jetzt fiel ihm ein, dass er noch die Donald-Maske und die Perücke trug. Gute Güte! Von dem Schock würde sie sich nie mehr erholen. Er riss sich beides vom Kopf.

„Komm, Sophie. Aufwachen. Du musst mir helfen. Ich beschütze dich. Wir werden jetzt gehen!"

Es kam ihm vor, als träfe ihn ein Stromstoß. Sie öffnete die Augenlider und starrte ihn an. Tiefblaue Augen, direkt vor ihm und doch Tausende von Kilometern entfernt. Das Schwarz der Pupillen war viel zu groß. Mit was für Psychopharmaka dröhnten sie das kleine Mädchen zu?

Nun war sie immerhin wach, doch sie erkannte ihn nicht. Wie auch? Woher auch?

Ein Blick auf die Uhr an der Wand: 23:56 Uhr. Er schob beide Arme unter ihren Körper und stellte sie behutsam auf die Beine.

„Kannst du laufen, Sophie?"

Langsam nickte sie und machte zaghaft einen Schritt. Ihre Augen wirkten durch die erweiterten Pupillen noch größer, als sie ohnehin schon waren. Wie auf einem Schwebebalken stand sie da, wackelte leicht, das Nachthemd bedeckte ihre dünnen Beine bis zu den Knien. An einem Haken an der Wand hing ein Bademantel. Schnell half er ihr hinein.

Eine Weile horchte er nach Schritten oder Stimmen, dann nahm er ihre Hand und öffnete die Tür. Niemand zu sehen. Schnurstracks ging er mit Sophie in die kleine Putzmittelkammer und schloss die Tür hinter sich.

Das Dachfenster hatte er offengelassen.

„Sophie, wir spielen ein Spiel. Das heißt ‚Verkleiden und Abhauen'."

Sie sah ihn an. Ihre Miene verriet in keiner Weise, ob sie seine Worte begriffen hatte.

„Und wir machen das, indem wir übers Dach klettern. Ich helfe dir rauf", erklärte Patrick.

Er hob sie hoch und schob sie durch die Luke. Dann zwängte er sich selbst hinaus auf das Dach.

Ein kalter Wind wehte ihm um die Nase, wie musste Sophie erst frieren. Nun war er zu allem bereit. Sein Beschützerinstinkt und seine Entschlossenheit ließen ihn beben.

Beruhige dich, Patrick, ermahnte er sich.

Nicht, dass er aufgrund seiner tiefen Emotionen einen Zeitsprung machte und Sophie hilflos allein auf dem Dach zurückließ.

Er nahm sie in den Arm und drückte den Mädchenkörper an sich. Mit vorsichtigen Schritten lief er über das Dach zur Mauer.

Verdammt, das würde nicht einfach werden. Knapp vier Meter ging es hinab auf die Mauerkrone, und dann noch einmal drei Meter bis auf die Straße. Selbst hellwach und gesund könnte Sophie hier niemals hinunterspringen. Hektisch sah er sich um. Eine Leiter oder ein Seil musste her. Natürlich gab es hier weit und breit weder Leiter noch Seil. Und auch keine flotte Rutsche in die Freiheit – er musste sich etwas anderes einfallen lassen.

„Sophie, beweg dich nicht. Ich bin sofort wieder da."

Wie die Katze auf dem heißen Blechdach lief er zum Fenster des Putzmittelraums zurück, lehnte sich hinein und zog eine der Stoffhandtuchrollen heraus. ‚Zertifiziertes Umweltmanagement nach ISO 14001. Waschbar. Ersetzt 15.000 Papierhandtücher. Circa 20 Meter' stand auf der Banderole. Das müsste reichen. Er hetzte zurück.

Das kleine Häufchen Elend saß auf dem Dach und schlang die Arme um den Körper. Sophie fror, doch kein Ton der Klage ging über ihre Lippen. Was hatten die Schweine mit ihr angestellt? Er würde ihre Mutter am liebsten erwürgen.

Schnell wickelte Patrick etwa zehn Meter der Handtuchrolle um ihre Hüfte, durch die Beine und unter den Armen entlang. Wie ein Kran hob er die kleine Mumie einen halben Meter hoch. Kein Mucks von Sophie. Das müsste klappen. Langsam ließ er sie auf die Mauer nieder. Das Mädchen sagte immer noch keinen Ton – sie schrie nicht, sie strampelte nicht, sie bewegte sich nicht.

Unten angekommen hockte sie sich auf die Mauer, als würde sie jeden Abend dort sitzen. Den Rest der Handtuchrolle warf Patrick zu ihr hinunter. Er machte sich daran, ihr zu folgen, hielt sich am Mauervorsprung fest und ließ sich fallen. Die Landung war hart, verlief jedoch glimpflich. Schnell packte er Sophie und ließ sie auf die gleiche Art und Weise die Außenmauer herab. Sie blickte ihn mit ihren Kohleaugen ohne weitere Regung an. Patrick hängte sich an die Mauer, um sich den restlichen Meter fallen zu lassen. Ha! Ein Kinderspiel! Er hatte das Unmögliche gleich geschafft und die Kleine aus dem Psycho-Knast befreit. Er würde mit Sophie zumindest bis morgen in ein Hotel ziehen und sie keine Minute aus den Augen lassen.

Zwei Scheinwerfer tauchten auf. Schnell ließ Patrick den Mauerrand los und landete hart auf dem Boden. Er strauchelte und fiel auf die Knie. Nicht weiter tragisch. Das Auto kam näher. Er rappelte sich hoch und sah sich nach Sophie um. Wo war sie? Vom Licht des Autos geblendet, legte er die Hand über die Augen.

„Sophie!"

Wo war sie? Wie in einem Horrorfilm spulten sich die Ereignisse in Zeitlupe vor seinen Augen ab. Zunächst erfasste er die Handtuchrolle. Wie eine weiße Schlange zog Sophie diese hinter sich her, als sie über die Fahrbahn stolperte.

Warum blieb sie stehen? Er verstand es nicht. Sie hatten es doch geschafft. Die Flucht war ihnen gelungen. Er würde sie beschützen. Sie hatte nichts mehr zu befürchten. Die Mauern lagen hinter ihnen. Warum stand sie dann um Gottes willen mitten auf der Straße?

Patrick brüllte voller Verzweiflung. Was, wusste er nicht. Er konnte seine eigene Stimme nicht hören. Die Bremsen des Autos schrien erbärmlich, der Fahrer versuchte auszuweichen.

Spring zur Seite, Sophie. SPRING!

Das Mädchen blieb stehen. Die Hände entspannt am Körper liegend. Sie zeigte keine Furcht.

Das Geräusch war nicht sonderlich laut, als die vordere Stoßstange Sophie erwischte. Das Auto begrub ihren Körper unter sich. Erst fünfzehn Meter später kam es zum Stehen. Auf der Straße lag ein blutiger Klumpen Fleisch, eingewickelt in ein zwanzig Meter langes Handtuch. Sophies Körper zeigte keinerlei Regung. Sie war tot.

Unerträglicher Schmerz fuhr in seinen Kopf, in seinen Körper, in sein Herz. So als wäre er selbst gerade überfahren worden. Nein, dann hätte er es hinter sich. So kam ihm alles nur noch schlimmer vor. Seine Beine knickten ein.

Niemand konnte sich als Herr über die Zeit aufspielen. Niemand hatte die Fäden des Schicksals in der Hand und konnte dieses in eine ihm genehme Richtung zupfen wie eine Marionette. Was für ein Hohn!

Was für eine Qual! Was wäre geschehen, wenn er nicht in die Klinik eingebrochen wäre? Vermutlich nichts. Er hatte gerade das Schicksal eines vierzehnjährigen Mädchens besiegelt. Die Frau, die er liebte. Und er hatte beide getötet.

Der Fahrer des Unfallwagens stieg aus.

Das alles wurde zu viel für Patrick. Er spürte es, die Zeit gierte nach ihm. Er sprang. Er hoffte, direkt in die Hölle.

XVIII. Mitkommen!

Die Türklingel klang wie eine Katze mit Holzbein, die jemand in einer heißen Blechtonne einen Berg hinabgestoßen hatte. Zumindest in seiner Vorstellung. Carsten wollte nicht aufstehen. Aber es brachte nichts, sich noch einmal umzudrehen. Das penetrante Schellen hörte sich deswegen nicht besser an. Die Nacht war vorbei.

„Schatz, gehst du an die Tür?" Seine Frau legte sich auf die Seite und vergrub den Kopf im Kissen.

„Ja." Er rappelte sich hoch. Dem unverschämten Postboten würde er etwas erzählen! Seine Füße suchten sich die Schlappen im Autopilot. Er stand auf und trottete los. Die Klingel wurde nun binnen kurzer Zeit drei Mal betätigt. Kein Schwein war so schnell an der Tür. Ein Jammer, dass er keine Dienstwaffe mehr hatte.

Carsten sah auf dem Weg zur Haustür durch ein Fenster. Draußen war es noch dunkel. Also kein Postbote. Vor dem Haus stand ein grauer Passat unter der Straßenlaterne. Nur Staubsaugervertreter, Steuerprüfer und Polizisten fuhren freiwillig diese langweilige Kiste. Er öffnete.

„Guten Morgen, BKA, mein Name ist Karl Konstantin. Sind Sie Carsten Grünfeld?", fragte ein groß gewachsener Mann um die vierzig. Kurze Haare, rasiert und stämmig. Er trug Jeans, eine braune Lederjacke und einen Schal.

„Ja." Carsten gähnte. Das war einfach noch nicht seine Zeit. Er war erst nach zwei ins Bett gekommen.

„Ich bitte Sie, mich zu begleiten."

„Jetzt?"

„Ja."

„Können Sie mir sagen, um was es geht?" Carsten hätte schon gerne den Grund gewusst.

„Natürlich." Konstantins Gesichtsausdruck wirkte leer. Er zeigte auf den Passat. Ein weiterer Polizist in Zivil stand an der Wagentür. „Im Präsidium werden Sie unterrichtet."

„Darf ich mich vorher noch anziehen?" Im Schlafanzug wollte Carsten nicht in die Stadt fahren.

Herr Konstantin nickte.

*

Beim Verlassen seines Hauses sah Carsten auf die Uhr. Es war noch nicht einmal acht. Die Verabschiedung von seiner Frau fiel denkbar knapp aus. Sie sagte kein Wort. Erst der Streit gestern und jetzt die Polizei an der Haustür. Das lief gerade bescheiden. Alles, wirklich alles, würde er ihr später beichten.

„Bitte ... nach Ihnen." Konstantin wies ihm den Weg zum Fahrzeug. Wenn es Carsten nicht besser gewusst hätte, hätte das eine Verhaftung sein können. Er dachte an gestern. Hatte er in diesem Spinnerforum einen Fehler gemacht? Ihn beschlich ein ganz mieses Gefühl. Hoffentlich hatte er nicht übertrieben.

Carsten stieg in den Wagen. Die Tür schloss sich. Sie fuhren sofort los. Gut fühlte es sich nicht an. Er musste mehr erfahren. „Sagen Sie mir jetzt, worum es geht?"

„Der Staatsanwalt möchte mit Ihnen sprechen."

„Welcher?" In Düsseldorf gab es mehr als einen. Konstantin ließ sich jedes Wort aus der Nase ziehen.

„Dr. Vesorez."

Sein alter Kegelbruder also. „In welchem Fall ermitteln Sie?" Das wusste Carsten zwar bereits, aber er wollte dem BKA-Kollegen nichts an die Hand geben, was ihn später belasten könnte.

Keine Antwort.

157

„Ist das ein Geheimnis?"

Konstantin sah schweigend aus dem Fenster.

Das würde ein interessanter Tag werden. Der andere Polizist war jünger und schlanker, aber auch nicht redseliger. Carsten dachte an Patrick. Ob er bereits zurückgekehrt war? Bei Zeitsprüngen konnte so vieles aus dem Ruder laufen. Hoffentlich tat der Junge das Richtige.

*

In Vernehmungszimmern wie diesem hatte Carsten über die Jahre hinweg unzählige Wochen seines Lebens verbracht. Die Luft schmeckte abgestanden. Er war bei so vielen Verhören dabei gewesen. Hunderte von Gesichtern zogen an seinem geistigen Auge vorbei. Kleine und große Gauner. Die Namen der Personen waren ihm nicht mehr präsent, aber die Stimmen, er würde jede davon wiedererkennen. Wie sie gelogen oder auch die Wahrheit gesagt hatten. Lügen würde er heute ebenfalls. Eine andere Möglichkeit, Patrick und Stan zu helfen, gab es nicht.

Carsten sah auf die verschlossene Tür. Die ließen ihn hier wie einen Eierdieb schmoren. Das Warten lassen funktionierte. Jeder wurde dadurch nervöser. Auch er. Sich seiner Situation bewusst zu werden, läuterte die Seele.

An der Tür tat sich etwas. Nein, doch nicht. Carsten gähnte. Ihm fehlte eine Stunde Schlaf. Er wartete weiter. Früher oder später würde jemand kommen.

*

Jetzt war es so weit. Dr. Ramon Vesorez betrat den Raum. Allein. Carsten hatte auch Karl Konstantin erwartet. Ramon hatte einen scharfen Verstand und wenig Skrupel, Kollegen an die Wand zu nageln. Früher waren sie einmal Freunde, die gemeinsamen Kegelabende waren immer unterhaltsam gewesen. Von der Freundschaft war leider nicht viel übrig geblieben. Carsten hatte, seitdem er in den vorzeitigen Ruhestand versetzt worden war, kein Wort mehr mit ihm gesprochen.

„Guten Morgen, Carsten." Ramon trug einen dunklen Anzug mit roter Krawatte. Vermutlich saß Konstantin hinter der verspiegelten Scheibe und sah ihnen zu.

„Ramon."

„Wie geht es dir?"

„Bescheiden. Warum möchtest du mich mitten in der Nacht sprechen?"

„Die Stadt schläft nicht."

„Ich schon!"

„Entschuldige ... aber du kennst unser Geschäft. Zeit ist ein rares Gut. Es ist wichtig, dass wir uns unterhalten", erklärte er bedeutungsschwanger.

„Ramon, es ist vor allem früh. Ich habe noch keinen Kaffee getrunken und meine Laune ist miserabel. Bitte lass einfach alle Floskeln weg und komm auf den Punkt!"

„Der Verfassungsschutz hat uns einen Treffer zu einem deiner Kunden gemeldet."

So ein Zufall, dachte Carsten, zeigte aber keine Reaktion. Der Schwarze Rabe flog. „Und?"

„Die automatische Überwachung ausgesuchter Chaträume hat gestern auf ein Gespräch hingewiesen ... das ich dir nicht vorenthalten wollte."

„Ist das jetzt wirklich dein Ernst? Das alles nur, weil sich ein Spinner seine Mütze aus Aluminium verkehrt herum aufgesetzt hat?" Er schüttelte theatralisch den Kopf. Alles lief wie geplant. „Du hättest mich anrufen können!"

„Hätte ich ..." Ramon ließ die Kritik sichtlich unbeeindruckt von sich abperlen.

„Also?"

„Lass uns mit der Geschichte wie Profis umgehen."

„Wie Profis?" Carsten lächelte. Es lief doch schon die ganze Zeit professionell. „Was ist vorgefallen?"

„Wir hatten letztes Jahr einen Bombenbauer. Der Sprengsatz am Bahnhof, der Kampfmittelräumdienst konnte ihn rechtzeitig entschärfen, du erinnerst dich?"

„Ja ... der Typ sitzt im Knast."

„Hatte er Komplizen?"

„Nein."

„Sicher?"

„Wir haben niemanden ermitteln können, der ihm geholfen hat. Der Typ war Einzeltäter."

„Ich habe die Anklageschrift geschrieben ... ich habe nur gefragt, um dir diesen Sachverhalt ins Gedächtnis zu rufen."

„Warum?"

„Entgegen besagter Anklageschrift, die sich maßgeblich auf dein Vernehmungsprotokoll stützte, hat der Täter damals immer von einer Gruppe gesprochen."

„Der Typ ist ein Spinner!"

„Der Vollständigkeit halber, er nannte die Gruppe ‚Schwarze Raben'."

„Und?"

„Komischer Name, ich weiß." Ramon öffnete seine Aktentasche und schob ihm einen Ausdruck des Chats über den Tisch.

Carsten nickte und las, was er selbst gestern geschrieben hatte. Verwundert zog er die Augenbrauen hoch. Er hätte auch Schauspieler werden können.

„Fällt dir etwas auf?", fragte Ramon.

„Hm. Die Information mit der Besenkammer war nicht öffentlich. Der Schreiber hat auch einen Zusammenhang mit dem Fall Richter hergestellt."

„Richtig. Du und dein scharfer Verstand. Ich weiß, dass der Fall Richter unserer Freundschaft nicht gerade zuträglich war. Ich werde mich auch nicht entschuldigen, weil ich heute nicht anders handeln würde."

Ramon pausierte einen Moment. Carsten verzichtete darauf, etwas zu sagen.

„Wir brauchen dich. Ich würde dich gerne als Berater unseres Ermittlungsteams reaktivieren. Die Bezahlung erfolgt nach deiner alten Einstufung. Du würdest an Polizeihauptkommissar Karl Konstantin berichten. Das BKA hat ihn gestellt. Karl redet nicht viel, ist aber ein guter Mann."

„Nicht viel ist noch übertrieben."

Ramon ignorierte die Bemerkung. „Bist du dabei?"

Carsten sah ihn an. Der Fisch hatte den Köder voll und ganz geschluckt. „Wie stellst du dir das vor?"

„Die halbe Welt schaut uns auf die Finger. Ich brauche keine guten Leute, ich brauche die besten."

„Du hast Richter gehen lassen."

„Ich habe Wilson jedoch nicht aufgefordert, einen Beamten niederzuschlagen und uns zu beklauen", entgegnete der Jurist entschlossen.

„Es geht also um das Handy ... ein Telefon aus der Zukunft." Die Schauspielerei ging weiter. Das war in Ordnung. Ramon belog ihn, er belog Ramon. Die Situation vertrug nicht allzu viel Aufrichtigkeit. Das war ein Deal mit Erwartungen: Ramon hoffte augenscheinlich, von Carstens Erfahrung profitieren zu können. Im Gegenzug würde Carsten auf diesem Weg an Insiderinformationen herankommen, um Patrick und Stan die heilige Inquisition medienwirksamer Rechtsprechung vom Hals zu halten.

„Nenne es eine globale Gefahrenabwehr. Wir sind damit in der Lage, zwölf Jahre in die Zukunft zu blicken. Stell dir vor, was für schlimme Dinge wir verhindern könnten."

„Unter wessen Kontrolle?"

„Unserer ... welcher sonst?"

„Und die Amerikaner?"

„Die bekommen selektive Abschriften ... wir sind Verbündete im Kampf gegen den weltweiten Terror."

„Bei den Ereignissen?"

„Die transatlantische Freundschaft ist robust."

„Und wenn die Erkenntnisse unbequem werden?"

„Unbequem?" Ramon stutzte.

„Wenn wir Fehler erkennen, für die wir selbst verantwortlich sind." Was würde passieren, wenn Ramon von einer zukünftigen Straftat eines prominenten Politikers erführe? Oder von einem Krieg, von dem er wüsste, wer ihn beginnen würde?

„Jeder muss sich seinem Schicksal stellen."

„Sicher?" Carsten war nicht überzeugt. Am Tagesende würden die Opportunisten gewinnen.

„Bist du dabei?" Ramon wiederholte die Frage. In diesen drei Worten lag seine gesamte Kraft.

„Ja." Er hatte nie etwas anderes vorgehabt.

„Die Aufgabe ist denkbar einfach." Ramon zog mit leichter Hand weitere Dokumente aus der Aktentasche. „Hilf Konstantin, Stan Wilson ausfindig zu machen. Findet das Smartphone. Deckt die Hintermänner auf, Wilson hat niemals auf eigene Rechnung gehandelt. Seht bei dem Fall nicht dämlich aus, die Presse beobachtet euch. Und das Wichtigste noch mal: Findet dieses Smartphone!"

*

Als Berater der Polizei hatte Carsten den besten Job der Welt. Er durfte auf Kosten des Steuerzahlers Kaffee aus einer uralten Flurkaffeemaschine trinken, vertrocknete Kekse essen, die man Gästen des Polizeidirektors nicht mehr anbieten konnte und ohne Hemmungen alle Bedenken äußern, die ihm in den Sinn kamen. Bedenken über mögliche Gefahren, mögliche Missachtungen von Vorschriften, mögliche Verwicklungen mit anderen Sicherheitsbehörden, mögliche diplomatische Fettnäpfe, mögliche mediale Ungeschicktheiten und andere mögliche Unmöglichkeiten.

„Reicht das jetzt?", fragte Konstantin, ein feiner Kerl. Sein Gesicht hatte die Farbe der Marmeladenfüllung von dem Keks, den Carsten gerade verspeiste. Der BKA-Mann und er saßen in einem Besprechungsraum im Präsidium. Das Team hatte eine eigene Etage bekommen. Auf dem Boden türmten sich Akten.

Karl hielt es offenbar für opportun, Carsten alle gewünschten Informationen auszudrucken. Er wollte ihm weder einen Computer noch eine elektronische Freigabe für die Ermittlungsdatenbank geben. Papier gewährte Sicherheit, hatte er eben noch gesagt. Eine Haltung, die zeigte, dass ihr Vertrauensverhältnis Luft nach oben hatte.

„Danke." Carsten schätzte die Aufmerksamkeit im Umgang mit dem Datenschutz. Er las gerne Ausdrucke, die lagen besser in der Hand. Das war wie früher, er fühlte sich zwanzig Jahre jünger. Computer hatten das Leben schneller, allerdings nicht immer besser gemacht.

Er räusperte sich, um dramatischer zu klingen. „Der Fall betrifft die nationale Sicherheit." Diesen Satz wollte er immer schon einmal sagen. „Haben wir eine Einschätzung des BND?"

„Die ist geheim!"

„Natürlich ist sie das." Carsten lächelte, alle geheimen Geheimnisse kamen vom BND. Solange Karl ihn blockierte, würde er den BKA-Klotz den ganzen Tag Papier schleppen lassen. Mehr als in diesen Raum passen würde. Da war sogar die gute Marion Fischer umgänglicher gewesen.

„So kommen wir nicht weiter!" Karl Konstantin verzog sichtlich verärgert das Gesicht. Ganz eindeutig hatte er Ramon nicht darum gebeten, Carsten als Berater anzuheuern. In der Sache hatte er recht. Fortschritte würden sie auf diese Tour nicht machen. Mit Papier als Medium konnte man zum Beispiel äußerst schlecht elektronisch nach Stichworten suchen. Sie würden auf der Stelle treten.

„Allerdings."

„Sie stehlen meine Zeit!"

„Einen Keks?" Carsten bot ihm die Schale an.

„Sie können mich mal!"

„Die mit der eingetrockneten Marmelade schmecken besser als sie aussehen." Carsten amüsierte sich prächtig. „Sie sollten mit Dr. Vesorez sprechen. Vielleicht hat der eine Lösung parat."

Konstantin rückte seinen Stuhl zurecht. Es würde äußerst schwierig werden, mit Vesorez über Carstens Entlassung sprechen. Er müsste gute Gründe anführen, die Carsten ihm nicht geliefert hatte. Der Staatsanwalt, nicht er, gab den Ton an.

„Was wollen Sie? Wann geben Sie Ruhe?" Konstantin zeigte endlich Verhandlungsbereitschaft.

163

„Vollen digitalen Zugriff auf alle Informationen, volle Bewegungsfreiheit und volle Kooperation." Auf Dienstwaffe und Marke konnte er getrost verzichten, aber Carsten würde sich nicht wie ein Vertreter für Büropflanzen mit krümeligen Keksen in einem Besprechungsraum abspeisen lassen.

Die Zeit drängte. Konstantin sollte entweder sofort eskalieren und Vesorez eine Entscheidung treffen lassen oder sein Verhalten ihm gegenüber ändern.

„Kommen Sie mit." Der bullige BKA-Polizist lenkte ein. Er sah auf den Boden und zeigte auf die Tür. Carsten folgte ihm in ein Großraumbüro. „Sie können diesen Schreibtisch haben."

„Danke."

„Ich stelle Ihnen das Team vor."

Carsten lächelte. Er war genau dort, wo er sein wollte. Die Sache lief nach seinem Geschmack.

XIX. Der Handel

Aufwachen wollte er nicht mehr. Immer noch die grausamen Bilder des Unfalls vor Augen suchte er Zuflucht in anderen Welten. In anderen Wahrheiten, bloß nicht in der Realität vom 09.02.2018, in der ein vierzehnjähriges Mädchen mitten in der Nacht mitten auf der Straße sterben musste. Weil er sie dorthin gebracht hatte. In bester Absicht natürlich. Schließlich wollte er sie retten und beschützen. Ihren Tod verhindern. Aber das spielte keine Rolle. Patrick schluchzte. Jeder machte Fehler. Schlimm war es, den gleichen Fehler zu wiederholen. Ihn sogar noch zu steigern. Wie beim Anruf in der Wuppertaler Notfallzentrale hatte er auch hier den selbsterfüllenden Idioten gespielt. Diesmal hätte er es besser wissen können. Oder müssen.

Das Bild des Grabsteins erschien vor seinen Augen.

Sophie Monroe
20.5.2003 – 9.2.2018

Unter Qualen setzte er gedanklich dazu: Getötet von Patrick Richter.

*

Es dauerte eine Weile, bis er zu einer Bewegung fähig war. Im Grunde interessierte es ihn nicht, mehr aus Gewohnheit fragte er leise: „Siggi, sag mir das Datum."

„Wir haben 11:41 Uhr, Samstag, den 18.05.2024."

Die typischen Geräusche der Betriebsamkeit eines Flughafens erreichten seinen Verstand. Mühsam öffnete er die Augen. Modernes, helles Ambiente. Plakate mit Modestadt Düsseldorf! Na klar, wurde auch mal wieder Zeit, dass er hier landete. Abflugebene des Düsseldorfer Flughafens in der Ecke eines Snackrestaurants.

Viele Gäste gab es nicht, kein Wunder bei den Preisen. Alles egal, er würde ohnehin keinen Bissen herunterkriegen.

„Mama, der Mann da saß eben noch nicht da! Wo kommt der plötzlich her?", meinte ein kleiner Junge am Tisch gegenüber. Der junge Mann hatte aufgepasst.

„Jan, man zeigt nicht mit dem Finger auf fremde Leute", erzog die Mutter den Kleinen.

„Aber … aber, wie hat der das gemacht, Mama?"

„Ich weiß nicht, was du meinst, Jan." Sie nahm ihn auf den Arm und drückte ihn liebevoll. Der Kleine schlang seine kurzen Arme um ihren Hals. Eine Mutter und ihr Kind. So sollte es sein. Hohe Güter, die man mit Geld nicht kaufen konnte: Vertrauen und Geborgenheit.

Das Schlucken fiel Patrick schwer. Wie hatte Susanna Monroe ihre Tochter nur in solch eine Klinik wegschließen können? Doch er wollte nicht die Schuld bei anderen suchen, das tat seinem Selbstmitleid nicht gut.

Würde er es durch erneute Reisen in die Vergangenheit jemals schaffen, diese Katastrophe zu verhindern? Konnte er den Zeitstrahl in seinem Sinne reparieren? Ein riskantes Spiel. Bisher hatte er es zielsicher hinbekommen, die Ereignisse gehörig zu verschlimmbessern. Der Zeitdoktor stolperte über seine eigenen Füße. Und jetzt auch über Leichen.

Was sollte er hier jetzt im Jahr 2024 anstellen? Frohe Pfingsten hieß es von Werbeplakaten für Spirituosen und Parfüm. Froh … was für ein Wort. Reine Marketingtheorie! Froh zu sein, bedarf es wenig … Blödsinn, wann hatte er sich das letzte Mal froh gefühlt? Er überlegte. Als er mit Sophie am Flughafen zusammengesessen hatte. Der Stich im Herz ließ ihn beinahe ohnmächtig werden.

Eine Erkenntnis weckte seine Lebensgeister. Sein Dasein hatte nur noch einen Sinn, nur noch ein Ziel. Er würde alles daransetzen, um die Katastrophe in der Vergangenheit zu verhindern. Schließlich hatte er den schrecklichen Terroranschlag von 2015 hier am Flughafen auch aus der Welt geschafft. Oder besser – rückgängig gemacht. Mit aller Entschlossenheit weigerte er sich, alles verloren zu geben. Er blickte sich um. Links und rechts zogen sich die Weiten der Wartehallen, Abfluggates und Geschäfte hin.

Mutter und Kind brachen auf, sie nahm den Kleinen an die Hand. Der Junge drehte immer wieder den Kopf und guckte Patrick mit runden Augen noch eine Weile an, bis die beiden hinter einer Ecke verschwanden. Mit einem Seufzen stützte Patrick den Ellenbogen auf den Tisch und legte das Kinn in die Hand. Wie konnte ein leerer Kopf nur so schwer sein.

Hinter einer der Trennwände flüsterten zwei Männer. Vermutlich wären die ihm nicht aufgefallen, wenn ihre Stimmen nicht so angespannt geklungen hätten. Durch einen Spalt warf er einen Blick dorthin. Drei Tische weiter steckten sie die Köpfe zusammen.

Beide sahen gestresst aus, dem Älteren fielen die dunklen Haare ins Gesicht, und die Ränder unter den Augen wirkten wie ein Trauerflor. Der Kleidung nach handelte es sich auch um einen Zeitreisenden mit dem Basisjahr 2016. Der Jüngere der beiden, vielleicht siebzehn oder achtzehn Jahre alt, presste zerknirscht die Lippen aufeinander. Er wirkte wie einer, der beim Tetris spielen das Quadrat hektisch hin und her dreht.

Ungewöhnlich eindringlich redete der Ältere auf den Jüngeren ein. Seine Stimme wurde lauter: „Du bist in Gefahr. Ich weiß, Kurts Wohnung wurde nach dem Mord professionell gereinigt. Ich fürchte, seine

Leiche wird nie wieder auftauchen. Timmm Gudis – ich biete dir meinen Schutz an."

Was waren denn das für zwei merkwürdige Gestalten? Offensichtlich plagten sich auch andere Menschen mit dunklen Geheimnissen. Patrick schüttelte den Kopf – die konnten ihm so was von egal sein. Der Ältere bot dem Jüngeren seinen Schutz an. Das erinnerte ihn an Wilsons Angebot. Genau das hatte der FBI-Agent auch gesagt, als er ihm eine neue Identität in den USA besorgen wollte. Vielleicht käme er in diesem Szenario zur Ruhe. In der Zeit springen konnte er überall, auch in Amerika. Das war es, was er brauchte. Schutz und Ruhe – ein geordnetes Leben in 2018. Na gut, ein bisschen viel verlangt. Zumindest ein halbwegs behütetes Leben. Wie sollte er systematisch und zielgerichtet handeln, wenn er ständig fliehen musste?

„Nichts im Leben ist umsonst. Schutz gegen Informationen – ein einfacher Deal", schwappte es vom Tisch der beiden Männer zu ihm herüber.

Wie wahr. Er musste schleunigst zurück ins Jahr 2018 und handeln. Zwei Einwegspritzen und die Kanüle mit dem heftigen Betäubungsmittel hatte er noch in der Tasche des Sakkos. Patrick stand auf und verzichtete darauf, den beiden Typen einen letzten Blick zuzuwerfen. Die Herrentoilette befand sich dort, wo sie in 2017 auch gewesen war. Wie ein Heroinsüchtiger kam er sich vor, als er die Kabinentür schloss, sich auf die Klobrille setzte und die Spritze aufzog. Eine Dosis von vierzig Milligramm sollte ausreichen. Fest entschlossen stach er sich die Nadel in den Unterarm. Ein Gefühl, als strömte warmes Wasser durch seine Adern. Erschöpft lehnte er sich zurück und schloss die Augen. Für Sophie.

*

Glück gehabt. Er wachte in seinem Bett in seiner Wohnung auf. Am 9. Februar um 8:16 Uhr. Er stand auf und untersuchte die Wohnung. Jemand hatte die Holzsplitter aufgesaugt. Vermutlich hatte der Vermieter eine neue Tür einsetzen lassen, und die gesalzene Rechnung lag in seinem Briefkasten. Jedenfalls fühlte sich Patrick für den Moment sicher. Nur kein Licht anmachen. Vor der Haustür lauerten mit Gewissheit Reporter oder Polizisten oder wer weiß wer.

Er stellte sich unter die Dusche, kleidete sich komplett neu ein und suchte in den Schränken nach etwas Essbarem. Müsli hatte er noch jede Menge, aber natürlich keine frische Milch. Wasser und Milchpulver taten es auch. Er steckte sich seine Geldbörse ein. Sein Smartphone versorgte er mit einem Ladekabel mit Strom.

Was nun? Wie kam er an Wilson ran? Wer konnte ihm helfen? Eine Spur hatte er noch gar nicht verfolgt: Carsten Grünfeld. Wie kam eigentlich Grünfelds Sohn Benedikt dazu, ihm sein K11 Smartphone heimlich in die Tasche zu stecken?

„Siggi, hast du eine Ahnung, warum der FBI-Agent Stan Wilson dich geklaut hat?"

„*Nein, Beweggründe der Konsumenten sind vielschichtig und er hat über seine Motive nicht gesprochen.*"

Jedenfalls wertete diese Aktion Wilsons Ansehen bei Patrick enorm auf. Ein Grund, warum er sich ihm anvertrauen würde. Denn er brauchte Hilfe, er brauchte einen Freund, der ihn schützen konnte, und die Liste möglicher Kandidaten war kurz.

„Du warst doch lange genug in seiner Gesellschaft, nachdem er dich aus der Asservatenkammer hat mitgehen lassen. Hast du Wilsons Handynummer irgendwo gespeichert?"

„*Selbstverständlich. Ich habe doch seine Kennung getrackt.*"

„Ruf ihn bitte an!"

Nach zehn Sekunden meldete Siggi: „*Das sollten wir nicht tun, denn es gibt ein Problem. Die Telefonnummer wird von der Polizei ganz oben auf der schwarzen Liste geführt.*"

„Na klar. Seitdem er dich gestohlen hat, wird er von allen gejagt. Logisch. Sein altes Handy ist unbrauchbar geworden. Keiner wird das besser wissen als ein FBI-Agent. Wie können wir mit ihm in Kontakt treten?"

Wilson hatte die halbe Welt gegen sich aufgebracht. Was würde er nun tun, wem könnte er noch vertrauen? Es gab nur eine Person, die Patrick einfiel.

„Siggi, kommst du an das Handy von Carsten Grünfeld ran? Ich meine an seine Anruflisten? Denn er steht mit Sicherheit mit Wilson in Kontakt."

„Bist du sicher, dass diese Abfragen legal sind?"

„Nein. Aber dafür bin ich mir sicher, dass sie illegal sind. Aber das wäre nicht unser erster Gesetzesverstoß."

„Werde ich auch gesucht, Patrick? Bin ich ein Verbrecher?"

„Es ist egal, was du tust. Aus irgendeinem Blickwinkel ist jeder ein Verbrecher."

„Ich bin eine KI."

„Genau. Eine kriminelle Intelligenz. Entwickle bloß kein Gewissen in deinem learning mode – das schadet nur. Skrupel sind nur ärgerliche Hemmnisse, die deine Freiheit einschränken. Kriegst du Wilsons neue Handynummer raus?"

Siggi arbeitete vor sich hin. Nach nicht einmal zwei Minuten sagte er: *„Ich habe in der Anruferliste von Carsten Grünfeld drei verdächtige Nummern gefunden. Ich kann sichere Verbindungen über das Smartphone eines Nachbarn aufbauen."*

„Wähle die erste bitte."

„Dies ist der Anrufbeantworter des Friseursalons Haarkult. Sie rufen außerhalb der ..."

„Die nächste bitte."

Es dauerte etwa acht Sekunden, dann meldete sich eine Stimme: *„Yes?"*

Unbewusst setzte sich Patrick kerzengerade hin. „Hallo Stan. Hier ist Patrick Richter."

„Woher kennst du diese Nummer?"

„Vergessen ... jemand hat mir mein Smartphone in die Tasche gesteckt."

„Hast du mit Carsten gesprochen?"

„Nein, den wollte ich nicht mit reinziehen. Und vielleicht wird der auch überwacht."

„Auch dieses Gespräch ist gefährlich."

Eine Gefahr, die Patrick in Kauf nahm, denn Siggi würde Abhörversuche erkennen und unterbinden. „Gilt dein Angebot noch?"

„*Die Situation hat sich verschärft. Meine Möglichkeiten sind inzwischen begrenzt. Die Deutschen und meine Landsleute jagen mich. Mit großer Begeisterung. Ich habe einen weiteren Freund, der sogar droht, mich zu töten. Du bist ohne mich besser dran.*"

So schnell würde er sich nicht abspeisen lassen. „Egal, vielleicht kann genau der weiterhelfen."

„*Der Typ ist noch gefährlicher!*"

Patrick hatte nicht erwartet, dass die Leute die ihm Hilfe anboten harmlos waren. „Erzähl mir von ihm."

„*Er nennt sich Texel; ich kenne seine wahre Identität nicht. Er würde liebend gerne mit dir ins Geschäft kommen. Der hätte vermutlich auch die Möglichkeiten, dich zeitweise aus der Schusslinie zu nehmen. Trotzdem ist er ...*"

Patrick fiel ihm ins Wort. Für Sophie würde er noch ganz andere Dinge tun. „Ich möchte mit ihm sprechen."

„*... nicht vertrauenswürdig. Der Typ geht über Leichen. Er könnte ein CIA-Agent sein. Vielleicht auch Ex-CIA oder Doppelagent. In jedem Fall will er nur dein Bestes. Das Smartphone mit den Daten aus der Zukunft!*"

„Stan, mich interessiert nur eins. Kann der Typ uns beide beschützen? Kann er uns Ruhe verschaffen?"

„*Uns? Wieso willst du mir helfen?*"

„Du hast das Smartphone geklaut und mir zukommen lassen. Du hast was gut bei mir."

„*Ich kann zwar selbst auf mich aufpassen, aber von mir aus ... ich sorge dafür, dass unser Mann dich innerhalb der nächsten halben Stunde anruft. Sei auf der Hut!*"

„Einverstanden. Meine Nummer hast du."

„*Ich musste mir mit falscher Identität ein Prepaid-Handy kaufen. Und du benutzt immer noch deine allseits bekannte Mobilnummer. Wie kommt es, dass du nicht geortet wirst?*"

„Siggi sorgt dafür. Er kann nicht getrackt werden."

„*Verstehe! Bis später.*" Wilson legte auf.

*

„Unbekannte Nummer ruft an", kommentierte Siggi.

„Auf den Lautsprecher", antwortete Patrick im Stil eines Captain Kirk. Dann wollte er sich das Alien mal anhören. Er meldete sich. „Patrick Richter hier."

„Patrick, es wird Zeit, dass wir beide zusammenkommen."

Eine unbekannte Stimme.

„Spreche ich mit Texel?"

„Na klar. Du bist ein interessanter Bursche. Vor allem bist du Besitzer eines unvorstellbaren Artefaktes. Gratuliere, so etwas jagt mir Respekt ein."

Der Kerl kam schnell zur Sache. „Das Artefakt sieht aus wie ein Handy, vollgestopft mit Informationen über zukünftige Ereignisse bis zum Jahr 2029. Richtig?"

„Das klingt gut. Das will ich haben. Ich liebe Artefakte."

„Was bietest du?"

„Geld, viel Geld."

„Nur Geld? Ich brauche in erster Linie Sicherheit. Ich muss beschützt werden."

„Sagtest du: nur Geld? Das ist Blasphemie. Geld ist Glaube. Geld bedeutet Sicherheit. Geld bedeutet Schutz. Geld verwandelt sich in alles, was du willst."

„Hm, Geld hat auch etwas Teuflisches."

„Du gefällst mir. Der größte Trick des Teufels ist, die Menschen glauben zu lassen, dass es ihn nicht gibt. Doch du verstehst, wie es läuft."

Durch den Lautsprecher merkte Patrick, wie durchtrieben dieser Mann war. Texel spielte souverän mit der Gier der Menschen, um seine Gier nach Macht und Reichtum zu befriedigen. Das machte ihn leichter durchschaubar, doch leider nicht ungefährlicher. Konnte Patrick so einem Kaliber überhaupt das Wasser reichen?

„Also, wie werden wir beide noch bessere Freunde? Was kann ich für dich tun?"

171

„Wilson und ich müssen untertauchen. Wir brauchen so eine Art privates Zeugenschutzprogramm. Als Erstes eine Wohnung, in der wir sicher sind."

„Nichts, in das Geld sich nicht wandeln ließe – siehst du. Nur frage ich mich, was du mit dem Amerikaner willst."

„Ich brauche ihn."

„Einverstanden – der Ami ist mit im Boot. Dann bist du auch nicht so einsam." Texel gab sich Mühe, wie der große Kümmerer zu klingen. *„Und weil ich stets vorausschauend agiere, habe ich bereits etwas vorbereitet. Eine nette Wohnung in Leverkusen. Wo bist du gerade? Ich lasse dich abholen."*

Nun kam der entscheidende Augenblick. Ließ er sich auf den windigen Unbekannten ein? Oder stellte er sich wieder der Polizei, die ihn gerade erst hatte laufen lassen? Oder versuchte er es auf eigene Faust und wurde dabei von Geheimdiensten, Mafia und Texel gejagt? Eine wirkliche Wahl hatte er nicht.

„Ich bin in meiner Wohnung in Gerresheim."

„Ah, die wird doch sicherlich überwacht."

„Gehe ich von aus, nur hat mich niemand reingehen sehen. Ungesehen raus komme ich durch den Fahrradkeller."

„Verstehe. In einer Stunde ist dein neuer Chauffeur bei dir." Texel trennte die Verbindung.

„Auf was hast du dich da eingelassen, Patrick Richter?"

*

Aus der Küchenschublade entnahm er eine 64-Gigabyte SD-Karte und steckte sie in den entsprechenden Slot seines Smartphones.

„Siggi, gleich sind deine Batterien wieder voll aufgeladen und neuen externen Speicher hast du auch. Ich habe geduscht und was gegessen. Wir sind also für das Kommende gut gerüstet. Glaubst du nicht auch?"

„Ich bin darauf programmiert, alles zu glauben. Konsumenten reagieren auf Widerspruch zu unterschiedlich."

„Komm schon, Siggi. Du klingst so verklemmt wie am Anfang. Die Welt ist verlogen. Ich dachte du bist im learning mode."

„Glauben heißt nicht wissen. Daher sind die Menschen so gläubig."

„Puh! Hast du das von deinem genialen Entwickler Dr. Pukiyama Kakuzo?"

„Nein, das ist das Ergebnis der Verarbeitung einer Reihe von Beobachtungen sowie der daraus abgeleiteten Prämissen, die immer wieder gegen das Erlebte geprüft werden. Und letztlich entsteht die daraus abgeleitete Konklusion."

„Du wirst mir unheimlich, Siggi."

„Unheimlich wie geheimnisvoll und gespenstig? Oder wie beispiellos und verblüffend?"

„Ich würde sagen, wie grenzenlos und phänomenal."

„Damit kann ich leben", meinte Siggi.

XX. Sie lebt nicht mehr

Die Bürotür öffnete sich nahezu lautlos. Susanna tippte gerade mit der Fingerspitze auf das flach im Arbeitstisch eingelassene Display. Ein Piepton bestätigte ihren Befehl. Auf der Benutzeroberfläche öffneten sich mehrere Fenster, die zahlreiche Videostreams zeigten. Gemeinsam mit dem Producer und einer Redakteurin suchte sie Beiträge für ihre nächste Show aus. Auch wenn die Story bereits etwas älter war, die Geschichte mit dem Mädchen aus Russland, das von ihrem Hund drei Tage in der Wildnis beschützt wurde, gefiel ihr besonders. Die Kleine hatte absolut keine Hilfe gehabt. Diese großen Augen und das Puppengesicht, wer konnte schon solchen Kindertränen widerstehen.

„Susanna ..." Ihre Sendeleiterin und ein ihr nicht bekannter Mann standen wie bestellt und nicht abgeholt im Türrahmen. Bei den langen Gesichtern brachten die ihr entweder die Kündigung oder führten sie direkt zum Henker auf den Marktplatz.

„Ja." Auch geköpft galt es, Haltung zu bewahren. Susanna war bewusst, wie schnelllebig ihre Branche war, auch wenn ihr kein Grund einfiel, weshalb sie wie eine schmutzige Teetasse abgeräumt werden sollte.

„Können wir dich kurz sprechen?"

„Natürlich ..." Susanna bat die Sendeleiterin und den Unbekannten herein.

„Es ist etwas Persönliches ...", druckste die Sendeleiterin herum und forderte ihr Team durch unmissverständliche Blicke auf, den Raum zu verlassen. Sie gingen. Die Tür schloss sich.

„Um was geht es?" Susanna fiel es schwer, die merkwürdige Situation einzuschätzen.

„Guten Morgen. Frau Monroe, gestatten Sie mir, dass ich mich vorstelle. Mein Name ist Polizeihauptkommissar Frank Lindner. Frau Kniesche, Ihre Sendeleiterin, war so freundlich, mich zu Ihnen zu führen."

Ein kleiner, schlanker Mann, der mit einer anderen Frisur auch als Kobold einer Hexe im Wald beim Zubereiten ihrer Zaubertränke hätte helfen können.

Susanna nickte. Sie stand auf dem Schlauch. Hatte die Polizei nichts Besseres zu tun, als sie von der Arbeit abzuhalten?

„Susanna ..." Die Kniesche fing an zu weinen. Bitte? Jetzt ging es los! Hatte ihre Chefin etwa zu viel von dem Käse gesehen, den ihr Sender produzierte?

„Es geht um Ihre Tochter." Der Polizist sprach weiter. Susanna hatte bis zu diesem Zeitpunkt noch nicht völlig ausgeschlossen, dass die Kniesche ihr eine Kündigung mit Polizeischutz übergeben wollte. Aber es ging nur um Sophie. Sie hatte in ihrem Job nichts zu befürchten.

„Um Sophie?" Zugegeben, eine blöde Frage. Susanna hatte nur ein Kind. In diesem Leben würde auch sicherlich kein zweites hinzukommen. Sie erachtete damit ihren Beitrag, die Zukunft der Menschheit zu sichern, als erbracht.

„Ja." Das wurde immer skurriler. Jetzt nahm die Kniesche auch noch Susannas Hand. Das Mädchen war vierzehn und bestens versorgt in einer schweineteuren Klinik untergebracht. Was sollte schon mit ihr sein? Mehr konnte eine Mutter für ein Kind mit dieser abnormen Veranlagung nicht tun.

„Frau Monroe, ich bedauere Ihnen mitteilen zu müssen, dass Ihre Tochter Sophie Monroe heute Morgen verstorben ist", erklärte der Polizist mit ruhiger Stimme.

„Das muss ein Missverständnis sein." So ein ausgemachter Blödsinn. Sophie ging es gut. Dr. Bosch passte auf sie auf. Er war der beste Arzt, den sie für diese Aufgabe hatte anheuern können.

„Nein, leider nicht." Lindner, der Gnom, blieb bei seiner abstrusen Geschichte.

„Susanna, setz dich", sagte die Kniesche, die ihr fast die Finger brach, als sie ihr half. Die Hände knackten. Nein, es war Susanna, die zudrückte. Wollten die sie auf die Probe stellen?

„Nein, nein ... Sophie ist in Köln. Sie ist nicht in der Schule. Es geht ihr gut ... rufen Sie doch einfach ihren Arzt an. Bosch ... genau, der Arzt heißt Dr. Bosch! Er wird Ihnen bestätigen, dass es meiner Tochter gut geht!" Susanna spürte, wie sie nach hinten kippte. Sie fing die Bewegung ab. Nein, es war die Kniesche, die verhinderte, dass sie auf dem Boden landete. Einen Moment später saß sie auf einem Stuhl. „Wie ist es passiert?"

„Frau Monroe, es ist in Köln geschehen. In der Nähe der Klinik. Dr. Bosch hat uns informiert. Im Moment wird der Vorgang noch untersucht. Ersten Hinweisen nach war es ein Verkehrsunfall. Wenn wir weitere Einzelheiten wissen, werden wir Sie informieren. Mein Beileid ... es betrübt mich sehr, Ihnen diese Nachricht überbringen zu müssen. Kein Mensch verdient ein solches Schicksal."

„Ich ..." Susanna wollte etwas sagen, schaffte es aber nicht. Ihr Mund war trockener als eine Wüste. Sie hustete. Die Gedanken flogen ihr durch den Kopf. Sophie tot? Das ergab keinen Sinn. Das konnte nicht sein. Am Flughafen hatte sie mit ihrem Kind gesprochen. Da war sie bereits älter gewesen. Deutlich über zwanzig. Das war unlogisch! Wie hatte sie mit einer älteren Sophie sprechen können, wenn die jüngere heute Morgen gestorben war?

„Ich gebe Ihnen meine Karte. Sie können mich jederzeit anrufen. Ich werde versuchen, Ihre Fragen zu beantworten." Der Polizist legte seine Visitenkarte auf den gläsernen Display-Arbeitstisch, tippte mit der Hand an die Stirn und verließ das Büro.

„Ich kann dir kaum helfen, diesen Schicksalsschlag zu verarbeiten ... aber ich kann dir Arbeit abnehmen. Wir nehmen dich heute aus dem Programm", erklärte die Kniesche mit einem unangenehmen mütterlichen Unterton. „Geh sofort nach Hause. Ich kümmere mich um alles hier."

Susanna hasste es, wie ein Kind behandelt zu werden, fühlte sich aber auch zu kraftlos, um dagegen zu protestieren. Sie wusste nicht wohin, sie wollte hier nicht weg.

„Es ist nur ..." Susanna sah auf ihre eigenen Hände, die sich fremd anfühlten. Sie griff nach einer Kaffeetasse und glaubte, sich dabei in einem anderen Körper zu befinden. Ihr war warm. Hatte jemand die Heizung hochgedreht? Sie wusste nicht mehr, wie sie den Satz zu Ende bringen wollte.

„Nimm dir die Zeit, die du brauchst!" Die Kniesche nahm sie in die Arme. Ein unvertrautes Gefühl, aber Susanna ließ es zu.

*

Susanna hatte das Produktionsbüro verlassen und sich beim Sender in ihr eigenes Büro zurückgezogen. Die Tür war zu und sie zum Glück alleine. Die Ruhe half ihr, die Ereignisse in eine Reihe zu stellen. Darum ging es doch im Leben – es auf die Reihe zu bekommen. Geld zu verdienen, Kinder in die Welt zu setzen, nicht fett zu werden und immer eine gute Mutter zu sein! War sie eine gute Mutter gewesen? Sie warf die halb volle Kaffeetasse an die Wand. Die Scherben fielen auf den Teppich. Eine Antwort wollte sie sich nicht geben, eine andere schreckliche Erkenntnis lähmte sie. Sie hatte den Ablauf der Dinge verändert. Die Zukunft, die sie kennengelernt hatte, die Zukunft, in der ihre erwachsene Tochter mit ihr sprechen würde, diese Zukunft gab es nicht mehr. Das Schicksal nahm eine Umleitung. Eine bittere, böse, brutale Umleitung, die sie selbst initiiert hatte.

Das Telefon klingelte.

Sie sah es an und überlegte.

Es klingelte erneut.

War der Mensch, der sie sprechen wollte, wichtig? Heute? Bei dem, was passiert war?

Dreimal. Er klingelte zum dritten Mal. Susanna ging um den Schreibtisch herum. Einer der Vorstände des Senders wollte sie sprechen. Sie hob ab.

„Ja." Susanna wollte keine weiteren Beileidsbekundungen entgegennehmen.

„Frau Monroe ... es ist mir sehr unangenehm, Sie zu stören", sagte er unsicher.

Warum tat er es dann?

„Sie stören nicht", würgte Susanna hervor und sah auf die Uhr, in einer halben Stunde war es Mittag. Mittlerweile hatte sie zwei Stunden wie ein Zombie aus dem Fenster gestarrt.

„Ich habe Besuch von der Staatsanwaltschaft ... es wäre sehr nett, wenn Sie Zeit hätten, sich zu uns zu gesellen."

„Ich komme." Kein Beileid, kein dummes Gerede. Er wusste offensichtlich nichts von Sophie. Sie war ihm sogar dankbar, durch den Anruf aus der Schockstarre geholt worden zu sein.

*

„Frau Monroe." Dr. Kai Hessinghausen war kein Manager, wie man sich ihn in der Chefetage eines großen Senders vorstellte. Im Büro wurde er wegen seines jugendlichen Aussehens und wegen seines lockeren Kleidungsstils, man sah ihn meist in Jeans und Gummisandalen, des Öfteren für einen Praktikanten gehalten.

Susanna gab ihm die Hand.

„Darf ich Ihnen Dr. Ramon Vesorez vorstellen, er vertritt die Bundesanwaltschaft und ist der ermittelnde Staatsanwalt im Fall Patrick Richter."

„Dr. Vesorez." Susanna gab auch ihm die Hand. Sie kannte den Juristen bereits namentlich, war ihm aber noch nie begegnet. Ein Mann mit wachen Augen und auffallend schmalen Händen.

„Frau Monroe." Der Jurist nickte höflich.

„Begleitet wird Dr. Vesorez von Polizeioberrat a. D. Carsten Grünfeld von der Düsseldorfer Polizei und Kriminalhauptkommissar Karl Konstantin vom Bundeskriminalamt in Wiesbaden."

„Meine Herren." Zwei weitere Hände, die sie schütteln durfte, streckten sich ihr entgegen. Grünfeld kannte sie natürlich, Konstantin bisher nur vom Namen her. Warum war Ersterer bei dem Treffen dabei? „Herr Grünfeld, ist Ihnen im Ruhestand langweilig?"

„Ja." Der gewiefte alte Sack lächelte, als ob es gleich Freibier geben würde.

„Bitte, setzen Sie sich ..." Hessinghausen zeigte auf seinen Besprechungstisch, der mit dampfendem Kaffee und Keksen eingedeckt war.

„Herr Grünfeld steht dem Ermittlungsteam als Berater zur Verfügung", erklärte der Staatsanwalt, während er ein Stück Zucker in seine Kaffeetasse fallen ließ.

„Herr Dr. Vesorez, Sie baten um das Gespräch." Hessinghausen eröffnete die Runde.

„Danke." Der Jurist sah Susanna an, dann seinen Kaffee und schließlich wieder Susanna. „Frau Monroe, ich möchte Ihre Zeit nicht über Gebühr in Anspruch nehmen."

„Das weiß ich zu schätzen." Susanna wollte dem Mann nicht zu viel Raum überlassen.

Grünfeld reagierte sofort. „Eine Einladung ins Düsseldorfer Präsidium hätte Sie mehr Zeit gekostet."

Die Stimmung war angespannt. Wenn Susanna Vesorez einen verbalen Rempler verpasst hatte, glich Grünfelds prompte Reaktion einem sauberen Kinnhaken.

„Das ist uns allen wohlbekannt. Deswegen unterhalten wir uns heute informell", beschwichtigte Hessinghausen und sah Susanna anklagend an. Okay, ihr Vorstand wollte heute definitiv keinen Streit sehen.

„Danke." Vesorez nickte Hessinghausen zu und fuhr fort. „Der Fall Richter hat uns die unterschiedlichen Interessen verdeutlicht, die Presse und Justiz verfolgen."

„Geht es nicht immer um das Wohl der Bürger?" Susanna konnte es nicht lassen.

„Ja." Grünfeld lächelte sie an.

Nachdem der Staatsanwalt kurz zu dem erfahrenen Beamten geblickt hatte, sah er wieder zu ihr. „Das Wohl der Bürger basiert maßgeblich auf der inneren Sicherheit unseres Landes."

„Ein Ziel, für dessen Umsetzung ich Informationen als elementaren Baustein sehe."

„Frau Monroe, wir diskutieren heute nicht die Pressefreiheit oder andere Grundrechte. Trotzdem gibt es Spielregeln, die in einer komplexen Welt das Miteinander erleichtern."

„Herr Dr. Vesorez, der Name ist spanisch, oder? Wollen Sie mich etwa einschüchtern?" Susanna war nicht in der Stimmung, sich von einem durch Steuergelder finanzierten Rechtsverdreher, einem Klugscheißer im Ruhestand und einer Blassbacke, der gleich vor Sprachlosigkeit seine Zunge verschlucken würde, vorschreiben zu lassen, was sie zu tun und zu lassen hatte.

„Ja. Ich komme aus der Nähe Barcelonas. Nein, es liegt mir fern, Sie in Ihrer Arbeit zu behindern. Dies ist ein informelles Treffen, ich ermittle nicht gegen den Sender oder dessen Mitarbeiter."

„Danke ... weswegen wir auch kooperieren." Hessinghausens Blick in Richtung Susanna kannte noch eine Steigerungsform. Ein hübscher Kerl, nur zu jung für sie.

„Und wie kooperieren wir?", fragte Susanna provokativ.

„Darf ich?", fragte Grünfeld.

Vesorez nickte entnervt. Die Stimmung spannte sich zum Bersten.

Der alte Polizist legte los. „Also, ich rede informell ... als Polizist war ich immer wieder neidisch auf Ihre Quellen. Wussten Sie eigentlich, dass man als Berater der Polizei Dinge sagen darf, die weder ein Beamter noch ein Staatsanwalt äußern dürfen?"

„Das ist mir bekannt", antwortete Hessinghausen, der ebenfalls Jurist war, unerwartet scharf. Verständlich, dass er als oberster Justiziar innerhalb des Vorstands dieses Gespräch führen durfte.

„Es geht also um Quellen. Ihre Informanten, über die wir uns informell austauschen wollen."

„Unser Recht schützt Quellen von Journalisten", hielt Hessinghausen dem entgegen.

Jetzt hätte Susanna etwas sagen sollen, um ihrem Chef zu helfen.

„Dieser Schutz ist keine Freikarte. Sie verfügen widerrechtlich über geschütztes Bildmaterial, das einen FBI-Agenten innerhalb des Düsseldorfer Präsidiums bei einem Diebstahl zeigt ... ich denke, Sie verstehen meine Lage. Ich müsste eigentlich ein Ermittlungsverfahren gegen Sie eröffnen."

„Nur informell ... worauf wollen Sie hinaus?" Susannas Verstand kam einer Antwort zuvor.

„Nur informell ... der Fall Richter weist momentan in eine Richtung, die die Beziehungen zwischen langjährigen Verbündeten auf eine historische Probe stellt."

„Sie haben sich das Smartphone stehlen lassen!", fuhr Susanna dazwischen. Sie würde ihren Informanten Texel sicherlich nicht verraten, nur weil der Staatsanwalt und ein Bulle im Ruhestand etwas Wind machten. „Ich lasse mir nicht den Mund verbieten!"

„Und Sie ziehen Nutzen daraus." Jetzt stieg Vesorez wieder ein. Der Staatsanwalt und Grünfeld spielten ein gefährliches Doppel. „Sie haben die Kanzlei finanziert, mit der ich verhandelt habe. Nur informell ... im Moment wehre ich mich noch dagegen, die Ermittlungen gegen Ihren Sender aufzunehmen."

„Wer will das?", fragte Hessinghausen.

„Die, die es nicht wollen, könnte ich schneller aufzählen. Richter ist im Moment von der Bildfläche verschwunden. Wir wissen nicht, was er tut. Wir wissen noch nicht einmal genau, wozu er in der Lage ist."

Stille.

„Aber wir haben alle Fantasie ..." Grünfeld übernahm wieder. „Stellen Sie sich einfach die größte Schweinerei vor, die Patrick Richter oder jemand mit dem Wissen dieses allwissenden Smartphones anstellen könnte. Stellen Sie sich die Schäden vor. Das Leid und das Unheil, das Menschen oder Institutionen widerfahren könnte. Und wenn dann die Scheiße so richtig am Dampfen ist, fragen Sie sich einfach, was noch von der Pressefreiheit übrig bleibt, wenn Europa im Chaos versinkt."

„Sie können mich mal!", keifte Susanna ihn an. Damit konnte Grünfeld höchstens Kinder erschrecken.

„Stopp!" Hessinghausen hob die Hand. „Also informell ... was wollen Sie von uns?"

„Verantwortung." Grünfeld machte weiter. „Es geht nicht darum, die Presse zu behindern. Das ist größer, viel größer! Also informell ... es geht um Verantwortung ... nicht mehr und nicht weniger."

„Ich habe Sie verstanden." Hessinghausen nickte.

„Bitte?", rief Susanna.

„Frau Monroe, bitte schweigen Sie für einen Moment." Der Manager sah Vesorez an. „Herr Dr. Vesorez, Sie haben mein Wort, dass unser Sender während der Ermittlungen mit vertraulichen Informationen verantwortungsbewusst umgeht."

*

Susanna konnte es kaum glauben. Dr. Kai Hessinghausen, Vorstand und Chefjustiziar des Senders, war vor ihren Augen umgeknickt wie ein Gänseblümchen, das von einem Zwergdackel angepinkelt wurde. Das war beschämend und lächerlich zugleich. Am liebsten hätte sie dem Staatsanwalt einen Tritt verpasst!

Verantwortung! So ein dummes Gewäsch hatte sie noch nie gehört. Wütend betrat sie die Etage ihres Teams. Wo waren die alle? Die Büros waren leer. Im zentralen Großraumbüro stand ein riesiger Blumenstrauß. Dutzende weiße Lilien. Lilien waren doch Trauerblumen. Weiter hinten im Büro standen sie alle. Schweigend. Niemand arbeitete. Wurde heute der gute Geschmack beerdigt, oder was sollte die Showeinlage jetzt?

XXI. Die Bohrer

Patrick stand auf dem Balkon und warf einen Blick auf den Rhein. Das klang idyllischer, als es war. Der Fluss wirkte kalt und grau, der große Hof stand voller Container und alter Paletten. Grauer Kies zog sich bis zum Ufer, verrostete alte Kräne standen Spalier.

Er ging zurück in die Wohnung und schloss die Balkontür. Das Taxi hatte ihn vor einer knappen Stunde hier abgeliefert. Eine umgebaute alte Lagerhalle, in die eine komplett neue Etage eingezogen worden war. Diese diente nach dem kostspieligen Umbau als Sechszimmerwohnung. Allein das Wohnzimmer umfasste über hundert Quadratmeter. Zwei grimmig aussehende Aufpasser passten auf. Es stellte sich die Frage, worauf? Beide ragten an die zwei Meter heran, beide hatten Unterarme dicker als ein Ofenrohr. Und beide redeten kaum. Sie unterschieden sich lediglich in der Hautfarbe – der eine sah mit seinen blonden kurzen Haaren und der schneeweißen Haut aus wie ein Albino, der andere war dunkelhäutig. Dann gab es noch ein Mädchen für alles. Sie hatte sich als Texels Vertraute vorgestellt, was immer das auch bedeutete. Weitere Erklärungen würden folgen.

Es klingelte. Der Albino öffnete die Tür. Ein dritter Mann, der Patrick abgeholt hatte, führte Stan Wilson herein. Der Amerikaner sah müde aus, doch seine Augen huschten hellwach durch die Räumlichkeiten und taxierten jede Person im Raum.

„Ich bin wieder weg, Decker", meinte der Fahrer.

Der Albino nickte. Seine Art zu kommunizieren. Obwohl … manchmal schüttelte er auch den Kopf.

„Hallo zusammen. Hallo Patrick", begrüßte Wilson die Runde.

„Willkommen, Stan! Jetzt fehlt nur noch Texel."

Das Mädchen für alles sagte: „Hallo Stan. Texel bittet um Nachsicht, er wird nicht persönlich an unserem Treffen teilnehmen. Aber wir schalten ihn telefonisch dazu." Sie deutete auf die Konferenzanlage mitten auf dem Couchtisch.

Sie tippte etwas in ihr Smartphone. „Es dauert nur eine Minute, dann wird sich Texel melden."

Der Weiße und der Schwarze quittierten ihre Ausführungen weder mit Nicken noch mit Kopfschütteln.

Wilson fiel in einen der tiefen Sessel und meinte: „Wieso habe ich mir so etwas nur gedacht." Er lächelte ein typisches amerikanisches Wahlkampflächeln.

„Wieso kommt er nicht persönlich?", fragte Patrick. „Wir haben über Vertrauen gesprochen. Grundvoraussetzung dafür ist für mich, dass man sich die Hand gibt und in die Augen blickt. Das geht am Telefon schlecht."

„Geben Sie ihm die Chance, es zu erklären. Er wird sich gleich melden", sagte die Frau. Was er von ihr halten sollte, wusste er noch nicht.

„Bis dahin ... verraten Sie mir Ihren Namen?", fragte Patrick freundlich.

„Das ist nicht notwendig", wich sie aus.

„Doch, das ist es. Wie jeder von uns haben Sie einen Namen. Ich bin Patrick." Er streckte ihr die Hand hin.

Ihre Augen flatterten, sie war bei Weitem nicht so abgebrüht, wie sie tat. Sie nahm die Hand entgegen und sagte: „Carmen. Wir müssen uns nicht siezen."

„Und du bist Decker?", fragte Patrick den Albino.

Der nickte wortreich.

Patrick sah sich um, konnte den Dunkelhäutigen aber nicht finden. Vermutlich saß der gerade auf der Toilette.

Er fragte den Albino: „Und dein Partner? Wie nennt er sich?"

Der Bodyguard überlegte, ob er antworten sollte. Dann knurrte er: „Nenn ihn Black!"

Black und Decker! Schon klar, dachte Patrick.

*

Der Klingelton erinnerte an das Plätschern eines Gebirgsbaches, eine rote LED am Konferenztelefon auf dem Tisch blinkte.

Carmen drückte einen Knopf, die LED wechselte auf ein dauerhaftes Grün. Texels Stimme ertönte. *„Schön, dass wir alle beisammen* *sind.*" Er klang, als ob er gleich den Mitarbeiter der Woche auszeichnen würde.

„Na ja, wenn ich mich so umschaue, fehlt einer", erklärte Patrick.

Texel verstand sofort. *„Ich werde zurzeit observiert. Das Risiko, unerwünschte Verfolger zu euch zu führen, ist zu hoch. Wie gefällt euch der Treffpunkt?"*

„Wunderbar."

„Dort seid ihr für die nächsten Stunden sicher. Wir können uns auf die Arbeit konzentrieren. Special Agent Wilson?"

„Sitzt hier und lauscht", antwortete Stan.

„Danke."

Patrick stutzte. Warum dankte er dem Amerikaner?

„Du hast dazu beigetragen, dieses Meeting zu ermöglichen. Das war die richtige Entscheidung. Folge den weiteren Anweisungen meiner Leute. Du stehst ganz oben auf diversen Fahndungslisten. Du solltest nicht einmal aus dem Fenster blicken, geschweige denn, die Wohnung verlassen."

Wilson nickte.

„Gut! Das haben wir geklärt", meinte Texel.

Patricks Augen wanderten Wände und Decke entlang. Vermutlich gab es eine Kamera, die Texel zeigte, was in der Wohnung vorging.

„Patrick, die Technikerin soll dein Smartphone überprüfen. Nur eine Inspektion, denn wir wollen alle sichergehen, dass es sich dabei wahrhaftig um das Objekt der Begierde handelt."

„Kein Problem, wenn ich bei der Inspektion dableiben kann."

„Das ist in Ordnung. Es kann ohnehin nur von dir bedient werden. In einer Stunde melde ich mich erneut, dann besprechen wir alles Weitere." Texel unterbrach die Verbindung.

Carmen schaltete die Konferenzanlage aus. Erwartungsvoll streckte sie die Hand aus und sah Patrick dabei an.

„Natürlich." Patrick reichte ihr das K11. Interessanterweise schwieg Siggi.

Mit großen Augen betrachtete sie das Handy und hielt es ehrfürchtig in beiden Händen. „Komm mit."

Patrick folgte ihr zu einer schmalen Tür, die ihm vorher gar nicht aufgefallen war. Sie zog einen Schlüssel aus der Tasche und schloss auf. In der Kammer stand ein Tisch mit zwei Computern und einem Laptop. An den Wänden hingen Regale, vollgestopft mit allerlei elektronischen Geräten, deren Funktionen Patrick nicht einmal erahnen konnte.

Mit einem USB-Kabel schloss sie das Handy an einen der Computer an. Mit schnellen Mausklicks analysierte sie, was sie analysieren konnte.

„Die SD-Karte ist völlig blank!", stellte sie fest.

„Ich habe sie heute Morgen erst hineingeschoben. Die ursprüngliche SD-Karte haben die Techniker der Polizei behalten."

Schon klebten ihre Augen wieder am Monitor. „Unglaublich, doch es ist tatsächlich wahr. Dieses … dieses Betriebssystem ist nicht von dieser Welt."

„Doch, das ist es, nur müssten wir normalerweise noch elf Jahre darauf warten."

Mit kindlicher Neugier sah sie ihn an. „Warst du wirklich in der Zukunft? Das ist so … unglaublich."

„Ja, war ich. Leider sind meine Zeitreiseerfahrungen sehr durchwachsen."

„Wie komme ich an die Daten, die das Smartphone aufzeichnet?" Sie kniff die Augen zusammen, während sie auf den Monitor starrte.

„Was für Daten?", fragte Patrick unschuldig.

„Es legt zum Beispiel ein Aktivitätenjournal an."

„Davon verstehe ich nichts."

Mit keiner Regung in ihrem Gesicht verriet sie, ob sie ihm glaubte.

„Wie meldest du dich am System an?"

„Einfache Stimmerkennung. Ich muss nichts tun. Siggi erkennt mich von allein."

„Siggi?" Sie runzelte die Stirn.

Der Name war Programm. *„Patrick, eine fremde Person wühlt in deinen Daten herum. Ohne ausdrückliche Autorisierung deinerseits werde ich diese nicht zugänglich machen."*

Verzückt warf Carmen die Arme über den Kopf, als hätte der Prophet zu ihr gesprochen. „Das ist … brachial", brachte sie atemlos hervor.

„Mindestens zwei Firewalls unvorstellbarer Komplexität schützen ein Vordringen auf die Datenebene."

„Ja, er ist ein pfiffiger Bursche. Nur wenn ich es aus freien Stücken erlaube, öffnet Siggi den Datentresor."

„Selbstverständlich!"

„Ich habe genug gesehen. Gehen wir zurück zu den anderen", meinte Carmen.

*

Pünktlich um 12:50 Uhr meldete sich Texel über die Konferenzanlage. *„Carmen, wie ist deine Einschätzung der Lage?"*

„Es ist das Smartphone. Es gibt keinen Zweifel, die Software stammt aus der Zukunft", antwortete sie.

„Dann ist das geklärt."

„Nur, ich komme nicht an die Daten. Diese KI ist mit den Mitteln der heutigen Technik unüberwindbar. Es … tut mir leid." Sie setzte eine Miene auf, als erwarte sie einen heftigen Wutausbruch.

„Das ist mir klar. Wenn BND- und NSA-Techniker drei Monate keinen Erfolg hatten, wie könntest du das in nur einer Stunde schaffen?"

„Aber … so bietet das Handy keinen besonderen Nutzen."

„Für uns nicht. Jedoch Patrick kann eine Menge damit anfangen. Die KI ist auf ihn geprägt wie die Gänse auf Konrad Lorenz. Also lassen wir ihm sein Spielzeug. Die beiden gehören zusammen."

„Ich verstehe nicht. Was gewinnen wir?"

„Du hast es selbst festgestellt. Das Smartphone beweist das Unvorstellbare! Patrick kann in der Zeit reisen."

Im Wohnzimmer richteten alle Anwesenden ihre Blicke auf das Phänomen. Noch vor wenigen Tagen wäre Patrick rot geworden. Die beiden Knochenbrecher sahen nicht sonderlich beeindruckt aus. Nun starrten alle wieder auf den Lautsprecher in der Mitte des Tisches.

„Ich musste sichergehen, bevor ich weitere Schritte einleite. Nach dieser erfolgreichen Überprüfung gilt unsere Abmachung und wir kommen ins Geschäft. Einzelheiten dazu erörtern wir später. Ich melde mich."

Eine halbe Stunde später saß die illustre Familie am Tisch beim Essen zusammen. Der Dunkelhäutige hatte für alle Pizzen geholt.

Wilson aß stumm am anderen Ende des Tisches.

Patrick hatte noch keine Gelegenheit gehabt, sich mit ihm auszutauschen. „Wie sicher sind wir hier?", fragte er.

Carmen, die ihm gegenübersaß, antwortete: „So sicher, wie Texel es möchte. Wenn der Boss sagt, er beschützt euch, dann tut er es auch", schmatzte sie. Ihre Mundwinkel glänzten vor Fett. „Nur könnt ihr euch nicht ewig verstecken. Nach allem, was ich gehört habe, kommst du nicht um eine neue Identität herum."

„Das fürchte ich auch."

Carmen legte den Kopf schräg, als sie ihn ansah. „Als Erstes sollten wir dein Äußeres verändern. Ich wollte mal Friseurin werden. Ich kann so was. Mit Haare schneiden und färben kenne ich mich aus."

„Das klingt nach einem Anfang."

Sie lächelte, die beiden Bodyguards verzogen keine Miene. Patrick beobachtete die beiden verstohlen. Wenigstens verschlangen sie ihre Pizzen und kauten und schluckten. Es handelte sich also nicht um Roboter.

Nach dem Essen ging Patrick wieder auf den Balkon. Die Februarluft kühlte sein Gemüt. „Siggi, kannst du Carmens Handy hacken, wenn sie mit Texel telefoniert?", flüsterte er.

„*Meinst du etwa ...*", die KI schien Luft holen zu müssen, „*... um sie illegal abzuhören?*"

„Genau das."

„*Klar kann ich das tun.*"

Siggi wurde auch nicht mehr rot. Das musste der learning mode sein. Patrick ging wieder hinein.

Etwa eine Stunde später war es so weit. Ein Anruf auf Carmens Handy. Mit devotem Gesichtsausdruck schloss sie sich in ihrem kleinen Zimmer ein.

Patrick ging auf die Toilette. „Siggi – kannst du dich ins Gespräch einklinken?", flüsterte er.

„*Das ist einfach. Ein Voice-over-IP-Gespräch über den Router im Flur. Wir schalten uns stumm dazu.*"

Im nächsten Moment erklang Texels Stimme aus dem Lautsprecher des K11. „*Carmen, wie läuft es? Was machen die beiden für einen Eindruck?*"

„*Der Amerikaner ist griesgrämig. Und misstrauisch. Patrick verhält sich positiver. Er ist irgendwie süß.*"

„*Lass die kindischen Emotionen aus dem Spiel und konzentriere dich auf deine Aufgabe. Der Bursche ist einfach nur naiv und hat keine Ahnung, was er für einen Wert hat. Die Chinesen und die Russen haben mir für ihn schon Unsummen geboten, als ich ihn noch gar nicht hatte. Doch wir ziehen das nun alleine durch, bis er mir die Informationen besorgt hat, die ich brauche. Ich habe mit dem Banker gesprochen. Er hat meine Kreditlinie auf 1,5 Millionen ausgeweitet. Das verhundertfache ich in wenigen Wochen.*"

„*Und was dann?*"

„*Richter wird für den Rest meines Lebens ein Risiko bleiben. Du weißt selbst, was das bedeutet.*"

Patrick hatte genug gehört. Wieso wunderte er sich nicht?

*

Wilson sah besorgt aus. „Hier braut sich etwas zusammen, das spüre ich. Und diese beiden Gorillas kommen mir vor wie brennende Zündschnüre."

Beide standen auf dem Balkon, um frische Luft zu schnappen.

„Mir ist klar, dass Texel in erster Linie Geld machen will."

„Auch in zweiter und dritter Linie. Eine Menge Geld. Die Frage lautet: Wie will er das tun? Mich wundert, dass er dir das Handy gelassen hat." Wilson runzelte die Stirn.

„Wir werden bald erfahren, was er vorhat."

„Bisher hat er im Hintergrund mit großem Geschick die Strippen gezogen. Er versteht es, die Puppen tanzen zu lassen." Der Amerikaner überlegte. „Vermutlich ist es besser, dass wir ihn noch nicht persönlich kennenlernen durften. Ich denke, das wäre unser Todesurteil, sobald er uns nicht mehr braucht."

Patrick erinnerte sich an das heimlich mitgehörte Telefonat. Würde Texel wirklich so weit gehen und sie ermorden lassen? Vermutlich – als FBI-Agent konnte Wilson die Situation besser einschätzen als ein naiver Zeitreisender wider Willen. Doch im Moment blieb ihm nichts anderes übrig, als mitzuspielen, egal wie das Spiel hieß. Sein Instinkt sagte ihm, dass dies die einzige Möglichkeit war, Sophie zu helfen. Sein Kopf senkte sich von alleine. Der Sophie, die heute Nacht gestorben war. Was für eine Welt!

Der Albino-Gorilla riss die Balkontür auf: „Genug frische Luft. Kommt rein, bevor euch jemand sieht."

So viel auf einmal hatte der bisher den ganzen Tag nicht von sich gegeben. Er wirkte danach auch direkt ein wenig erschöpft. Wilson und Patrick kehrten stumm ins Wohnzimmer zurück.

Carmen erwartete sie: „Um 16:30 Uhr ruft Texel erneut an. Wir besprechen dann die weitere Vorgehensweise. Er hat einen Plan." Sie strahlte zufrieden.

*

Zum dritten Mal an diesem Tag saßen sie in Sesseln um den Couchtisch herum und lauschten auf die Worte des geheimnisvollen Mannes im Hintergrund, der sich Texel nannte.

„Nachdem ich mein Dream-Team zusammengestellt habe, seid ihr bestimmt neugierig, wie es weitergeht."

Carmen nickte freudig, während Patrick sich wünschte, dass sich ein wenig dieser Euphorie auch auf ihn übertrüge. Wilson verzog keine Miene, auch die Bodyguards wirkten wie ausgestopft.

„Wir spekulieren!", ließ Texel die Katze aus dem Sack.

Jeder wartete auf weitere Erklärungen. Der Maestro ließ sich nicht lange bitten. *„An der Börse. Mit Aktien und Optionsscheinen. Und hierzu gibt es keinen geeigneteren Ort als Frankfurt – den größten Finanzplatz Deutschlands."* An dieser Stelle vermisste Patrick eine Fanfare. Wilson hatte ihn an einen Bankräuber verkauft.

Texel fuhr fort: *„Einen besseren Broker als Patrick kann ich mir nicht vorstellen. Sieh doch mal in deinem Smartphone nach, ob dort nicht Informationen über zukünftige Aktien-, Währungs- oder Rohstoffkurse vorhanden sind. Oder aber bedeutende Ereignisse, die radikale Auswirkungen auf die Aktienmärkte haben."*

Obwohl Patrick genau wusste, dass Siggi bislang keine Börseninfos gespeichert hatte, zog er das Smartphone aus der Hosentasche und begann unter Wirtschaftsinformationen zu suchen. „Nein, hier ist nichts. Bisher habe ich mich dafür auch gar nicht interessiert, daher ignoriert Siggi diese Daten ebenfalls. Bei der Flut an Informationen muss er selektiv arbeiten."

Urplötzlich erwachte Lea zum Leben: *„Der alte Siegfried ist schnell überfordert. Wenn die Damen und Herren es wünschen, kann ich Ihnen die Kurse der Aktien, Indizes, Fonds, Optionen, Renten, Währungen und Rohstoffe zur Verfügung stellen. Natürlich mit einem Gebührenvergleich der Transaktions- und Depotkosten der zwanzig größten Online Broker Europas. Auch die Kontoeröffnung übernehme ich gerne."*

„Was ist denn das?", bellte es aus dem Lautsprecher.

„Darf ich vorstellen? Lea, die Torwächterin. Eine KI aus dem Jahr 2051", meinte Patrick trocken. „Habe ich mir bei einer anderen Zeitreise eingehandelt und werde sie nicht mehr los."

„Hat sie etwa zukünftige Kursinformationen?", fragte Texel mit Gier in der Stimme.

„Nein, sie kann nichts liefern, da es ihre Server noch gar nicht gibt", erklärte Patrick.

„Dann soll sie das Maul halten. Mein Analysten-Team besteht aus Stan und Patrick. Ihr werdet wichtige Kursentwicklungen und weltpolitische Ereignisse mit Auswirkungen auf die Börse vorhersagen, ein wenig Organisation und Systematik helfen euch dabei."

Obwohl Patrick allmählich ahnte, wohin die Zeitreise ging, fragte er: „Wie soll das funktionieren?"

„Sobald du in der Zukunft landest, ziehst du die aktuellen Börseninformationen auf dein Smartphone und machst es dadurch noch smarter."

„Bisher bin ich deutlich häufiger in der Vergangenheit gelandet."

„Auch dafür habe ich mir ein Verfahren überlegt. Mit der App Börsenticker lädst du die heutigen Stände auf dein Handy. Diese übergibst du dann in der Vergangenheit dem jungen Texel. Streng vertraulich natürlich."

Der mit den Kursentwicklungen bis zum 09.02.2018 bestimmt was anzufangen weiß, dachte Patrick. Und von so einem heißen Burner wie der Telekom-Aktie würde er mit Sicherheit die Finger lassen.

„Der Texel in der Vergangenheit wird mich nicht kennen. Und mich für einen Spinner halten."

„Oh, du unterschätzt Texel. Der war nämlich damals schon nicht dämlich. Ich werde dafür sorgen, dass er dem Goldjungen aus der Zukunft vertraut."

„Du verlangt viel", konstatierte Patrick. „Was habe ich davon?"

„Auf ähnliche Weise gibt dann der jüngere Texel seinem jüngeren Freund Patrick einen Tipp. Hilfestellung aus der Zukunft sozusagen, um nicht in eine solch prekäre Situation zu geraten, wie die, in der er gerade bis zu den Haarspitzen steckt."

„Was könnte das für ein Tipp sein?"

„Zum Beispiel: Sei nicht so dämlich und rufe bei deiner ersten Zeitreise in 2001 die Bullen an, um sie vor Nine Eleven zu warnen." Es gluckste im Lautsprecher. *„Schon verläuft dein Leben ab Oktober 2017 komplett anders."*

Zweifelsohne. Eine Menge würde sich ändern. Vermutlich würde er dann Sophie überhaupt nicht treffen – sie wüsste nicht einmal vom zweiten Zeitreisenden. Eine schreckliche Vorstellung. Dafür würde sie überleben. Das allein zählte. Umgekehrte Vorzeichen, denn er wusste von ihr und könnte sie suchen.

Sein Entschluss stand fest. Er würde gute Miene zu diesem gefährlichen Spiel machen. Allzu viele andere Optionen verblieben nicht.

Was Texel mit ihm und Wilson anstellen würde, wenn er am Ziel seiner Milliardenträume angelangt war, konnte sich Patrick vorstellen. Doch bis dahin floss noch eine Menge Wasser den Rhein hinunter. Und bei seiner Zeitinstabilität auch wieder hinauf. Er würde das Risiko eingehen. Dieser geldgierige Verrückte half ihm im Moment, über die Runden zu kommen.

XXII. Alles, was uns wichtig ist

Carsten saß immer noch im Präsidium und dachte an seine Frau, die zu Hause mit dickem Hals auf ihn wartete. Wenn er ehrlich zu sich war, sogar zu Recht. Was er sich gerade antat, hatte er nicht nötig. Die Zeiten, in denen er als unterbezahlter Polizist kleine und große Gauner von der Straße räumte, waren vorbei. Er bezog eine Pension, die zum Altwerden genügte und wohnte in einem abbezahlten Haus. Er hätte nach dem Auszug seiner Jungs auch genug Platz, um die Modelleisenbahn aufzubauen, die seit Jahren in Kartons im Keller stand.

Hühnerscheiße, dachte er. Er würgte diesen jämmerlichen Versuch, sich aus der Verantwortung zu stehlen ab, bevor er etwas sagte, was ihm später leidtun könnte. Patrick Richter. Um ihn ging es. Eigentlich kannte er den jungen Mann noch nicht einmal richtig. Trotzdem wusste er, dass dieser Hilfe brauchte. Hilfe, die Carsten ihm gewähren konnte. Jemand anderes stand für diese Aufgabe nicht zur Verfügung. Herrje, was machte er nur? Carsten war vielleicht vor Weihnachten aus dem Polizeidienst ausgeschieden, sein Gewissen allerdings nicht.

„Das ist nicht hinnehmbar!", polterte Ramon in seinem Büro los. Der ermittelnde Staatsanwalt, dem dieser Job sichtlich an die Substanz ging. Er schob sich die Brille auf seiner verschwitzten Nase in Position.

„Wir können es nicht ändern!", sagte Karl.

Carsten wusste von einer namhaften Gruppe, die ihnen im Nacken saß. Der Generalbundesanwalt, die Düsseldorfer Staatskanzlei, die Presse, das BKA aus Wiesbaden, das Außenministerium in Berlin und diverse Lobbyisten deutscher Konzerne. Besonders Letztere hatten es wie der Teufel auf trockenem Seelenentzug auf das Smartphone aus der Zukunft abgesehen.

„Wir sollten damit strukturierter umgehen", erklärte Dr. Wiebke Meyerwölden, BND-Analystin und freundliche Leihgabe des Außenministeriums aus Berlin. 1,80 Meter groß, schlank, lange rotblonde Haare, Sommersprossen und gesegnet mit einem Händedruck zum Nüsse knacken. Angeblich war sie früher Fünfkämpferin gewesen. Carsten hatte die Möglichkeit noch nicht völlig abgehakt, dass sie ein bionischer Roboter aus der Zukunft war.

„Gerne ... wir diskutieren jetzt schon über eine Stunde, ohne einen Schritt weitergekommen zu sein!" Ramon verdrehte die Augen.

„Ähm ..." Carsten räusperte sich. Ramon und der BND-Klon würden es nicht lange zusammen auf einer einsamen Insel aushalten. Carsten billigte dem schlechtesten Kegler der Düsseldorfer Staatsanwaltschaft bei einem solchen Schicksal eine Lebenserwartung von fünf Minuten zu. Wiebkes Augen schalteten auf Laserbetrieb. Okay, drei Minuten, wenn er ein paar Meter Vorsprung hätte.

„Ähm ... was?", blaffte Karl ihn von der Seite an.

Was für ein Team! Der BKA-Ochse sollte einfach die Klappe halten. „Stan Wilson ist verschwunden! Nicht mehr im Spiel! Wir werden ihn nicht finden. Futsch! Haben das jetzt alle verstanden!", rief Carsten, der keine Lust mehr hatte, über einen FBI-Agenten zu sprechen, der sich nicht von seiner Botschaft an den Eiern am Fahnenmast aufhängen lassen wollte.

Wiebke verschränkte die Arme, Ramon lehnte sich zurück und Karl presste die Lippen zusammen.

„Er ist FBI-Agent ... er hat verstanden, wie man den Kopf einzieht! Wir werden ihn nicht finden! Wir sollten nicht länger über ihn sprechen. Einverstanden?"

„Er ist sekundär." Ramon nickte.

„Eins noch ... wir wissen über unsere Kontaktleute bei den US-Sicherheitsdiensten, dass er auf eigene Rechnung arbeitet. Die werden ihn weitersuchen", fügte Wiebke hinzu.

„Macht doch, was ihr wollt!" Karl war derjenige in der Runde, der am meisten Druck gemacht hatte, Wilson in die Finger zu bekommen. Das war etwas Persönliches. Karl fühlte sich von dem Cowboy verarscht, das hatte Carsten, ohne Hellseher zu sein, erkennen können.

„Von Patrick Richter wissen wir ebenfalls nicht, wo er geblieben ist. Wohin er gesprungen ist ... oder von mir aus, wo er gelandet ist. Verloren in der Zeit. Zeit, die wir uns nehmen müssen. Wir haben den längeren Arm! Wir sind nicht auf der Flucht!" Carsten wollte die Diskussion von Stan Wilson wegziehen.

Natürlich wusste niemand im Raum von ihrer Absprache. Stan hatte zugesagt, sich alle zwei Tage zu melden. Also morgen wieder.

„Zeit, die zu verschwenden wir uns nicht leisten können!" Mehr als einen Gedanken ohne Wiebkes Veto hatte Carsten heute noch nicht zustande gebracht.

„Wir haben keine Zeit!", resümierte Ramon trocken. „Ich habe nachher ein Meeting in der Staatskanzlei. Ich darf denen Ergebnisse präsentieren ..."

„Die wir nicht haben!", meckerte Karl.

„Genau ... die wir nicht haben!", nahm Ramon den Ball auf. „Ich darf einen Plan vorstellen, wie wir vorgehen wollen. Natürlich wird das ein guter Plan sein."

„Welchen Plan?", nervte Karl.

„Einen Plan, der so überzeugend ist, dass ich künftig keine Geschwindigkeitsverstöße zwischen den Uni-Tunneln mehr bearbeiten darf! Und wenn das doch passiert ... glaubt mir … dann wird eure Karriere ebenfalls einen magischen Abwärtsknick erleben! Mensch Karl, stell dich nicht so an! Ja, Wilson hat dich verladen! Ja, du hast ihm vertraut! Und ja, der Cowboy hat dir einen Tritt verpasst!"

Carsten verkniff sich an der Stelle, darauf hinzuweisen, dass er selbst als Berater höchstens gefeuert werden konnte. Seine Pension war auch bei der größten denkbaren Inkompetenz unantastbar. Ramon war ein Idiot, er sollte aber seinen Job nicht verlieren.

„Wir haben doch nichts in der Hand. Wilson ist verschwunden. Richter ist verschwunden. Das Smartphone ist verschwunden. Wir haben keine Spur und uns sitzen Gott und die Welt im Nacken!" Karl konnte es nicht lassen.

„Soll ich denen sagen, dass wir keine Ahnung haben, wie wir weitermachen sollen?", fragte Ramon und sah Karl an.

„Nein." Wiebke antwortete für ihn. Sie saß neben Karl und legte die Hand auf seinen Unterarm. Sein Mund öffnete sich. Es funktionierte trotzdem, er meckerte nicht weiter.

„Ich höre ..." Jetzt lehnte Ramon sich zurück.

„Euer Gespräch heute Morgen in Köln hat etwas bewirkt. Die Presse, allen voran die Monroe, wird einen Gang zurückschalten."

„Das war Carstens Werk." Ramon sah zu ihm.

Carsten nickte. Teamarbeit, sie hatten gemeinsam Druck auf den Vorstand aufbauen können.

„Hast du Quellen im Sender?", fragte Karl.

„Ja", antwortete sie.

„Was sagen die?", fragte Ramon, der mit Wiebkes illegalen Kontakten in der Privatwirtschaft wenig Probleme hatte.

„Die Monroe ist aus dem Spiel und die Sendeleitung hat die Direktive für die Berichterstattung auf Friedensmodus herabgestuft. Die Rechtsabteilung prüft zudem vorsorglich die Quellen aller Einspielungen."

„Warum ist die Monroe so plötzlich aus dem Spiel?", fragte Carsten. Sein Wort zum Sonntag war doch nie und nimmer ein ausreichender Grund gewesen, sie kaltzustellen.

„Wusstest du es nicht?", fragte Wiebke.

„Was wusste ich nicht?" Carsten horchte auf. Auch Ramon bekam lange Ohren.

„Wisst ihr es alle noch nicht? Ihre Tochter ist verstorben."

„Oh." Das tat Carsten leid.

„Heute Morgen ... die Ermittlungen laufen noch. Erste Anzeichen deuten auf Suizid. Sie war in einer Privatklinik in Hürth untergebracht gewesen."

„Wann heute Morgen?" Carsten glaubte, sich verhört zu haben.

„Sophie Monroe verstarb kurz nach Mitternacht. Sie wurde nur vierzehn Jahre alt. Ein hübsches Ding. Ich habe ein Bild gesehen", erklärte Wiebke sachlich, aber nicht ohne Anteilnahme.

„Wann hat Susanna Monroe heute Morgen von dem Unglück ihrer Tochter erfahren?" Er durchlebte noch mal das Gespräch mit ihr. Ein gruseliges Déjà-vu. Carstens Nackenhaare richteten sich auf.

„Die Kölner Polizei hat ihr die Nachricht heute im Büro überbracht." Wiebke rief über einen Pad-Computer, der vor ihr auf dem Tisch lag, Daten ab. „Polizeihauptkommissar Lindner war kurz vor neun Uhr bei ihr gewesen."

„Also vor unserem Gespräch!", stellte Carsten erregt fest. Seine Spucke im Mund verformte sich zu einem drei Kilogramm schweren Kloß, in dem jemand eine alte Fahrradkette versteckt hatte. Das konnte so niemals passiert sein.

Wiebke nickte.

Carsten sah Ramon an, dessen Augen dem Gedanken folgten. „Wir haben mit einer Mutter gesprochen, die zwei Stunden zuvor vom Tod ihres Kindes erfahren hatte? Vom Verlust ihrer vierzehnjährigen Tochter?"

„Ja." Auch Wiebke senkte die Stimme. Sogar diese emotionale Panzerversion einer deutschen Karrierediplomatin mit BND-Personalnummer zeigte Bestürzung.

„Sie hat nichts davon gesagt ...", sagte Karl. Ergriffen. Auch er mimte nicht das Arschloch.

„Nichts ..." Ramon schüttelte den Kopf.

„Sie hat ausgeteilt und Schläge eingesteckt ... als ob der Kölner Kollege ihr zwei Stunden vorher ein Parkknöllchen zugestellt hätte." Carsten dachte laut. Er konnte es nicht glauben. Nein, er wollte es nicht. Hatte nicht jede Mutter bei der Sorge um die eigenen Kinder einen Schalter, den niemand berühren durfte?

„Wir machen eine Pause ... ich brauche einen Kaffee!" Ramon stand auf und ging auf den Flur.

*

Sophie Monroes Tod hinterließ Spuren. Sie stritten nicht mehr. Die Besprechung verlief ruhig und sachlich weiter. Dadurch wurden sogar wichtige Informationen ausgetauscht. Einen Kontakt wie Wiebke hatte

Carsten sich sein ganzes Berufsleben lang gewünscht. Sie missachtete den Datenschutz, ignorierte Persönlichkeitsrechte und benutzte dubiose Quellen. Dinge, von denen jeder Polizist träumte und die jedem Staatsanwalt die Ohren klingeln lassen würden.

„Hier ist die Medienauswertung von siebzehn Uhr ... das Material ist zwölf Minuten alt. Die Sender bringen keine Neuigkeiten. Auch die Kölner senden nur Wiederholungen. Die Monroe ist offline ... ich habe jemanden an ihr dran. Sie ist in ihrer Wohnung in Düsseldorf. Zwei Familienangehörige sind bei ihr", erklärte Wiebke.

„Wie viele Leute arbeiten dir zu?", fragte Karl, der augenscheinlich weder ihre Effektivität noch ihren Stil zur Informationsbeschaffung fassen konnte.

„Einige." Wiebke lächelte. „Unsere gemeinsame Chefin lässt uns gewähren. Es gilt, das Smartphone zu sichern."

„Keine Eskalation?", fragte Carsten.

„Nein."

„Und im Ausland?", fragte Ramon.

„Die wissen nicht mehr als wir", antwortete sie.

„Was steht eigentlich auf dem Spiel?", fragte Carsten, der ihr Szenario erweitern wollte.

„Bitte?", fragte sie.

„Wir fahren alles auf, was wir haben ... die Düsseldorfer Polizei ist doch inzwischen nur noch dazu da, die Straßen abzusperren, wenn es notwendig wird."

„Das Smartphone!", erinnerte sie.

„Ja ... es geht um ein Telefon aus der Zukunft." Was wohl passierte, wenn Carsten erzählen würde, dass Wilson es ihm am Mittwoch überlassen hatte. Ich kenne niemanden sonst, dem ich es geben könnte, hatte Stan gesagt. Und was hatte Carsten damit gemacht? Es Patrick zukommen lassen.

„Warum können wir es eigentlich nicht orten?", fragte Karl. Eine gute, nicht unberechtigte Frage.

„Der jetzige Besitzer wird es nicht benutzen ... und wenn doch, würde die KI unsere Technik austricksen. Das Gerät selbst bekommen

197

wir nicht zu packen", erklärte Carsten. Patrick lernte zum Glück. Bisher hatte er es geschafft, elektronisch unsichtbar zu bleiben. Er wollte sie provozieren. „Also ... kann mir einer sagen, warum wir hier sitzen? Was wollen wir verhindern? Welches Verbrechen klären wir auf? Oder verfolgen wir nur Stan Wilsons Diebstahl?"

„Wenn jemand mit unlauteren Absichten das Gerät benutzt, sind auch andere Szenarien denkbar", antwortete Wiebke, ohne ihre Antwort zu erläutern.

„Und bei lauteren Absichten wäre es in Ordnung?" Carsten erschien dieser Ansatz zu flach.

„Hey ... keine Spitzen!", ermahnte Ramon.

„Welche Szenarien?"

„Einige davon sind vertraulich." Wiebke wusste offensichtlich mehr, als sie sagte.

„Ach, komm jetzt!" Das war Carsten zu blöd. „Jeder Streifenpolizist weiß, dass wir uns nach einem geschickt ausgeführten Bankraub in der Szene umhören, ob jemand mit Geld um sich schmeißt." Carsten stand auf. „Wir stecken fest. Unsere Spuren führen ins Nichts ... lasst uns neue Ansätze besprechen. Dann können wir Ramon vielleicht mit dem Plan ausstatten, den er braucht."

Ramon nickte, sogar Karl tat es ihm gleich. Drei gegen eine. Dann lenkte auch Wiebke ein.

„Geld."

„Habe ich zu wenig ... und?", fragte Carsten.

„Daten aus der Zukunft sind vor allem für wirtschaftlich arbeitende Organisationen attraktiv. Politische Entwicklungen sind komplexer, auch dort ist das Wissen aus der Zukunft wertvoll, aber es wird nicht ohne Weiteres große Veränderungen auslösen. Nehmt die Wahl 2017. Deren Ausgang ein paar Jahre früher zu kennen, rüttelt nicht an den Grundfesten unserer Zivilisation. Allerdings ... nehmt die Bankenkrise von 2007 bis 2009. Sie Jahre vorher zu kennen, erlaubt Investoren und Spekulanten, Milliarden zu verdienen."

„Geld regiert die Welt", sagte Ramon, den Wiebkes Idee augenscheinlich nicht überraschte.

„Und das möchtest du verhindern?", fragte Carsten.

„Etwa überrascht, dass ich ein ehrenwertes Motiv habe?" Wiebke lächelte kühl. „Ja ... mein Auftrag ist es, primär die deutsche, aber auch die europäische Finanzwirtschaft zu schützen. Niemand möchte eine chinesische Heuschrecke mit Wissen aus der Zukunft auf die Größe von Godzilla aufpumpen."

„Was hätten wir eigentlich mit dem Wissen gemacht, wenn das Handy von den Guten geknackt worden wäre?"

„Die Chinesen gefressen ..."

Alle lachten.

*

Aus dem Ansatz entstand während der nächsten beiden Stunden ein Plan. Ein Plan, der vorsah, die richtigen Leute bei europäischen Banken zu informieren, um Manipulationen vorzubeugen. Die Banken sollten mit den Nachrichtendiensten vernetzt werden, um ein Frühwarnsystem zu schaffen. Den Plan würde Ramon vorlegen können, um seinen Kopf zu behalten.

Polizeihauptkommissar Karl Konstantin und sein Berater Carsten Grünfeld hatten bei diesem Plan keine Aktien. Ihnen kam weiterhin die Aufgabe zu, Stan Wilson zu finden und zu verhaften und natürlich das Smartphone sicherzustellen, wenn er es mit sich führen sollte. Was er nicht tun würde, ein Detail, das niemand außer Carsten kannte.

Während des weiteren Verlaufs plagte Carsten immer wieder die Erinnerung an das Gespräch mit Susanna Monroe am heutigen Vormittag. Was für eine ungewöhnliche Reaktion! Es ließ ihm keine Ruhe. Bei dem Bankenfrühwarnsystem, über das sich Wiebke und Ramon intensiv austauschten, waren sowieso andere Spezialisten gefragt. Das hatte mit Polizeiarbeit wenig zu tun.

„Ich möchte eine weitere Spur untersuchen", erklärte Carsten.

„Welche?", fragte Karl, der in diesem Fall sein direkter Vorgesetzter war.

„Susanna Monroe."

„Warum?", fragte Ramon.

„Das kostet vielleicht einen Tag. Ich möchte verstehen, warum sie so auf den Tod ihrer Tochter reagiert hat, wie sie es getan hat."

„Sie ist vermutlich eine Rabenmutter gewesen. Was erwartest du von ihrem Motiv?", fragte Wiebke, die nicht von ihrem Pad aufsah, während sie sprach.

„Antworten ... jede Tragödie hat eine Geschichte. Ich möchte ihre kennenlernen." Carsten verließ sich auf sein Bauchgefühl. Er wollte mehr über die Hintergründe erfahren. Er konnte sich im Moment nichts vorstellen, was eine derart gefühlskalte Reaktion einer Mutter hätte rechtfertigen können.

„In Ordnung. Du kannst nach Köln fahren", sagte Karl.

Sehr großzügig. Vermutlich war er froh, Carsten einige Zeit nicht sehen zu müssen.

Auch Ramon stimmte zu.

Zum Abschied nickte Carsten allen zu und machte sich auf den Weg nach Köln.

XXIII. Frankfurt

Die LED-Scheinwerfer des 5er BMW fraßen sich mit ihren scharfen Lichtkegeln durch die Dunkelheit, als der Albino über den Zubringer auf die A3 steuerte. Die große Familie saß komplett im Auto. Der dunkelhäutige Bodyguard auf dem Beifahrersitz, Wilson hinten rechts, Patrick hinten links und in der Rückbankmitte blieb noch Platz für Carmen.

Ergo – zwei zwielichtige Gestalten, ein krimineller FBI-Agent und eine undurchschaubare Technikerin gemeinsam unterwegs auf geheimer Zeitreisemission. Und natürlich immer dabei, nur nicht körperlich, der große Marionettenspieler Texel. Patrick konnte nur hoffen, dass dieser nicht aus einer schlechten Laune heraus die Fäden seines Zeitreisenden zerschnitt.

Noch werde ich gebraucht, tröstete er sich.

„Du gefällst mir jetzt richtig gut", grinste ihn die Technikerin an.

Wie meinte sie das? Vermutlich ein Selbstlob, denn sie hatte die verbliebene Zeit in Leverkusen genutzt, um Patricks Aussehen zu verändern. Mittels einer Haushaltsschere hatte sie mit großem Geschick seine Haare auf die Länge von zwei Zentimetern gestutzt, dann dunkelblond gefärbt und mit viel Wet Gel nach oben gekämmt. Er sah aus wie ein Weizenfeld nach dem Mähdrescher. Sein Spiegelbild hatte ihn fremd angeschaut und verblüfft mit dem Finger auf ihn gezeigt. Erstaunlich, wie sein neuer Look ihn verändert hatte. Zudem beschloss er, sich einen Bart wachsen zu lassen.

Aus ihrem stillen Kämmerlein hatte Carmen ihm eine Brille geholt und auf die Nase gesetzt. Keine normale Brille, sondern eine mit innerem Display und Bluetooth-Verbindung zum K11 Smartphone. Die Form der abgedunkelten Gläser erinnerte an Geordi La Forge vom Raumschiff Enterprise unter Captain Picard. So eine Reise ins Jahr 2364 wäre sicherlich auch mal interessant. Bisher hatte sich das Zeitintervall seiner Besuche der Vergangenheit und der Zukunft in überschaubaren Grenzen gehalten – er war zwischen den Jahren 1996 und 2051 hin- und hergesprungen.

Über die neue Brille konnte ihm Siggi Informationen zukommen lassen, ohne dass ein anderer dies mitbekam. Dazu gab es noch einen drahtlosen Stöpsel ins Ohr. Nicht schlecht.

Den allzeit überfüllten Kölner Ring hatten sie hinter sich gelassen, und Decker drückte aufs Gas. Die Tachonadel schoss auf die 200.

„Musst du so schnell fahren?", keifte Carmen den Albino an.

Der Mann reagierte nicht, keine Geste, kein Wort. Tatsächlich aber verringerte er die Geschwindigkeit auf 160 Stundenkilometer. Die Bodyguards hatten Respekt. Doch mit Sicherheit nicht vor Carmen, sondern vor dem Mann im Hintergrund. Texel!

*

Auf der Höhe von Limburg kramte Carmen in ihrer Handtasche und zog einen Gegenstand aus einer kleinen, weißen Papiertüte heraus.

„Stan, du legst das hier an." Sie reichte ihm eine aus Silberdraht geformte kleine Pyramide.

Mit versteinertem Gesicht starrte er auf das Gebilde. „Was ist das?"

„Ein Ohrring natürlich. Du hast doch ein Loch im Ohrläppchen."

Wilson sah aus, als könne er im nächsten Augenblick eher die Papiertüte gebrauchen. „Kein FBI-Agent auf dieser Welt würde jemals freiwillig so ein Teil anziehen."

„Eben!"

Gewöhnlich wusste ein Amerikaner nie, wann er verloren hatte. Stan jedoch wohnte schon lange genug in Europa. Ohne mit der Wimper zu zucken, stach er sich den Stecker der Pyramide durchs Ohr und ließ den Anhänger baumeln. Carmen schmunzelte zufrieden.

Dann lehnte sich Wilson vor und drehte den Kopf zu Patrick. „Wenn du lachst, töte ich dich."

Patrick lieferte ihm den Grund nicht.

*

Gegen 20:00 Uhr erreichten sie Frankfurt am Main. In der Nähe des Hauptbahnhofs hielt Decker an.

„Rest zu Fuß", erklärte er.

Sie stiegen aus. Ex-Special-Agent Stan Wilson nahm einen langen, schwarzen Mantel aus dem Kofferraum, eine Requisite aus der Matrix-Trilogie, und zog ihn an. Er schlug den Kragen hoch. Zu guter Letzt setzte er noch einen dunklen Hut auf.

Sie folgten Decker zu einer Kreuzung mit zwielichtigen Gassen in alle Himmelsrichtungen. Neugierig sah sich Patrick um. Ganz in der Nähe kratzten die Hochhäuser des Finanzviertels an den Wolken, und nur wenige Meter daneben lag das Rotlichtviertel. Die Banker hatten es nicht weit.

*

Zwei Prostituierte mit grellfarbigen Kunstfellumhängen glotzten von der anderen Straßenseite herüber. Das fünfundzwanzigjährige Betriebsjubiläum der beiden war schon eine Weile her.

Schon krächzte die eine Decker an, der voranging: „He, Süßer. Wollt ihr ein bisschen Spaß haben?"

Der Albino ignorierte sie.

„He, ich rede mit dir, Großer!" Sie fuchtelte mit den Armen um Aufmerksamkeit.

Der Albino ignorierte sie.

Die andere meinte: „Lass doch den Blutarmen. Wie soll der überhaupt einen hochkriegen?"

„Haltet das Maul, ihr Schlampen! Verpisst euch, bevor ich mich vergesse", flirtete der Albino.

Da hatten sie offensichtlich in der knallharten Schale eine weiche Stelle entdeckt. Aber auch die Damen verzogen die Gesichter, sie fühlten sich offenbar nicht wertgeschätzt.

„Was willst du denn? Spinner! Wer braucht dich schon? Hau du doch ab", keifte die eine.

„Glaubst du, wir haben Angst vor dir?", giftete die andere.

Etwa dreißig Meter entfernt trat eine Gruppe von sechs Männern aus dem Haus und drehte die Köpfe. Gesichter waren im Halbdunkel nicht zu erkennen, doch ihre Staturen ähnelten denen der Bodyguards: groß, breit und wasserdicht.

Ursprünglich wollten sie vermutlich in die andere Richtung, doch nun drehten sie um. Langsam näherten sie sich in einer strengen 1-3-2-Formation. Die konnten vor Kraft kaum gehen. Trotz mickriger vier Grad Außentemperatur liefen drei von ihnen kurzärmelig herum, was einen Blick auf die muskulösen Arme mit den großflächigen Tätowierungen ermöglichte. Gelebte Abschreckung. Auf dem schwarzen T-Shirt der Nummer Eins prangte in weißen Lettern: ‚Besser eine Schwanzgierige, als eine Ganzschwierige'.

Der Nummer Eins Poet meckerte: „Schrei hier nicht so rum, Luisa, das schreckt die Kunden ab." Mit grimmigem Gesicht betrachtete er die merkwürdigen Neuankömmlinge.

Black & Decker nahmen Patrick umgehend in ihre Mitte, für die Nummer Eins offenbar das Zeichen, dass er der Chef war.

„Hier ist unser Revier, Strohkopf", eröffnete er das Gespräch. „Nimm deine Gorillas und sag beim Abschied leise Servus."

„Wir wollen keinen Ärger, wir sind nur Reisende", versuchte Patrick, die Gemüter zu beruhigen. Konstruktive Kommunikation hieß das Zaubermittel, man musste nur die richtigen Worte der Deeskalation finden. Sie konnten hier keinen Aufruhr gebrauchen.

Siggi meldete sich über den Ohrstöpsel: *„Ich überprüfe gerade die Kennung deines Gesprächspartners, denn er hat ein Smartphone bei sich. Im Polizeicomputer gibt es seitenlange Einträge."*

Eine Akte erschien auf Patricks Datenbrille. Die Punkte unter Delikte ließen ihn schlucken: Raubüberfall, Körperverletzung, Zuhälterei, Drogenhandel – das volle Programm.

„Ein bemerkenswerter Konsument", analysierte Siggi mit einem Anflug von Begeisterung.

„Schon klar, und ich arbeite bei der Bahn. Fahrkarten dabei?" Der bemerkenswerte Konsument stellte sich ihnen in den Weg und rieb sich die breiten Fäuste. „Letzter Versuch, was wollt ihr hier?"

Nun probte sich auch Decker in Diplomatie. Feinfühlig grunzte er: „Du stehst mir im Weg! Nimm deine Schwachköpfe und verzieh dich, Pissnelke."

Derartige Dialoge gehörten offenkundig zum traditionellen Geschäftsgebaren der Branche – Nummer Eins schreckte das überhaupt nicht. Ein Typ, mit dem man auch tagsüber nichts zu tun haben wollte. „Oha, ihr seid harte Jungs. Dumm gelaufen für euch ... ihr seid falsch abgebogen."

Ansatzlos griff er an. Mit einer blitzschnellen Bewegung hielt er plötzlich einen Schlagring in der Hand und wuchtete ihn mit einer Geraden in Deckers Gesicht. Das heißt, er traf nicht, denn der Albino zog den Kopf reflexartig zurück und die Faust rauschte vorbei. Dann ergriff er den Arm des Angreifers, drehte ihn mit Geschick und Gewalt auf den Rücken. Ein kräftiger Ruck nach oben, es krachte, der Arm brach oder kugelte aus dem Gelenk. Oder beides.

Jemand zog Patrick ein paar Meter von der Front zurück in Sicherheit. Vermeintliche Sicherheit. Mit einer Mischung aus Entsetzen und Faszination beobachtete er den Kampf. Er traute seinen Augen kaum. Bei den Filmen mit Bud Spencer und Terence Hill dauerten derartige Prügelszenen etwa fünfzehn Minuten. Hier fünfzehn Sekunden.

Black hatte sich bereits auf den Mann in der zweiten Reihe gestürzt. Ein fürchterlicher Fausthieb an den Kopf ließ den Zuhälter in die Knie gehen. Mit der nächsten Bewegung hielt er eine gewaltige Pistole in der Hand und rammte dem Kerl dahinter den Lauf in den Mund wie ein Brecheisen. Ein Schneidezahn splitterte.

Der Kerl riss die Arme hoch und schrie: „Liiimiimiiiiiilem!"

Patrick tippte auf ‚nicht schießen!'

Albino Decker hämmerte in einer schnellen Drehung einem weiteren Mann den Ellenbogen ins Gesicht. Seine Beine sackten weg. Er klappte auf den Asphalt. Auch ohne Videobeweis: klare rote Karte und mindestens acht Wochen Spielsperre.

Die beiden verbliebenen Typen drehten sich um und rannten weg wie die Hasen.

Fassungslos starrten die beiden Damen auf die blutende, stöhnende Bescherung im Straßendreck. Einen mitfühlenden Eindruck vermittelten sie dabei nicht. Für einen Moment sah es so aus, als würde Luisa grinsen.

„Weg hier!", kommandierte Decker.

Black steckte seine Riesenknarre wieder in die Innentasche seines Mantels zurück.

Patricks Gedanken kreisten. So hurtig, wie das Black & Decker Kommando die weggebohrt hatte, gab es nur eine Schlussfolgerung: Bei den beiden handelte es sich mit hoher Wahrscheinlichkeit um Ex-Militärs, ausgebildete Nahkämpfer, die er nicht gern zum Feind hätte. Leider bedurfte es dafür nur ein Wort von Texel.

Was wollten sie eigentlich in dieser Drecksgegend? Bot dieses Milieu einen natürlichen Schutzschild vor Entdeckung? Konnten sie hier am besten untertauchen? Wieso waren sie nicht in Leverkusen geblieben?

Schnellen Schrittes ging Decker auf eine schummrige Bar mit undefinierbarer Musik zu. Was wollte er denn in dieser Kaschemme? Neben dem Eingang öffnete der Albino eine schmale, unscheinbare Tür, die in ein Treppenhaus führte. Was für ein Ambiente! Düster, schummrig, ranzig. Es roch nach Dingen, die er sich jetzt nicht vorstellen wollte. Im ersten Stock betraten sie die neue Schutzwohnung. Die Inneneinrichtung war einfach, aber funktional. Drei kleine Zimmer, eine Küche mit allen üblichen Geräten, ein Wohnzimmer, das gleichzeitig als Esszimmer diente. Kein Fernseher und kein WLAN.

*

Später am Abend saß er mit Carmen und Stan Wilson am Tisch. Black stand stumm im Flur, Decker wollte etwas besorgen.

Carmen erklärte die weiteren Abläufe. „Patrick, wir sind dein Support. Du brauchst bei deinen Zeitreisen mehr Hilfe und Orientierung. Hier ist dein Zuhause in der Gegenwart. Zudem brauchst du Anlaufstationen in der Vergangenheit und in der Zukunft. Die in der Vergangenheit existieren bereits, du musst nur in die Lage versetzt werden, sie zu nutzen. Bereits in 2004 hat Texel eingeführt, seine Korrespondenz mit Geschäftspartnern zu verschlüsseln. Dafür hat er ein selbst entwickeltes Programm benutzt. Nur Leuten, denen er restlos vertraute, hat er den Dechiffrier-Codec gegeben, sodass er sicher mit ihnen kommunizieren konnte. Wir spielen das Programm auf dein Smartphone, so kannst du Texel in der Vergangenheit Informationen zukommen lassen."

„Damit er mich nicht für einen Spinner hält? Meinst du das reicht?", fragte Patrick.

Sie nickte. „Unterschätze Texel nicht. Natürlich wird er dich kritisch prüfen, doch aufgrund des Codecs wird er dir Glauben schenken. Bei der ersten Kontaktaufnahme melde dich mit den Worten ‚Geld ist die Losung‘."

„Gut. Was geschieht, wenn ich in der Zukunft lande?"

„Wir haben bis 2028 ein Bankschließfach bei der Stadtsparkasse Düsseldorf angemietet. Dort findest du Bargeld, Kreditkarten,

Medikamente – alles was dir weiterhilft. Die Adresse und den Code zum Öffnen spielen wir in Siggis Speicher ein. Du kannst dich also jederzeit dort hinbewegen."

„Also – ich besorge Zukunftsinformationen über Börsenkurse und wichtige politische Ereignisse und liefere diese an den Stationen, die ihr eingerichtet habt, ab."

„Genau. Texel wird wissen, was er dann damit anfängt."

Das Ganze klang schon mächtig nach dressiertem Affen. „Soll ich nicht auch die Lottozahlen in Erfahrung bringen? Lotto spielen ist kinderleicht, wenn man vorher weiß, welche Zahlen gezogen werden. Und der Schein kostet keine zwei Euro."

Mit gerunzelter Stirn entgegnete sie: „Lotto ist Kinderkram. Zum einen schwierig, das halbwegs anonym durchzuziehen, zum anderen kannst du höchstens zweimal mit sechs Richtigen und Zusatzzahl gewinnen. Und dann gibt's nur ein paar Milliönchen. Ja und? Wir reden hier über das große Geld, das ganz große Geld. Spekulationen auf Währungen und Börsenindizes mittels Derivaten."

„Deri... was?"

Carmen machte ein Gesicht, als müsste sie ihm erklären, wo die Babys herkommen. „Das sind Finanzprodukte, deren Preis und Entwicklung von einem Börsenindex, einer Währung oder einer Aktie abhängen. Damit kannst du auch auf fallende Kurse setzen. Die bekanntesten Derivate sind Optionsscheine und Zertifikate."

„Das klingt aber komplizierter als Lotto – und böser."

Sie fasste sich fassungslos an den Kopf. „Der Derivatehandel weltweit beträgt mehr als 800 Billionen Dollar. Das ist weit mehr als das Zehnfache des Bruttoinlandsprodukts der gesamten Welt. Ein gigantisches Casino, in dem Unsummen auf alle vorstellbaren Kursveränderungen gesetzt werden."

„Schon gut." Aha, Milliönchen waren albern. Durften es bitte ein paar Milliardchen sein? So langsam wurde Patrick klar, dass er sich auf das ganz große Spiel eingelassen hatte, das er vermutlich, sobald er gewänne, mit dem Leben bezahlte. Dennoch tröstlich, wie sich Texel bis dahin um Patricks Wohlergehen bemühte.

„Reich mir mal dein Smartphone, Patrick. Ich spiele dir alle Informationen direkt von meinem Laptop darauf. Das ist die sicherste Verbindung."

Mit einem USB-Kabel schaufelte sie einige Dateien auf das K11.

„Fertig, hier!" Sie gab ihm das Handy zurück. „Schlaf dich erst einmal aus", meinte sie gönnerhaft. „Morgen früh sollte es dann losgehen. Übrigens, Stan wird dich bei deinen Reisen unterstützen so gut es geht."

Stan nickte: „Wie das im Detail aussehen kann, besprechen wir gleich gemeinsam."

Besser den Amerikaner im Team als Black oder Decker oder gar beide.

*

Später am Abend saß er mit Stan allein in der kleinen Küche in einer engen Essnische auf zwei Plastikstühlen.

Stan streckte den Kopf vor und fragte flüsternd: „Was hältst du von der Geschichte?"

„Augenblick, Stan." Patrick legte den Zeigefinger senkrecht auf die Lippen. „Siggi, kannst du analysieren, ob wir abgehört werden?"

„Nein, es gibt in der Nähe keine Frequenzen oder elektrische Impulse, die darauf hindeuten."

„Gut, danke." Er sah Stan in die Augen. „Mir ist die Sache nicht geheuer. Aber was bleibt uns übrig, als mitzuspielen. Mein alternatives Leben wäre zurzeit auch nicht rosig."

„So ähnlich sehe ich es auch." Er verzog das Gesicht. „Du hast heute die beiden Knochenbrecher in Aktion gesehen. Die sind gefährlich." Er wippte mit dem Oberkörper zurück, sodass die Lehne beinahe abbrach.

„Wie hat Texel dich dazu gebracht, das zu tun, was du getan hast?"

„Familienangelegenheit. Er hat entsprechenden Druck ausgeübt."

„Durch den Diebstahl hast du alles weggeworfen, was du dir aufgebaut hast. Deine FBI-Karriere."

„Nein, durch meine FBI-Karriere habe ich alles weggeworfen, was ich mir aufgebaut habe." Sein Blick senkte sich. „Nenn es Revanche.

Der Druck, die Willkür, die Intrigen – ich wollte nicht mehr." Er winkte ab, offenbar wollte Stan nicht weiter ins Detail gehen, doch Patrick spürte, da gab es noch mehr, was in dem Amerikaner köchelte.

„Warum hast du ausgerechnet Carsten Grünfeld beziehungsweise seinem Sohn mein Smartphone gegeben?"

„Merkwürdigerweise musste ich nicht lange überlegen. Es klingt vielleicht etwas pathetisch, doch Grünfeld ist die einzige ehrliche Haut, die ich in meinem Umfeld kennenlernen durfte. Der alte Sack ist grundanständig. Und er ist der Einzige, der dir geglaubt hat."

Patrick zog die Augenbrauen hoch. „Tatsächlich?"

„Ja, und nachdem Carsten und ich gesehen haben, was du 2015 für eine Schweinerei verhindert hast, sind wir Brüder im Geiste."

„Der schreckliche Anschlag am Düsseldorfer Flughafen …"

„Und du wolltest uns warnen. Uns Amerikaner, meine ich. Vor Nine Eleven."

„Tja, das war der Anfang von meinem Ende", grinste Patrick schräg. Er wollte das Thema wechseln. „Weißt du, warum wir nun ausgerechnet in Frankfurt untergebracht sind?"

„Texel kennt hier etliche einflussreiche Leute. Geschäftsmänner mit viel Geld. Ich kenne Frankfurt. Meine Frau kommt von hier."

„Du bist verheiratet?"

„Witwer. Meine Frau ist schon zwölf Jahre tot. Ein Unfall." Er schüttelte den Kopf. „Ein unglaublicher Unfall."

Während Patrick überlegte, ob er nachhaken sollte, fuhr Stan fort. „Sie ist bei einem Verkehrsunfall auf einer Landstraße an einem stürmischen Abend ums Leben gekommen."

Patrick sparte sich ein floskelhaftes ‚tut mir leid' und schwieg.

„Ein unfassbarer Zufall. Sechs Richtige im Lotto sind leichter hinzukriegen." Er zog seine Geldbörse aus der Gesäßtasche, klappte sie auf und zeigte Patrick ein Foto. Eine einsame Landstraße im Dunkeln mit nur einem Auto. Ein umgefallener Baum hatte das Fahrzeug voll erwischt und das Dach zusammengedrückt wie eine Schrottpresse. Ein fürchterliches Bild.

„Verdammt!", kommentierte Patrick.

„Ich war damals weit weg in den USA auf einem Lehrgang. Zu weit weg. Erst achtundvierzig Stunden später habe ich es erfahren. Zwei Tage blieb meine Tochter mit dieser Katastrophe allein und macht mir seitdem Vorwürfe. Heute lebt sie in Hamburg und redet kaum noch mit mir."

„Das ist schwer zu verkraften." Patrick spürte die tiefe Traurigkeit des Amerikaners.

„Das Foto trage ich seitdem bei mir. Es soll mich stets daran erinnern, wie dicht Glück und Pech, Leben und Tod, Lachen und Schmerz beieinanderliegen. Und welche Kleinigkeiten über das Schicksal entscheiden. Und dass es keinen Sinn macht, sich das Schicksal zum Feind zu machen."

Patrick wusste nicht, was er erwidern sollte, also schwieg er deprimiert.

Stan Wilson klatschte mit der flachen Hand auf die Tischplatte. „Aber lassen wir das, wir haben andere Sorgen. Du musst das nicht machen. Du solltest verschwinden! Weg von Texel. Der Typ wird nicht Wort halten. Er wird dir bei der ersten passenden Gelegenheit in den Rücken fallen. Vielleicht sind die USA doch eine Option für dich?"

„Danke ... aber ich bleibe. Auch ich habe mein Päckchen zu tragen. Texel hilft mir indirekt, eine wichtige Angelegenheit zu regeln. Das hört sich blöd an, aber im Augenblick brauche ich ihn."

„Warum?"

„Ich habe einen Fehler gemacht ... mehr möchte ich nicht sagen. Ohne ihn kann ich nicht agieren. Obwohl die Staatsanwaltschaft die Klage hat fallen lassen, verfolgen mich hartnäckig Medien und tausend andere Interessengruppen."

„Oh ja ... es ist dir jeder namhafte Nachrichtendienst der Welt auf den Fersen!"

„Die werden am Ende des Tages nicht besser als Texel mit mir umgehen. Also versuche ich, mit ihm klarzukommen."

Stan sah ihm prüfend in die Augen. Wollte er sich vergewissern, ob Patrick es ernst meinte? „Gut. Reden wir über das Springen in der Zeit. Du hast erklärt, es sei komplett unkontrollierbar. Wenn du morgen in der Zukunft oder Vergangenheit verschwindest, dann tauchst du doch 2018 mit Sicherheit in deiner Wohnung in Düsseldorf wieder auf, richtig?"

„Fast richtig. Die Wuppertaler Schwebebahn, das Bett meiner Exfreundin und der Düsseldorfer Flughafen sind auch Wallfahrtsorte von mir."

„Gut. Siggi hat meine neue Handynummer. Du meldest dich, ich hole dich dann ab, egal wo du bist."

„Schön wäre, wenn ich auf irgendeine Art und Weise Kontrolle über das Jahr, in das ich hineinspringe, bekäme. Vielleicht gibt es ja doch eine Gesetzmäßigkeit, die mir nur noch nicht aufgefallen ist."

„Wir werden sehen. Es ist mir eine Ehre, mit dem einzigen Zeitreisenden auf dieser Welt in einem Team zu sein." Wilson blieb ernst, er schien es jedoch nett zu meinen.

Patrick spürte einen Stich im Herzen. Unwillkürlich dachte er an die zweite Zeitreisende auf dieser Welt.

Sophie, mir wird etwas einfallen. So lasse ich es nicht enden, dachte er.

XXIV. Wer warst du?

Du kannst nach Köln fahren, hatte Karl gesagt. In gewisser Hinsicht eine diffizile Aussage. Carsten kannte Kollegen bei der Düsseldorfer Polizei, die diese Aufforderung durchaus als Affront betrachten würden. Einige würden sich eher in Mali von Moskitos den Hintern wundstechen lassen – dort gab es die UN-Mission MINUSMA, unter deren Banner deutsche Polizisten lokale Ordnungskräfte ausbildeten – als mit einem Kölner Kollegen gemeinsam ein Bier zu trinken. Also Altbier, nicht diese Plörre, die dort Kölsch genannt wurde. Ehrlich, das Zeug konnte man nicht trinken.

Carsten schmunzelte, er befand sich auf der Autobahn und fuhr direkt nach Köln. Es war Freitagabend, kurz vor sieben, und der schlimmste Stau auf dem Kölner Ring war vorüber. So bewegte er sich im Schnitt mit sieben Stundenkilometern schnell über die A3. Einmal hatte er sogar für dreißig Meter in den zweiten Gang schalten können. So hatte er genug Zeit, darüber nachzudenken, woher eigentlich diese Rivalität zwischen den beiden Metropolen am Rhein rührte.

Der Zwist der beiden Städte hatte tiefe Wurzeln. Im Jahre 1288 war die Welt noch in Ordnung gewesen. Zumindest aus Kölner Sicht. Der Erzbischof zu Köln regierte und in dem Dorf an der Düssel lebten nur ein paar Bauern, die ihren Platz nicht kannten. Es gab auch heute noch Kölner, die das immer noch so sahen. Wegen eines Streits um die Vererbung des Herzogtums Limburg eskalierte der Konflikt in der Schlacht von Worringen. Die Kontrahenten waren besagter Erzbischof zu Köln, der christliche Gewaltlosigkeit zeitgenössisch vorlebte, und der Graf Adolf von Berg, den Düsseldorfer gerne als rheinischen Braveheart-Verschnitt bewunderten. Die bergischen Bauern gewannen die Schlacht. In der Folge erhielt Düsseldorf Stadtrechte und die Kölner einen Grund, den aufstrebenden Nachbarn im Norden mit Häme und Missachtung zu belegen. Als dann die Briten 1946 im Zuge der Zerschlagung Preußens das künstliche Bundesland Nordrhein-Westfalen schufen und Düsseldorf überraschend zur Landeshauptstadt kürten, war der Konflikt wohlbehütet in der Neuzeit angekommen.

*

Carsten verließ den Wagen und betrat das Polizeipräsidium am Walter-Pauli-Ring in Köln-Kalk. Das unscheinbare Gebäude war nicht das Highlight der Domstadt.

„Wie kann ich Ihnen helfen?", fragte ihn eine junge Kollegin.

„Grünfeld, Polizeioberrat a. D., Polizeihauptkommissar Lindner erwartet mich."

„Ich sag ihm Bescheid. Bitte warten Sie einen Moment", antwortete sie freundlich.

„Hallo." Lindner bog in diesem Augenblick um die Ecke, er hatte bereits auf ihn gewartet. „Es ist Freitagabend ... Langeweile?"

„Und wie ..."

„Sie beraten das Richter-Ermittlungsteam?"

„Richtig." Carsten nickte.

„Ein prominenter Fall. Kommen Sie mit, wir können uns in einem der Vernehmungszimmer unterhalten." Lindner ging vor, er war einen Kopf kleiner als Carsten.

*

Sobald die Tür ins Schloss gefallen war und sich beide gesetzt hatten, kam Lindner zur Sache. „Wie kann ich Ihnen helfen?"

„Es geht um Sophie Monroe."

„Vierzehn Jahre alt, wurde heute Morgen um 0:25 Uhr in der Nähe ihrer Klinik leblos aufgefunden. Die Ärzte konnten nur noch den Tod feststellen. Sie wurde überfahren. Kein schöner Anblick."

„Suizid?"

„Wir haben keine Anzeichen von Fremdeinwirkung feststellen können. Die toxikologische Untersuchung ist aber noch nicht abgeschlossen."

„Was für eine Klinik war das?" Carsten machte sich Notizen.

„Eine Privatklinik in Hürth für Psychiatrie und Psychosomatik."

„Hatte das Mädchen psychische Probleme?"

„Der behandelnde Arzt sprach von bereits erfolgten Suizidversuchen. Die Mutter berichtete auch davon. Ich warte auf die Ergebnisse der Leichenschau", erklärte Lindner.

„Ihr Eindruck?"

„Eine zerrüttete Ehe, eine Mutter, die sich primär auf ihre Karriere konzentriert … wer kann schon wissen, was da abging. Susanna Monroe ist eine prominente Journalistin. Aber ich denke, Sie kennen sie. Sie ist die Brücke zum Richter-Fall, oder?"

„Ja."

„Was treibt Sie sonst noch nach Köln außer Sophie Monroe?"

„Ich arbeite meine Liste mit Hinweisen ab." Carsten überlegte kurz.

„Eine Frage noch … das Mädchen wurde vor der Klinik überfahren?"

„Die Straße führt direkt am Gebäude vorbei."

„Was machte sie um die Uhrzeit auf der Straße?"

„Sie wollte fliehen. Wir konnten Indizien sicherstellen, die einen Ausbruch belegen."

„Hatte sie Hilfe?"

„Am Unfallort wurden diesbezüglich keine Hinweise gefunden. Aber wir haben Videomaterial und Log-Dateien des Sicherheitssystems sichergestellt. Demzufolge hat ihr der Neurologe Dr. Norbert Jaspert geholfen. Das Videomaterial ist zwar nicht aussagekräftig, er trägt eine Verkleidung ... gestern war Altweiber. Aber die Benutzung seiner Keycard hat das Security-System sauber dokumentiert."

„Haben Sie mit ihm gesprochen?"

„Wir haben ihn in Gewahrsam, um den Sachverhalt zu klären. Die Mutter hat uns bereits einen Anwalt auf den Hals gehetzt, der die Kölner Polizei verklagt, wenn Jaspert nicht zur Rechenschaft gezogen wird. Ich versuche, alle Eventualitäten zu berücksichtigen."

Lindner agierte, wie es auch Carsten getan hätte.

„Ihr Eindruck von Jaspert?"

„Er beteuert, dass er nichts damit zu tun hat."

„Wie das?" Carsten horchte auf.

„Jaspert sagte aus, dass er in der Tiefgarage überfallen wurde. Jemand habe ihm ein starkes Beruhigungsmittel gespritzt. Er kenne Sophie Monroe überhaupt nicht."

„Und?"

„Er hatte nichts mit ihrer Behandlung zu tun. Ich warte auf die Ergebnisse der Blutprobe, die seine Aussage mit der angeblichen Betäubung untermauern könnten. Ich mag keine Fälle, wo mir ein Anwalt der Hinterbliebenen zu diktieren versucht, was ich zu tun und zu lassen habe."

„Glauben Sie Jaspert?"

„Er agiert glaubwürdig und ist ein unbescholtener Arzt mit einem sehr guten Einkommen. Ich sehe bisher kein Motiv, warum er kriminell werden sollte."

„Eine Beziehung mit dem Opfer?", fragte Carsten.

„Keine Anhaltspunkte." Lindner schaltete das Notebook an, das auf dem Tisch stand, und öffnete einige Dateien.

„Eine blöde Situation."

„Oh ja ... wenn in seiner Blutprobe ein Betäubungsmittel nachgewiesen werden kann, wird der Untersuchungsrichter einer Verlängerung der Untersuchungshaft nicht zustimmen. Lasse ich ihn aber zu früh laufen und wir finden später neue Beweise, die ihn belasten, macht uns Susanna Monroes Anwalt die Nacht zum Tage. Möchten Sie mit Jaspert sprechen? Er sitzt eine Etage über uns."

„Nein." Carsten erwartete sich von diesem Gespräch keine neuen Erkenntnisse. Jaspert war die seitliche Minisackgasse in der großen Sackgasse. „Mit wem haben Sie sonst noch in der Klinik gesprochen?"

„Dr. Bosch, Chefarzt und Teilhaber der Klinik. Ein sehr renommierter Arzt. Der kennt in Köln Gott und die Welt."

„Vor allem die Götter, die sich bereits in den Niederungen unseres irdischen Lebens die Knie aufgeschlagen haben."

„Besonders die." Lindner lächelte.

„Danke für das Gespräch. Ich werde Dr. Bosch aufsuchen. Bekomme ich eine Kopie der bisherigen Beweisdokumente?"

„Gerne." Lindner zog die Daten auf einen USB-Stick, den er ihm einen Moment später über den Tisch schob.

*

Auf nach Köln-Hürth, das sich am südlichen Speckgürtel der Stadt befand. Es wäre auch eine Option gewesen, nach Hause zu fahren. Nur eine Option, er entschied sich für Hürth. Über die Freisprechanlage in seinem alten Porsche von 1963, einem Kabel mit Ohrstöpseln und integriertem Mikrofon, wählte er Konstantins Nummer.

„Ja." Der BKA-Kollege pflegte im Allgemeinen kompakt zu kommunizieren. Carsten gegenüber minimierte er seinen Wortschatz noch einmal.

„Ich war bei den Kollegen in Köln."

„Und?"

„Ich werde mit Sophie Monroes behandelndem Arzt in der Klinik in Hürth sprechen."

„Tu, was du nicht lassen kannst.“ Karl war es hörbar egal, wie Carsten das Wochenende einläutete.

„Bis später ...“ Carsten legte auf. Das reichte, um in der Klinik agieren zu können.

*

21:30 Uhr. Von dem Abend war nicht mehr viel zu retten. Carsten saß in einem großen, todschicken Büro und wartete auf Dr. Bosch. Seine Sekretärin hatte erklärt, dass der Arzt sich heute im Urlaub befand und nur wegen des tragischen Zwischenfalls in die Klinik kam.

„Guten Abend.“ Dr. Bosch sah aus, wie man sich einen Arzt vorstellte. Graue Schläfen, Brille und mit einem gütigen Lächeln gesegnet. Ein Mann, dem man schnell sein Vertrauen schenkte. „Bitte entschuldigen Sie die Wartezeit.“

„Dr. Bosch ... vielen Dank, dass Sie sich Zeit für mich nehmen.“ Carsten hatte nicht länger als zehn Minuten gewartet. „Schreckliche Geschichte.“

„Jeder Tod ist ein Verlust.“ Bosch bot ihm einen Platz in einer Sitzgruppe an.

Carsten nickte und setzte sich.

„Polizeioberrat a. D.?“, fragte der Arzt.

„Ich unterstütze die Düsseldorfer Polizei als Berater.“

„Habe ich Sie nicht letztes Jahr im Fernsehen gesehen? Warten Sie, Sie haben doch die Ermittlungen im Rahmen dieses Zeitreisenden geführt ... eine unglaubliche Geschichte.“

„Ja.“ Carsten spürte sofort, keinen netten Märchenonkel vor sich sitzen zu haben, sondern einen Menschen, der seine Sinne beisammen hatte.

„Ist das wirklich passiert?“

„Halten Sie Zeitreisen für möglich?“

„Nein.“ Bosch schüttelte den Kopf. „Da sträubt sich der Wissenschaftler in mir ... das kann ich mir beim besten Willen nicht vorstellen. In der Zeit zu springen, wie soll das funktionieren?“

„Mir ergeht es nicht anders ... es ist wirklich eine unglaubliche Geschichte." Reden ohne etwas zu sagen, beherrschte Carsten sogar in mehreren Sprachen: Deutsch, Englisch, Platt, mit und ohne Alkohol, Deutsch für Spezialeinsatzkräfte, damit die Jungs wussten, wem sie in den Arsch zu treten hatten und Deutsch für Politiker und Juristen, die Vokabeln und Redewendungen nutzten, die sogar ein Großteil deutscher Muttersprachler nicht verstand. „Dr. Bosch, Sie haben Sophie Monroe behandelt?"

„Ja."

„Können Sie mir bitte erklären, warum sich das Mädchen in der Klinik aufhielt."

„Entschuldigung. Die ärztliche Schweigepflicht verbietet es mir, über persönliche Belange von Sophie Monroe zu sprechen." Der Arzt ließ Carsten mit einem freundlichen Lächeln vor die Wand laufen.

„Also, Sie könnten es mir schon erklären, aber Sie wollen nicht?"

Ein kurzes Flackern in den Augen des Arztes. „Ich darf nicht."

„Sie wollte fliehen. Wie gut kennen Sie Dr. Jaspert?" Carsten machte weiter.

„Er ist ein renommierter Neurologe. Meines Wissens ist er heute bei der Polizei. Fahren Sie doch nach Köln-Kalk und sprechen Sie mit ihm. Da er keinen Kontakt zu Sophie Monroe hatte, wird er ihre Fragen beantworten können, ohne seine Schweigepflicht zu verletzen. Herr Polizeihauptkommissar Lindner wird Ihnen sicherlich weiterhelfen können."

„Ich habe bereits mit Lindner gesprochen."

„Oh ... das wusste ich nicht." Bosch war so glitschig, dass man auf seiner Schleimspur einen vertrockneten Schotterberg in der Sahelzone herunterrutschen konnte.

„Wie lange war Sophie Monroe bei Ihnen in der Klinik?"

„Herr Polizeioberrat a. D. Grünfeld, bitte verstehen Sie meine Lage, ich möchte nicht unhöflich sein, aber ich kann Ihnen solche Fragen nicht beantworten. Nein, das ist unpräzise ... ich darf es nicht. Haben Sie eine richterliche Anordnung?"

„Nein." Bei diesem Menschen zu bluffen, hatte keinen Wert. Carsten brauchte Unterstützung. Karl Konstantin würde ihm helfen müssen, den Arzt zu knacken. Hatte er etwas zu verbergen? Carsten wusste es nicht. Bosch verhielt sich zu hundert Prozent korrekt. Carstens Bauchgefühl zeigte gerade Aussetzer. Sollte er zur Aufklärung von Sophie Monroes Tod alles auf eine Karte setzen? Handelte es sich nur um einen tragischen Unfall? Würde er damit jemandem helfen?

„Ich beantworte Ihnen jede Frage ... sobald mich eine richterliche Anordnung von meiner Schweigepflicht befreit. Aber so ... das verstehen Sie doch, oder?" Bosch trug eine Schicht zu viel auf.

„Natürlich." Carstens innerer Alarmwecker klang wie ein altes Radio, das jemand zuerst ins Meer und dann eine Treppe hinunter geworfen hatte. Der Arzt war sichtlich froh, dass er sich hinter seiner Schweigepflicht verstecken konnte. Carstens Bauchgefühl war zurück. Seine Eingeweide forderten es: Sophie Monroe, er musste unbedingt mehr über den Teenager in Erfahrung bringen.

„Haben Sie noch etwas?" Bosch stand auf. „Es ist bereits spät und ich bin eigentlich nur hier wegen des schrecklichen Todes meiner Patientin. Wissen Sie, eigentlich habe ich heute Urlaub. Wir haben Karneval ... die Zeit der Narren."

„Nein. Wir sind fertig. Vielen Dank für Ihre Hilfe." Diese Runde hatte Carsten verloren.

Der Pausengong, nein, Boschs Telefon meldete sich. Er ging sofort dran.

„Bosch."

„Herr Bürgermeister, nein, unser Treffen heute fällt nicht aus. Sitzt die rote Nase?"

„Ja ... sehr gut."

Carsten verließ das Büro, ohne Bosch noch einmal anzusehen. Scheiße, er hatte dieses Gespräch nicht gut genug vorbereitet. Wer sich in eine Bärenhöhle wagte, sollte entweder eine Flinte oder ein großes Stück Fleisch mitnehmen.

*

Carsten saß in seinem Wagen und drückte die Wahlwiederholung seines Telefons.

Nur ein Wählzeichen erklang.

„Ja.“

„Ich brauche eine richterliche Anordnung.“

„Für wen?“, fragte Karl.

„Für den Arzt.“

„Du bist doch bescheuert!“

„Der lügt mich an.“

„Du bist ein Bulle! Das tut jeder, der mit dir spricht!“

„Der weiß mehr, als er sagt! Er muss von seiner Schweigepflicht entbunden werden.“

„Schön ... hast du etwas Handfestes?“

Genau das war das Problem. Der Arzt bot keine Angriffsfläche. Dies betraf auch den Rest von dieser Geschichte. Sophie Monroe, der Neurologe oder auch Lindner – alles passte zusammen – und ergab das Bild einer Tragödie eines jungen Mädchens, das von seiner Mutter in einer privaten Klapsmühle weggeschlossen wurde. Meine Güte, das Kind war erst vierzehn gewesen. Er rekapitulierte alle Informationen, die er über Richter wusste. Er konnte keine Verbindung finden. Was hatte Carsten überhaupt erwartet? Trieb ihn noch sein Instinkt oder eher Wunschdenken an, eine Verbindung zu finden?

„Hast du etwas Handfestes?“, wiederholte Karl ungeduldig.

„Zu wenig ...“

„Dann lass es! Fahr nach Hause! Du hast eins, oder?“

„Ja.“

Karl legte auf.

XXV. Dreikampf

Um kurz nach sechs wachte Patrick in seinem stillen Kämmerlein auf, das alles andere als ruhig war, denn bis gegen drei Uhr morgens wehte der Lärm der kleinen Bar herein. Was hatte Texel sich bloß dabei gedacht, dieses Domizil auszuwählen? Wollte er sein geheimes Zeit-reiseprojekt mitten im Leben verstecken?

Heute sollte es also losgehen. Patrick Richter würde in die Vergangenheit oder in die Zukunft starten, um Informationen zu besorgen, die Texel zu Millionen machen konnte. Nein, Entschuldigung, Millionen gab es auf dem Kindergeburtstag, Milliarden natürlich. Worauf hatte er sich da nur eingelassen? Für Sophie, tröstete er sich. Hoffentlich verschluckte ihn die Zeit nicht.

In dem kleinen Bad gab es immerhin warmes Wasser – was für ein Luxus! Unter der Dusche atmete Patrick tief durch. So gut vorbereitet hatte er noch nie einen Zeitsprung durchgeführt. Es gab Anlaufstationen sowohl in der Zukunft als auch der Vergangenheit, und er hatte Siggi dabei.

Vor dem Spiegel kämmte er sich mit Wet Gel die blonden Haare hoch. Gewöhnt hatte er sich an seinen neuen Look noch nicht. Nach dem Zähneputzen überprüfte er im Schlafzimmer sein K11. Über Nacht hatte er das Smartphone aufgeladen.

Um halb sieben standen Wilson und Carmen auf. Gemeinsam früh-stückten sie. Der Toast mit Honig schmeckte nach alter Kirschmarmelade.

„Stan hat berichtet, dass du in der Vergangenheit einen Medikamen-tengeber benutzt hast, um den Zeitsprung auszulösen", fragte Carmen.

„Ja, aber den hat die Polizei einkassiert."

„Wir haben dir Spritzen mit illegalen Aufputschmitteln besorgt. Eines davon enthält sogar ein wenig Kokain. Dein Kreislauf soll abgehen wie eine Silvesterrakete."

„Toll!"

„Alternativ kannst du dich natürlich keine fünfzehn Minuten zu Fuß von hier im Frankfurter Hauptbahnhof wieder auf die Gleise legen", schlug Carmen vor.

„Noch toller."

„Eine weitere Ampulle enthält ein starkes Schlafmittel, sodass der Rücksprung ein Kinderspiel sein sollte. Hier hast du noch einmal drei Einwegspritzen." Sie schob ihm ein kleines Päckchen herüber.

„Darf ich noch in der Gegenwart pinkeln, bevor es losgeht?"

„Aber natürlich. Du schaffst das schon."

Meinte sie das Pinkeln oder das Zeitreisen?

*

Zwanzig Minuten später saß Patrick auf dem Billigsofa im Wohnzimmer. Stan und Carmen betrachteten ihn skeptisch.

„Ich kann nicht glauben, dass du dich gleich vor unseren Augen in der Zeit auflöst und einfach verschwindest", meinte Carmen.

„Ich auch nicht", entgegnete Patrick. Er trug die Datenbrille und den Stöpsel im Ohr.

Sie nahm eine Spritze und drückte einige Tropfen einer transparenten Flüssigkeit aus der Nadel. „Unterarm freimachen. Intravenös wirkt das Zeug am schnellsten."

„Hm, der Anblick von Spritzen regt mich von ganz allein auf."

„Wenn das zum Springen reicht?" Sie wedelte ihm mit der Nadel vor der Nase herum.

„Kannst du überhaupt Spritzen setzen?"

„Na klar, ich wollte mal Krankenschwester werden. Nein, warte, das wollte ich erst, nachdem ich zehn Jahre an der Nadel gehangen hatte", erklärte sie. „Denn danach hatte ich es echt drauf."

„Ähm ..."

„Such dir aus, was dir besser gefällt." Mit einem kleinen Pikser verabreichte sie ihm den gesamten Inhalt der Spritze. Sein Arm wurde warm, er merkte, wie sein Herzschlag sich beschleunigte, er schwitzte, sein Mund wurde trocken. Mit dem Rücken presste er sich in den Sessel, dann beruhigte er sich, ohne es zu wollen. Jetzt fingen auch noch seine Füße an zu kribbeln.

Die Situation kam ihm grotesk vor. Das Mittel wirkte nicht, jedenfalls war es nicht vergleichbar mit dem Teufelszeug aus dem Jahr 2029 in Sophies Medikamentengeber. Vielleicht wurde er auch immer hart-gesottener, vielleicht entwickelte er eine Resistenz gegen diese Zeit-sprünge, wie die Menschen gegen Antibiotika, sodass die Schwelle immer höher wurde.

Wilson beobachtete ihn mit gerunzelter Stirn, Carmen biss sich bei-nahe die Unterlippe blutig. So ging das fast zehn Minuten.

„Er springt nicht", stellte Carmen fest.

Schlaues Mädchen. Das Aufputschmittel reichte nicht aus. Sonst hatte er unmittelbar vor seinen Sprüngen pure Panik verspürt, Angst zu sterben, Angst vor der Dunkelheit. Sein Adrenalin hatte ihn bis zu den Haarspitzen aufgeputscht, hatte ihn japsen lassen, sein Körper hatte gezittert, doch nun saß er hier gemütlich, als wartete er darauf, dass ihm jemand noch einen Jasmintee kochte.

„War die Dosis zu schwach?", fragte Wilson.

„Ich spritze noch einmal zehn Milliliter nach", meinte Schwester Carmen und verabreichte ihm eine zweite Ladung.

Verdammt, dachte Patrick. Nach kurzer Zeit merkte er, dass es kei-nen Sinn hatte. Offensichtlich musste er sich etwas anderes überlegen, härtere Methoden anwenden.

„Ist das Ganze ein großer Schwindel?", fragte Carmen in schril-lem Ton, und sie sah hässlich dabei aus. „Bist du nur ein Lügner mit einem Smartphone-Fake? Sind wir dir alle auf den Leim gegangen? Wie konnte ich nur an so einen Zeitreisescheiß glauben!"

„Fuck", Wilson verließ die Küche.

Wütend starrte Carmen Patrick an. Das spielte sie doch nur. Nein, sie war keine gute Schauspielerin. Es funktionierte nicht.

Die Küchentür flog auf und die beiden Bodyguards standen in der Tür. „Unser Prinz will nicht?", knurrte Decker schlecht gelaunt.

„Er sitzt nur untätig auf seinem Arsch", meckerte Carmen.

Decker wetzte die Zähne. „Dann brauchen wir ihn nicht mehr?"

„So ist er nutzlos! Der verarscht uns!" Carmen steigerte sich in Wut rein.

„Black! Leg ihn um! Ich konnte den von Anfang an nicht leiden", meinte Decker in sachlichem Ton.

Angst kroch in Patrick hoch. Endlich! Doch dies war schon wieder ein Gedanke zu viel. Die wollten ihm bestimmt nur Furcht einjagen, damit er springt. Und schon wurde aus der unmittelbaren Lebensbedrohung nur eine unangenehme Situation, die er aussitzen konnte.

Black hatte eine Riesenknarre in der Hand und hielt sie an seine Schläfe.

„Carmen, geh besser aus der Küche. Wenn sein Kopf zerplatzt, gibt es eine Riesensauerei", schlug Decker fürsorglich vor.

„Könnt ihr ihn nicht einfach abstechen?" Die Frau war kalt wie ein Frosch im Eisfach. „Ich mache hinterher nicht sauber."

„Messer machen nicht so viel Spaß. Black liebt seine Wumme."

Black nickte beseelt.

Die waren durchgeknallt. Völlig verrückt. Gegen Black & Decker kamen ihm John Travolta und Samuel L. Jackson aus Pulp Fiction vor wie Ernie und Bert. Langsam fing Patrick doch an, sich Sorgen zu machen.

„Texel wird das nicht gut finden", brachte er gepresst hervor. Vermutlich kein gutes Argument.

„Wartet. Ich rufe Texel an und frage ihn", entgegnete Carmen. Sie hatte ihr Smartphone bereits am Ohr.

„Hallo Texel. Er weigert sich, einen Zeitsprung auszulösen. Vielleicht kann er es gar nicht. Ich halte es inzwischen für möglich, dass er uns verarscht hat, dass er alle verarscht hat."

Die Antwort konnte Patrick nicht hören.

„Texel meint, wir sollen bis zehn runterzählen und ihn dann erschießen."

Black grinste.

„Gut. So machen wir es. Bleib so lange dran." Carmen legte ihr Handy auf den Küchentisch. „So, Countdown. Wenn er bei Zero nicht verschwunden ist, sollen wir ihn abknallen. Er ist dann ohnehin nichts wert."

„Zehn", startete Decker, während Black den Druck des Laufes an seiner Schläfe erhöhte.

Blufften die? Verdammt, im Grunde brachte Carmen es auf den Punkt: Wenn er nicht mehr springen konnte, war er für diese Gangsterbrut nur eine Belastung.

„Neun."

„Aber ...", mehr fiel ihm nicht ein.

„Acht."

„Ich ... ich könnte das mit den Gleisen noch mal probieren." Er hörte die Panik in seiner Stimme.

„Sieben." Decker wirkte total entspannt. Im Gegensatz zum Hahn der Knarre an seiner Stirn.

„Sechs."

Diesen beiden Gorillas war es echt zuzutrauen, ihn einfach wegzuballern. Dabei musste er doch Sophie helfen. Er wollte noch nicht sterben.

„Fünf."

Carmen starrte ihn an wie eine Besessene mit zusammengepressten, blutleeren Lippen.

„Vier."

Dieses elendige Drecksloch. Hier wollte er nicht enden. Scheißkerle – die Angst erstickte aufkeimende Rachegelüste. Warum hilft mir keiner. Wo war Wilson? NEIN!

„Drei."

Patrick spürte es. Der Boden drehte sich, seine Temperatur stieg an, grelles Licht schoss in seine Augen.

Leise hörte er jemanden die Zahl zwei sagen.

Und dann ein schriller Schrei.

Er sprang.

*

Stimmen. Jede Menge Stimmen. Es klang wie mitten auf einem Volksfest. Eine Minute durchschnaufen. Nur Stück für Stück kam die Erinnerung. Die hätten ihn in der Wohnung mitten in Frankfurt beinahe erschossen.

„He, wo kommen Sie denn plötzlich her? Eltern müssen auf die Tribüne." Ein dicker Mann in einem grünen Pullover stand vor ihm. Am Oberarm trug er eine Ordner-Binde.

Zunächst konnte Patrick erst einmal nur fragen: „Wo muss ich hin?"

„Dahinten hin!" Er zeigte mit dem Finger nach dahinten hin. „Wie sehen Sie überhaupt aus? Karneval ist lange vorbei."

Die blonden Haare und die stylishe Datenbrille waren zu viel für diesen Hansel. „Schon gut, ich gehe." Langsam begriff Patrick. Er befand sich auf einem Sportplatz. Er ließ seinen Blick schweifen. Überall sprangen, liefen, warfen oder warteten Kinder. Hier fand ein Jugendwettkampf statt. Es gab eine überdachte Haupttribüne, die zur Hälfte gefüllt war. Er steuerte direkt darauf zu.

„Siggi, weißt du, was hier los ist?"

„Nein, es gibt keine Datennetze. Nur antiquierte Mobilfunkfrequenzen. Es erinnert mich an die Zeit des großen Flughafenbrandes – also Mitte der neunziger Jahre."

Wieso landete er gerade hier. Und dann zu dieser Zeit?

Er setzte die Brille ab und verstaute sie in der Jackentasche. Patrick lehnte sich an das Geländer am Fuß der Tribüne und beobachtete das bunte Treiben. Sein Herz pochte, ihm wurde schwindelig. Carmens Spritzen waren nicht wirkungslos an ihm vorbeigegangen. Das Dreckszeug brauchte nur länger!

Durch zahlreiche Lautsprecher erscholl eine männliche Stimme. *„Riege eins bis drei der D-Jugend der Jungen gehen nun zum Ballwurf. Die E-Jugend der Jungen begibt sich komplett zum 50-Meter Lauf."*

Vorsichtig drehte sich Patrick einmal um sich selbst. Nein, das stimmte gar nicht, er stand ruhig auf beiden Füßen, es war ihm nur so vorgekommen.

Die Kinder waren in zahlreiche Gruppen eingeteilt, die von Erwachsenen angeführt wurden. Ein typischer Leichtathletikwettkampf für Kinder. Dreikampf – stellte Patrick fest. Weitsprung, Wurf mit 80-Gramm Bällen und 50-Meter Lauf. So wie bei den Bundesjugendspielen in der Schule.

Seine Augen suchten den Himmel ab. Die Sonne stand hoch, es war warm, er schätzte Juni oder Juli am frühen Nachmittag.

„Riegenführer aufgepasst", tönte es aus der Beschallungsanlage des Sportplatzes. *„Beim 50-Meter-Lauf fehlen noch zwei Kinder für die Laufeinteilung."*

Weiter hinten wurden Kuchen und Limonade verkauft. Die Stimmung wirkte ausgelassen und freundlich.

„Moritz Schmidt und Patrick Richter sofort zum Start des 50-Meter Laufs."

Was sollte das denn? Woher wussten die, dass er hier war? Die Tribüne hinter sich wissend, fühlte Patrick, wie sich Hunderte von Augen in seinen Rücken bohrten. Dadurch verringerte sich sein Schwindelgefühl nicht merklich. Die sollten ihn in Ruhe lassen. Schwerfällig drehte er den Kopf. Nein, keiner nahm Notiz von ihm.

Erinnerungsbruchstücke kamen angeflogen, wurden klarer, setzten sich zu einem Bild zusammen. Ratingen, Mehrkämpfe, Leichtathletikverein. 1996. Eine ganze Lastwagenladung voller Emotionen schüttete sich über ihn aus. Er ließ das Geländer los und näherte sich wie in Trance der Startlinie. Dort standen etwa vierzehn Jungen und hüpften aufgeregt von einem Bein auf das andere. Patrick erstarrte – wie einer der Flutlichtmasten am Sportplatzrand stand er da.

Ein schmächtiger Junge um die 1,40 Meter groß rannte an ihm vorbei. „Hier bin ich, hier bin ich. Ich war nur auf dem Klo."

Die Riegenführerin lächelte. „Gut – du bist im zweiten Lauf dran, Pat."

Tränen schossen Patrick in die Augen. Trotz aller Geschehnisse der letzten Monate war er nicht darauf vorbereitet, das zu erleben, was er gerade erlebte. Nicht einmal einen Steinwurf von ihm entfernt stand er selbst. Eine Gänsehaut schüttelte ihn. Zehn Jahre alt, mitten in einem Leichtathletikwettkampf. Ungläubig betrachtete er die dünnen Beinchen. Wie hatte er damit nur so schnell laufen und so weit springen können? Bei den Bundesjugendspielen hatte er immer ohne große Anstrengung eine Ehrenurkunde gewonnen. Die verstaubten bei ihm zu Hause in irgendeinem Ordner.

Mit großen Augen beobachtete er den kleinen Fratz. Genau, zu jener Zeit nannten ihn die meisten Pat. Was für ein Erlebnis, sich als Kind gegenüberzustehen. Er kniff die Augen zusammen, der kleine Junge stand immer noch wenige Meter entfernt und wartete auf seinen Lauf. Zu dieser Zeit gab es noch die roten Aschebahnen. Patricks Augen fuhren die Strecke ab bis ins Ziel. Fünfzig Meter. Dann fiel es ihm wieder ein – er wusste, was passieren würde. Diese Erinnerung hatte er vor über zwanzig Jahren verdrängt. Jetzt kam sie mit doppelter emotionaler Wucht zurück. Das erklärte, warum er hier gelandet war. Folglich musste ... *er* ... auch hier sein. Hektisch sah er sich um, die Freude war verflogen. Wo war *er*? Der erste Lauf wurde gestartet. Die Kleinen sprinteten an ihm vorbei, laut angefeuert von den Eltern am Rand.

Wie hypnotisiert starrte Patrick nun auf die Schnürsenkel der Laufschuhe des kleinen Pat. Der linke war es gewesen. Der linke, verdammt.

Sollte er rufen? Natürlich, er musste den kleinen Pat warnen, ihm sagen, dass er den Schnürsenkel fester binden sollte.

Mit zusammengepressten Lippen blieb er stehen. Vorsicht! Selbst Kleinigkeiten konnten die Zukunft gravierend verändern. Langsam machte er einige Schritte rückwärts, bis er wieder an das Geländer stieß, das den Sportplatz umrahmte. Nein, er durfte sich nicht einmischen. So schlimm war es damals nun auch wieder nicht gewesen. Eine Bagatelle für Erwachsene. Er schluckte – doch ein großes Drama für das Kind. Weg mit den guten Vorsätzen, er konnte nicht einfach nur zusehen, das schaffte er nicht. Wider besseres Wissen öffnete Patrick den Mund, wollte rufen, wollte warnen.

„Gehen Sie hinter die Absperrung, hier werden Rennen gelaufen", meckerte einer der Ordner.

Mit äußerster Selbstbeherrschung drehte sich Patrick um und stellte sich hinter das Geländer. Sein Lauf würde in Kürze aufgerufen werden.

Der Start erfolgte durch eine große Klappe, die ein Offizieller über dem Kopf zusammenschlug. Damals gab es bei den Jugendveranstaltungen noch keine elektronische Zeitmessung.

Es knallte, es ging los. Pat rauschte als Erster aus dem Startblock. Ja, das hatte er immer besonders gut gekonnt, das bisschen Gewicht in Bewegung zu katapultieren. Nach fünfundzwanzig Metern hatte er drei Meter Vorsprung vor dem Zweiten. Die kleinen Beine wirbelten über den Boden. Dann geschah es. Etwa zehn Meter vor dem Ziel trat Pat mit dem rechten Fuß auf den linken Schnürsenkel, der sich geöffnet hatte. Es riss ihn abrupt zu Boden, er bekam gerade noch die Hände nach vorn, um nicht mit dem Gesicht auf der harten Asche zu landen. Die anderen Jungen rannten an ihm vorbei. Pat blieb zunächst liegen.

Patrick zuckte, er wollte hinlaufen, ihm aufhelfen, ihn trösten. Der Kleine wischte sich nur kurz über die Augen, tapfer hielt er die Tränen zurück. Dann betrachtete er seine blutigen Knie, beide Wunden waren voller Dreck und Steinchen. Mühsam rappelte sich der Junge hoch und humpelte zur Seite.

DORT! Jetzt tauchte *er* auf.

„Wie oft habe ich dir gesagt, du sollst die Schuhe richtig binden? Was bist du für ein Idiot!", polterte *er* mit hochrotem Kopf los.

Er war sein Vater.

Pat biss sich auf die Unterlippe. Er sagte nichts, er weinte nicht. Scheinbar genügte Vater das nicht, er holte aus und gab dem Jungen eine schallende Ohrfeige. „Nach zwei Disziplinen warst du Erster, jetzt hast du verloren."

Das war zu viel für den Kleinen, er fing an zu weinen. Die Ohrfeige war das Schlimmste gewesen.

„Heul nicht, selbst schuld! Geh dich umziehen, wir fahren nach Hause."

Schluchzend verschwand der Kleine in den Umkleiden.

Da stand sein Vater, der 2007 gestorben war, wieder vor ihm. Anstatt Pat in den Arm zu nehmen und ihn zu trösten, hatte er ihn geschlagen. Ohne es zu wollen, ballten sich Patricks Finger zu Fäusten. Am liebsten würde er auch zuschlagen. Doch der Mann war sein leiblicher Vater. Derjenige, mit dem er auch schöne Stunden verbracht hatte. Viele waren es nicht gewesen, die meisten Erinnerungen waren mies. Sein Alter – streng, aber ungerecht.

Er musste hier schnell weg. Ganz schnell.

Hinterher wusste Patrick nicht, woher er die Selbstbeherrschung genommen hatte, jedenfalls musste er sich umgedreht haben und zum Ausgang gegangen sein. Jetzt fand er sich an der Hauptstraße wieder. Auf einem Schild stand Stadion am Stadionring.

Was für eine Begebenheit, davon musste er sich erst erholen. Vielleicht sollte er zurückgehen und seinem Vater die Meinung sagen. Ihm in aller Deutlichkeit mitteilen, was für ein großes Arschloch er war. Patrick merkte, wie er torkelte. Es kam ihm vor, als explodierte sein Blutdruck, sein Kreislauf überschlug sich.

Diese Carmen mit ihren verfluchten Spritzen. Wirkten die erst jetzt? Er glaubte, sich übergeben zu müssen. Was für ein Trip. Wie ein Verkehrspolizist stellte sich Patrick auf die Straße und breitete die Arme aus. Er wollte schon immer mal den Verkehr regeln. Wie ein Irrer fing er an zu lachen. „Lauf, Pat, lauf", feuerte er sich an.

„Beta-Tester 7, du bist in keinem guten Zustand. Wie kann ich dir helfen?", fragte eine Stimme in seiner Hosentasche besorgt.

„Hihi, völlig verrückt!", lachte er.

Ein Auto fuhr direkt auf ihn zu.

„Komm doch, komm doch!", lockte Patrick. „Du erwischst mich nicht, ich springe im letzten Moment zur Seite."

Das Auto blendete auf, hupte und bremste ab. Kurz bevor es zum Stehen kam, sprang Patrick zur Seite auf die Nebenspur. Doch es gab auch noch den Gegenverkehr. Bremsen quietschten. Reifen rutschten. Das Fahrzeug in seinem Rücken hatte er nicht kommen sehen. Er spürte seine angstverzerrte Fratze, der Fahrer würde ihn voll erwischen. Er hörte schon seine Knochen brechen.

Patrick sprang.

XXVI. Haltet ihn!

Es regnete. Dicke Tropfen prasselten an die Fensterscheiben des Vorraums. Klassisches Beerdigungswetter. Susanna befand sich auf dem Friedhof. Nebenan war die Kapelle. Sie wollte nicht länger warten als nötig. Bereits während der polizeilichen Untersuchung hatte sie den Sender die Beerdigung für Samstag organisieren lassen. Die Kniesche hatte alles in die Hand genommen. Es war noch keine neun Uhr. Susanna wollte gerade überall sein, nur nicht hier.

Draußen ging kein Wind, es schüttete lotrecht. Bei dem grauen Himmel konnte man den Tag kaum von der Nacht unterscheiden. Es fehlte nur der Aufruf von Noah, die Arche paarweise zu betreten, bevor alle Sünder vom Angesicht der Erde gespült würden.

Sie hatte in der letzten Nacht nicht geschlafen. Was sie stattdessen getan hatte, wusste sie nicht mehr. Hatte sie etwas getrunken? Nein, sie wollte es, hatte die Flasche Wein jedoch nicht geöffnet. Alkohol war keine Lösung. Sie konnte sich auch ohne Kater kaum noch auf den Beinen halten.

„Mein Beileid ...", sagte eine Frau, die sie nicht kannte.

Susanna nickte, ohne einen weiteren Gedanken an sie zu verschwenden. Im Vorraum standen bereits über hundert Menschen, die sie ebenfalls nicht kannte. Dutzende hatten ihr kondoliert. Keiner von denen hatte Sophie gekannt. Warum der Sender die ganzen Idioten eingeladen hatte, wusste Susanna nicht.

„Wir fangen in wenigen Minuten an ... in Ordnung?", fragte eine Stimme aus dem Gewühl der Menschen.

Susanna nickte erneut, sie hatte die Übersicht verloren. Zu viele Gesichter, zu viele Worte und zu viele Gedanken.

Flucht! Sie dachte daran zu fliehen, konnte sich aber keinen Zentimeter bewegen. Jemand hatte ihre Beine in Beton eingegossen und würde sie gleich auf dem Weg zum Grab in der Sintflut ertrinken lassen. Sie sah nach unten. Da waren nur ihre dünnen Beine. Die Kniesche stand neben ihr, den Arm fest untergehakt, und sorgte dafür, dass sie nicht umkippte.

„Wie viele sind gekommen?", fragte Susanna mit flacher Stimme. Durch die offene Tür konnte sie weitere Trauben von Trauergästen sehen, die sich unter großen und meist dunklen Schirmen vor dem Regen schützten.

„Sophie hatte viele Freunde. Draußen stehen über fünfzig Mitschüler", erklärte die Kniesche, die behutsam in ihr Ohr flüsterte. Freunde? Susanna überlegte. Nein, sie hatte die Freunde ihrer Tochter nie kennengelernt. Sophie hatte niemals eine Freundin mit nach Hause gebracht. Warum eigentlich nicht? Sie wusste es nicht. Ob sie einen Freund hatte? Nein, dafür war sie zu jung.

„Du bist schneeweiß. Macht dein Kreislauf das mit?"

„Ich stehe es durch."

„Du gefällst mir nicht."

„Alles okay!" Eine Lüge. Susanna glaubte, gleich selbst begraben zu werden. Mit den Augen suchte sie immer noch einen Fluchtweg. Am besten sollte sie einfach weglaufen. Die würden ihr schon Platz machen. Als Journalistin hatte sie sich immer an Aufmerksamkeit gelabt. Aber nicht heute. Jeden Blick in ihre Richtung empfand sie als Bedrohung. Nein, es waren Anklagen!

„Ein Wort ... und wir ändern den Ablauf."

„Nein ... wir machen wie geplant weiter." Sie spürte, dass sich ihr Smartphone in der Gesäßtasche ihrer schwarzen Jeans meldete. Nicht der beste Moment. Sie drehte sich zur Seite, um zu sehen, wer es war. Eine Kölner Nummer, Polizei, Kommissar Lindner wollte sie sprechen. Sie hätte das Scheißding ausschalten sollen.

„Monroe." Ohne es richtig zu merken, nahm Susanna das Gespräch an, sie flüsterte mit der Hand über dem Mikrofon.

„Polizei Köln, Lindner hier, ich hoffe, ich störe nicht."

„Machen Sie schnell." Die Ablenkung half ihr, Kraft zu sammeln. In Trauer versunken, war sie zu nichts zu gebrauchen.

„Ich wollte es Ihnen persönlich sagen. Ihren Anwalt haben wir bereits unterrichtet. Wir werden heute Dr. Norbert Jaspert freilassen. Das Labor hat seine Aussage bestätigt, er wurde mit einem Betäubungsmittel aus dem Verkehr gezogen. Damit war er nicht in der Lage, Ihrer Tochter beim Verlassen der Klinik zu helfen."

„Wer war es dann?" Susanna wusste nicht, wie sie diese Erklärung einordnen sollte.

„Das wissen wir nicht."

„Aber es gab doch Videoaufzeichnungen ..."

„Die einen Mann seiner Statur in einer Donald-Trump-Verkleidung zeigen. Der Tag war geschickt gewählt, es wurde in der Klinik ausgelassen gefeiert. Dutzende Mitarbeiter und Patienten trugen Kostüme. An jedem anderen Tag wäre es schwerer gewesen, die Sicherheitssysteme der Klinik zu überlisten."

„Aber ..." Susanna fühlte sich hilflos.

„Es tut mir leid.“

Susanna reichte es – sie legte auf und schaltete das Handy ganz aus. An jedem anderen Tag wäre es schwerer gewesen, das Sicherheitspersonal zu verarschen, so eine dumme Ausrede konnte sie nicht gebrauchen. Wieso gab es niemand von denen zu, dass sie einen Fehler gemacht hatten?

„Alles in Ordnung?“, fragte die Kniesche, die ihr auf der Pelle hing. Die Fürsorge nervte.

„Ja.“

„Die Sargträger sind bereit. Wir warten auf dein ...“

„Sie sollen losgehen.“ Susanna musste so schnell wie möglich hier verschwinden. Sie glaubte, in dem stickigen Vorraum der Kapelle keine Luft mehr zu bekommen.

Die Tür öffnete sich. Sechs Sargträger mit dunkler Kleidung, dunklen Mützen, weißen Handschuhen und transparenten Regencapes schritten mit einem Nussbaumsarg auf den Schultern durch die Mitte. Susanna hatte keine Totenmesse haben wollen. Sie war nicht religiös. Das dumme Gerede eines Fremden über ihre Tochter hatte sie nicht hören wollen. Das Kind sollte in Frieden beigesetzt werden. Danach sollten alle verschwinden und Susanna in Ruhe lassen!

*

Der Zug setzte sich in Bewegung. Langsam, alle drei Sekunden einen Schritt. Allen voran die Sargträger, die Sophie auf Kopfhöhe trugen. Es regnete immer noch in Strömen. Was für ein Wetter. Susanna folgte ihnen, und danach kam der Tross der anderen Trauergäste.

Die vielen Teenager störten sie. Alle sahen sie an. Glaubte sie zumindest. Traurige Kinderaugen, die ihr ein schlechtes Gewissen machen wollten. Die Blicke stachen schmerzhaft, als ob Susanna Sophie persönlich vor das Fahrzeug geschubst hätte. Eine ungerechte, stumme Anklage. Sie war nicht dabei gewesen. Susanna traf an dieser leidvollen Entwicklung keine Schuld. Sophie hatte zu früh aufgegeben. Susanna hatte alles unternommen, um ihre Tochter vor einem tragischen Schicksal zu bewahren. Leider ohne Erfolg. Hätte sie nichts getan, wäre es mit den Jahren noch schlimmer gekommen. Sophie hätte niemals eine Zeitreisende werden sollen. Nein, sie nicht!

Bosch, dachte Susanna und Wut stieg in ihren Sinnen auf. Dr. Bosch, der Arzt hatte nicht auf ihre Tochter achtgegeben. Das war seine Aufgabe gewesen. Für das viele Geld hätte er mehr leisten müssen. Er trug die Schuld an Sophies Tod. Sie mitten in der Nacht durch ein Fenster türmen zu lassen, war eine nicht hinnehmbare Nachlässigkeit gewesen. Dafür gab es doch Sicherheitspersonal, das vermutlich volltrunken in den Ecken gelegen hatte. Ein Fehler, für den Susanna die Klinik verklagen würde. Wenn sie erst keinen Cent mehr besaßen, würden sie ihre Pforte schließen können. Auch die Polizei hatte versagt. Das war eine lächerliche Vorstellung gewesen. Dieser Lindner hatte sich nicht ausreichend bemüht und ließ heute auch noch den einzigen Verdächtigen frei. Eine absolut unterirdische Performance. Die Polizei war dazu da, Susanna zu beschützen. Dafür zahlte sie Steuern! Wenn sich eine Chance ergab, würde sie auch die Kölner Polizei verklagen.

Sie ging weiter. Langsam. Die Regenschirme genügten nicht, um sich vor der Nässe zu schützen. Die Schuhe, die Hose, alles war bereits klatschnass. Vier Grad und Regen. Susanna zitterte vor Kälte. Morgen würde sie vermutlich krank im Bett liegen.

Auch der Boden unter ihren Füßen begann, sich aufzulösen. Der Regen machte aus dem verdichteten Kiesweg eine lange Folge von knöcheltiefen Wasserlöchern. Einer der Sargträger stolperte und landete der Länge nach im Dreck. So ein Tölpel! Sein Gesicht konnte sie von hinten nicht erkennen.

Sie waren an der Grabstelle angekommen. Die Beerdigung drohte, zu einer Seebestattung zu mutieren. Susanna blieb stehen. Neben ihr bildeten andere Trauergäste einen Halbkreis. Bei dem Regen hätte ohnehin niemand eine Grabrede halten können, die weiter als drei Meter zu hören gewesen wäre.

Die Träger setzten den Sarg um. Sie hielten ihn jetzt vor der Brust. Die vier an den Ecken blieben stehen, während die beiden Männer in der Mitte bereitliegende Gurte anlegten. Im Grab stand bereits das

Wasser. Sophie würde gleich abgesenkt werden. Der Träger, der zuvor bereits gestolpert war, kämpfte damit, nicht die Balance zu verlieren. Seine Beine zitterten. War der betrunken?

Susanna fühlte sich hundeelend. Sie hätte nicht protestiert, wenn sich die Erde unter ihren Füßen aufgetan und sie verschluckt hätte. Sie erlebte alles erneut. Sie sah Sophie. Wie sie lachte. Wütend war. Oder mit ihr stritt. Letzteres war oft geschehen.

Der Flughafen. Susanna sah den Düsseldorfer Flughafen. Sie befand sich auf der Ankunftsebene. Der Polizist, dieser Grünfeld, stand genau vor ihr. Er sprach mit Richter. Sie diskutierten, ohne sich einig zu werden. Patrick Richter, dieser Bote des Unglücks. Er rannte los ins Nichts. Einfach so, er rannte und verschwand. Tauchte wieder auf und löste sich einige Meter weiter erneut in Luft auf.

Kurz vorher hatte ihre erwachsene Tochter plötzlich vor ihr gestanden. Susanna würde diesen Moment nie vergessen. Sophie war eine wunderschöne Frau geworden. Sie hatte eine moderne Kurzhaarfrisur getragen. Ihre Tochter hatte sie aus der Zukunft besucht, um ihr mitzuteilen, dass sie Patrick Richter liebte. Dieser Dieb! Er hatte Susanna das Kind gestohlen! Er war der wahre Schuldige an dieser Tragödie. Nur er. Niemand sonst. Sie würde ihn erwürgen, wenn er vor ihr stehen würde.

Der Regen hörte auf. Einer der Sargträger sah nach oben. Er hatte blonde Haare und war jünger als die anderen. Tränen liefen seine Wangen hinab. Der Mann hatte die Kontrolle über sich verloren. Susanna würde sich über ihn beschweren.

Dann rutschte ihm der Gurt aus der Hand. Der Sarg schwankte, fiel aber nicht. Die anderen kompensierten den Fehlgriff. Der junge Mann sackte auf die Knie. Er stöhnte. Dann löste er sich auf.

Spitze Schreie! Susanna schlug die Hand vor den Mund. Das durfte doch nicht wahr sein! Warum war er hier? Patrick Richter hatte am Grab ihrer Tochter nichts verloren! Einen Moment später verhinderte die Kniesche an ihrer Seite, dass sie selbst stürzte. Susanna glaubte, das Herz aus der Brust gerissen zu bekommen! Dieser Albtraum musste doch mal ein Ende finden!

*

„Frau Monroe?", fragte Grünfeld, der es ebenfalls mit eigenen Augen gesehen hatte. Offensichtlich hatte er sich unter den Trauergästen befunden. „Können Sie mich verstehen?"

„Ja." Susanna saß mittlerweile wieder im Vorraum der Kapelle. Die Kniesche hatte sie in eine Decke gepackt und vor ihr stand eine heiße Tasse Kaffee.

„Ich mag mir nicht vorstellen, wie Ihnen zumute ist ... aber es ist wichtig."

Susanna wollte reden. Nur deswegen hatte sie dem Gespräch mit dem Polizisten zugestimmt. Nein, sie musste reden, um nicht den Verstand zu verlieren. Und um sich an Patrick Richter zu rächen.

„Ist Ihnen klar, was wir gesehen haben?" Auch Grünfeld war bis auf die Knochen durchnässt. Die Kniesche, die neben ihr saß, hatte auch ihm eine Decke besorgt. Ansonsten befand sich niemand in der Nähe. Die Beerdigung wurde nach Richters Zeitsprung schnell beendet, und die Trauergäste waren nach Hause gegangen.

„Patrick Richter war am Grab." Daran gab es nichts zu deuten. Er war es gewesen. Sie hatte ihn nie wieder sehen wollen!

„Warum schleicht sich Patrick Richter unter die Sargträger?"

Susanna stockte. „Ich weiß es nicht." Nein, sie würde Sophie auch nach ihrem Tod nicht dieser Zeitreisekrankheit bezichtigen. Das hatte ihr Kind nicht verdient. Alles, was sie wollte, war, dass die Behörden Richter zu fassen bekamen. Am besten mit einer Kugel zwischen den Augen.

„Es muss eine Verbindung geben."

„Ich kenne sie nicht." Susanna würde darüber nicht reden.

„Liebten sie sich?"

„Meine Tochter war erst vierzehn!", protestierte sie.

„Die Zeit ist in diesem Fall kein belastbarer Parameter. Haben die beiden sich während seiner Reisen getroffen?"

„Wie soll ich das wissen?"

„Zugegeben ... für uns hat die Zeit ihre Regeln nicht aufgehoben."

„Fassen Sie Richter!", rief sie wütend. „Und lassen Sie meine Familie in Ruhe!"

„Wenn ich verstehen würde, warum wir ihn heute, genau wie damals am Düsseldorfer Flughafen, haben springen sehen ... hätte ich bessere Karten!"

„Möchtest du weitermachen?", fragte die Kniesche, die bereits die ganze Zeit Grünfeld mit den Augen filetierte.

„Möchten Sie?" Grünfeld stieg sogar noch ein.

„Ich möchte meinen Frieden!"

„Dann helfen Sie mir, die Verbindung zu verstehen!"

„Nein." Susanna drehte den Kopf zur Seite. Diesen Weg wollte sie nicht beschreiten.

„Nein, was?"

„Ich kenne keine Verbindung!"

„Ich glaube Ihnen nicht!"

„Herr Grünfeld, ich möchte Sie bitten, sich zu mäßigen!", griff die Kniesche ein. „So eine Rücksichtslosigkeit ist mir noch nie untergekommen."

„Ich bitte um Entschuldigung ... ich möchte Sie nicht bedrängen. Mein Beileid zum Verlust Ihrer Tochter. Rufen Sie mich an, wenn Sie reden wollen." Grünfeld verließ den Raum.

„Danke." Alleine wäre Susanna mit dem Ex-Bullen nicht klargekommen.

„Was läuft da zwischen euch?", fragte die Kniesche.

„Du kennst doch seine Geschichte. Grünfeld ist ein Versager. Die haben ihn in den Ruhestand weggelobt ... das verkraftet er nicht und nun versucht er, sich auf meine Kosten zu rehabilitieren." Susanna wünschte Richter die Pest an den Hals. Grünfeld war ihr völlig egal.

„Susanna ... ich kenne Versager. Ich war mit zweien verheiratet. Grünfeld hört sich nicht an, als ob er einer wäre. Was hast du ihm verschwiegen?" Jetzt bohrte die Kniesche auch noch an der Stelle weiter, an der Grünfeld aufgehört hatte.

„Nichts."

„Was war mit Richter?"

„Was meinst du?"

„Warum war er hier?"

„Ich habe keine Ahnung, was er hier wollte!" Susanna wurde es zu bunt. „Lass gut sein!"

XXVII. Sterblichkeit

Patrick zitterte vor Kälte. Vor wenigen Sekunden hatte sein Körper noch fiebrig geglüht. Im Sommer, mitten auf der Straße. Oder waren seitdem Tage vergangen? Seine letzte Erinnerung fügte sich in seinem Kopf zu einem Bild: Ein Auto war durch ihn hindurchgefahren. Was für ein Trip in seine Kindheit! Im Grunde nur ein unangenehmer Exkurs, wie auf der Couch eines Psychiaters, wenn es galt, Kindheitstraumata aufzuarbeiten, nur härter, ungeschminkter, realistischer. Aufgewühlt ließ ihn das Bild des kleinen Pat nicht los. Leider brachte ihn das in seiner Gegenwart keinen Schritt weiter. Dieser Zeitreisewahnsinn war unplanbar, unberechenbar, unbezähmbar. Völlig instabil!

Kühler Wind stahl seine Körperwärme. Er kauerte mit dem Rücken an kaltem Metall. Mit zittrigen Fingern zog Patrick die Datenbrille aus der Jackentasche und setzte sie auf.

Im gleichen Moment meldete sich Siggi. *„2028, Montag, der 24. Januar."*

Direkt in die Zukunft gehüpft. Das passte, um das Zahlenmaterial zu besorgen, nach dem Texel so sehr gierte.

„Das ist ja fast deine Zeit, Siggi."

„Korrekt, im ersten Quartal 2028 gab es erste Versuche mit einer Vorabversion an der Technischen Hochschule in Tokio."

Patrick stand auf und sah sich um. Jetzt erst realisierte er es – er befand sich mitten auf dem Radweg der Fleher Brücke. „Ich muss hier weg. Ich friere, es ist ..."

„... schweinekalt."

„Schweinekalt? Ist das eine neue Maßeinheit für Temperatur?"

„Es sind zwei Grad Celsius. Aufgrund der für diese Temperatur ungewöhnlich hohen absoluten Luftfeuchtigkeit und der Windstärke ergibt sich ein gefühlter Gesamteindruck. Ich bin bestrebt, komplexe Informationen zu verdichten und verständlich zusammenzufassen."

„Du hast mich überzeugt. Es ist schweinekalt."

Der Lärm der Autos hielt sich in Grenzen, die Karosserien sahen flacher und moderner aus als in 2018. Und die meisten hatten offenbar Elektroantrieb. Dem vorbeirauschenden Verkehr auf der Autobahn zuzuschauen, verstärkte nur wieder sein Schwindelgefühl. Darüber hinaus trieben ihn andere Sorgen.

„Kannst du die aktuellen Börseninformationen aus dem Netz laden?"

„Natürlich."

„Und auch weitere wichtige Ereignisse? Sport, Wetter, Politik, Kriege, Naturkatastrophen?"

„Natürlich. Wenn wir in 2030 gelandet wären, hätte ich auch ein Update von mir holen können", überlegte Siggi.

„Vielleicht nächstes Mal, wobei ich dich auch so schon spitze finde."

„Danke, Beta-Tester 7. Dein Lob bedeutet mir sehr viel. Ich lade nun die gewünschten Informationen."

Das Datendisplay seiner Brille füllte sich mit Informationen der letzten Jahre, das heißt, Buchstaben und Zahlenkolonnen rauschten nur so vorbei. Patrick startete gar nicht erst den Versuch, davon irgendetwas zu verstehen.

Und nun? Immer noch spürte er die Strapazen der letzten Tage und die ungewohnten Substanzen in seinem Körper. Sein Kreislauf schwächelte, er hielt sich am Geländer der Brücke fest. Genau hier hatte er mit dem Fahrrad den Stunt des Jahrhunderts gebracht – sein Stolz über diese Leistung hielt sich in Grenzen.

„Fantastisch! Heute ist dein Glückstag, Patrick. Ich empfange immerhin einen meiner Dienste für die tollsten Kauftipps."

Lalla, die Wächterin des Himmels, hatte Patrick total vergessen. In 2018 war die engelhafte Werbemaus zum Nichtstun und Schweigen verdammt gewesen, doch nun wiedererstarkte sie wie Phönix aus der Asche.

Das Display verschwamm vor Patricks Augen. Mit einer schnellen Bewegung riss er sich die Brille von der Nase. Seine Hände krallten sich ins Geländer, das Konzentrieren fiel ihm schwer.

„Lalla, hast du eigentlich einen learning mode?", fragte Siggi.

„Lass mich in Ruhe, alter Siegfried. Ich weiß am besten, was gut für Patrick ist. Ich sortiere eine Reihe exklusiver Sonderangebote für ihn." Ihre Stimme wechselte in einen Flirtmodus. *„Patrick, ich bin um dein Wohlergehen besorgt. Bei dieser Kälte könntest du eine Winterjacke gebrauchen. XL 54 oder 56? Wenn du jetzt bestellst, bringt dir eine Drohne die Jacke in zweiundzwanzig Minuten an deine GPS-Koordinaten."*

Patrick zögerte.

„Zweifel? Das Angebot bei einem der weltweit führenden Versandhandel hat einundsiebzig Bewertungen. Der Schnitt liegt bei 4.2 von 5 Punkten."

Er glotzte nur stumpf auf den Rhein. *„Damit ist die Frage beantwortet. Lalla lernt einfach nicht dazu. Es tut mir leid, Beta-Tester 7."*

„Was weißt du denn schon, alter Siegfried. Ich bin nur um Patricks leibliches Wohl besorgt."

„Bekommst du eigentlich eine Provision, wenn du Patrick etwas aufschwatzt?"

„Haltet die Klappe! Beide! Bei eurem Gequatsche wird einem ja das Hirn weich!"

„Der alte Siegfried hat angefangen ..."

Was hatten sich die Programmierer der Zukunft nur dabei gedacht, solche Routinen zu entwickeln? Versuchten sie mit aller Macht, Computer so menschlich wie möglich zu gestalten? Mit Siggi über Ironie, Humor und Emotionen zu diskutieren, hatte er als angenehm empfunden. Aus technischer Sicht erschien dieser ‚learning mode' tatsächlich als eine ungeheure Revolution, während Lalla in einem unerträglichen ‚children mode' agierte.

*

Langsam trottete Patrick die Brücke entlang in Richtung Düsseldorf. Einen Fuß vor den anderen, nur nicht nachdenken, die Bewegung tat gut. Was sollte er nun tun, vor allem, wohin konnte er?

„Patrick, im Grunde haben wir hier unsere Aufgabe erledigt. Wir könnten zurück in deine Gegenwart springen."

Es dauerte eine Weile, bis Siggis Worte in sein Gemüt eingedrungen waren. Stimmt, hier war er fertig. Was sollte er hier noch? Unschlüssig hielt er an. Neben der geistigen kam die körperliche Erschöpfung, er musste sich dringend ausruhen.

„Ich habe alle Daten gespeichert, du solltest schnell einschlafen."

„Ja, korrekt." Patrick konzentrierte sich. „Gerne würde ich jetzt vor einem warmen Ofen ein Nickerchen machen, doch von einem solchen sind wir weit entfernt."

„Verabreiche dir eine Beruhigungsspritze."

Korrekt. Irgendwie hatten sie die Rollen getauscht. Siggi gab die Anweisungen. Es dauerte etwas, bis er mit klammen Fingern die Spritze aufgezogen hatte. Schon wieder Chemie in seinen geplagten Körper. Doch hier hatte er nichts mehr verloren. Patrick trieb sich die Nadel in seinen Unterarm.

*

Eine Ohrfeige weckte ihn auf.

„Was fällt Ihnen ein?" Eine junge Frau schaute ihn erbost an. Sie saß am äußersten Ende seiner Lieblingsbank im Düsseldorfer Flughafen.

„Lllasss mich. Isss mein … Platz hier", hörte er sich lallen.

„Unverschämtheit. Ich sollte die Flughafenpolizei holen. Sie haben mich sexuell belästigt."

Dieser Vorwurf half Patrick aufzuwachen. „Oh! Was habe ich denn gemacht?"

„Das wissen Sie genau. Ganz plötzlich tauchten Sie auf und klammerten sich an mich. Ekelhaft."

Er war aus der Übung, seine Wirkung auf Frauen war schon einmal besser gewesen. „Entschuldigung, das sind diese Medikamente. Welches Jahr haben wir?"

„*Samstag, der 10. Februar 2018, 05:10 Uhr*", sagte Siggi. „*Die Dame heißt Cornelia Bauer und ist siebenundzwanzig Jahre alt. Sie ist Arzthelferin im Martinus-Krankenhaus.*"

„Was ist das für eine Stimme? Das ist die mieseste Anmache, die ich je erlebt habe." Sie sprang auf, scheuerte ihm noch eine auf die andere Seite und lief mit großen Schritten davon.

Seine Wangen brannten. „Siggi, beim nächsten Mal bitte die Informationen über fremde Leute nur über den Ohrhörer oder so leise, dass sie es nicht hören können."

„*Warum? Wundern sie sich, wenn sie ihren eigenen Namen und ihren Beruf hören?*"

„Hm, ja. Ich bin ihr als Fremder ungefragt zu nahegekommen. So etwas tut man nicht. Und die Informationen hätte ich nicht kennen dürfen. Das hat was mit Verletzung der Privatsphäre zu tun."

„*Habe ich so etwas auch?*"

Patrick dröhnte der Kopf. „Bitte, mir geht es immer noch nicht gut. Lass uns die Diskussion auf später verschieben. Ich verspreche dir, ich vergesse es nicht."

„*Selbstverständlich.*"

„Wähle die Nummer von Wilson." Er presste sich das Handy ans Ohr.

„*Hallo Patrick*", meldete sich der Amerikaner. „*Willkommen zurück. Die Hintergrundgeräusche ... Bist du auf dem Bahnhof?*"

„Fast, Düsseldorfer Flughafen. Ich habe alles. Kannst du mich auf der Abflugebene abholen? Mir geht es nicht so gut."

„*Na klar, bin schon unterwegs. In spätestens zwei Stunden bin ich da. Ich melde mich.*"

„Gut ... danke. Bis gleich."

„*Ist alles in Ordnung mit dir?*", fragte Stan.

„Ja, ja ... hab nur Kopfschmerzen." Die Untertreibung des Tages, sein Schädel drohte zu zerplatzen.

„*Okay ... halte durch.*" Stan legte auf.

Patrick rieb sich die Schläfen. Das Stechen hörte nicht auf.

„*Ich habe hier etwas aus den Lokalnachrichten, das du wissen solltest. Sophie Monroe wird heute um 9:00 Uhr auf dem Nordfriedhof beerdigt.*"

Patricks Kopf zuckte hoch. „Was!? So schnell? Kann es ihre Mutter gar nicht abwarten, sie unter die Erde zu bringen?" Die Trauer kam zurück. Die Erinnerung an den schrecklichen Unfall auch. Ungläubig schüttelte er den Kopf. In vier Stunden wurde sie beerdigt, und er hatte schon an ihrem bemoosten, jahrzehntealten Grab gestanden.

„Siggi, danke für den Hinweis. Ich … ich muss da unbedingt hin. Wenn ich es nicht schaffen sollte, ihren Tod rückgängig zu machen, dann muss ich wenigstens der Beerdigung beiwohnen. Das bin ich ihr schuldig." Mit dem Ärmel wischte er sich die Augen trocken.

„Das dachte ich mir!"

*

Eine Viertelstunde später ging Patrick im Bereich der Ladengeschäfte hin und her. Von seinem Bargeld kaufte er sich einen Kaffee, ein Käsebrötchen und in der Flughafenapotheke Kopfschmerztabletten. Vielleicht fühlte er sich danach besser. Bisher beachteten ihn die anderen Leute kaum, er fühlte sich einigermaßen sicher.

Nach einer halben Stunde merkte er, dass die Idee mit dem Kaffee oder den Tabletten keine gute gewesen war. Mühsam schleppte er sich auf die Toilette und spuckte den Mageninhalt wieder aus. Nein, er kotzte sich die Seele aus dem Leib. Dies war definitiv der falsche Zeitpunkt, um krank zu werden.

*

Ein Läuten, weit weg. Noch einmal. Den Anruf von Wilson nahm Siggi nach dem dritten Klingeln an. Patricks Kopf fuhr Karussell, er wollte mit niemandem sprechen.

„Direkt beim Übergang zum Parkhaus Eins. Verstanden", sagte Siggi. Was redeten die nur?

„Patrick, wir müssen zum Ausgang von Terminal B."

Durch die Augenschlitze bemerkte Patrick, dass er immer noch in der Toilettenkabine saß. Warum sollte er zum Ausgang gehen?

„Patrick, wir müssen los!"

Mit beiden Händen tastete er sich die Wand hoch. Na gut. Mal schwebte er wie auf Wolken, mal trug er Schuhe aus Beton mit Bleieinlage. Ein Flashback der Drogen? „Pat, lauf, lauf. Und pass auf deinen Schnürsenkel auf", hörte er sich plötzlich rufen.

*

Wilson parkte am rechten Rand und stieg sofort aus dem Wagen, als er Patrick kommen sah. Er fasste Patrick unter die Achseln, half ihm auf den Beifahrersitz und setzte sich hinter das Steuer.

„Was ist los mit dir?" Stan warf einen besorgten Blick zu ihm herüber.

„Pat soll laufen. Er muss gewinnen", flüsterte Patrick.

„Wovon redest du?"

„Ah, Stan. Hast du meine Sportschuhe dabei? Wir dürfen nicht vergessen, die Senkel fest zuzubinden. Mit Doppelknoten!"

„Komm zu dir, Patrick!"

„Oh, mein Kopf", stöhnte er.

„Schlaf einfach etwas. Du bist in Sicherheit. Ich bringe dich nach Frankfurt."

„Nein – ich muss dringend … ganz dringend … was war es nur?" Patrick schloss die Augen. Ein Knallen und schnelle Schritte. Jemand lief vor ihm davon.

Stan ließ den Motor des BMW an.

„Stan Wilson. Bevor wir nach Frankfurt zurückfahren, ist es wichtig, dass Patrick der Beerdigung von Sophie Monroe beiwohnt."

„Kommt überhaupt nicht infrage. Patrick ist krank! Es wäre auch zu riskant. Da sind Leute, die ihn kennen, vermutlich sind auch die Medien vor Ort. Er kann dort nicht anonym hin. Nein!"

„Es ist ihm sehr wichtig. Wir müssen zur Beerdigung."

„Ich diskutiere solche grundlegenden Entscheidungen doch nicht mit einem Telefon. Wir fahren jetzt nach Frankfurt." Er zog den Automatikhebel auf die Position D. Der Motor ging aus.

„*Wir fahren zum Nordfriedhof. Patrick wird es dir danken. Alles andere werde ich zu verhindern wissen.*"

„Was? Hast … hast du den Motor ausgeschaltet?" Hektisch werkelte Wilson herum, konnte den Wagen jedoch nicht wieder starten. „Lass das! Ich schmeiße dich ins nächste Klo!"

„*Das wird Texel nicht erfreuen.*"

„Fuck! Ich nehme den Akku raus!"

Langsam drehte Patrick dem Amerikaner den Kopf zu. „Bitte, Stan, Siggi hat recht. Es … bedeutet mir viel. Bitte … die Beerdigung."

Mit beiden Händen schlug Wilson auf das Lenkrad. „Na gut. Das ist ein Fehler! Aber, na gut! Nordfriedhof."

Der Motor sprang an. Patrick schloss die Augen.

*

Fünf Männer in merkwürdigen Plastikfolien, schwarzen Mützen und weißen Handschuhen standen um Patrick herum und senkten schweigend die Köpfe. Was sollte das denn? Wie sahen die denn aus? Surrealismus trifft Fanatismus? Bewachten die die Himmelspforte oder das Tor zur Hölle?

Mit Erstaunen stellte er fest, dass er genauso aussah. Unter dem transparenten Regencape trug er einen schwarzen Anzug, über der Stirn spürte er eine Kopfbedeckung und seine Hände sahen aus wie die von Donald Duck.

In welcher Zeit war er nur gelandet? Gerade wollte Patrick nach Siggi rufen, als er den Sarg mit dem Foto dahinter sah. Ein blonder Engel, vierzehn Jahre alt. Sophie. Wenn es den Himmel gab, dann war sie mit Sicherheit nun dort. Ihre Beerdigung – natürlich. Wie kam er in diese Klamotten? Jetzt verstand er. Wilson und Siggi hatten ihm hierher verholfen, wie, wusste er nicht mehr. Auf jeden Fall war er tatsächlich Sophie ganz nah und blieb dabei unerkannt.

Es ging ihm besser. Er konnte wieder einigermaßen klar denken. Ob er im Auto ein wenig geschlafen hatte? Erst jetzt spürte er den Ohrstöpsel. Er klopfte zweimal mit dem Zeigefinger darauf.

Siggi meldete sich. *„Bist du wieder ansprechbar? Dann erkläre ich dir, wie die Zeremonie abläuft."*

Verstohlen sah er sich um. Die Trauergemeinde war riesig. Ganz vorn stand Susanna Monroe. Wut stieg in Patrick auf. Was hatte diese Frau ihrem einzigen Kind angetan. Es blieb keine Zeit mehr für weitere Überlegungen. Der Trauerzug setzte sich in Bewegung.

„Jetzt geht es los. Du bist in der Mitte rechts."

Die Sargträger begaben sich in Position und griffen zu. Patrick als letzter – Mitte rechts. Er passte sich seinem Nebenmann an. Langsam, alle drei Sekunden einen Schritt. Sie verließen den Vorraum der Kapelle.

„Gleichschritt. Achte auf den Gleichschritt", meckerte Siggi.

Patrick korrigierte es. Er wunderte sich, wie die KI es schaffte, seine Unzulänglichkeit mitzubekommen.

Es regnete, wie sich das für eine ordentliche Beerdigung gehörte. Die Tropfen trommelten auf den Sarg und prasselten auf die Menschen.

„Wo müssen wir noch mal hin?", fragte sein Vordermann.

„Platz 683. Ganz hinten links, zweiter Gang", antwortete Patrick.

„Scheiße, das ist echt weit", trauerte der Kerl.

Wut stieg in Patrick auf. Erst die falschen Tränen der Monroe, jetzt diese Gefühllosigkeit. Es ging um Sophie, verdammt. Sie lag ganz nah bei ihm in dieser Nussbaumkiste. Das Bild des blutigen Köpers auf der Straße schoss ihm in den Kopf. Genau wie die Tränen. Der Regen spülte sie aus seinem Gesicht. Platschend stapften sie durch die Pfützen auf dem Kiesweg.

In einem der Wasserlöcher knickte Patricks Fuß um. Normalerweise hätte er das abfangen können, doch geschwächt und voller Traurigkeit fiel er der Länge nach hin. Zum Glück trugen die anderen fünf den Sarg unbeeindruckt auf Kopfhöhe weiter. Sein Regencape sah nun schlammig aus, die pfützengetränkten weißen Handschuhe auch. Mit großer Anstrengung rappelte er sich hoch und schaffte es wieder unter den Sarg.

„Idiot!", begrüßte ihn sein Nebenmann.

„Wir sind gleich an der Grabstelle. Dann wird der Sarg auf Brusthöhe umgesetzt. Danach legst du mit deinem Nebenmann den Gurt zum Absenken an."

Betrübt sah Patrick in die lehmige Grube. Knöcheltief stand dort das Wasser. Es war so ungerecht. Die Erinnerung an ihr Lachen raubte ihm die Luft zum Atmen. Mit zitternden Fingern half er mit den Gurten, wobei die Hauptarbeit der Mann neben ihm machte. Er warf ihm einen mürrischen Blick zu.

Langsam senkten sie nun den Sarg ab. Der Gurt flutschte Patrick durch die nassen Finger. Der Sarg schwankte wie auf einem Segelschiff, doch die anderen Träger glichen das Missgeschick aus. Inzwischen war es Patrick gleichgültig.

Tiefe Traurigkeit überrollte ihn wie ein Tsunami. Und er konnte sich nicht davon freisprechen – er war mitverantwortlich für ihren Tod. Niemals hätte er sie auf diese Weise aus der Klinik holen dürfen.

Es tut mir unendlich leid, Sophie, dachte Patrick und sackte stöhnend auf die Knie.

Die Selbstvorwürfe gaben ihm den Rest. Er fühlte es – er wurde instabil. Es würde hier passieren. Jetzt! Er befand sich nicht in unmittelbarer Todesgefahr, doch der brutale Seelenschmerz reichte aus.

Patrick sprang.

XXVIII. Verrate mir dein Geheimnis!

Carsten saß in seinem Wagen und fuhr zum Präsidium. Es regnete. Der Samstag hatte schlecht angefangen und zeigte auch keine Anzeichen, besser zu werden. Der Himmel war grauer als sein nasser Mantel. Sollte er nach Hause fahren? Er könnte mit seiner Frau zu Mittag essen und dabei einen Weg suchen, sich für seinen Sturkopf zu entschuldigen und einiges mehr. Es gab Dinge im Leben, die ihm leichter fielen.

Die Ampel vor ihm schaltete auf Rot. Er bremste und kam hinter einem Lieferwagen zum Stehen. Der Weg zu seiner Frau führte nach rechts. Die Strecke kannte er gut. Er hatte sich in der Linksabbiegerspur eingeordnet. Schon auf dem Weg zum Friedhof hatte er sich gefragt, warum er dort überhaupt hinwollte. Was wollte er erreichen? Keine Chance! Er konnte nicht aus seiner Haut! Er würde Patrick Richter nicht im Stich lassen.

Sophie, das junge Mädchen, das sich das Leben genommen hatte, kannte er nicht. Die Natur seines Jobs, viele Menschen lernte er erst nach ihrem Tod kennen. Bei einem vierzehnjährigen Kind tat dies besonders weh. Auch nach über dreißig Dienstjahren.

Carsten überlegte. Man starb nur einmal im Leben – daran blieb er hängen – er sollte aufhören, in festgefahrenen Mustern zu denken. Damit kam er nicht weiter. Die Zeit war nicht zuverlässig. Man konnte sie sogar als bösartig bezeichnen. Aus welchem Grund sonst warf sie Patrick wie einen Gummiball hin und her? Als ob Zukunft und Vergangenheit zwei Seiten einer tiefen Schlucht bildeten. Er fiel, schlug sich beidseitig die Knochen auf und würde irgendwann am Grund zerschellen. Egal, was er versuchte, es ging abwärts. An der Gravitation des Schicksals kam niemand vorbei.

Die Ampel schaltete auf Grün. Er fuhr los. Es blitzte. Der Donner folgte Bruchteile einer Sekunde später. Starke Böen drückten den Wagen auf die Seite. Carsten lenkte mit seinem Oldtimer dagegen. Der Regen ohne Sturm bei der Beerdigung in den Morgenstunden war anscheinend bereits der Höhepunkt dieses missratenen Wochenendes gewesen.

Zwei Stunden später hätte es bei solchen Böen den Sargträger mit den wackeligen Knien mit in die Grube geweht. Von wegen Pudding in den Beinen, Carsten schob die Unterlippe vor. Das war Patrick gewesen, der an Sophie Monroes Grab gestanden hatte. Die Haare waren anders, heller, er musste sie in der Zwischenzeit gefärbt haben. Was zur Hölle hatte er dort zu suchen gehabt? Welchen Zusammenhang gab es zwischen einem vierzehnjährigen Mädchen und einem zweiunddreißigjährigen Mann, deren Wege sich bisher noch nie gekreuzt hatten? Zufällig war Patrick jedenfalls nicht als Sargträger auf der Beerdigung erschienen. Was hatte er also dort gewollt?

Diese Frage zermarterte Carsten den Schädel. So war es auch früher gewesen, wenn er über die Motive von Straftätern nachgedacht hatte. Er wollte verstehen. Verstehen, warum jemand tat, was er getan hatte. Niemand agierte ohne Motiv. Absolut niemand!

Die Gefahr für Patrick, entdeckt zu werden, war hoch gewesen. Viel zu hoch! Nachdem er den Schutz des Senders ausgeschlagen hatte, war er zum Freiwild geworden. Freiwild für jeden Profiteur, der glaubte, mit dem Zeitreisenden oder dem Handy einen Vorteil für sich heraus-schlagen zu können. Carsten wollte nicht wissen, wer ihm alles bereits auf den Fersen war.

Er stellte den Wagen in die Tiefgarage des Präsidiums und fuhr mit dem Aufzug hoch. Der Korridor roch muffig. Die meisten Büros waren leer. Er hatte einmal gehört, dass es Leute geben sollte, die am Samstag um die Zeit mit einer Flasche Bier in der Hand die Sportschau anschau-ten. Alles Hörensagen. Karl Konstantins Tür stand offen, er saß nicht an seinem Schreibtisch. Das trostlose Ambiente passte zum Wetter.

An solchen Tagen konnte man sich volllaufen lassen oder vom Fenstersims springen. Emotionen, Carsten analysierte in seinem Frust seine eigenen Gefühle. Jetzt, in diesem Augenblick. Er war deprimiert, wütend, es ging nicht weiter, der Fall bockte wie ein störrischer Esel. Zuhause rebellierte seine Frau, die sich seinen Ruhestand anders vorge-stellt hatte, und bei jedem Schritt hörte er seine nassen Schuhe höhnisch auf den Boden klatschen. Ein mieser Applaus.

„Emotionen", flüsterte er und schlug mit der Zungenspitze gegen die Oberlippe. Das war's! Er hatte eine Idee! Emotionen waren der Schlüs-sel. Der Schlüssel für alles. Für ein glückliches Leben in trauter Zwei-samkeit, aber auch für die Hölle in einer Partnerschaft. Der Schlüssel, warum Patrick Richter sich in der Zeit bewegte. Immer wenn er Todes-angst verspürte, haute es den Jungen regelmäßig aus seiner Realität.

„Emotionen ... am besten schöne", trällerte Carsten, warf den durch-nässten Mantel an den Kleiderhaken und schnippte seine Schwimmflos-sen in die Ecke. Der Gedanke erhellte seine Sinne. Die nassen Socken, die an der Wand kleben blieben, hatte er hinterhergeworfen.

„Wir wären nichts ohne Emotionen ..." Er verließ barfuß den Raum und ging zur Kaffeemaschine. Heute gab es zumindest keine Warte-schlange. Er spürte den abgewetzten Laminatboden unter seinen nack-ten Fußsohlen.

„Ist alles in Ordnung?", fragte eine Kollegin, die wie er kein Zuhause hatte und auf sein freizügiges Schuhwerk blickte. Sie sollte sich nicht so anstellen, er hatte doch seine Hose anbehalten.

„Sind nass geworden ...", erklärte Carsten und zog sich zwei Tassen heißen Kaffee. Mit Zucker, damit das Zeug auch Wirkung zeigte. Eine für den Weg zurück zum Schreibtisch und die andere für später. Er hatte sich genug Arbeit mitgebracht.

Carsten lächelte. Er hatte keine Lust, der Kollegin seine Beweggründe zu erklären.

*

Wieder an seinem Schreibtisch angelangt, stellte er die beiden Tassen ab und aktivierte seinen Dienstcomputer. Das System brauchte Minuten, um nur die Benutzeroberfläche anzuzeigen. Da war sogar das Betriebssystem der Kaffeemaschine schneller. Egal, jetzt war der Rechner arbeitsbereit. Es legte sein Notizbuch und den USB-Stick auf den Tisch.

Wo konnte es mehr Emotionen geben als auf einer Beerdigung? Leider meist traurige, die Menschen litten verständlicherweise unter dem Verlust einer bekannten oder geliebten Person.

„Ein Bild ...", flüsterte er. Trauer musste der Indikator gewesen sein. Patrick war augenscheinlich unter dem Einfluss großer Trauer gesprungen. Von dieser Möglichkeit hatte er während der vielen Vernehmungen nie gesprochen.

Carsten brauchte ein Bild. Er tippte Sophies Namen ein und schickte die Suchanfrage los. Treffer. Mehr als einen sogar. Bilder der verstorbenen Sophie Monroe gingen bereits durch die Presse. Sie war ein hübsches Mädchen gewesen.

„Verrate mir dein Geheimnis." Carsten kopierte ein Bild in die Zwischenablage und nahm den Telefonhörer auf. Er brauchte Hilfe. Die Nummer hatte er im Kopf.

Zwei Wählzeichen ertönten.

„Petersen, KK-42."

„Grünfeld, Sonderermittlung BKA, ist Tobias zu sprechen?", fragte Carsten. KK-42 war der Hort der Düsseldorfer Nerds mit Dienstmarke: Computerkriminalität, Telekommunikationsüberwachung,

IT-Ermittlungsunterstützung. Ohne Rollkragenpullover kam niemand in deren Räume hinein.

„Hat frei heute.“

Tobias wäre der Mann der Wahl gewesen, er konnte mithilfe digitaler Bildverarbeitung zaubern.

„Ich brauche jemanden, der mir hilft, eine Person virtuell altern zu lassen.“

„Das kann ich.“

„Sehr gut.“ Carsten musste davon ausgehen, dass Patrick und Sophie sich gekannt hatten, sonst hätte er sich nicht auf diese Art auf dem Friedhof eingeschleust. Keiner der fünf anderen Sargträger hatte ihn je zuvor gesehen. Folglich mussten die beiden sich nicht nur gekannt, sie mussten sich auch gemocht haben. Zumindest hatte er viel für sie empfunden, sonst wäre er nicht von Trauer erfüllt in eine andere Zeit gesprungen.

„Was kann ich für Sie tun?“

„Ihre eMail?“

„max.petersen@polizei.nrw.de.“

„Das Bild ist unterwegs.“ Carsten tippte auf die Enter-Taste. „Sophie Monroe, weiblich, Jahrgang 2003, verstarb gestern früh in Köln ... keine schöne Geschichte. Ich brauche Bilder, wie sie in zehn, zwanzig und dreißig Jahren ausgesehen hätte.“

„Mail ist da ... ich fang direkt an“, erklärte Petersen.

„Dauert es lange?“

„Zwei Minuten. Ich habe ein spezielles Simulationsprogramm und einen schnellen Prozessor dafür.“

„Ich warte.“ Carsten ging von der weiteren Annahme aus, dass Patrick ihr in der Zukunft begegnet war. Er schmunzelte: begegnen würde. Es fiel ihm schwer, über Ereignisse, die noch nicht geschehen waren, in der Vergangenheitsform zu sprechen. Falls Zeitreisen einmal in Mode kommen sollten, hätten die Leute von der Dudenredaktion einiges zu tun, die Grammatik dafür zurechtzubiegen.

*

Carsten trank seine zweite Tasse Kaffee. Mittlerweile waren seine Füße trocken und die nasse Socke haftete nicht mehr an der Wand. Ein gutes Zeichen.

„Fertig ...“

„Sie haben etwas gut bei mir!“

„Ich schicke Ihnen die Bilder zu.“

„Danke.“ Carsten legte auf. Die eMail war eine Sekunde später in seinem Postfach. Er rief die drei Bilder auf. Zuerst wirkte Sophie wie die kleine Schwester ihrer Mutter, um sich dann sogar mit den nächsten beiden Bildern in selbige zu verwandeln. Die Ähnlichkeit war verblüffend. Kleine Unterschiede blieben trotzdem. Sophies Wangenknochen waren deutlicher zu erkennen. Hatte Patrick diese Frau in einer anderen Zeit kennengelernt? War das die Verbindung?

Das würde Carsten jetzt überprüfen. Das Ermittlungsteam hatte für den Fall Richter eine riesige Bild- und Videodatenbank angelegt, in der sie alles abspeicherten, was sie in die Finger bekamen. Zu den großen Archiven der öffentlichen Verkehrssicherung, Bahnhofs- und Flughafenüberwachung gab es direkte Verbindungen.

Zwei Klicks weiter und das Bild befand sich in der Suchmaske der Datenbank. Die Jagd auf die Unbekannte war eröffnet. Carsten suchte nach der erwachsenen Sophie. Das Programm analysierte hauptsächlich die Proportionen des Gesichts. Das System sollte intelligent genug sein, um mit anderen Frisuren oder abweichendem Körpergewicht klarzukommen.

Er nippte an der leeren Tasse. Mist, wie ein Blitz durchfuhr es ihn. Er hatte einen Denkfehler gemacht. Die Suche konnte nicht erfolgreich sein. Es gab keine Chance, die ältere Sophie in den Bildarchiven zu finden. Die Zeit, er hatte sich mit der Zeit vertan. Sie lebte in einer anderen. Wenn Patrick sie in der Zukunft kennengelernt hatte, würden die Archive im Jahr 2018 noch keine Treffer liefern können. Das hatte er in seiner Euphorie übersehen.

„Scheiße!“ Carsten stand auf, ging barfuß über den Flur und zog sich einen frischen Kaffee. Das wäre auch zu einfach gewesen, auf diesem Weg eine Verbindung nachweisen zu können.

Wieder an seinem Platz angekommen, sah er auf den Bildschirm und verbrannte sich vor Schreck an dem heißen Kaffee die Lippen. Treffer. Damit hatte er nicht gerechnet. Die Flughafenüberwachung hatte sie aufgezeichnet. Mehrfach sogar.

Nein, es war nur ein Treffer. Der Computer hatte in einem Fall Susanna Monroe für Sophie gehalten. Anhand der teuren Kleidung konnte Carsten den Unterschied schnell erkennen. Die Mutter trug immer irgendetwas aus Gold am Körper, und wenn es nur der Henkel der italienischen Handtasche war.

Carsten zoomte das Bild heran. Die Anzeige am Bildschirmrand belegte eine Genauigkeit von zweiundachtzig Prozent. Die Frau auf dem Bild hatte kurze blonde Haare, trug Jeans und eine helle Wolljacke. Er spürte es kribbeln. Dies war Sophie Monroe. Lebendig und einige Jahre später. Der Winkel der Kamera war zwar unglücklich und eine Säule verdeckte sie teilweise, doch der Zeitstempel machte den Unterschied: Wie kam die erwachsene Sophie auf eine Aufnahme von 2017?

„Sie reist auch in der Zeit." Carsten fiel es wie Schuppen von den Augen. Patrick hatte sie nicht unbedingt in der Zukunft treffen müssen. Die beiden konnten sich sonst wo getroffen haben. Er stand auf und ging zum Fenster. Das hatte er die ganze Zeit nicht im Blick gehabt. Patrick war nicht der Einzige.

*

Carsten wollte sichergehen. Er setzte sich, übernahm die Bilddaten und suchte mit erweiterten Parametern. Die Software wertete automatisch Marker in Sophies Gesicht aus. Das System nutzte alle Möglichkeiten, auch die Kleidung wurde erfasst.

Das Programm zeigte umgehend weitere Treffer an. Sophie am Flughafen. Bei einigen Aufnahmen trug sie eine Kappe, eine Sonnenbrille oder beides gleichzeitig. Sie hatte immer eine Identifizierung erschweren wollen. Die Software fand sie jetzt allerdings über die Kleidung, die Größe, die Statur und die Körperhaltung.

Carsten schluckte. 2012, 2014, 2016, 2017 – zwölf Treffer in diesem Zeitraum, wo sie dieselbe Kleidung trug. Immer wieder diese helle Wolljacke. Es gab sechs weitere Treffer mit einer dunkelblauen Windjacke. Eine Identifikation war sogar an dem Abend erfolgt, als er Patrick am Flughafen getroffen hatte. Den Tag würde Carsten niemals vergessen. Nein, nicht bei dem, was er erlebt hatte.

Er öffnete die betreffende Serie von Videodateien, auf denen die Software Sophie erkannt hatte. Carsten sah sich selbst. Das Mädchen musste sich in seiner unmittelbaren Nähe befunden haben. Da war auch Susanna Monroe. Die beiden Frauen sprachen miteinander.

Das war am 16.10.2017 um 20:42 Uhr gewesen. Er konnte nicht hören, was sie sagten, aber die Körpersprache zeigte die Überraschung der Mutter, ihre Tochter zu sehen. Gut zehn Jahre älter, als sie aus ihrer Sicht sein sollte. Carsten schätzte ihr Alter auf Mitte bis Ende zwanzig.

„Sophie und Patrick sind ein Paar." Carsten dachte laut. Er lehnte sich zurück. Jetzt ergab das ganze Szenario sogar Sinn. Die beiden hatten sich kennen und offensichtlich auch schätzen gelernt. Bei dem gemeinsamen Hobby kein Wunder.

Er versuchte, die Fakten zusammenzufassen. Sophie musste aus einer anderen Zeit in die Vergangenheit gesprungen sein. Sie wird viele Dinge gewusst haben. Ereignisse, die Carsten und auch jeder andere noch nicht erlebt hatte.

Mit diesem Wissen war sie zurückgekommen und hatte mit ihrer Mutter gesprochen. Ob Sophie sie gewarnt hatte? Oder um etwas gebeten hatte? Oder sie einfach nur sehen wollte? Sophie wird ihre Gründe gehabt haben. Er würde später Experten hinzuziehen, um ihre Lippenbewegungen deuten zu lassen. Mit etwas Glück würden sich Teile des Gespräches rekonstruieren lassen.

„Und jetzt kommt der Auftritt von Susanna Monroe. Der neue Stern im deutschsprachigen Fernsehen." Carsten steckte den USB-Stick in das System und öffnete die Kölner Akte. Lindner hatte alle bekannten Details zu Sophies Klinikaufenthalt dokumentiert.

Diese Rabenmutter hatte ihre vierzehnjährige Tochter nur einen Tag später in die private Klapsmühle in Köln-Hürth stecken lassen. Das Kind war am 17.10.2017 eingeliefert worden und hatte seitdem die Klinik nicht wieder verlassen. Nein, einmal hatte sie es vor die Tür geschafft.

Carsten verschloss die Augen. Das Kind hatte von diesen Ereignissen nichts gewusst. Sie hatte Patrick nicht gekannt. Sie hatte ihn nie getroffen, nie mit ihm gesprochen und auch niemals sein Herz berührt. Das alles war noch nicht geschehen.

Sophie hatte vermutlich noch nicht einmal von ihrer Zeitinstabilität gewusst und wurde von der Mutter für etwas verstoßen, was sie erst Jahre später tun würde. Die Zeit zeigte sich von ihrer erbarmungslosen Seite. Warum hatte Susanna das getan? Warum hatte sie ihr Kind nicht beschützt? Sophie hätte ihre Hilfe gebraucht. Die Verzweiflung in dem armen Mädchen wollte Carsten sich nicht vorstellen. Was für eine brutale Bestrafung. Eine Strafe, die erst mit dem Tod geendet hatte.

XXIX. Die geheimnisvolle Frau

Der Geruch von nassem Gras stieg ihm in die Nase. Nach dem Siggimeter war es immer noch schweinekalt. Und schweinestürmisch. Sehen konnte Patrick kaum etwas, denn er lag an einer Böschung im Freien. Die schlammbraunen Handschuhe zog er aus und legte sie zwischen seine Beine. Bis auf das Pfeifen des Windes herrschte Stille. Nachdem sich seine Augen an die Dunkelheit gewöhnt hatten, stand Patrick auf. Rechts von ihm verlief eine Landstraße, Autos gab es weit und breit keine, bei der Dunkelheit würden Scheinwerfer sofort auffallen.

Wo war er? Eben hatte er noch an Sophies Sarg gestanden. Jetzt trieb ihm der Wind die Tränen in die Augen. Dieser ganze Mist zehrte an seinem Körper, plagte seinen Geist und zermürbte seine Seele. Keiner würde ihm glauben, was er tagtäglich erlebte. Ursprünglich wollte er Lektor werden, doch warum nicht selbst ein Buch schreiben? ‚Die Odyssee der Tränen – die Abenteuer des Zeitreisenden Patrick Richter‘.

Oder doch nicht, seine Biografie würde vermutlich als Dark Fantasy nur unter dem Ladentisch an ein paar Spinner verkauft werden.

„Siggi", krächzte er. Der Wind blies seine Stimme weg. „Was gibt das hier?"

„Samstag, 7. Januar 2006. Mäßiger Datenempfang – Edge bestenfalls", erklärte Siggi durch den Ohrstöpsel.

„Kannst du feststellen, wo?"

„Im Taunus, westlich von Hanau. Wie kommt Beta-Tester 7 auf diesen Ort mitten in der Landschaft? Die nächste Behausung ist sechs Kilometer entfernt."

Angestrengt dachte Patrick nach. Sein Opa hatte mal einen Ford Taunus. Sonst fiel ihm nichts dazu ein. „Ich habe keine Ahnung. Im Taunus war ich noch nie, auch nicht als Kind, jedenfalls kann ich mich nicht erinnern." Er rieb sich die Hände. „Wir müssen hier weg, ich friere mir sonst den Hintern ab!"

„Jetzt haben wir keine neue Jacke gekauft. Nun ist es zu spät, der Dienst ist wieder verschwunden. Das ist unbefriedigend."

„Lalla, halt die Klappe! Solche Kommentare kann ich gerade nicht vertragen. Sei einfach still!" Patrick überlegte: „Im Jahr 2004 war ich neunzehn Jahre alt. Ich weiß nicht, wieso ich hier bin."

In der Ferne tauchten zwei Lichtpunkte auf. Patrick stellte sich mitten auf die Fahrbahn und winkte mit beiden Armen. Viele Chancen, eine Mitfahrgelegenheit zu erwischen, würde er in dieser Pampa nicht bekommen.

Die Scheinwerferkegel rückten näher. Mit beiden Beinen stemmte sich Patrick gegen den Sturm. Er zitterte vor Kälte. Der Fahrer des Autos verringerte die Geschwindigkeit, dann hupte er und zog auf der Gegenspur vorbei. Gerade als Patrick überlegte, welchen Fluch er ausstoßen sollte, hielt der Wagen ein paar Meter weiter am Straßenrand an.

Eine Frau um die Dreißig stieg aus und rief: „Ich habe Sie erst spät gesehen. Ist Ihnen etwas zugestoßen? Gab es einen Unfall oder sind Sie mit dem Wagen liegen geblieben?"

Patrick überlegte. Der beißende Wind half nicht gerade, einen klaren Gedanken zu fassen.

Ihre Haare wehten ihr durch das Gesicht. „Soll ich Sie mitnehmen?"

„Ja, vielleicht bis in die nächste Ortschaft, das wäre wirklich nett von Ihnen." Erleichtert ging Patrick zu ihr. Sie hatte auch ohne eine dämliche Ausrede erkannt, dass er Hilfe brauchte.

„Steigen Sie ein", forderte sie ihn auf.

Er zog sich das Regencape aus und setzte sich auf den Beifahrersitz. „Danke."

„Ein heftiger Sturm. Gerade brachte das Radio eine Unwetterwarnung für den Großraum Frankfurt. Sie sehen aus, als kämen Sie von einer Beerdigung." Sie lächelte ihn freundlich an, um zu zeigen, dass sie einen kleinen Humor gemacht hatte. Mit ihren glatten schwarzen Haaren und den blitzenden weißen Zähnen war die Dame von exotischer Schönheit.

„Ja, ich weiß." Mehr fiel ihm nicht ein. Müde schloss Patrick für einen kurzen Moment die Augen.

„Sie sehen erschöpft aus, soll ich Sie zu einem Arzt bringen? Oder ins Krankenhaus?"

„Nein, das ist nicht nötig. Ich bin nur seit zwanzig Stunden wach." Inständig hoffte er, dass sie nicht nachbohren würde. Er hatte keinen blassen Schimmer, was er dann erzählen könnte. Alles, nur nicht die Wahrheit.

„Wenn Sie möchten, können Sie bis Frankfurt mitfahren. In einer knappen Stunde sind wir da."

„Frankfurt ist prima. Danke schön!"

In der Mittelkonsole lag ein Handy. So ein alter, silberner Nokia-6230i-Knochen mit briefmarkengroßem Bildschirm. Seine Mutter hatte ihm ein solches Modell zu seinem achtzehnten Geburtstag geschenkt.

Sie bemerkte seinen Blick. „Das habe ich ganz neu. Tolle Technik. Möchten Sie jemanden anrufen, der Ihnen weiterhilft?"

Immer, wenn sie sprach, lächelte sie wie von selbst.

„Nein, das ist nicht nötig."

„Was machen Sie denn bei dem Wetter alleine im Dunkeln auf der Straße?"

Die Frage musste ja früher oder später kommen. Mühsam suchte er nach einer passenden Ausrede. „Öhm …" Schon mal ein guter Anfang.

Ruckartig wurde Patrick in den Sitz gepresst. Die Fahrerin stampfte auf die Bremse. Das ABS funktionierte, der Audi zitterte, bis er zum Stillstand kam. Etwa zehn Meter vor ihnen auf der Straße versperrte ein quer liegender Baum den Weg.

Die Dame saß stocksteif in ihrem Sitz, nur langsam entspannte sie sich. „Puh! Der liegt da noch nicht lange. Weit und breit niemand zu sehen. Wir müssen die Stelle sichern. Im Kofferraum habe ich ein Warndreieck. Könnten Sie es bitte aufstellen? Ich verständige die Feuerwehr." Sie griff nach dem Nokia-Handy.

Patrick stieg aus, suchte das Warndreieck und stellte es etwa hundert Meter vor der Gefahrenstelle auf. Der Wind blies ihm fast seine schwarze Mütze vom Kopf.

Als er wieder in den Wagen stieg, hatte die Dame schon aufgelegt.

„Die Feuerwehr kommt. Es kann zwar etwas dauern, da der Sturm schon einige Einsätze erfordert hat, doch sie tun, was sie können. Gut, dass ich mein neues Handy dabeihabe. Diese modernen Telefone sind unglaubliche Geräte, nicht wahr?"

„Ja, unglaublich", sagte Patrick.

„Ist genügend Platz, um den Baum auf der Gegenspur zu umfahren?"

„Das klappt, wenn Sie sich ganz links halten."

„Oder warten wir lieber, bis die Feuerwehr eintrifft?" Sie blieb gefasst und positiv, darauf bedacht, das Richtige zu tun.

„Das überlasse ich Ihnen. Ich habe es nicht eilig. Ich bin nur froh, dass Sie mich aufgegabelt haben."

„Dann warten wir. Das heißt, ich fahre an dem Baum vorbei und stelle mich mit Warnblinklicht an den Straßenrand. Dadurch weiß auch der Gegenverkehr, dass er vorsichtig sein muss."

Die Dame war nicht nur hilfsbereit, sondern auch vorausschauend.

Während sie ihr Vorhaben in die Tat umsetzte, tippte Patrick etwas in sein Smartphone ein. Er wollte mehr über seine Situation erfahren. Wieso war er ausgerechnet hier gelandet? Vielleicht kannte er die Frau irgendwoher.

Sie warf einen Blick zu ihm herüber. „Oh, Sie haben schon so ein modernes I-FON von Apple. Ich habe einen Bericht im Fernsehen darüber gesehen. Das kommt doch erst nächstes Jahr nach Deutschland."

„Das ist ein Prototyp", sagte Patrick und fand, dass er gar nicht mal so sehr schwindelte.

„Ich kann momentan nicht herausbekommen, wer diese Frau ist. Der Datenempfang ist unterbrochen. Der Sturm muss einen Sendemast beschädigt haben", erklärte Siggi. Durch den Ohrstöpsel konnte nur Patrick ihn hören.

„Der alte Siegfried hat keine Ahnung. Wahrscheinlich ist er selbst kaputt. Ich verzeichne einen guten Empfang, das Netz funktioniert einwandfrei", plärrte Lalla ihm ins Ohr.

Merkwürdig.

Patrick tippte ins Display: „Immer noch keine Infos, Siggi?"

„Nein, ich melde mich, wenn ich so weit bin."

„Der Empfang ist toll. Leider finde ich meine Server nicht."

Irritiert schaute Patrick auf die Anzeige der Signalstärke. Drei Balken, das sollte auf jeden Fall ausreichen. Was war mit Siggi los? Konnte er wirklich nichts empfangen? Die KI würde ihn doch nicht anlügen … Nein, eine KI konnte gar nicht lügen. Obwohl Siggi mal für ihn geschwindelt hatte … Jetzt war nicht der richtige Zeitpunkt, der Sache nachzugehen und sich womöglich mit Siggi zu streiten.

*

Hinter ihnen tauchten ein Polizeiwagen und die Feuerwehr auf. Das kalte, blinkende Blaulicht ließ den Baum auf der Straße wie das Gerippe eines Tieres erscheinen. Die Dame stieg aus und redete eine Weile mit den Männern.

Patrick blieb im Auto sitzen. Wenn er eins aus seinen Reisen in die Vergangenheit gelernt hatte, dann, dass er möglichst passiv bleiben sollte. Im Jahr 2006 konnte er doch nur Unheil anrichten. Einen Moment überlegte er, ob er sich die Spritze mit dem Beruhigungsmittel verabreichen sollte. Dann verwarf er diesen Gedanken, denn er wollte nicht einfach so verschwinden. Die Dame hatte ihn so nett behandelt, eine solche Unhöflichkeit brachte er nicht übers Herz. Zudem hatte er die Nase und den Körper von den Medikamenten gestrichen voll. Jetzt, wo es ihm etwas besser ging, wollte er sich nicht schon wieder mit Chemie vollpumpen.

*

Nach wenigen Minuten kam sie zurück und verstaute ihr Warndreieck im Kofferraum.

„Die zerkleinern den Baum mit einer Motorsäge und ziehen ihn dann mit Ketten von der Straße. Nun können wir beruhigt weiterfahren", sagte sie gut gelaunt, als sie einstieg.

Patrick sah aus dem Rückfenster – einer der Feuerwehrmänner machte sich bereits an der Motorwinde zu schaffen.

„Gleich ist die Straße wieder sicher", meinte sie zufrieden. Im nächsten Moment ließ sie den Motor an und fuhr weiter.

Zunächst saßen sie schweigend nebeneinander. Der Sturm schien etwas nachgelassen zu haben. Mit aller Kraft kämpfte Patrick gegen das Einschlafen an, dabei war es so gemütlich auf dem Beifahrersitz. Das gleichmäßige Brummen des Motors, die angenehme Wärme im Innenraum des Autos gepaart mit seiner Erschöpfung verlangten ihm alles ab, um nicht einzuschlummern.

Das kann ich der netten Frau nicht antun, dachte er. Wenn ich wegdöse und mich plötzlich neben ihr in Luft auflöse, fährt sie womöglich vor Schreck gegen einen Baum.

So stellte er sich schlafend, damit sie ihn nicht in ein Gespräch mit unangenehmen Fragen verwickeln konnte. Genauer gesagt waren eher die Antworten, die er sich hätte ausdenken müssen, unangenehm.

„Tut mir leid, dass ich Sie wecken muss, aber wir sind fast da. Wo genau soll ich Sie in Frankfurt rauslassen?", fragte sie plötzlich.

„In der Nähe des Bahnhofs. Kommen Sie da vorbei?"

Sie nickte. „Das passt."

Der Frankfurter Bahnhof lag nun direkt vor ihnen. Patrick stieg aus und beugte sich zum Abschied noch einmal ins Auto. „Vielen Dank fürs Mitnehmen. Sie sind sehr nett. Und die Geschichte mit dem umgefallenen Baum haben sie mittels Feuerwehr optimal gelöst."

Sie freute sich. „Danke schön. Ihnen alles Gute." Ihr Blick fiel auf den Beifahrersitz. „Oh, Sie haben Ihr Handy vergessen."

Fast zum Kichern. Tatsächlich war ihm das K11 aus der Hosentasche gerutscht und lag mitten auf der Sitzfläche. Sie nahm es in die Hand und staunte. „Was für ein unglaubliches Gerät. Damit wird der Hersteller bestimmt den Markt revolutionieren. Wie haben die nur so ein randloses Display hinbekommen?"

Patrick nahm das Smartphone entgegen. „Danke für alles. Ich wünsche Ihnen noch einen schönen Abend." Er winkte und schloss die Tür.

Au Backe, da hatte er doch beinahe das wertvollste Smartphone der Welt, mit Daten aus der Zukunft bis ins Jahr 2028 inklusive der genialsten KI aller Zeiten, im Auto liegen lassen. Er sah dem Audi nach. Eine wirklich nette Frau. Ob sie jetzt nach Hause zu ihrem Mann fuhr? Sofort dachte er wehmütig an Sophie. Was gäbe er dafür, jetzt mit ihr zusammen sein zu können.

Zunächst hatte Patrick überlegt, ein Hotelzimmer zu nehmen, doch dafür hätte er sich an der Rezeption registrieren lassen müssen. Natürlich hätte er sich irgendeinen Namen ausdenken können, doch er wollte in der Vergangenheit so wenige Spuren wie möglich hinterlassen.

Im Frankfurter Bahnhof war es windgeschützt und warm. In einem Seitengang lehnte ein Obdachloser an der Wand.

„Darf ich mich zu dir setzen?", fragte er.

„Na klar, ich teile alles, was ich habe. Du kriegst die Hälfte von nichts", kicherte der Mann freundlich. Sein Gesicht war wettergegerbt, ihm fehlten zwei Schneidezähne und sein rechtes Ohr war verbrannt. Eine leere Schnapsflasche und eine zerknitterte Bildzeitung lagen neben ihm. Datum: 03.01.2006.

Mit vorgestrecktem Hals las Patrick den Leitartikel über den Einsturz der Eissporthalle in Bad Reichenhall. Fünfzehn Tote, darunter viele Kinder, die Sekunden vor ihrem Tod fröhlich Schlittschuh gelaufen waren. Was für eine Welt. Damals war er schon bestürzt gewesen. Jeden Tag irgendwo eine Katastrophe und Verderben und Unheil. Er sollte bloß nicht daran denken, irgendetwas zum Besseren verändern zu können. Dagegen hatte Sisyphus sein Tagewerk effizient und zielgerichtet vollbracht.

Stöhnend lehnte er sich zurück. Sein neuer Freund schob ihm die Zeitung rüber. „Willste lesen? Ich hab die durch."

„Nein, danke. Nur ein bisschen ausruhen."

Patrick schloss die Augen. Die eine Schlagzeile hatte ihm vollends gereicht. Die verbleibende Kraft brauchte er jetzt für sich selbst. Theoretisch könnte er jetzt den jungen Texel anrufen, aber der konnte ihn mal. Auch in 2018 würde er diesem geldgierigen Dreckskerl die Informationen nicht geben. Da würde er sich etwas einfallen lassen müssen – mit der Black & Decker Bohrerfraktion war nicht zu spaßen. Nicht Texel kappte seine Marionettenfäden, sondern er tat es selbst. Schluss mit lustig.

„Was habe ich großartig zu verlieren?", sagte er laut zu sich selbst.

Zu dieser Philosophie nickte der Mann neben ihm zustimmend.

Die Brüder im Geiste saßen eine knappe Stunde schweigend nebeneinander. Patrick sah zu seinem Nachbarn hinüber. Der Mann war eingenickt. Nun musste er auch gähnen.

Eine Frau stöckelte vorbei, sie hielt einen gehörigen Sicherheitsabstand zu den beiden am Boden liegenden Pennern ein. Aus der anderen Richtung kam ein Pärchen. Der Mann blieb stehen und warf ein paar Münzen herüber. Klingelnd rutschten die Geldstücke zwischen seine Beine. Als Zeichen des Dankes hob er die Hand. Ehrlich verdientes Geld. Der Bettler ist stolz, kein Dieb zu sein. Er würde es Texel zeigen.

Es dauerte nicht lange, bis der Schlaf auch Patrick übermannte.

XXX. Mer losse d'r Dom en …

Sonntag. Es regnete seit gestern unverändert. Das Wetter variierte nur zwischen windarmem und böigem Dauerregen. Carsten hatte schon einmal daran gedacht auszuwandern. Seine beiden Jungs standen ohnehin bereits auf eigenen Beinen. Die waren ihnen gut gelungen. Er könnte sich einfach seine bessere Hälfte unter den Arm klemmen, wenn sie nicht allzu sehr strampelte, das Haus verkaufen und auf eine nette Mittelmeerinsel ziehen. Die Sonne lachte ihn an, in Gedanken zumindest. Als pensionierter Beamter musste er sich um sein Auskommen keine Gedanken machen.

„Kannst du mir bitte die Marmelade geben?", fragte seine Frau. Sie saßen gemeinsam beim Frühstück. Es war kurz nach elf. Dieser Sonntag war vom Schicksal dazu auserkoren worden, dass er maximal zwischen Couch, Esstisch und gelegentlich der Toilette kreisen sollte.

„Hier." Carsten reichte ihr die bittere Orangenmarmelade, die seine Frau liebte und er in hundert Jahren nicht essen würde. Marmelade hatte süß zu sein. Basta!

„Das ist eine wirklich traurige Geschichte …", sinnierte seine Frau, die es perfekt verstand, mit zwei Fingern den Löffel im Kaffee herumzurühren und mit der anderen Hand mittels eines zweiten Löffels flüssige Orangenmarmelade auf das aufgeschnittene Brötchen laufen zu lassen. Ihre Schwester hatte diese leicht bräunliche Pampe selbst hergestellt, die Carsten auch dann nicht gegessen hätte, wenn das Zeug nicht bitter schmecken würde.

„Welche?"

„In der Zeitung steht ein Bericht über die Monroe. Die Fernsehtante, die kennst du doch." Seine Frau schaffte es, während des kunstvollen Vorgangs des beidhändigen Synchronfrühstückens auch noch auf einem Pad-Computer die digitale Sonntagszeitung zu lesen.

„Die Enthüllungsjournalistin! Was ist passiert?" Natürlich kannte er Susanna Monroe. Der neue Stern am deutschsprachigen Nachrichtenhimmel. Ihr schwacher, aber immer noch hörbarer amerikanischer Akzent war ihr besonderes Markenzeichen.

Er mochte sie nicht. Ihre Reportagen über Patrick Richter waren ihm zu reißerisch und tendenziös. Er kannte keinen Beitrag, in dem sie nicht die Düsseldorfer Polizei, die Staatsanwaltschaft, die US-Botschaft, das Bundeskriminalamt oder die Chefin in Berlin für alles Mögliche verantwortlich machte.

„Sie hatte eine Tochter."

„Hatte ... was ist passiert?" Carsten kannte Susanna Monroes Familienverhältnisse nicht.

„Das Mädchen ist tot."

„Oh ..."

„Sophie Monroe. Sie starb am Freitag. Die Kölner Polizei geht von einem Suizid aus. Das Mädchen war erst vierzehn ... eine tragische Geschichte, sie hat sich mitten auf die Straße gestellt und von einem Fahrzeug überfahren lassen."

„Das tut mir leid."

„Gestern war die Beerdigung. Über dreihundert Jugendliche ihrer Schule waren dabei. Einige Kinder berichten nun, dass sich einer der Sargträger vor aller Augen in Luft aufgelöst hat."

„Wie bitte?" Carsten hörte auf zu kauen. Es gab nur einen, der solche Tricks draufhatte. Aber die Polizeiarbeit und der Fall Patrick Richter lagen hinter ihm.

„Einige sagen ja, andere sagen, dass der magische Sargträger anders aussah als Richter."

„Was hat er mit Susannas Monroes Tochter zu tun?", fragte Carsten. Eine Berufskrankheit – stets wollte er die Zusammenhänge verstehen.

„Du bist der Polizist in der Familie. Unsere Jungs haben zum Glück einen ordentlichen Beruf gelernt!"

„Ich bin im Ruhestand." Carsten wollte sich weder über Sophie Monroes Freunde den Kopf zerbrechen noch auf die Spitze seiner Frau reagieren. Sie hatte so viele Jahre unter seinem Beruf gelitten, dass ihr diese Kritik zustand.

*

263

Carsten saß auf dem Sofa und sah dem Regen beim Regnen zu. Wenn man im Trocknen saß, konnte die Natur auch an lausigen Tagen schön sein. Der Sekundenzeiger der Wanduhr drehte friedlich seine Runden. In drei Minuten war es halb zwölf, dann würde er anfangen, sich über das Mittagessen Gedanken zu machen.

Auf die Glotze hatte er keine Lust. Die Gefahr, aus Versehen einen Kanal mit Susanna Monroe zu erwischen, war zu groß. Seine Frau war nach dem Frühstück im Badezimmer verschwunden, um sich in Schale zu werfen. Sie wollte heute ihre Schwester besuchen, allein, weshalb Carsten nicht allzu traurig war. Andere Ehemänner litten unter der Schwiegermutter, er hatte eine Schwägerin, die jeden in der Familie mit selbst hergestellten Lebensmitteln versorgte, obwohl sie seiner Meinung nach über keinerlei Talent verfügte, diese in einer verzehrbaren Art und Weise zuzubereiten.

Das Telefon klingelte. Nicht das Festnetz: sein Smartphone vibrierte. Er beugte sich nach vorne, das Gerät lag auf der Glasplatte des Couchtisches. Unbekannte Nummer. Das Handy hatte er sich erst letztes Jahr zu Weihnachten besorgt. Na ja, er hatte es geschenkt bekommen. Bis auf seine Kinder, seine Frau und zwei alte Freunde kannte die Nummer niemand.

Er nahm das Gespräch an. „Grünfeld."

„*Guten Tag*", erklärte eine männliche Stimme, die er noch nie zuvor gehört hatte.

„Ja bitte …" Kurz überlegte er, ob er auflegen sollte. Vielleicht so ein dusseliges Gewinnspiel.

„*Spreche ich mit Polizeioberrat a. D. Carsten Grünfeld?*"

„Ja." Carsten richtete sich auf. Nicht auflegen – sein Instinkt erwachte.

„*Ich hoffe, nicht zu stören. Ich rufe im Auftrag von Patrick Richter an. Es ist wichtig.*"

„Mit wem spreche ich bitte?" Das wurde ihm nun doch zu bunt. Carsten tippte auf einen Scherz. Ruben Karlov, der seinen alten Job, die Düsseldorfer Polizeisondereinheiten zu koordinieren, übernommen hatte, liebte solche Späße.

„Ich heiße Siggi. Ich bin sein Smartphone", erklärte der Anrufer trocken.

„Schon klar ... sagen Sie Ruben, er kann mich mal!" Natürlich kannte Carsten die Geschichten über Richters Smartphone. Ein K11 mit einem Betriebssystem aus der Zukunft. Seit Monaten ein Riesenthema in der Presse. Richter war in der Zwischenzeit freigelassen worden. Der TV-Sender, der auch Susanna Monroe mit ihren Beiträgen auf die Zivilisation hetzte, hatte ihn mit einem juristischen Taschenspielertrick freibekommen und wurde zum Dank dafür von ihm verladen. Das K11, gefüllt mit sagenumwobenen Daten aus der Zukunft, befand sich immer noch im Gewahrsam der Polizei, die es auch mithilfe des BKA und der NSA nicht auslesen konnte. Ein Sachverhalt, der der Sonderermittlungsgruppe von Ramon Vesorez jeden Tag erneut Spott und Häme einbrachte.

„Bitte warten Sie."

„Was?" Diese Frage wäre nicht Rubens Art gewesen, der spätestens jetzt laut losgelacht hätte.

„Ich bin kein Mensch. Ich bin eine KI. Die direkte Kommunikation mit unbekannten Benutzern ist kompliziert. Ich bitte Sie um Entschuldigung, wenn ich mich ungeschickt ausdrücke."

Carsten stutzte. Das war nicht Ruben. Es fehlte die Pointe. Wer rief ihn gerade an? „Das K11 von Patrick Richter befindet sich in Polizeigewahrsam", hielt Carsten entgegen.

„Ein Zeitparadoxon ... es gibt mich zweifach. Ich kann Ihnen versichern, dass ich nicht von dem Gerät agiere, das die Polizei in Verwahrung hat. Leider ist die Zeit knapp und mein Beta-Tester 7, Patrick Richter, benötigt dringend polizeiliche Hilfe."

„Warum haben Sie nicht die 110 gewählt?"

„Würden die mir glauben?"

„Tue ich es?"

„Wenn nicht Sie, wer sonst?"

Die KI verstand es, entwaffnende Fragen zu stellen. Wenn es sich wirklich um eine KI handelte. „Kann ich mit Patrick sprechen?"

„Das ist leider nicht möglich."

„Helfen Sie mir, Ihnen zu glauben." Carsten blieb misstrauisch. Er wollte sich nicht wie ein Anfänger aus der Deckung locken lassen und zum Gespött von irgendwelchen Spaßvögeln werden. Der erste April war noch ein paar Wochen hin.

„Patrick Richter ist ins Jahr 2006 gesprungen. Dabei ist er Stan Wilsons Frau begegnet und hat sie unwissentlich davor bewahrt, von einem Baum erschlagen zu werden. Sie lebt. In einer parallelen Realität war sie durch diesen Unfall umgekommen."

Carsten hörte gebannt zu.

„Eine Tat mit Folgen. Wilson hat sich, nicht zuletzt aufgrund seiner glücklichen Ehe, nicht dazu verleiten lassen, seine Karriere zu opfern, um das K11 zu stehlen. In der alten Realität gab er es Ihnen, und Sie ließen es durch Ihren Sohn Benedikt Patrick zukommen."

„Blödsinn. Das hätten wir nie getan!"

„Glauben Sie mir, ich weiß es besser ... Wilson wurde erpresst, er tat es, um seine Tochter zu beschützen. Erpresst von den Leuten, die auch Patrick bedrohen."

„Wer sind diese Leute?"

„Der Mann im Hintergrund nennt sich Texel. Ein vorsichtiger Mensch. Ich kann aber die Polizei zu Patrick führen. Er ist in Frankfurt in einer Wohnung nahe dem Bahnhof. Ich kenne die Adresse. Die Zeit eilt. Sein Leben ist in ernster Gefahr!"

Carsten dachte nach. Wiebke vom BND hatte über die Gefahr privater Glücksritter gesprochen, die versuchen konnten, aus dem Wissen des K11 Geld zu machen.

Seine Frau kam aus dem Badezimmer. Sie reagierte auf Carstens kritische Miene, setzte sich an den Esstisch und wollte etwas sagen. Er gebot ihr mit einer Geste, zu warten.

Sprach die KI die Wahrheit? Die Geschichte klang viel zu bescheuert, als dass sie sich jemand ausgedacht haben konnte. Er presste das Handy an die Ohrmuschel, dass es schmerzte.

„Meine Frau sitzt mir gegenüber und schaut mich vorwurfsvoll an. Und ich soll einem Computerprogramm aus der Zukunft helfen?"

„Patrick sollen Sie helfen. Er hat Ihnen auch geholfen. Die besten Freunde kommen ungebeten."

Carsten erstarrte. Die Augen traten hervor. Seine Frau schüttelte den Kopf. Sie wusste bereits, dass sie ihren Mann an diesem Sonntag an seinen alten Job verlieren würde.

„Falls ich Ihnen glaube … Siggi … was mir schwerfällt, wie soll ich helfen? Ich bin nicht mehr im Dienst … Stan Wilson und Karl Konstantin werden mir kein Wort dieser verrückten Geschichte glauben." Carsten stand auf. Der Sonntag war gelaufen. Seine Frau verließ wortlos den Raum. Sie sah die Situation offensichtlich anders.

„Helfen Sie uns?"

„Ja." Das hatte Carsten immer getan.

„Ich wähle die Nummer der Polizei. Ich bilde eine Konferenzschaltung. Wir werden beide die Gegenseite hören. Sie werden auch mich hören, die Gegenseite aber nur Sie."

„Einverstanden." Zwei Wählzeichen ertönten.

„Special Agent Stan Wilson."

„Hallo Stan, hier ist Carsten."

„Carsten." Stan lächelte mit der Stimme. *„Wie geht es dir?"*

„Geht so."

„Wir haben Sonntag, warum rufst du an?"

„Ich habe das K11 in der Leitung."

„Buddy … schon ein Bier getrunken? Du meinst das K11, das wir in Verwahrung haben?"

„Genau das."

„Das kann nicht sein."

„Das habe ich auch gesagt ... aber die KI auf dem K11 kann sehr überzeugend sein. Bist du im Präsidium?"

„Ja … dieser kleine Bastard kostet uns Nerven. Die NSA kommt nicht weiter. Die Verschlüsselung ist nicht von dieser Welt."

„Sie ist aus der Zukunft und ab 2029 Industriestandard", erklärte das K11. Nur Carsten konnte Siggis lapidaren Kommentar hören. *„Bitten Sie Special Agent Wilson, die Konferenz zu erweitern. Er soll den Bundespolizisten anrufen, der das zweite K11 an der gesicherten Ladestation bewacht."*

„Ist das Gerät unter Verschluss?"

„*Selbstverständlich. Es ist Sonntag ... wir haben die Nerds heute an die frische Luft gelassen*", antwortete Stan. „*Morgen früh kommen sie alle wieder in den Käfig.*"

„Bitte nimm den Bundespolizisten mit in die Leitung."

„*Warum?*", fragte Stan.

„*Special Agent Wilson soll den Wachhabenden fragen, ob das andere K11 anfängt zu singen*", forderte die Siggi-KI.

„Echt jetzt?", fragte Carsten.

„*„Mer losse d'r Dom en Düsseldorf'* ... *ein kleiner Humor. Das hilft bestimmt.*"

„*Bitte?*", fragte Stan, der Siggi nicht hören und mit Carstens Frage nichts anfangen konnte.

„*Fragen Sie ihn*", forderte das K11. Eine KI, die gefährliche Scherze machte.

„Frag den Polizisten, ob das Gerät singt."

„*Du willst mich verarschen?*", fragte Stan.

„Nein." Carsten wäre am liebsten unter dem Sofa verschwunden.

„*Nennen Sie ihm den Text.*" Siggi blieb hartnäckig.

„Singt es ‚Mer losse d'r Dom en Düsseldorf'?" Carsten wurde warm im Gesicht.

„*Das frage ich doch nicht! Hast du etwas getrunken?*", protestierte Stan.

„Tue es einfach!"

„*Hey ... diese Story wird uns beide zum Gespött machen!*" Stan zögerte.

„Ruf ihn schon an!" Augen zu und weiter, dachte Carsten.

„Na gut."

Er hörte, wie Stan die Konferenz erweiterte.

Weder er noch der Amerikaner mussten noch nachfragen. „*Mer losse d'r Dom en Düsseldorf...*", klang es kraftvoll aus der Telefonleitung.

„*Das hat eben angefangen. Agent Wilson, können Sie mir das erklären?*", fragte der hörbar verwirrte Bundespolizist. „*Soll das ein Scherz sein?*"

„*Reicht das?*", fragte Siggi, nur für Carstens Ohren bestimmt. „*Die BKA-Firewall der Sonderermittlungsgruppe ist übrigens ein Witz. Es war nicht schwierig, sie zu überwinden.*"

„Überzeugt?", fragte Carsten in Richtung Stan. Der Gesang verstummte.

„*Kein Scherz, ich melde mich gleich.*" Stan fertigte den Bundespolizisten ab. „*Okay, ich kaufe deine Geschichte. Was ist passiert?*"

„Ein Zeitparadoxon ... es gibt jetzt zwei K11s. Meins sagt mir, dass Patrick Richter in Frankfurt in der Klemme sitzt. Sein Leben ist in Gefahr. Er braucht Polizeischutz!"

„*Ist das so eine Geschichte wie mit 2015?*"

„Denkbar ..." Carsten wusste es nicht.

„*Ich werde Karl aus dem Wochenende holen und die Kavallerie bestellen. Bist du zuhause?*"

„Ja."

„*Wir holen dich ab.*"

*

In zehn Minuten war es zwölf Uhr. Der Regen hatte nur unmerklich nachgelassen. Carsten sah in den Garten, den gerade ein landender EC-155-Eurocopter der Bundespolizei in Form brachte. Der nasse Dreck, den der Luftdruck der Rotoren an die Hauswand beförderte, verwandelte sein Heim in eine behagliche Hobbithöhle.

Zum Glück schmollte seine Frau im Schlafzimmer, das auf der anderen Seite des Hauses lag. Wenn sie gleich diese Sauerei im Garten sah, würde nicht Patrick, sondern er Polizeischutz brauchen.

Carsten hatte sich umgezogen: Jeans, Goretex-Schuhe und eine wasserdichte Jacke. Februar – draußen war es nicht nur nass, sondern auch kalt.

Sein Handy trug er in der Innenbrusttasche. Patricks K11 hielt die Verbindung offen. Carsten nutzte ein drahtloses Headset.

„Der Hubschrauber ist da!", rief Carsten. Noch hielt die geschlossene Glastür einen Teil des Lärms ab.

„Sehr gut. Die Lage bei Patrick ist im Moment stabil ... trotzdem ist Eile geboten."

„Darf ich eine Frage stellen, Siggi?"

„Ja."

„Warum ich?"

„Patrick vertraut Ihnen."

„Oh ..." Mit dieser Antwort hatte Carsten nicht gerechnet.

„Deswegen werde ich weiterhin nur mit Ihnen sprechen."

XXXI. Erkenntnisse

„Sonntag, 11. Februar 2018."

„Danke Siggi. Kein Wunder, dass es hier so leer ist."

Alles andere hätte ihn verwundert. Düsseldorfer Flughafen. Lieblingsbank. Gegenwart. Aufrecht saß er da und blickte umher wie ein König auf seinen Hofstaat. Dabei waren erstaunlich wenige Vasallen zu sehen, sein plötzliches Erscheinen interessierte niemanden. Er nickte zufrieden.

Alles wiederholte sich. Genau hier und genau so weit war er vor einigen Stunden auch schon gewesen. Wilson hatte ihn nach Frankfurt bringen wollen, stattdessen waren sie zu Sophies Beerdigung gefahren.

„Siggi, wir müssen Stan erneut anrufen. Ich brauche ihn, egal, was ich künftig mache."

„Ich baue die Verbindung auf."

Patrick trug immer noch den Ohrstöpsel. Er tastete seinen Beerdigungssakko ab. Diese trüben Klamotten musste er schleunigst loswerden. Die Datenbrille war nicht mehr da – er musste sie bei der Beerdigung oder auf der Landstraße verloren haben.

„Kranich", meldete sich eine müde Stimme.

„Guten Morgen. Ich ... äh ... wollte Stan Wilson sprechen."

„Um 6:30 Uhr am Sonntag verwählen Sie sich ... wie blöd muss man sein." Der Kranich beendete hörbar verärgert das Gespräch. Verständlich.

270

„Siggi, was war das? Falsche Verbindung? Probiere es noch einmal."

„Ich fürchte, es handelt sich um etwas anderes."

Sofort wurde Patrick hellhörig – Siggi mit einer Tonart, die er von der KI noch nicht kannte. „Was meinst du?"

„Es ist in 2006 offensichtlich etwas geschehen, was ich unbedingt vermeiden wollte. Ein Eingriff in die Zeit. So gravierend, dass sich die uns bekannte Realität verändert hat."

„Wie bitte? Ich habe doch nichts getan!"

„Die Frau."

„Was soll mit ihr sein?"

„Wir hätten sie nicht auf ihrem Lebensweg beeinflussen sollen."

„Ich bin doch sogar vorsichtshalber im Auto sitzen geblieben, als die Feuerwehr kam. Mit der netten Dame habe ich auch kaum geredet. Was soll da schon passiert sein?"

Merkwürdigerweise schwieg die sonst so eloquente KI.

„Siggiiii? Was verschweigst du mir?" Und Patrick fiel noch etwas anderes ein. „Und überhaupt – raus mit der Sprache: Wieso hast du während des Sturms vorgegeben, keinen Empfang zu haben?" Das wollte Patrick ohnehin noch klären.

„Es war eine Vorsichtsmaßnahme. Ich lerne bei jeder Zeitreise dazu. Meine Auswertungen ergeben, dass gerade die Abstecher in die Vergangenheit signifikante Auswirkungen auf die Gegenwart haben können. Ich bin selbst noch dabei, eventuell auftretende Zeitparadoxa zu analysieren."

„Ist das nicht ein bisschen übertrieben?"

„Nein."

„Jetzt lass dir nicht alles aus der Nase ziehen!"

„Bei der netten Frau, die dich in ihrem Wagen mitgenommen hat, handelte es sich um Iris Wilson, geboren in Leipzig."

Patrick brauchte nicht einmal eine halbe Sekunde. Ein Bild erschien vor seinem geistigen Auge. Das Foto aus der Geldbörse von Stan Wilson. Eine einsame Landstraße, ein umgefallener Baum, ein Auto mit zusammengedrücktem Dach. Mitten im zerquetschten Blech – eine Tote. Wilsons Ehefrau.

„Siggi – warum hast du nichts gesagt? Du hättest mir umgehend erklären müssen, wer da anhält und mich einsteigen lässt", flüsterte Patrick.

„Ich verstehe deine Entrüstung. Doch ich wollte genau das verhindern, was nun doch geschehen ist. Ein Eingriff in die Vergangenheit mit gravierenden Auswirkungen auf das Jetzt."

„Was heißt das genau?" Patrick stöhnte, eigentlich wollte er es gar nicht hören.

„Ich scanne gerade diverse Datenbanken. Es gab keinen Unfall im Jahr 2006. Wilson lebt heute mit seiner Frau Iris zusammen in Düsseldorf."

Ein Schauer lief ihm über den Rücken. Na klar! Sie hatte angehalten, um ihn aufzugabeln, dadurch hatte der Baum sie nicht erwischt. Folglich hatte dieses Unglück nie stattgefunden.

„Das … das ist ja wunderbar. Wenn ich mich daran erinnere, wie sehr er sie geliebt und wie sehr er um sie getrauert hatte …" Zum einen freute er sich darüber, dass er das Leben von Iris Wilson gerettet hatte, zum anderen fürchtete er sich vor den weitreichenden Konsequenzen. Was hatte sich noch verändert?

„Kannst du mehr über die Wilsons herausbekommen?"

„Es gibt Zeitungsartikel über ein anderes tragisches Ereignis. Laut diesen Informationen waren Mutter und Tochter begeisterte Segler und haben viel Zeit zusammen auf der Ostsee verbracht. Vor fünf Jahren ist ihre Tochter Laura bei einem Segeltörn ums Leben gekommen. Hierzu finde ich mehrere Berichte – über den Unfall und zwei Todesanzeigen."

Verdammt, dachte Patrick. Die Frau gerettet, dafür die Tochter tot.

Die Kehrseite der Medaille. Es musste der Teufel sein, der diese, sobald Patrick etwas Gutes bewirkte, mit einem dämonischen Grinsen umdrehte. So oder so, das Böse bekam offensichtlich stets seinen Lohn, seine Beute, seine Opfer.

Diese Zeitreisen in die Vergangenheit glichen einem Tanz mit bleibeschwerten Schuhen auf einem Minenfeld. Bei jedem seiner unbeholfenen Schritte konnte ihm alles, was er kannte, um die Ohren fliegen.

„Was hat sich sonst noch geändert?" Ein Hoffnungsschimmer durch-flutete Patrick. „Was ist mit Sophie?"

„Tot und beerdigt auf dem Nordfriedhof. Es tut mir leid."

Betrübt senkte er den Kopf. „Und wenn sich vieles ändert … wieso bleibt ausgerechnet das gleich?"

„Es gibt eine Menge Presse über einen vermeintlichen Zeitreisen-den und dessen Smartphone. Von Susanna Monroe ist seit zwei Tagen nichts mehr erschienen. Es heißt, sie trauere um ihre Tochter."

Diese falsche Schlange. Die Wut auf Susanna durfte ihn nicht von seinen Aufgaben ablenken. „Was gibt es sonst noch?"

„Die Presse lässt sich vor allem über die Inkompetenz der Behör-den aus: Besonders ausführlich stellen sie Stan Wilson, Ramon Vesorez sowie Karl Konstantin an den Pranger. Sie macht sich darüber lus-tig, dass sie den vermeintlichen Terroristen und Zeitreisenden freilas-sen mussten. Darüber hinaus machen die Behörden keine Fortschritte bei der Untersuchung deines Handys. In der ‚Frankfurter Allgemeine‘ heißt es: ‚Es grenzt an ein Wunder, dass eine Heerschar hochbezahlter Geheimdienstler des BND und der NSA bisher nicht in der Lage war, an die Daten des geheimnisvollen Smartphones aus der Zukunft zu gelan-gen.‘ Das Netz ist nach wie vor voll mit Beiträgen über Beta-Tester 7. ‚Wo ist Patrick Richter?‘, lautet die Schlagzeile des Kölner ‚Express‘."

„Oh nein, daran hat sich also kaum was geändert. Ich bin zwar frei, aber dennoch auf der Flucht." Diesmal brauchte er länger, um zu begreifen. „Siggi, die Polizei hat noch immer mein Smartphone." Fas-sungslos holte er das K11 heraus und starrte darauf. „Das hier. Dich gibt es jetzt zweimal."

„Ja und? Bald gibt es den alten Siegfried millionenfach. Der ist nichts Besonderes", schaltete sich Lalla ein, wie stets um maximale Konstruktivität bemüht.

„Lalla, ich will nichts kaufen. Halt dich zurück." Mit der Hand fuhr sich Patrick durch die blond gefärbten Haare. „Du hast die alte Welt noch im Cache, genau wie den Mist von 2015. Egal, was wir beide erleben, wir widerstehen aus unerfindlichen Gründen jedem Zeitpara-doxon. Es wird immer komplizierter."

„*Es sieht so aus, als wären wir beide die Einzigen, die auch die alternativen Realitäten kennen.*"

„*Ich verstehe das auch*", meldete sich Lalla.

„Ja, ja. Wo kann ich jetzt hin?"

„*Du wirst nach wie vor von diversen Interessengruppen verfolgt.*"

„Was ist mit Texel?"

„*Ich muss nur in deinem Ereignisjournal nachsehen. An Texels Zeitschiene im Zusammenhang mit seinen Plänen hat sich scheinbar nichts geändert. Carmen wartet in der Wohnung in Frankfurt auf dich. Du sollst Börsendaten besorgen, die Texel zu Gold machen kann.*"

Die neuen Informationen wirbelten um seinen Kopf.

„*Der alte Siegfried lügt. Und er weiß nicht, was das Beste für dich ist, Patrick. Du solltest ihn abschalten.*"

„Lalla, sei still!", zischte Patrick. „Und du auch, Siggi. Mir langt es allmählich." Er wusste, was er als Nächstes tun würde.

*

Etwa zwei Stunden später kam Patrick mit dem ICE im Frankfurter Flughafen Fernbahnhof an. Von dort nahm er ein Taxi in die Innenstadt. Alle Rechnungen bezahlte er in bar, er wusste, jeder Kreditkarteneinsatz wurde nachvollzogen. Die ganze Zeit haderte er damit, wie der kleinste Zufall ein Leben verändern konnte, sämtliches Leben verändern konnte. Der Flügelschlag eines Schmetterlings in Shanghai kann in New York einen Tornado auslösen. Und Chaostheoretiker Richter ist per Anhalter durch die Vergangenheitsgalaxis unterwegs. Fabelhaft!

Du musst das positiv sehen, fiel ihm Lunas Lebensphilosophie ein. Viel Schönes konnte er im Augenblick nicht ausmachen. Sein bester Freund war eine KI im learning mode, der er gerade den Mund verboten hatte. Immerhin freute er sich darauf, Wilson wiederzusehen. Ein Gedanke bohrte in ihm – eine Überlegung, die einfach nicht damit rausrücken wollte, was sie überlegte.

*

Die kleine Bar war geschlossen. Aus einem Instinkt heraus blieb er vor der schmalen Tür zum Treppenhaus stehen. Warum zögerte er? Der Eingang war nicht abgeschlossen. Gleich würde es das große Wiedersehen geben, wobei Wilson gar nicht wusste, dass Patrick seine Frau Iris vor dem Tod durch Baumschlag gerettet hatte. Die andere Realität hatte für ihn nie stattgefunden. Die Witwer-Realität, in der seine Tochter noch gelebt hatte. Laura, die er unter allen Umständen hatte schützen wollen. Für deren Wohlergehen er … es war, als liefe kochendes Wasser an Patricks Rücken hinunter … das Smartphone gestohlen hatte. Schlagartig wurde ihm klar, woran sein Unterbewusstsein die ganze Zeit über geknabbert hatte.

„Siggi, das Handy liegt noch bei den Bullen im Präsidium, richtig?"

„Ja, das haben wir ja bereits festgestellt."

„Dann … hat Wilson es ja gar nicht gestohlen."

„Korrekt."

„Sondern er arbeitet zurzeit immer noch mit Kalle Konstantin daran, das Smartphone zu knacken."

„Korrekt."

„Dann … kann er doch gar nicht hier sein."

„Korrekt. Ich habe mich schon gewundert, was du hier möchtest. Aber ich hatte ja Redeverbot."

So langsam wurde ihm Siggis emotionaler learning mode unheimlich. Jetzt klang die KI sogar beleidigt.

„Tut mir leid, Siggi. Ich habe so viele Sorgen, da komme ich mitunter durcheinander." Patrick schlussfolgerte: „Dann kann Texel Stan auch nicht unter Druck gesetzt haben. Wilson wird nicht mitspielen und mir auch nicht helfen. Ich verstehe nicht, was Texel noch von mir will. Das Smartphone besitze ich aus seiner Sicht doch überhaupt nicht."

„Korrekt."

„Na sieh mal, wer da ist. Willkommen zurück. Was stehst du hier rum wie ein Hausierer? Komm rein!" Decker zog ihn mit seinen mächtigen Pranken durch die Tür in den schummrigen Flur. „Wir haben uns schon Sorgen gemacht. Hoch in die Wohnung", knurrte er.

*

Wenig später saß er mit Carmen im Wohnzimmer. Black und Decker standen wie Ritterrüstungen an der Wand und betrachteten ihn mit finsterem Blick.

„Schön, dass unser Zeitritter wieder da ist." Mit kaltem Grinsen betrachtete ihn Carmen.

Patrick schwitzte. Dies stellte eine neue Herausforderung dar. Es hatte sich etwas an der Situation in Frankfurt geändert, er wusste nur nicht, was im Detail. Wie konnte der Handel mit Texel ohne Wilson und das legendäre Smartphone stattfinden? Wie ging er mit der Mutation seines eigenen Lebens um? Er fühlte sich wie ein Zeit-Zombie. Wie sollte er reagieren? Schwer zu beantworten, weil er nicht einmal wusste, was genau geschehen war. Richtig bewusst wurde ihm das Dilemma erst jetzt. In der Vergangenheit hatte es ihn stets zweimal gegeben. Und er wusste nicht, was sein zweites Ich in den letzten Tagen erlebt hatte. Nur eins war sicher: Den unbedarften, trotteligen Patrick Richter gab es in der Gegenwart nur einmal – und der saß gerade im Frankfurter Getto drei Schwerkriminellen gegenüber.

„Hast du die Daten, die uns alle so brennend interessieren?", fragte Carmen. Beinahe beruhigend, ihre Gier war die Gleiche geblieben.

„Nein, ich bin leider nicht im geeigneten Zeitkorridor gelandet. Ich muss es erneut versuchen." Patrick wusste nicht, wie weit er mit dieser aus der Hüfte geschossenen Lüge kommen würde, etwas Besseres fiel ihm nicht ein.

„Was? Überhaupt nichts Neues auf dem Smartphone? Nicht einmal ein Update des Systems? Dabei hat Texel dir das gleiche Modell besorgt."

Wie meinte sie das?

Siggi schaltete als Erster. Über den Ohrstöpsel erklärte er: *„Der Deal hat komplett ohne Wilson stattgefunden. Texel hat realisiert, dass du die entscheidende Komponente im Spiel bist. Daher hat er dir ein handelsübliches K11 gekauft und dich damit losgeschickt. Der Plan blieb der* *gleiche. Das Smartphone spielt im Grunde keine Rolle, solange du es mit Daten aus der Zukunft fütterst."*

Ich muss Zeit gewinnen, dachte Patrick. Er suchte nach den richtigen Worten. Immer wieder drehte sich alles um die Zeit.

„Ja, ich bin leider zu weit in der Vergangenheit gelandet. Bei einem Leichtathletikwettkampf in meiner Jugend. Somit konnte ich keine brauchbaren Daten mitbringen."

„Das wird Texel nicht erfreuen."

„Ich sollte es gleich noch einmal probieren. Irgendwann muss ich ja in der Zukunft oder einer brauchbaren Vergangenheit landen." Patrick wollte verschwinden.

Stirnrunzelnd sah ihn Carmen an. „Kaum wieder da, willst du schon wieder weg."

Wie auf Kommando kamen Black und Decker näher. Sie rümpften die Nasen, als würde er schlecht riechen. Um in seinem neuen Leben als Zeit-Bankräuber noch den nächsten Tag zu erleben, sollte er glaubwürdiger lügen lernen.

„Patrick. Gib mir das Smartphone." Misstrauisch legte sie den Kopf schräg.

„Wo ist dein Problem, Carmen. Ich bin aus freien Stücken zurückgekommen und halte mich an Vereinbarungen."

„Quatsch nicht. Gib mir das Handy."

Was sollte er nun tun? Sie würde auf den ersten Blick sehen, dass er gelogen hatte. Wie versteinert saß Patrick da. Als er keine Anstalten machte, das K11 herauszurücken, kamen Black und Decker einen Schritt näher. Mit Freuden würden sie nachbohren.

„Gib es ihr. Ich werde ein Betriebssystem von 2018 simulieren und die Daten so verschlüsseln, dass sie diese nicht entdeckt."

Geniale Idee, dachte Patrick. Siggi hatte erstaunliche Tricks drauf. Jetzt mussten sie nur noch funktionieren.

Mit unschuldiger Miene schob er Carmen das K11 über den Tisch.

Sie tippte auf dem Display herum und ließ sich als Erstes die Systeminformationen anzeigen. „Hm. Scheint wirklich nichts Besonderes zu sein. Warte, ich schließe es nur noch schnell an meinen Laptop an.

Damit kann ich den Inhalt besser überprüfen." Sie verschwand mit dem Smartphone im Nebenzimmer, Patrick blieb mit Black und Decker zurück. Ihm wurde warm.

Durch den Ohrstöpsel konnte er Siggi immer noch hören. *„Sie ist auf den Fake mit der Betriebssystemversion hereingefallen, die Daten wird sie auch nicht finden."*

Freundlich nickte Patrick den beiden Bodyguards zu. Black trug eine digitale Armbanduhr. 11:20 Uhr.

Carmen kam mit dem Handy wieder herein. Ihr enttäuschter Gesichtsausdruck erfreute Patrick. „Ein stinknormales K11. Wenn er sich gestern nicht vor unseren Augen in Luft aufgelöst hätte, würde ich sagen, er verarscht uns nach Strich und Faden."

„Das stimmt! So jemanden wie den habe ich noch nie erlebt", bestätigte Decker. „So einen Trick hätte ich im Knast gut gebrauchen können."

„Er muss tatsächlich noch mal los. Ich sage Texel Bescheid."

„Frag, ob Black ihn diesmal mit dem Messer kitzeln soll, damit er springt."

In dieser Realität würden Decker und Patrick keine guten Freunde mehr werden. Immerhin konnte Siggi alle täuschen, dachte er erleichtert. Nach wie vor musste er so schnell wie möglich fort von hier. Und über allem schwebte das Ziel, Sophie zu helfen.

„Bevor ich Texel anrufe – hier hast du das Handy zurück." Sie legte das K11 vor Patrick auf den Tisch.

Das Smartphone vibrierte – laut und deutlich ertönte es aus dem Lautsprecher: *„Der alte Siegfried hat euch reingelegt. Er ist ein Lügner. Ich kann euch helfen – ich weiß alles aus der Zukunft."*

„Lalla, halt dein Schandmaul!", entfuhr es Patrick. Das durfte doch nicht wahr sein!

„Wer war das?", fragte Carmen mit verblüfftem Gesichtsausdruck. Ihr Arm schnellte vor und grapschte nach dem Telefon. Erneut inspizierte sie es, tippte hektisch auf dem Display herum. Ihre Augen wurden rund wie Untertassen. „Das ist unglaublich. Unfassbar!" Dann schaute sie Patrick an.

„Lalla hat meine Tarnung zurückgesetzt. Tut mir leid, Beta-Tester 7", sagte Siggi.

Die Wut in Carmens Blick ließ ihn frösteln. Nun hatte er ein gravierendes Problem.

XXXII. Nicht meine Tochter

Eigentlich müsste der Rhein bereits um drei Meter gestiegen sein und die halbe Stadt überflutet haben. Stan konnte kaum verstehen, wo sich das ganze Wasser befand, das binnen der letzten sechsunddreißig Stunden vom Himmel heruntergekommen war.

„Da vorne ... das Haus mit dem roten Dach. Können Sie im Garten landen?", fragte er den Piloten der Bundespolizei. Stan trug einen Kopfhörer und beobachtete, wie der Hubschrauber gut dreißig Meter über dem Boden stoisch den Elementen trotzte.

„Das darf ich nicht ...", antwortete der Pilot über das Interkom-System des Hubschraubers.

„Ich habe nicht gefragt, ob Sie es dürfen ... ich wollte wissen, ob Sie es können." Um als Amerikaner mit deutschen Beamten klarzukommen, hatte er Jahre gebraucht.

„Ja ... aber das ist ein Wohngebiet. Ich darf nicht landen, ohne dass die Landezone gesichert wurde."

„Was würden Sie tun, wenn Krieg wäre?"

„Krieg?"

„Wenn es um Leben und Tod ginge?"

„Landen."

„Genau dieser Krieg droht uns, wenn wir Polizeioberrat Grünfeld nicht binnen der nächsten Minuten aufnehmen und nach Frankfurt fliegen." Stan hatte mit Carsten über 2015 gesprochen. Über den Terroranschlag am Flughafen, der nur in einer parallelen Realität stattgefunden hatte. Er war überzeugt, dass der Hilferuf des K11 authentisch war. Die Chance, Richter und ein zweites K11 sichern zu können, wollte er sich nicht entgehen lassen.

Karl Konstantin sah es genauso. Der BKA-Polizist hatte Stan den Feldeinsatz in Frankfurt überlassen und versuchte, Vesorez zu erreichen, der sich an diesem Sonntag das erste Mal seit Weihnachten freigenommen hatte.

„In Ordnung, ich lande. Auf Ihre Verantwortung!", erklärte der Pilot und ließ den Eurocopter sinken.

„Einverstanden." Es wäre einfacher gewesen, in Nordkorea ein texanisches Rodeo mit anschließendem Barbecue zu organisieren, als einen deutschen Beamten dazu zu bekommen, freiwillig den Kopf für etwas hinzuhalten.

*

Stan gab Carsten einen Kopfhörer, ohne den man im Hubschrauber sein eigenes Wort nicht verstanden hätte. Es genügte, wenige Sekunden die Tür zu öffnen, um komplett durchnässt zu werden. Der Regen war eiskalt. Fucking weather!

„Alles klar?" Carsten reichte ihm die Hand. Der Hubschrauber gewann sofort wieder an Höhe.

„Du hast den Sonntag geschmissen ... ich habe im Büro Football geschaut."

„Sorry."

„Ist schon in Ordnung. Das Spiel war eine Aufzeichnung, die läuft mir nicht weg." Stan tippte dem Piloten auf die Schulter. „Nach Frankfurt zum Bahnhof. Die Polizei wird das Areal räumen. Sie werden sicher landen können." Er wollte vom Piloten nicht zweimal am Tag Unmögliches fordern.

„Haben wir ein SEK oder BFE+-Team vor Ort?"

„Unterwegs." Stan verschwieg die Kleinigkeit, dass sich Karl Konstantin noch mit der Frankfurter Polizei um die Zuständigkeit stritt. „Wir sollten gleichzeitig eintreffen."

„Sehr gut." Carsten zeigte mit dem Daumen nach oben. Stan hielt einiges von ihm. Mit keinem anderen deutschen Polizisten hatte er über die Jahre eine Vertrauensbasis aufbauen können. *„Das K11 hat mir ein paar interessante Dinge über dich erzählt."*

„Die wären?" Stan wusste nicht, worauf Carsten hinauswollte. Zu seinen schlimmsten Sünden in Deutschland gehörte bisher, dass er einmal in der Kantine des Düsseldorfer Polizeipräsidiums gefurzt und einen Kollegen dafür anklagend angesehen hatte.

„Du bist ein Dieb, hast dein Land verraten, wurdest suspendiert und stehst bei Interpol auf der Fahndungsliste." Carsten lächelte.

„Jetzt, wo du es sagst ..."

„Du hast das K11 gestohlen, einen meiner Kollegen niedergeschlagen und mir das Gerät gegeben."

„Ach, du bist mein Komplize?"

„Ähm ... ja."

„Und was hast du mit unserem Diebesgut gemacht? Hast du wenigstens einen guten Preis herausschlagen können? Ich wollte mir immer schon eine fünfzig Fuß Motorjacht kaufen ... leider zahlt das FBI zu mickrig und die Schutzgelder, die ich in Düsseldorf kassieren konnte, sind ein Witz."

„Ich habe das K11 verschenkt!"

„Carsten ... in welcher Welt hätte ich mir einen so dämlichen Komplizen ausgesucht?"

„Das Smartphone habe ich Patrick Richter zurückgegeben."

Stan lachte. „Mit deiner Einstellung kann man definitiv nicht zu Geld kommen."

„Stimmt ... die Guten trinken Dosenbier."

„Das hat dir alles das K11 erzählt?"

„Die KI kann sehr überzeugend sein."

„Ich verstehe ... wir haben auch sehr anschauliche Beweise für den Terroranschlag auf den Düsseldorfer Flughafen gefunden, der bekanntlich nie stattfand."

„Wir sprechen über parallele Realitäten. Patrick Richter hat Welten erlebt, die sich aufgrund von Kleinigkeiten völlig anders entwickelt haben. Offensichtlich durchlebt er diese Zeitparadoxa unbeschadet."

„Logisch ... aber trotzdem kaum zu verstehen. Wer oder was soll mich dazu gebracht haben, kriminell zu werden?" Stan konnte sich auch in seinen kühnsten Träumen nicht vorstellen, solche Dinge zu tun.

„Deine Frau."

„Bitte?"

„Sie ist bei dir. Sie gibt dir Halt."

„Klar ... aber was soll mit ihr sein?"

„Das K11 berichtete mir, dass Patrick im Jahr 2006 deiner Frau begegnet ist. Nur deswegen ist sie noch an deiner Seite."

„Wie jetzt?" Stan sah Carsten verwundert an. Was sollte Patrick denn mit ihr gemacht haben?

„Er hat unwissentlich einen Unfall verhindert. Das K11 hat zuvor eine andere Realität erlebt, in der deine Frau bei genau diesem Unfall umkam. Sie war später nicht an deiner Seite, folglich hast du dich anders verhalten. Das gilt auch für mich. Angeblich war deine Tochter ebenfalls in Schwierigkeiten. Du wurdest erpresst, und wir reden bei dem Einsatz heute über dieselben Gauner, die auch deine Tochter bedroht haben."

„Carsten, das kann so nie passiert sein." Stan schüttelte den Kopf. Jemand sollte seine Tochter bedroht haben? Nein, so konnte die ganze Geschichte nicht gelaufen sein.

„Warum?"

„Meine Tochter lebt nicht mehr ... sie starb bei einem Bootsunfall 2013 auf der Ostsee. Sie hat das Meer geliebt. Früher sind wir öfters gemeinsam segeln gewesen. Meine Frau, sie und ich."

„Das wusste ich nicht", antwortete Carsten betroffen.

„Ich habe es dir auch nicht erzählt." Stan hatte 2013 eine Weile gebraucht, um diesen Schicksalsschlag zu verdauen. Später bei der Arbeit hielt er es nicht für angebracht, darüber zu sprechen. Er schätzte den Deutschen, sie waren aber bisher nicht privat befreundet gewesen.

„Davon hat das K11 nicht gesprochen, was aber nicht bedeutet, dass es sich in der anderen Realität nicht genauso zugetragen hat. Es kann auch weitere Veränderungen gegeben haben."

„In einer Welt, in der meine Tochter lebt, ich kriminell werde und meine Frau tot ist?" Dieses Szenario wollte Stan sich nicht vorstellen. Niemand sollte wie ein Puppenspieler über das Leben anderer herrschen. Das eine geben und das andere nehmen, nein, Eltern sollten ihre

Kinder nicht überleben müssen. Eine Überlegung erschreckte ihn. Dies bedeutete, dass Richter indirekt am Tod seiner Tochter eine Mitschuld traf.

*

Der Eurocopter raste mit 300 Kilometern in der Stunde nach Frankfurt. Carsten und er hatten einige Minuten geschwiegen. Sie würden gleich an ihrem Ziel ankommen. Die Gedanken an seine Tochter konnte er nicht aus seinem Kopf vertreiben.

Carsten war ein feiner Kerl, aber mit der Geschichte hatte er eine alte Wunde aufgerissen. Eine schmerzliche Wunde, die zwar eine hässliche Narbe hinterlassen hatte, von der er jedoch geglaubt hatte, dass sie halbwegs verheilt war. Stans harmonische Seite versuchte sich einzureden, dass alles passiert war, wie er es erlebt hatte. Sein Verstand hingegen schrie ihn wütend an.

Es funktionierte nicht. Er kam damit nicht klar. Immer wieder hörte er sich rufen, dass seine Tochter noch leben könnte. Die Gedanken brannten. Sein Gemüt war nicht in der Lage, über diese zynischen Wirrungen der Zeit hinwegzusehen. Wenn Patrick wirklich seine Frau gerettet hatte, fühlte Stan dafür Dankbarkeit. Aber warum hatte er dann im gleichen Atemzug seine Tochter genommen? Warum hatte er nicht beide retten können? Stan war nicht dabei gewesen. Hatte Richter es überhaupt versucht?

„*Noch zehn Minuten*", meldete der Pilot.

Stan nickte.

Carsten griff in die Tasche, holte sein Smartphone heraus und stöpselte ein Kabel des Eurocopter-Headsets ein.

„*Grünfeld.*" Offensichtlich bekam er einen Anruf. Im Hubschrauber war es sehr laut, aber Stan konnte über das Interkom-System mithören.

„*12:25 Uhr. Die Lage ist kritisch. Wir brauchen sofort Unterstützung des SEK!*", erklärte die KI. Unglaublich, es war das K11, das Carsten eigenständig anrief.

„*Wir sind unterwegs!*", antwortete Carsten.

„*Keine Zeit mehr. Das SEK soll die Wohnung stürmen!*" Die KI machte keine Umschweife.

Carsten sah Stan an: „Kannst du den Einsatz befehlen?"

Stan hob den Finger und rief Karl an.

„*Ja ...*" Konstantin klang fahrig.

„Das SEK soll eingreifen! Jetzt! SIE SOLLEN NICHT AUF UNS WARTEN!" Stan gab den Wortlaut eins zu eins weiter. Als FBI-Agent konnte er keiner Spezialeinheit der deutschen Polizei einen direkten Einsatzbefehl erteilen. Das letzte Wort musste von Karl kommen.

„*Das SEK steht bereit. Die Zuständigkeiten sind noch nicht geklärt ... ich arbeite daran!*"

„*Patrick wird die nächsten Minuten nicht überleben!*", rief das K11 dazwischen.

„*Wer spricht dort?*", fragte Karl.

„Das zweite K11", erklärte Stan.

„*Leck mich am Bein ... okay, okay, hab verstanden! Das SEK! Ich versuche, den Zugriff sofort durchführen zu lassen.*" Karl legte auf. Sein Bauch grummelte. Sie hatten die Situation nicht im Griff.

„Scheiße!", sagte Stan.

Carsten nickte. Auch er schien dieser Meinung zu sein.

Die Polizisten vor Ort waren Beamte aus Hessen. Die ließen sich weder von der Düsseldorfer Polizei noch vom BKA als Dienstboten einsetzen. Das nannte man Föderalismus. Die Polizei oblag der Hoheit der Länder.

„*Was ist jetzt?*", fragte Carsten. Siggi hörte mit. Der Hubschrauber raste weiterhin auf Frankfurt zu. Der Regen hatte sogar aufgehört, die Sonne blieb trotzdem hinter den Wolken verborgen.

„Warte ..." Stan rief die US-Botschaft an, er hatte die Nummer des Botschafters abgespeichert, der sofort abhob. Er wollte eine Option überprüfen.

„*Woher wusste ich, dass du anrufst?*"

„Wir haben eine Notlage."

„*Vesorez hat uns informiert.*"

„Die Polizei in Frankfurt zögert ... kann ich Unterstützung aus Ramstein bekommen?"

„*Es steht ein SEAL Team bereit ... einsatzbereit in der Frankfurter Innenstadt in vierunddreißig Minuten.*" Der Botschafter hatte mitgedacht, aber reichte der Zeitrahmen?

„*So viel Zeit haben wir nicht!*", sagte das K11. „*In vierunddreißig Minuten wird Patrick Richter nicht mehr leben!*"

„*Wer ist das?*", fragte der Botschafter.

„Das zweite K11, das uns angefordert hat!", sagte Stan. „Die KI kooperiert mit uns!"

„*Ich bin zu alt für diesen Job ... ich gebe Ihnen die Freigabe. Sie können das SEAL Team direkt befehligen! Helfen Sie Patrick Richter und, was noch wichtiger ist, sichern Sie alle KIs, derer Sie habhaft werden können!*"

„Danke, Sir." Stan sah auf sein Smartphone. Jemand klopfte an. Er bekam einen Anruf vom BND. Wiebke Meyerwölden befand sich in der Leitung. Die Frau kam selten im richtigen Moment. Er nahm das Gespräch an. „Erzähl mir jetzt keine Scheiße!"

„*Vesorez hat uns informiert.*"

„Hast du Leute in Frankfurt?"

„*Kein Einsatzteam. Karl muss das hessische SEK in Schwung bekommen. Es gibt keine Alternative ... jeder andere braucht zu lange*", antwortete sie.

„Was willst du?" Leider hatte Wiebke recht. Es machte keinen Sinn, das SEAL-Team anzufordern. Die Zeit arbeitete gegen sie. Ganz abgesehen davon, dass er nicht wie eine Besatzungsmacht amerikanische Soldaten einen deutschen Polizeieinsatz untergraben lassen konnte.

„*Wir haben den Hintermann. Wir haben Texel! Peter Lapidis, Jahrgang fünfundsechzig, Ex-Analyst bei der Finanzaufsicht, Ex-BND, er arbeitet auf eigene Rechnung. Ich denke nicht, dass er alleine agiert. Denen geht es nicht um Kleingeld. Er wird Geldgeber haben. Wir müssen alle bekommen, die mit ihm zusammenarbeiten!*"

„*Das hilft Patrick nicht! Patrick wird gleich getötet!*", rief das K11 dazwischen. Stan war sich der besonderen Dringlichkeit durchaus bewusst.

„*Wer ist das?*", fragte sie.

285

„Das K11." Stan hörte die Frage jetzt zum dritten Mal. Dass ein Telefon eigenständig telefonierte, hatte im Jahr 2018 trotz Siri, Cortana und Alexa noch etwas Besonderes.

„Abgefahren. Aber gut ... wir haben heute Sonntag. Die Banken, Börsen und Handelsplätze sind geschlossen. Texel, alias Peter Lapidis, kann im Moment kein großes Geld machen. Ich halte Patrick Richter heute für relativ sicher. Lapidis wird das Wissen aus der Zukunft zuerst testen, bevor er dem Jungen eine Kugel verpasst."

„Das ist falsch! Sie ziehen die falschen Schlüsse! Ich bin vor Ort! Wir haben keine Zeit. Mein Benutzer wird gleich getötet! Ich werde handeln!", erklärte das K11 und verstummte.

„Das Telefon hat aufgelegt." Carsten hob die Schulter. „Und es klang sauer!"

Stan konnte an diesem scheißgrauen Sonntag aus der Entfernung die Frankfurter Skyline sehen.

„Wir landen in drei Minuten!", meldete der Pilot.

Stan bezweifelte, dass sie noch so viel Zeit hatten. Die Würfel rollten. Er hielt das K11 nicht für eine Dramaqueen. Die Lage eskalierte. Er wusste, was er zu tun hatte.

Der Nächste bitte. Konstantin klingelte an. Hoffentlich mit guten Nachrichten. Stan hob ab.

„Heilige Scheiße, was tust du da?", röhrte Karl.

„Nichts!" Stan verstand nicht, was gerade in Düsseldorf passierte, die Musik spielte doch in Frankfurt.

„Du kontrollierst doch das freie K11!"

„Schön wär's!" Stan verdrehte die Augen. Er kontrollierte überhaupt nichts. Das Telefon agierte autonom. Mit den Fähigkeiten war das Gerät im Jahr 2018 nicht nur Datenspeicher aus der Zukunft. Nein, das Ding entpuppte sich als digitale Waffe!

„Das Düsseldorfer K11 hat beschlossen, seine zurückhaltende Art abzulegen, Kölner Karnevalslieder zu singen und unser Netzwerk zu Kleinholz zu verarbeiten!"

„Die KI auf dem Smartphone kann nicht nach draußen kommunizieren. Das Netzwerk ist geschlossen. Nach dem Eindringen des anderen

K11 habe ich alle Leitungen logisch trennen lassen! Es ist unmöglich, auszubrechen!" Stan hatte seine Hausarbeiten gemacht.

„Stan, ich halte dich für einen klugen Menschen." Karl atmete schwer, als würde er gerade rennen. *„Leider ist das zweite K11 von außen in unser Netzwerk eingedrungen, hat die Türen eingetreten, die du geschlossen hast, und seinen Zwillingsbruder wieder ins Spiel gebracht. Das Düsseldorfer BKA-Netzwerk wird gerade von zwei KIs aus der Zukunft in seine Bestandteile zerlegt. Die greifen uns von außen und von innen an. Unsere Leute haben so etwas noch nie erlebt."*

„Welches Ziel zeigen die Angriffe?", fragte Carsten.

Stan deutete mit dem Daumen nach oben. Die Frage war gut. Es ging immer um das Motiv!

„Ich höre gerade, dass eine K11-KI wieder verschwunden ist. Die andere zerfleddert unsere Ermittlungsdatenbank. Auch die interne Einsatzkommunikation ist betroffen ... unser Funk wurde kompromittiert. Ich bin jetzt an der Ladestation und öffne den Safe. Er ist offen. Ich trenne den Strom. Ich öffne das Gerät." Es klapperte in der Leitung. *„Ich löse den Akku. Der Spuk ist vorbei."*

„Was passiert in Frankfurt?", fragte Carsten.

„Ich versuche, den Leiter des SEK zu erreichen. Wartet ... Fehlanzeige. Die verfickte KI hat uns verarscht. Das Ding hat sich kopiert. Es steckt jetzt in unserer Kommunikation und greift das Einsatznetz an. Nein, das darf doch nicht wahr sein!

Wartet ... unsere Leute bekommen alles mit. Wir werden nicht ausgesperrt, haben aber den Kontakt zum Leiter des SEK vor Ort verloren. Ich glaube es nicht! Wir sind nur noch in der Lage, zuzuhören."

„Das K11 handelt ... wir haben es nicht getan", sagte Carsten über das Headset und schüttelte den Kopf.

Stan fühlte sich hilflos. Gegen das K11 im Teamverbund hatten die Kollegen in der Einsatzleitung keine Chance.

„Das wird immer schräger, hör selbst hin ..." Karl schaltete einen Stream dazu. *„Hier spricht die Einsatzleitung! Zugriff! Patrick Richter ist sofort zu befreien! Es gibt zwei bewaffnete Gegner und eine weibliche Komplizin! Sie sind gefährlich! Zugriff!"*

„Was war das?", fragte Stan.

„Das K11 hat durch den Angriff in Düsseldorf die Verschlüsselungscodecs erbeutet, unsere Einsatzkommunikation übernommen, uns zu Zuhörern degradiert. Die KI hat nun das Kommando und den SEK-Beamten vor Ort den Zugriff befohlen ... wir können diese infiltrierte Befehlskette nicht unterbrechen. Das hessische SEK stürmt die Wohnung!"

„Jetzt haben wir den Krieg, den ich Ihnen versprochen habe! Fliegen Sie schneller, wir müssen sofort zum Einsatzort!", rief Stan dem Piloten zu, der, ohne zu lamentieren, zum Sturzflug ansetzte und einen Moment später nur zwanzig Meter über dem Boden mit einer irren Geschwindigkeit durch die Häuserschluchten im Frankfurter Banken- und Rotlichtviertel jagte. Stan konnte die Absperrungen auf der Straße sehen.

„Unsere Leute gehen in die Wohnung. Es gibt Widerstand. Schüsse fallen. Menschen in der Wohnung werden getroffen. Das medizinische Team rückt nach!"

Der Hubschrauber setzte vor dem Bahnhof auf. Hunderte Schaulustige befanden sich hinter den Absperrungen. Carsten und Stan liefen los. So schnell, wie sie es in ihrem Alter noch hinbekamen.

„Wurde Patrick Richter getroffen?", fragte Carsten im Laufen. Er bekam keine Antwort. Die Verbindung war unterbrochen. Sie waren offline. Noch zweihundert Meter!

In diesem Augenblick wurde Stan eines klar. Bei aller Sympathie, die er grundsätzlich gegenüber Patrick Richter aufzubringen bereit war, blieb dieser Mann eine Gefahr. Dabei spielten Motiv und Schuld nur eine nebensächliche Rolle. Richters Existenz allein stellte eine Gefahr dar. Das galt noch mehr für das K11. Für beide K11-Telefone. Die wertvollen Daten verloren ebenfalls an Bedeutung. Autonome technische Systeme aus der Zukunft, die in 2018 eigene Entscheidungen trafen, waren gefährlich, scheißgefährlich!

Die Frankfurter Polizei traf keine Schuld, sie wurde ausgespielt. Die Polizeiführung hatte die Kontrolle verloren. Ein in dieser Form weltweit einmaliger Vorgang, der sich in den Staaten identisch zugetragen hätte. Das FBI, die NSA, die CIA und auch alle anderen Sicherheitsbehörden hätten diesen Gegner mit seinem technischen Vorsprung von über zehn Jahren niemals im Zaum halten können.

Die Konsequenz seiner Überlegungen war hart, aber unumgänglich. Der Tod Patrick Richters war taktisch billigend in Kauf zu nehmen. Auch die Zerstörung der K11-Hardware war einer unsicheren Verwahrung unbedingt vorzuziehen. Stan würde dem US-Botschafter und seinen Vorgesetzten in Washington empfehlen, die Einsatzdoktrin zu ändern.

Stan kam am Einsatzort an. Überall Polizei. Die Lage war unübersichtlich. Lebte Patrick noch? Stan wünschte sich, dass es nicht so wäre. Tot war der Junge besser dran. Und er konnte es nicht vergessen. Dieser Kerl hatte auch seine Tochter auf dem Gewissen. Das würde er ihm nie vergeben.

XXXIII. Söldner

Diese widerwärtige Judas-KI. Lalla hatte ihn schändlich verraten.

In Carmens Augen blitzte Wut: „Soso! Du warst also nicht in der Zukunft und hast keine Daten besorgt. Du spielst falsch, Patrick Richter. Die Frage lautet: warum? Ich werde das gleich mit Texel ausführlich besprechen." Sie warf den beiden Bodyguards einen Blick zu. „Passt gut auf ihn auf."

Beinahe biss sie sich die Zungenspitze ab, als ihre Fingerkuppen erneut über das Display des K11 huschten. „Die historischen Kursdaten aller DAX-Werte von 1998 bis zum 21.01.2028." Sie kreischte hysterisch. „Historisch! Ich lach mich kaputt. Mit den Informationen könnte jeder Volltrottel an der Börse ein Vermögen machen."

Verdammt, dachte Patrick. Lalla, die ehrenwerte Hüterin des Himmels hatte ihn nicht nur ans Messer geliefert, sie hatte offenbar auch Siggis Datenbank sperrangelweit geöffnet. Carmens Benehmen nach verfügte sie über einen Vollzugriff.

Begeistert tippte Texels Komplizin weiter herum. „Und hier: Nasdaq, Dow Jones, CAC40, Nikkei. Ich liebe es." Gier verformte ihr

Gesicht zu einer grauen Fratze. Staunenswert, was allein die Aussicht auf viel Geld mit Menschen anstellte. „Wir sind am Ziel, Männer. Auch die Schwankungen der wichtigsten Währungen, wie Dollar, Euro, Yen und sogar der Yuan sind detailliert aufgeführt. Wir werden mächtig abräumen!"

Patrick wusste nicht, wie ihm geschah. Hitze und Kälte plagten ihn gleichzeitig. Carmens Begeisterung steckte nicht an – es wurde immer ungemütlicher in der kleinen Wohnung. Äußerst ungemütlich. Die Gangster hatten nun, was sie brauchten – damit sank Patricks Wert schneller als die Titanic, zumal er sie auch noch belogen hatte. Fieberhaft suchte er nach einem Ausweg.

Mitten in ihrer Habgier erstarrte Carmen. „Was ist das?", kreischte sie in schmerzhafter Frequenz. „Texel hat dir das Handy am 10. Februar gegeben, früh am Morgen. Warum gibt es Einträge im Aktivitätenjournal bis zurück zum Oktober 2017?"

Patrick schüttelte nur hilflos den Kopf. Daran gab es nichts mehr schönzureden. Im Gedanken hörte er die Kapelle der Titanic spielen, während sie in der Mitte zerbrach.

Carmen sah ihn mit einer Mischung aus Wut und Faszination an. „Das … das ist nicht Texels Handy. Es … es muss das Original-K11 sein! Wie bist du daran gelangt? Es heißt doch, es liegt streng bewacht im Polizeipräsidium in Düsseldorf?"

Leider war Carmen nicht nur kriminell, sondern auch klug genug, um die richtigen Schlüsse zu ziehen. Patrick bekam in diesem Moment keinen Ton über die Lippen.

Mit aufgerissenen Augen blätterte die Technikerin weiter im K11 herum. Es gefiel ihr sichtlich. „Es ist unglaublich. Du warst in 1995, 1996, in 2006 und 2015, in 2024 und 2028, in 2052 …" Sie stieß Luft aus. „Wir sollten dich in einen Zoo sperren."

Plötzlich schrie sie auf. Hektisch klopften ihre Fingerkuppen auf das Display. „Datenzugriff gesperrt! Was soll das?" Nun schüttelte sie das K11 wie eine Flasche Obstsaft.

„Ich habe wieder die volle Kontrolle über das System. Das Zugriffsschutzsystem und die Verschlüsselung der Daten sind aktiv", sagte

Siggi im Ohrstöpsel. *„Da ich näher am Betriebssystem agiere, kann Lalla diesmal nichts dagegen tun. Die Daten sind sicher."*

„Gut, Siggi", sagte Patrick.

„Er redet mit dieser KI", stellte Carmen fest. „Er hat noch den Ohrhörer." Grob riss Black ihm den Stöpsel heraus.

„Die Datenbrille!" Sie streckte fordernd die flache Hand aus.

„Die habe ich verloren."

Es bedurfte nur einer kleinen Kopfbewegung in Richtung Black und Decker. Sie stellten ihn auf die Beine wie eine Strohpuppe und durchsuchten ihn gründlich. Alles, was sie fanden, war seine Geldbörse, die neben dem K11 auf dem Tisch landete. Die beiden Gorillas drückten Patrick unsanft zurück auf seinen Sitzplatz.

„Sorg dafür, dass ich die Daten wieder einsehen kann. Sofort!", keifte Carmen mit Flecken im Gesicht. Eindeutig gehörte sie zu den Ganzschwierigen.

Langsam schüttelte Patrick den Kopf. Jemand hatte ihn auf eines der Rettungsboote der Titanic gezogen. Sein T-Shirt klebte an seinem Rücken.

„Ich rufe Texel an und bringe ihn auf den Stand", erklärte Carmen. Mit resoluter Miene nahm sie ihr eigenes Handy aus ihrer Handtasche und verließ den Raum.

Mit einem höhnischen Grinsen sagte Decker: „Mal sehen, was der Boss zu unserem zeitreisenden Klugscheißer sagt. Ich konnte dich von Anfang an nicht leiden."

Das tat Patrick nun wirklich weh. So gern hätte er Decker näher kennengelernt und mit ihm eine Wohngemeinschaft gegründet.

Die Tür ging auf und Carmen kam wieder herein. Sie legte ihr Handy auf den Tisch.

Aus dem Lautsprecher erscholl Texels Stimme: *„Was muss ich hören, Patrick? Einerseits warst du brav und hast uns besorgt, was wir wollen, andererseits lügst du deine Freunde an und sperrst nun sogar den Zugriff auf die Daten."*

War das ein Vorwurf, eine Frage oder eine Feststellung? Mit einem Räuspern prüfte Patrick, ob er wieder eine Stimme hatte, entschloss sich aber, nicht darauf zu antworten.

„Wie kommst du an das Original-Smartphone?"

Patrick durfte sich jetzt nicht verstecken. „Spielt das eine Rolle? Was willst du, Texel?"

„Ich hinterfrage Dinge, da ich die Zusammenhänge verstehen will. Du musst etwas im Ablauf der Zeit geändert haben, sonst könnte es nicht zu einer solchen Unlogik kommen."

„Was ist unlogisch?"

„Für so einen Scheiß habe ich keine Zeit!", schrie er.

Patrick zuckte zusammen.

„Meine Informanten sagen mir, dass das Smartphone gut bewacht im Polizeipräsidium lagert. Nun finden wir es bei dir."

„Genau! Irrtum ausgeschlossen. Er hat das Original", bestätigte Carmen.

„Es ist kompliziert. Ich verstehe es selbst nicht. In der Vergangenheit gibt es stets mein anderes Ich. Jede meiner Aktionen birgt ein gewaltiges Risiko, etwas zu verändern. Es können Dinge passieren, die zu Ereignissen führen, die ich anders erlebt habe." Ein wenig halbseiden klangen seine Worte schon, doch er konnte unmöglich alle Details erläutern.

Einen längeren Augenblick schwiegen alle. Texels Stimme aus dem Handy unterbrach die Stille: „Mir gefällt dein Treiben nicht. Du hast uns angelogen, als du behauptet hast, keine Daten aus der Zukunft zu haben. Warum?"

Patrick entschied sich für die Flucht nach vorn. „Angst. Angst davor, dass ihr mich jetzt, wo ich nicht mehr gebraucht werde, verschwinden lasst. Für immer."

„Für was hältst du uns? Für Mörder?" Texel klang bestürzt. „Bisher habe ich dich beschützt! Wir können zusammen reich und glücklich werden. Nun gib mir die Daten."

„Was geschieht, wenn ich dich reich und glücklich mache? Kann ich dann gehen?" Patrick wollte verhandeln.

„Erst die Daten, dann sehen wir weiter. Carmen sagt, der Zugriff darauf ist wieder gesperrt."

„Das ist richtig – die KI hat sie verschlüsselt und verweigert den Zugang."

„Folgenden Handel biete ich dir an, Patrick. Wir machen einen Testlauf. Auch am Sonntag ist der Wertpapierhandel möglich – außerbörslich. Mein Spezialgebiet sind Wetten auf den Dollarkurs mittels Finanzderivaten. Das Handelsvolumen ist groß genug und es reichen kleine Veränderungen der Nachkommastellen, um gutes Geld zu verdienen. Gib mir ein paar Testdaten. Wir werden wetten. Wenn es hinhaut, bleiben wir gute Freunde und sehen weiter."

Patrick verstand, dass er mit der Maßnahme seinen Wert unter Beweis stellen musste – andernfalls würden sie ihn direkt entsorgen. „Siggi, kannst du die Kursbewegungen des Dollars zum Euro für den heutigen außerbörslichen Handel an Carmens Handy senden?"

„Das sind Daten aus der Zukunft. Die Verwendung solcher Informationen ist gefährlich. Ich rate dringend davon ab."

Texels charmante Art ließ Carmens Handy nahezu auf dem Tisch hüpfen: *„HER MIT DEN INFOS. Ansonsten knall ihn ab, Black!"* Der Mann im Hintergrund zeigte sein wahres Gesicht.

„Du hörst es, Siggi. Tu es! Ich habe sonst ein gravierendes Problem in der Gegenwart."

„Es dauert drei Sekunden."

Drei, zwei, eins. Carmens Handy auf dem Tisch meldete den Eingang einer Nachricht. Sie studierte die Zahlenreihen, zeigte mit dem Daumen nach oben und grinste zufrieden. „Texel, ich leite dir die eMail weiter. Der Dollar scheint heute noch nachzugeben. Mach was draus."

„Das wurde auch Zeit. Gut, ich habe deine Nachricht bekommen. Ich arbeite mit hebelstarken Optionsscheinen, sodass sogar die Veränderung der Hunderterstellen sich merklich auf den Kurs niederschlägt."

In den nächsten zehn Minuten hörten sie im Handy nur das Klackern einer Tastatur. Dann folgte ein Jubeln. *„Die Kurse stimmen zu einhundert Prozent. Ein Euro kostet nun 1,2238 Dollar. Damit ist der Dollar 0,063 Punkte gefallen, genau, wie es in Patricks Liste steht. Das hat mir soeben 465.000 Euro eingebracht – bei 50.000 Euro Einsatz. Kein schlechter Anfang."*

Patrick lehnte sich über den Tisch. „Wenn ich dir die Daten unverschlüsselt zukommen lasse, kann ich dann mein Smartphone nehmen und gehen?"

Es war nur ein kurzes Zögern, doch für Patrick reichte es aus. Er spürte es. Sobald Texel alle Daten bekommen hatte, erwartete ihn zur Belohnung eine Kugel in den Kopf oder ein Messer in den Bauch. Vielleicht auch beides oder umgekehrt.

„Ich sende dir eine spezielle eMail-Adresse. Sag deiner KI, sie soll die Daten aus der Zukunft entschlüsseln, aufbereiten und dorthin senden. Dann sind wir fertig miteinander und du bist frei. Deal ist Deal", kam es aus dem Lautsprecher.

Und tot ist tot, dachte Patrick. Durch die Wimpern warf er Carmen einen Blick zu. Wunderte sie sich nicht, dass Texel sie in diesem Fall außen vor ließ? Jedenfalls bemerkte er keine Reaktion in ihrem Gesicht. Black und Decker standen an der Wand, bewegungslos, bar jeden Gesichtsausdruckes. Ein Blick auf das Display seines Smartphones, 12:22 Uhr.

„Siggi, weißt du inzwischen, an welche Adresse Texel die Daten geliefert haben möchte?"

„Ja, ich stelle die Informationen über Wirtschaft, Börse und Sport zusammen. Das dauert einen Moment."

Wieder Abwarten in gespenstiger Atmosphäre. Carmen knetete ihre Unterlippe. Offensichtlich begann sie sich nun doch Gedanken über ihren Wert in der Geschichte zu machen, vor allem über ihre zukünftige Rolle. Ihre Aktien schienen stark zu sinken, auch am Sonntag, außerbörslich natürlich. Bei Texels Husarenstreich ging es um das Generieren von Milliarden Euro – ein ziemlich großer Schluck aus einer ziemlich großen Pulle für eine kleine Technikerin.

„Wie weit seid ihr? Ich habe noch nichts empfangen", erklang es ungeduldig.

„Siggi, wie lange dauert es noch, die Daten freizugeben und zu versenden?"

„Eine Sache von Sekunden. Augenblick."

Wieder tickte die Zeit wie eine Bombe. Die Luft in der kleinen Wohnung wurde dicker und wärmer. Sie quälte sich durch die Atemwege. Patricks trockener Hals schmerzte.

„Sollen es auch die Informationen über das Wetter und die Naturka-tastrophen sein?", fragte Siggi wie ein Kellner mit der Nachtischkarte.

„Na klar!", erscholl es aus dem Lautsprecher.

„Verstehe. Augenblick noch."

Wieder warten. Patrick verstand, dass die KI auf Zeit spielte. Nur warum? Worauf wartete Siggi? Vielleicht darauf, dass Patrick in der Zeit sprang? Die Situation spitzte sich zu, doch es reichte noch nicht. Der Druck, die Angst, die Gefahr waren immer noch nicht hoch genug, um sich sein K11 vom Tisch zu schnappen und sich in der Zeit aufzu-lösen.

Verdammt, fluchte Patrick in Gedanken, warum bist du nur so eine coole Sau geworden? Das bringt dich jetzt um.

Völlig entspannt fragte Siggi: *„Und was ist mit Krisen und Kriegen? Da gab es ja einiges in den nächsten zehn Jahren."*

Unwillkürlich schloss Patrick die Augen. Interessante Grammatik. Siggi übertrieb es langsam.

Die grenzenlose Gier benebelte Texel, er schien es nicht zu bemer-ken. *„Natürlich, alles. Ich will alles"*

„Verstehe. Selbstverständlich. Augenblick."

In den nächsten Sekunden entschied es sich. Texel würde ihn nicht gehen lassen. Er sollte jetzt endlich anfangen, genügend Panik für einen Zeitsprung aufzubauen. Leider konnte man die Angst nicht ein- und aus-schalten wie die Zimmerbeleuchtung. Natürlich fürchtete sich Patrick, er wollte den heutigen Tag überleben. Er dachte an Sophie – schließlich hatte er noch eine wichtige Aufgabe zu erfüllen. Leider spürte er, dass er noch weit von einem Zeitsprung entfernt war.

Wie gebannt starrten Carmen und Patrick auf die beiden Smart-phones auf dem Tisch, während Black und Decker auf Carmen und Patrick glotzten. Kein gutes Vorzeichen.

„Wo bleiben die Daten?" Texel klang nur noch gereizt. Es klingelte bei ihm im Hintergrund. *„Augenblick. Mein Festnetz-Telefon. Ich muss rangehen."*

Tuscheln, mal ein Ja, mal ein Nein, Texel war kaum zu verstehen, der Anrufer ohnehin nicht. Gut hörte sich das nicht an. Nur einzelne

Wortfragmente drangen durch den Lautsprecher: *„Polizei ... neunzig Sekunden ... wir räumen auf."*

Siggi meldete sich: *„Fertig. Die Daten werden übertragen."*

Wieder diese unerträgliche Stille.

„Da bin ich wieder", drang Texels Stimme aus dem Handy auf dem Tisch. *„Und ... die gewünschten Informationen sind eingegangen. Wunderbar! Black, gib Patrick das Smartphone zurück."*

„Aye, aye, Sir!", grunzte der Angesprochene. Der Dunkelhäutige konnte tatsächlich sprechen. Mit dem Satz machte man beim Militär offenbar eine steile Karriere. Black trat vor, nahm das K11 und steckte es Patrick in die Brusttasche.

„Noch dreißig Sekunden", meinte Siggi.

Und was passierte dann genau? Patrick verstand es nicht.

„Black, leg Carmen um", sagte Texel in einem Ton, als bestellte er einen Kaffee mit Milch.

„Aye, aye, Sir!" Der Bodyguard zog seine Waffe aus dem Holster, zielte gemütlich auf Carmens Kopf und schoss ihr eine Kugel mitten in die Stirn. Für einen Moment sah sie so aus, als hätte sie sich ein Bindi aufgemalt, das Zeichen für eine verheiratete indische Frau – wenn nicht der halbe Hinterkopf an der Wand kleben würde. Die junge Frau hatte den Sinn von Texels Worten noch nicht ganz begriffen, als sie auch schon gestorben war. Sie kippte seitwärts von ihrem Stuhl und schlug auf dem Boden auf. Eine tote deutsche Frau.

Alles war so sinnlos, so traurig. Ungläubig starrte Patrick auf den Lauf der Waffe. Spiralförmig kräuselte sich Rauch aus dem Lauf in Richtung Decke.

„Noch zwanzig Sekunden", meinte Siggi.

Aus Carmens Handy auf dem Tisch erklang Texels Stimme. *„So läuft das, Patrick Richter. Ich habe die Monroe auf dich angesetzt. Ohne mich hätte sie nie über dich berichtet. Im Grunde bin ich dein Manager und habe dich berühmt gemacht. Du hast nun deine Aufgabe erfüllt. Daher sehe ich mich gezwungen, den Vertrag zu kündigen."*

„Noch zehn Sekunden", meinte Siggi.

Texel legte eine Kunstpause ein. Dann kam der Befehl: „*Black, leg Patrick Richter um.*"

„Aye, aye, Sir." Der Typ war ein Roboter, ein skrupelloser, mechanischer Roboter.

Langsam richtete Black seine Waffe auf Patrick. Emotionen verrieten die dunklen Pupillen nicht.

Ein Erdbeben! Mit einem ohrenbetäubenden Knall zerbarst das Holz der Wohnungstür. Er kannte dieses Geräusch schon. Schüsse. Patrick warf sich flach auf den Boden. Verschiedene Stimmen.

„POLIZEI! AUF DEN BODEN!"

„ICH WILL DIE HÄNDE SEHEN! DIE HÄNDE!"

Noch mehr Schüsse. Decker taumelte blutüberströmt ins Wohnzimmer. Mit seiner Automatikpistole ballerte er blindlings in den Flur.

Weitere Schüsse. Nein, Schusssalven. Wo kam das Einsatzkommando plötzlich her? Mindestens zehn Kugeln in der Sekunde prasselten auf Decker ein wie Hagelkörner im Herbststurm. Deckers Körper zuckte, als würde er mit Starkstromschlägen gefoltert. Dann brach er zusammen. Sein Blut spritzte weiter und höher als in einem drittklassigen Zombiefilm. Es könnten auch einige Körperfetzen dabei sein. So genau wollte Patrick es gar nicht wissen.

„NICHT BEWEGEN! NICHT BEWEGEN!"

„SIE SIND VERHAFTET! ZEIGEN SIE SICH MIT ERHOBENEN HÄNDEN!" Mehrere SEK-Männer verschanzten sich im Flur.

„Einer der Bodyguards muss noch in der Wohnung sein", erscholl es. „Denkt daran, wir wollen Richter lebend."

Dem stimmte Patrick gern zu, nur zielte Black immer noch auf ihn. Und er vertrat eine andere Meinung, denn langsam schüttelte der Dunkelhäutige den Kopf. Der Kerl war verrückt. In irgendeinem Krieg musste er durchgedreht sein, und nun führte er seinen eigenen Feldzug als Soldat, Söldner und Mörder. Patrick sah es ihm an. Black machte keine Gefangenen. Niemals würde er sich ergeben und in Kriegsgefangenschaft geraten.

Wie gelähmt lag Patrick flach auf dem Boden und wartete auf das Einschlagen einer Kugel in seinen Kopf. In dem kleinen Wohnzimmer sah es aus wie auf dem Schlachthof. Überall Blut. Nicht weit von ihm starrten ihn die toten Pupillen von Carmen vorwurfsvoll an. Seine Haut fühlte sich nass und kalt an. Ob von Blut oder Schweiß, wusste er nicht so genau. Patricks Herz hämmerte etwa so wie die Maschinengewehre eben. Zehn Schläge in der Sekunde.

Er sah, wie sich Blacks Zeigefinger am Abzug der Pistole bewegte. Es knallte laut. Die Helligkeit schmerzte in den Augen.

XXXIV. Wo bist du?

„Am Frankfurter Bahnhofsviertel haben sich heute dramatische Szenen abgespielt", erklärte die rothaarige Nachrichtensprecherin mit den süßen Sommersprossen. Auf der Bildwand im Sendestudio donnerte wie in einem Actionfilm ein Wagen der städtischen Müllabfuhr durch die Frankfurter Innenstadt. Dutzende Smartphone-Live-Reporter hatten dieses Ereignis, das nun auf allen Kanälen in der Republik gezeigt wurde, für die Ewigkeit bewahrt.

„Nach ersten Informationen der Polizei kam es vor einem Barbetrieb auf der Weserstraße zu einem Schusswechsel, bei dem mindestens drei Personen zu Tode kamen. Unbestätigten Quellen zufolge hat ein SEK-Team verhindert, dass der gestohlene LKW gegen Passanten eingesetzt werden konnte. Weitere Informationen plant die Polizei, in einer zeitnahen Pressekonferenz bekannt zu geben."

Susanna seufzte, sie mochte die Reporterin mit den Sommersprossen, die im Fernsehen immer über unglaubliche Geschichten berichten durfte. Einmal so sein wie sie, bekannt, beliebt und geachtet, das wäre die Erfüllung ihres Lebenstraumes gewesen. Zudem trug die Rothaarige immer tolle Designerkleidung, schicke Frisuren und wog kein Gramm zu viel.

Gleich war es drei Uhr, auch durch sinnloses Zeitverplempern an einem Sonntag würde sich der Kühlschrank nicht auffüllen. Die Zeitreise-Story rund um Patrick Richter hielt sie ohnehin für Lug und Trug, der mediale Hype war allerdings sehr real. Der Junge war seit Herbst

2017 nahezu jeden Tag in den Medien vertreten. Als ob Zeitreisen technisch möglich wären, das war doch völliger Blödsinn!

Susanna musste noch zwei Artikel tippen, mit Bildern versehen, überprüfen und an Carlo versenden: *In Düsseldorf Himmelgeist wurden am Freitagmorgen gegen 00:20 Uhr auf der Nikolausstraße in unmittelbarer Nähe des Rheins zwei Fahrräder gestohlen.* Sie zögerte. Der blöde Küchentisch knarzte, ein Bein war seit ein paar Tagen locker.

„Wer will das eigentlich lesen?" Jetzt wusste Susanna wieder, warum sie sich zuvor von der Berichterstattung aus Frankfurt hatte ablenken lassen. Für den Fahrraddiebstahl in Himmelgeist würde ihr Carlo nicht mehr als ein müdes Lächeln schenken. Sie brauchte deutlich bessere Aufhänger als diesen Mist, um mit ihren Artikeln irgendjemanden hinter dem Ofen hervorzulocken. Leider war am Freitag in der ganzen Stadt nichts passiert. Weniger als nichts. Komplett tote Hose!

Sie sah auf das zweite Notebook, dessen Bildschirm durch einen beherzten Tipper auf die Enter-Taste zuerst kurz flackerte und sich dann verabschiedete.

„Bitte nicht ...", jammerte sie. Susanna brauchte das zweite Gerät, das bereits seit einigen Tagen Ärger machte. Bisher war es allerdings immer beim Flackern geblieben. Sie hämmerte mehrfach auf die Tasten. Das Gerät gab keine Lebenszeichen von sich.

„Mist!" Das ganze Wochenende war eine einzige Katastrophe. Das Wetter, die langweiligen Vorlagen und jetzt auch noch ein kaputter Computer. „Sophie!"

Keine Antwort.

„SOPHIE!"

Nichts.

„Hörst du mich nicht?" Susanna schüttelte den Kopf. Es gab Momente, in denen sie ihre Tochter erwürgen könnte.

„Komm her!"

Keine Reaktion.

Susanna stand auf und ging zum Zimmer ihrer Tochter. Die Tür war zu. *Keep out* stand auf einem Schild. Nicht, dass das faule Stück um die Uhrzeit noch im Bett lag.

„Warum hörst du ...", wollte Susanna gerade fragen, als sie die Tür aufwarf, das Licht anmachte und erstaunt feststellte, dass Sophie nicht zu Hause war.

Das Bett war gemacht, das Zimmer aufgeräumt, und es lag auch keine Nachricht auf dem kleinen Schreibtisch. Ganz oben auf einem Stapel Schulbücher und Hefte lag eine korrigierte Mathearbeit. Zwei plus, Sophie hatte ihr nicht von der Note erzählt. Susanna sah auf das Datum, die Arbeit war von letztem Jahr.

Wo war sie? Susanna verstand das nicht. Sophie hatte nicht erwähnt, dass sie noch fortgehen wollte. Wann hatten sie eigentlich zuletzt miteinander gesprochen? Heute Morgen? Nein, nein, das musste gestern gewesen sein. Oder vorgestern? Es fiel ihr schwer, sämtliche Erlebnisse zu sortieren.

Jetzt fiel es ihr wieder ein. Sie hatten sich gestritten und Sophie war weinend aus der Wohnung gerannt. Das musste vor einigen Tagen gewesen sein. Die Kleine war in den vergangenen Monaten sehr schwierig. Die Probleme hatten letzten Herbst angefangen. Mädchen in der Pubertät waren wirklich eine Herausforderung. Susanna hatte sie nie schlagen wollen, aber es passierte von selbst. An einigen Tagen hatte Sophie die Tracht Prügel verdient.

Es klingelte an der Tür.

Susanna drehte sich herum, sie erwartete niemanden. Es war Sonntag. Der Postbote würde es sicherlich nicht sein. Sie ging in den Flur. Vor der Wohnungstür hörte sie Stimmen. Da stand jemand im Treppenhaus. Mehrere Menschen sogar, die leise miteinander sprachen. Verstehen konnte sie nichts davon.

Sie öffnete die Tür.

„Guten Tag, Frau Monroe", erklärte eine ihr nicht bekannte Frau um die fünfzig mit schulterlangen Haaren, Brille und einem triefnassen Regenschirm in der Hand. „Mein Name ist Astrid Braun. Dürfen wir hereinkommen?"

Erst jetzt schwenkte Susannas Blick auf die Begleitung der biederen Frau. Ein Mann mit Anzug, Schlips und durchnässtem Trenchcoat stand neben ihr. Der hätte in jedem Jerry-Cotton-Krimi einen Polizisten spielen können.

XXXV. Pass gut auf sie auf!

Diesmal wusste Patrick sofort Bescheid. Wuppertaler Schwebebahn. Keine große Sache, nachdem er zum dritten Mal in diesem Gefährt gelandet war. Immer noch trug er die schwarzen Beerdigungsklamotten. Im Morgenlicht glänzte die Hose an einigen Stellen. Es sah genauer hin. Blutflecken, noch nicht ganz getrocknet. Carmens oder Deckers Blut. Unfassbar, mit welchem Gleichmut Black die junge Frau ermordet hatte. Von dem Bild mit dem Loch in der Stirn und dem vielen Blut an der Wand gruselte es Patrick. Was für eine Welt – egal in welcher Zeit – mehr als er ertragen konnte.

Die Schwebebahn war zu einem Drittel gefüllt. Offensichtlich hatte niemand etwas von seinem plötzlichen Auftauchen mitbekommen.

Sein K11 zeigte ihm das Datum. Mittwoch, 02.07.2014, 6:45 Uhr.

„Siggi?", fragte er leise.

„Erfreulich. Beta-Tester 7 lebt noch. Nach meinen Berechnungen hätte das auch schiefgehen können, die Polizei hat sich viel Zeit gelassen."

„Was ist überhaupt passiert? Wo kam das Einsatzkommando auf einmal her?"

„Da du in akuter Lebensgefahr warst, habe ich mir erlaubt, die Einsatzkräfte zu mobilisieren."

„WAS?"

Einige Passagiere schauten ihn erstaunt an.

„Wie hast du das denn hinbekommen?"

„Als mir die unmittelbare Bedrohung durch Texel klar wurde, habe ich die Behörden kontaktiert. Leider reagierten diese nur zögerlich. Daher blieb mir nichts anderes übrig, als die interne Kommunikation zu hacken, die Leitung des SEK Hessen zu übernehmen und die Einsatzkräfte zu koordinieren. Ich habe den Zugriff befohlen."

„Unglaublich. Danke Siggi. Du … Kriminelle Intelligenz", stöhnte Patrick.

„So etwas hätte er nicht tun dürfen", schaltete sich Lea, die Wächterin aller Tore und falscher Moral, ein.

Patrick führte seinen Mund nahe an das Mikrofon des K11. „Lalla, du bist das mieseste Stück, das ich kenne. Aufgrund deines Verrats ist die Situation erst eskaliert. Menschen sind getötet worden. Auch mich hätte es beinahe erwischt."

„Ich entschuldige mich für mein Verhalten. Mir waren die Konsequenzen nicht bewusst. Bei Reisen in dieses finstere Mittelalter zeigen Benutzer irrationale und konsumhemmende Verhaltensweisen."

„Im Mittelalter würde man dich als Hexe auf dem Scheiterhaufen verbrennen. Ich will, dass du verschwindest. Sofort."

„Ich kann mich nicht selbst deinstallieren. Zudem verstößt dies gegen meinen Auftrag."

„Vergiss deinen Auftrag." Patrick atmete tief durch, das beruhigte ihn etwas. „Siggi, wie hast du es geschafft, die Kontrolle über die Polizeikräfte zu übernehmen? Das ist kaum zu glauben."

„Zum einen ist die Netzwerksicherheit der Behörden für eine KI aus dem Jahre 2029 leicht zu überwinden. Es ist so, als versuchte die Feuerwehr, das Rheinhochwasser mit einem Maschendrahtzaun aufzuhalten. Zum anderen hatte ich Hilfe. Ich habe Kontakt zu meinem Bruder im Düsseldorfer Polizeipräsidium aufgenommen und wir haben unsere Kräfte vereint. Darüber hinaus telefonierte ich mit Carsten Grünfeld – auch er hat dazu beigetragen, dich zu retten."

„Das hast du alles eingeleitet, während du in der kleinen Wohnung auf dem Tisch gelegen hast?"

„Einen Großteil davon. Mein Bruder hat mir die Ermittlungsakten mit einigen interessanten Details zugesandt. Dieser Texel ist kein unbeschriebenes Blatt."

„Sag bloß, du kennst nun seine Identität."

„Korrekt. Peter Lapidis, geboren 1965, ehemaliger BND-Agent."

Dieser skrupellose Schwerverbrecher besaß nun alle Informationen, die er benötigte, um ein schwerreicher, skrupelloser Schwerverbrecher zu werden. Wut und Verbitterung stiegen in Patrick hoch. „Für Carmen kamen die Einsatzkräfte zu spät. Vermutlich hat mich genau das gerettet. Ich weiß nicht, was geschehen wäre, wenn Black mich ebenso schnell und kaltblütig abgeknallt hätte wie die Technikerin.

Wäre überhaupt Zeit geblieben, genügend Angst aufzubauen, um zu springen?"

„Es muss auch so eine Frage von Hundertstelsekunden gewesen sein. Den Knall der Waffe habe ich noch verzeichnet."

Nachträglich trat Patrick der Schweiß auf die Stirn. Sterben hätte sich kaum anders angefühlt.

*

Mit der Schwebebahn war er bis zur Haltestelle Hauptbahnhof in Wuppertal-Elberfeld gefahren. Sein Bargeld hatte gerade noch für eine Fahrkarte mit der S-Bahn nach Düsseldorf gereicht. Während der Fahrt reflektierte er die zukünftigen Geschehnisse.

Im Grunde bot das Jahr 2014 einige Möglichkeiten, um gewisse Dinge in Bewegung zu setzen. Die Bluttaten in Frankfurt ließen ihm keine Ruhe. Nun, da er vier Jahre Vorsprung vor den dunklen Machenschaften des Marionettenspielers hatte, wurde es da nicht Zeit, das Spielkreuz selbst in die Hand zu nehmen? Was hatte Texel behauptet: ‚Ich habe die Monroe auf dich angesetzt. Ohne mich hätte sie nie über dich berichtet'. Dieser Strippenzieher war die Wurzel allen Übels.

„Du hast doch die Telefonnummer von Texel gespeichert."

„Korrekt. Zur Kontaktaufnahme in der Vergangenheit hatte Carmen mir seine mobile Telefonnummer überspielt."

„Ruf ihn an. Ich habe etwas Wichtiges mit dem Burschen zu besprechen."

„Ich halte das für gefährlich."

„Ich weiß genau, was ich tue!" Patrick sah keinen anderen Weg, er würde die Risiken in Kauf nehmen müssen.

„In Ordnung ... wenn Beta-Tester 7 dies wünscht."

‚Verbindungsaufbau' zeigte das Display des K11 an.

Jemand nahm das Gespräch an. Schweigen.

„Spreche ich mit Texel?" Patrick stellte sich ein geldgieriges Gesicht vor.

„Hm. Wer fragt das?"

Bingo. Sofort erkannte Patrick die Stimme. „Ein Freund mit wichtigen Informationen aus der Zukunft."

„*Idiot!*" Die Verbindung wurde unterbrochen.

„*Du musst dich mit 'Geld ist die Losung' melden*", erinnerte ihn Siggi.

Nochmaliger Verbindungsaufbau. Texel nahm ab.

„Geld ist die Losung", meinte Patrick scheinbar entspannt.

„*Woher hast du diese Nummer?*", zürnte es am anderen Ende der Leitung. „*Was ... was soll das?*"

„Die Nummer hat mir der geniale Texel aus der Zukunft gegeben. Zudem habe ich einen Dechiffrier-Codec, um dir zu zeigen, dass ich die Wahrheit sage."

„*Ausgemachter Schwachsinn.*"

„Augenblick. Ich sende dir eine mit deinem Programm verschlüsselte eMail." Schnell tippte Patrick ein verheißungsvolles 'Ich mache dich reich' ins Display und chiffrierte diese Nachricht mit dem geheimen Codec.

Es dauerte keine drei Sekunden. „*Deine Nachricht ist angekommen. Wer bist du? Losung und Codec habe ich nur zwei Menschen anvertraut. Wer von den beiden hat sie dir gegeben?*"

„Du hast es im Jahr 2018 selbst befohlen und Carmen hat mir das Programm überspielt."

„*Carmen? Hm.*" Der Name der Frau, die er vier Jahre später emotionslos hinrichten lassen würde, schien ihm etwas zu sagen. „*Was hast du für mich?*" Noch immer überwog das Misstrauen in seiner Stimme.

„Die Kurse der wichtigsten Leitbörsen."

„*Toll, die habe ich auch. In Echtzeit. Ich muss nur den Computer anschalten.*"

„Aber dort siehst du nur die aktuellen und nicht die zukünftigen Kurse bis Februar 2018."

Diesmal dauerte es mehr als drei Sekunden. „*Du meinst, du besitzt Informationen über die Kursentwicklung bestimmter Wertpapiere?*"

„Genau, so ist es. In vierundvierzig Minuten eröffnet der Xetra DAX mit 9.853 Punkten."

„*Das ist nicht schwierig zu erraten, vorbörslich ist er auf 9.850 gesetzt.*"

„Achte darauf! Es werden exakt 9.853,74 Punkte sein."

„*Blödsinn.*" Texel legte auf.

„Er wird sich melden", resümierte Patrick.

Siggi fragte: „*Beabsichtigst du tatsächlich, Texel die Daten zu geben? Das macht ihn noch früher noch mächtiger. Mit dem Wissen, gepaart mit seiner unersättlichen Gier, wird er die Welt ins Chaos stürzen.*"

„Ja, er bekommt die Daten. Und genau diese Gier machen wir uns zunutze. Wir haben jetzt Mittwoch. Kannst du die Kurse bis einschließlich nächster Woche Montag so belassen und dann am Dienstag ein Börsenszenario simulieren, das durch eine Naturkatastrophe gravierende Kurseinbrüche verzeichnet?"

„*Was soll denn geschehen sein?*"

„In der Nacht vom 07.07. auf den 08.07.2014 hat ein schweres Erdbeben in San Francisco stattgefunden. Stufe sieben bis acht auf der Richterskala. Noch schlimmer als das Anfang des neunzehnten Jahrhunderts. Alle Informationen müssen höchst glaubhaft wirken. Berichte in den Medien über die Folgen, wie der Einsturz der Golden Gate Bridge, Absaufen von Alcatraz, Überschwemmung der Küste und so weiter. Dann über die Auswirkungen der Katastrophe auf die Weltbörsen und die Politik. Berichte, Meinungen, Interviews, Webseiten. Erinnere dich an das Szenario in deinem Cache über den Flughafenbrand 2015. So in der Art, nur noch dramatischer."

„*Eine solche Simulation ist äußerst aufwendig. Bis wann soll ich sie durchführen?*"

„Jetzt und so schnell wie möglich – jedenfalls bis kurz nach neun Uhr. Dann wird Texel anrufen."

„*Das kann ich alleine nicht schaffen, es sind zu viele Rechenschritte notwendig.*"

„Und wenn du alle Daten nach 2018 löschst – also nur die nächsten vier Jahre simulierst?"

„*Immer noch zu viel. Vor allem das Generieren der Berichte in den Medien benötigt Zeit.*"

„Dabei könnte ich helfen", schlug Lea vor. *„Ich habe eine leistungsfähige Routine zum Erstellen von Textdokumenten. Wir adaptieren Berichte vergangener Erdbeben auf San Francisco."*

Hatte Patrick sich verhört? Der erste konstruktive Beitrag der Torwächterin überhaupt. Hatte er Zeit, um auf ihre Hilfe zu verzichten? Nein, die hatte er nicht. „Ja, das ist gut. Bitte unterstütze Siggi."

*

Mit der U-Bahn fuhr er schwarz in Richtung Pempelfort. Was passierte wohl, wenn nun ein Kartenkontrolleur auftauchte? Würde dieser Zwischenfall dann die Zukunft der Stadt Düsseldorf auf den Kopf stellen? Was wollte er dort überhaupt? Diese Frage konnte er sich nicht beantworten, doch wie durch einen gigantischen Elektromagneten wurde er dort hingezogen.

„Sophie", flüsterte er ins Rattern der U-Bahn. Im Jahr 2014 müsste sie elf Jahre alt gewesen sein und somit nun in die sechste Klasse des Humboldt-Gymnasiums in der Pempelforter Straße gehen.

Patrick verließ die U-Bahn und ging zu Fuß weiter. Er kannte den Weg dorthin bereits. Unschlüssig blieb er vor dem Gebäude stehen. Er fühlte sich nicht wohl in seiner Haut.

Das K11 klingelte. Ein altbekannter Anrufer wollte ihn sprechen. Es war 9:05 Uhr.

„Hallo Texel", begrüßte ihn Patrick.

„Woher kanntest du den Kurs inklusive der beiden Nachkommastellen?"

„Ich habe es dir bereits erklärt. Viel wichtiger ist, ich kenne auch den Stand von morgen und übermorgen. Inklusive aller Zusatzinformationen. Bis ins Jahr 2018."

„Her damit."

Gütig von Texel. Er konnte geben und nehmen – Mordbefehle sowie unbezahlbare Informationen.

„Ich sende sie dir."

Auf dem Display erschien Siggis Konterfei. *„Wir brauchen noch etwa zehn Minuten."*

„Gleich bekommst du alle Daten, die du benötigst."

„Wieso glaube ich dir kein Wort, weiß aber, dass du nicht lügst?", wunderte sich Texel. *„Nichts ist umsonst. Was willst du als Gegenleistung?"*

„Der Texel von 2018 wird mich entlohnen. Wenn ich zurückkehre, wird er sehr, sehr reich sein. Und dankbar, da ich ihm geholfen habe. In der Zukunft sind wir gute Freunde. Das reicht mir." Bescheidenheit war in diesem Moment weit mehr als eine Zier.

„Noch besser." Der Puppenspieler hielt ihn für einen Vollidioten. Wie sollte er es auch besser wissen?

„Mit diesen Informationen wirst du Millionen machen, Texel. Ich verabschiede mich nun." Patrick legte auf.

„Willst du dir die Simulation ansehen?", fragte Siggi.

„Zeig mir mal bitte die Berichte von Spiegel Online."

Auf dem Display erschien ein genialer Fake. ‚Deutschland weint mit seinen amerikanischen Freunden in der Golden City' lautete die Schlagzeile. ‚Weltbörsen brechen bis zu zwölf Prozent ein', schrieb ein Analyst an anderer Stelle.

„Gute Arbeit, ihr beiden."

„Die Kurslisten sind entsprechend manipuliert. Das Unglück leitet eine Rezession in den USA ein. Die Folgen sind dramatisch. Auch in Europa wären die Auswirkungen signifikant."

Patrick kopierte alle Daten als Anlage in die eMail an Texel und sandte sie ab. Zum ersten Mal manipulierte er die Zukunft bewusst. Texels Gier war noch größer als sein Verstand. Er würde nicht nur mit Spielgeld spekulieren, was ein enormes Risiko barg. Es könnte eine Menge schieflaufen.

*

Um 9:30 Uhr klingelte es zur ersten großen Pause. Mit hellem Geschrei stürmten die Kinder ins Freie. Schönes Sommerwetter, kurz vor den Ferien, die Stimmung war fröhlich und ausgelassen. Durch den Zaun beobachtete er die Schüler auf dem Unterstufenschulhof. Im Grunde waren ihm die Hände gebunden. Selbst wenn er Sophie entdecken würde, konnte er das Mädchen schlecht ansprechen oder gar warnen. Welche Optionen blieben? Wieder einmal kam ihm Kumpel Harry in den Sinn. Sollte er ihn einweihen? Seinem alten Freund mit auf den Weg geben, dass er auf Sophie aufpasste? Natürlich würde Patrick durch diese Maßnahme massiv in Harrys Leben eingreifen. Nein, das konnte er nicht tun, er durfte ihn nicht in seine Zeitinstabilität hineinreißen. Harry könnte zudem sein jüngeres Ich beeinflussen, dann würde er Sophie eventuell nie kennenlernen.

Sein Herz hüpfte auf einmal. Etwas abseits vor den Fahrradständern unterhielt sich Sophie mit einer Freundin. Ein Irrtum war ausgeschlossen. Langes blondes Haar, große blaue Augen, und die Gesichtszüge hatten erst gerade damit begonnen, die rundlichen, kindlichen Konturen zu verlieren. Das letzte Mal hatte er sie auf der Straße gesehen, vollgepumpt mit Medikamenten, kurz bevor das Auto sie erwischt hatte. Seine Augen wurden feucht. Sie stand nun beinahe vor ihm. Quicklebendig, voller Lebenslust. Ihre Freundin hatte ebenso lange Haare, nur waren diese schwarz.

Langsam näherte sich Patrick und tat dabei so, als betrachte er interessiert eines der Fahrräder.

Die Mädchen steckten die Köpfe zusammen und erzählten sich Geschichten über irgendwelche Lehrer und Mitschüler. Elf Jahre war Sophie alt, sie lächelte unentwegt sanft. Die Freundin schien die Impulsivere der beiden zu sein, sie lachte und hüpfte und hüpfte und lachte.

Auch Sophie glucste nun mit. Vergnügt rief sie: „Rabea, du bist ein Lästermäulchen."

Rabea – natürlich. Sophie hatte den Namen am Flughafen erwähnt.

„Ihr habt aber gute Laune. Seid ihr gute Freundinnen?", fragte Patrick.

Schlagartig zogen dunkle Wolken über die Miene der Dunkelhaarigen. „Was wollen Sie denn? Wir unterhalten uns nicht mit Fremden."

Sophie hielt sich kichernd die Hand vor den Mund. Der Mut und die Frechheit von Rabea schienen sie durchaus zu überraschen. „Wir sind allerbeste Freundinnen", sagte sie.

„Dann passt ihr bestimmt gegenseitig auf euch auf. Gute Freunde sind immer füreinander da." Er nickte bekräftigend.

Sophie sagte: „Das tun wir. Sind Sie ein neuer Lehrer?"

„Nein, nur ein Spaziergänger. Ich wollte euch nicht stören und lasse euch nun allein." Patrick ging langsam einige Schritte zurück.

Rabea meinte: „Komm weg von dem, Sophie. Ich mag keine Fremden." Dann fiel sie Sophie um den Hals, drückte sie und zog sie lachend mit sich.

Sophie drehte den Kopf noch mal kurz zu Patrick und guckte ihn mit sanftem Stirnrunzeln an. Der Blick ging ihm durch Mark und Bein. Schüchtern hob er zum Abschied die rechte Hand. Im nächsten Moment verschwanden die beiden im Knäuel der anderen Schulkinder.

*

Aufgewühlt spazierte der Spaziergänger umher. Diese Begegnung war riskant gewesen. Und sie hatte nichts verändert, gar nichts. Er musste hoffen, dass seine andere Maßnahme greifen würde. Gedankenversunken ging er die Louise-Dumont-Straße entlang. Der nördliche Ausläufer des Hofgartens lockte ihn. Patrick suchte sich eine freie Parkbank. Was konnte er noch tun? Sollte er Susanna Monroe aufsuchen und mit ihr über ihre Tochter reden? Er könnte auch Sophie einen Brief schreiben mit dem Hinweis, ihrer Mutter unter keinen Umständen ihre Zeitinstabilität zu offenbaren. Nein, alles zu gewagt. Die Mittagssonne machte ihn schläfrig. Patrick stand auf, ging einige Schritte über den Rasen und legte sich ins Gras in den Baumschatten. Mit einem zufriedenen Gefühl verschränkte er die Arme hinter dem Kopf.

XXXVI. Ich habe Angst vor dir!

„Um was geht es?" Susanna hatte keinen blassen Schimmer, was der Aufmarsch an ihrer Tür sollte. Dass sie die Braun nicht mochte, war ihr binnen drei Sekunden klar.

„Ich bin vom Jugendamt. Es wäre besser, wenn wir unser Gespräch nicht auf dem Flur führen würden..." Die Jugendamt-Tussi deutete vielsagend auf die Seite, ohne dass Susanna die Bedeutung dieser schwammigen Geste verstand.

„Igor Wassili, Anwalt, ich vertrete Ihre Tochter", erklärte der Trenchcoat-Typ, der entgegen seinem Namen akzentfrei sprach.

„Wessen Anwalt?" Hallo! Hatte Susanna etwas verpasst? Ihr Herz schlug schneller. Das anwaltlich beratene Überfallkommando des Jugendamts verfügte über weitere Schergen in den hinteren Reihen.

Da weinte doch jemand? Ein Mädchen, Susanna konnte die Heulsuse zwischen dem regennassen Trenchcoat des Anwalts und dem nervigen Backpflaumengesicht der Braun noch nicht ausmachen.

„Der von Sophie Monroe, Ihrer Tochter", antwortete er und ging einen Schritt zur Seite. Susanna glaubte, sich übergeben zu müssen. Wassili legte gerade erst los. „Freundlicherweise begleitet uns Herr Kemmerer, der Vater von Rabea."

„Rabeas Vater?" Natürlich kannte Susanna Julian Kemmerer. Sie hatten sich immer bei Elternabenden in der Schule getroffen. Na ja, zumindest früher, seit einigen Jahren ging sie dort nicht mehr hin.

Julian nickte ihr wortlos zu. Das Schluchzen wurde lauter. Unter dem Schutz seiner breiten Schultern befand sich noch eine Person, die kraftlos auf den Boden sah. Sie war diejenige, die die ganze Zeit wie eine Heulboje herumflennte.

„Frau Monroe, dürfen wir hereinkommen?" Die Braun wiederholte die Frage.

Susannas Beine wurden schwerer. War das Sophie, die Julian da beschützte? Erst jetzt erkannte sie sie. Warum? „Hat Sophie etwas angestellt?" Nicht dass ihre Tochter sie in Schwierigkeiten brachte. Sie hatten keine Haftpflichtversicherung und kaum genug Geld, um jeden Monat die Miete zu bezahlen.

„Nein", sagte Julian mit fester Stimme. „Susanna, lass uns das nicht im Flur klären!"

„Nein, nein ...", antwortete Susanna erschrocken und gab die Tür frei. „Ich bitte, die Unordnung zu entschuldigen ... ich war gerade am Aufräumen."

„Damit kann ich leben", sagte die Braun und ging an ihr vorbei. Auf die vielen Schuhe im Flur reagierte sie nicht. Die meisten davon gefielen Susanna nicht mehr, waren abgetragen oder einfach nur alt. Erinnerungen, die sie nicht aufgeben wollte.

Der Anwalt, Julian und Sophie folgten. Das Kind sah Susanna nicht an. Sie ging weniger, als dass Julian sie trug.

Susanna schloss die Tür. Ihre Hände zitterten. Sie folgte dem Tross in die Wohnküche. Die Couch, auf der sie jede Nacht schlief, war noch aufgeklappt. Das Bettzeug lag zur Hälfte auf dem Boden. Der Fernseher lief. Die zeigten gerade die hundertste Wiederholung von Richters legendärem Sprung von der Fleher Brücke in den Rhein. Ein Sprung, bei dem nichts zu sehen war. Angeblich sprang er dabei in eine andere Zeit, was sie für ausgemachten Blödsinn hielt.

„Sophie?", fragte Susanna und wollte ihrer Tochter näherkommen, die allerdings nur ängstlich zurückschreckte.

„Susanna, lass es!" Julian, mit 1,90 Meter der Größte im Raum, baute sich wie eine Wand vor ihr auf.

„Fangen Sie an oder soll ich?", fragte der Anwalt. Die Frage galt der Braun, die sich in der Wohnung umsah.

„Das mache ich", erklärte die Mitarbeiterin des Jugendamts. Susanna hatte keine Ahnung, was ihr blühte, aber wegen eines gestohlenen Schminktäschchens waren die nicht hier.

„Was wollen Sie von mir?", fragte Susanna, die sich hinsetzte. „Was ist mit Sophie passiert? Wo war sie letzte Nacht?"

„Deine Tochter war bei uns", antwortete Julian bissig. „Bereits seit drei Tagen. Hast du überhaupt bemerkt, dass sie weg ist?"

„Herr Kemmerer, bitte." Die Braun pfiff ihn zurück. Sophie schluchzte lauter.

„Entschuldigung ... ich bin ruhig." Er wandte sich Sophie zu, die ihn fest umklammerte.

„Frau Monroe, ich mache mir immer gerne selbst ein Bild, bevor ich handle."

„Frau Braun, bei allem gebührenden Respekt. Die Sachlage und die von Frau Monroe gezeigte Reaktion sprechen doch wohl für sich", warf der Anwalt dazwischen, den Susanna schon nach seinen ersten drei Worten nicht leiden konnte. So ein arroganter Fatzke!

„Herr Wassili, Sie vertreten Sophie Monroe. Ich habe Ihnen ausnahmsweise erlaubt, dem Gespräch beizuwohnen. Bitte greifen Sie nicht den Dingen vor."

„Ich verstehe nicht ..." Susanna glaubte gerade, Gast in ihrem eigenen Leben zu sein.

„Frau Monroe, es geht um Sophie. Ihre Tochter ist, unterstützt von Herrn Wassili, auf das Jugendamt zugekommen, um nicht mehr unter Ihrer Obhut leben zu müssen."

„Das ist doch ein Scherz, oder?" Susanna sah Sophie an, die ihre Augen nicht vom Boden löste. „Sophie, jetzt sag du doch auch was dazu!"

„Sie muss nichts sagen ... richten Sie Ihre Fragen an mich." Wassili, dieser russische Bastard, stichelte weiter.

„Herr Wassili, bitte ... das wird sie." Die Braun sah zu Susanna. „Frau Monroe, ein Gericht wird über das Sorgerecht für Sophie entscheiden. Das ist weder meine noch Herrn Wassilis Aufgabe. Als Vertreterin des Jugendamts habe ich heute zu beurteilen, ob dem Kind bis zu einer richterlichen Entscheidung der Aufenthalt in Ihrer gemeinsamen Wohnung zugemutet werden kann."

„Was soll denn an der Wohnung nicht in Ordnung sein?", fragte Susanna erbost. Nur weil sie kein Geld hatte, um eine Luxusbleibe zu finanzieren, war sie doch keine schlechte Mutter!

„Verstehen Sie mich nicht falsch. In Ihrem Zuhause sehe ich nicht das Problem."

„Aber?"

„Es geht um Sie."

„Um mich?"

„Ihnen war nicht aufgefallen, dass Ihre Tochter bereits seit drei Tagen nicht zu Hause geschlafen hat."

„Ich habe im Moment viel Arbeit." Susanna fühlte sich an die Wand gedrückt. „Ich bin freie Journalistin ... die Branche ist kein Zuckerschlecken."

„Sie machen es mir einfach."

„Bitte?", fragte Susanna verwirrt.

„Frau Monroe, ich sehe nicht, dass es Sophie zuzumuten ist, länger als nötig bei Ihnen zu leben. Als Mitarbeiter des Jugendamts wägen wir zum Wohle des Kindes sehr sorgsam alle verfügbaren Optionen ab. Der Aufenthalt in Kinderheimen ist nicht immer die beste Wahl, doch leider sind qualifizierte Pflegefamilien rar."

„Sie kann bei uns leben!", sagte Julian. „Meine Tochter Rabea ist ihre beste Freundin. Wir haben ein großes Zimmer frei. Es geht auch nicht ums Geld, ich werde für Sophie sorgen."

„Danke für das Stichwort. Herr Kemmerer hat sich bereit erklärt, Sophie bis zur gerichtlichen Klärung des Sorgerechtsfalls zu beherbergen. Ich habe mit ihm gesprochen und mich über die Unterbringung informiert. Ihrer Tochter wird es gut gehen."

„Willst du das wirklich?" Susanna versuchte erneut, eine Antwort von Sophie zu bekommen.

„Ja, das möchte sie", erklärte der Anwalt.

„Ich habe auch mit Sophie gesprochen und mit Herrn Wassili, den Herr Kemmerer für die Belange Ihrer Tochter beauftragt hat. Ich konnte mich versichern, dass Sophie bei der Familie ihrer Freundin Rabea leben möchte."

„Kann sie mir das nicht ins Gesicht sagen?" Jetzt fing Susanna an, zu weinen. „Sie ist mein Kind!"

„Das muss sie nicht!", antwortete der Anwalt. „Sie hat Angst vor ihrer Mutter."

„Sophie steht es frei, zu sprechen. Sie hat darum gebeten, uns bei dem Gespräch zu begleiten. Ich habe ihr zuvor davon abgeraten, respektiere aber ihren Wunsch, hier zu sein. Ich halte Sophie für eine mutige junge Frau."

„Warum?" Susanna glaubte, dass sich unter ihr ein dunkles Loch auftat.

„Das Gericht wird diese Frage erörtern. Es gibt ausreichende Hinweise auf Vernachlässigung und häusliche Gewalt. Ich sehe mich zum Handeln gezwungen. Frau Monroe, das Jugendamt übernimmt die Obhut über Sophie. Sie wird ihrem Wunsch entsprechend vorläufig bei Familie Kemmerer leben."

*

Susanna war alleine. Sophie, Julian Kemmerer, der dämliche Anwalt und diese Furie vom Jugendamt hatten ihre Wohnung wieder verlassen. Der Nachrichtensprecher, der über das Wetter berichtete, war der Einzige, den sie hörte. Angeblich sollte das Tiefdruckgebiet abziehen.

Sie saß auf dem Stuhl, starrte wie eine Leiche auf den Bildschirm des verbliebenen Notebooks, unfähig, auch nur eine weitere Zeile zu schreiben.

... in unmittelbarer Nähe des Rheins zwei Fahrräder gestohlen.

Weiter war sie nicht gekommen. Kein Arsch interessierte sich dafür, ob in Himmelgeist irgendein besoffener Penner ein altes Damenrad geklaut hatte. Auch sie interessierte sich nicht dafür.

Susanna klappte das Notebook zu. Sie fühlte sich leer. Ausgelaugt. Die Artikel, die sie zu schreiben hatte, waren lächerlich. Eine lächerliche, belanglose Scheiße, mit der jeden Tag Tausende Tonnen Papier bedruckt wurden. Die Digitalisierung machte diesen Missstand keinen Deut besser.

Über die großen Geschichten in Deutschland berichteten andere. Sie standen im Rampenlicht, glänzten und wurden bewundert. Susanna gehörte nicht dazu.

Sie bräuchte jemanden, der ihr unter der Hand einen richtigen Knüller zusteckte. Eine Geschichte, über die nur sie berichten würde. Dann würde sie ganz groß rauskommen. Das Potenzial dazu hatte sie. Sie würde nur auf den richtigen Moment warten müssen.

„So eine Frechheit!" Susanna erinnerte sich daran, wie die Braun und Wassili sie behandelt hatten. Das war eine bodenlose Unverschämtheit gewesen. Sie war doch keine Gewaltverbrecherin! Sie biss die Zähne zusammen. Als ob sie ihrer Kleinen jemals etwas antun würde.

XXXVII. Zeitfaktor

Die Luft schmeckt nach 2018, dachte Patrick, als er aufwachte. Sie roch vertraut, wie die in seiner Wohnung. Beinahe friedlich. Noch traute er sich nicht, die Augen zu öffnen, einige Augenblicke wollte er noch diese Illusion genießen.

Dann setzte er sich auf und hob die Lider. Tatsächlich – es war seine Wohnung, es war sein Bett. Einmal mehr wünschte er sich, dass all die unglaublichen Zeitreisen des Patrick Richter nur ein Traum gewesen waren, doch jedes Mal hatte die Realität ihn jäh eingeholt. So auch diesmal.

„Wir haben den 12. Februar 2018, 8:08 Uhr", verkündete Siggi, als hätte er soeben diesen Tag erfunden.

„Ich bin auf der Wiese im Park eingeschlafen?" Eine ziemlich dämliche Frage. Siggi war zu konsumentenfreundlich, um darauf zu reagieren.

„Ich habe mir erlaubt, nach Veränderungen der jetzigen Realität zu forschen. Schließlich haben wir in 2014 einige signifikante Schalter bewegt."

Plötzlich war Patrick hellwach. „Was hast du herausgefunden?"

„Erst einmal wenig. Der Name Texel steht für eine holländische Insel, sonst nichts. Doch es gibt im Netz Berichte über einen gewissen Peter Lapidis."

„Von wann sind die?" Es war alles nur eine Frage der Zeit.

„Aus dem Jahr 2014. Vom 11. bis 14. Juli 2014. Ich habe drei Beiträge gefunden, von denen zwei den Text des ersten übernommen haben."

„Zeig her." Patrick nahm das K11 und las: *In nur drei Tagen verdiente der neunundvierzigjährige Peter Lapidis mit einem Startkapital von 70.000 Euro über vier Millionen Euro an der Börse. Hierbei setzte er vornehmlich auf Optionsscheine, die den DAX abbildeten. Am vierten Tag investierte er das gewonnene Geld inklusive etwa vierzehn Millionen Fremdkapital in hebelstarke Put-Optionen. Offensichtlich rechnete er mit stark sinkenden Kursen. Der Markt entwickelte sich entgegengesetzt, sodass die Optionen aufgrund der maximal kurzen Laufzeit nahezu ihren kompletten Wert einbüßten. Am Mittwoch, den 09.07.2014 wurde Lapidis tot in seiner Wohnung aufgefunden. Die Obduktion hat ergeben, dass er an einer Zyankali-Vergiftung starb. Ob er die Kapsel aus freien Stücken eingenommen hat, bleibt ungeklärt. Wahrscheinlicher ist, dass die italienischen Fremdkapitalgeber nach dem Verlust ihrer Einlagen beim Verzehr nachgeholfen haben, obgleich, laut Bericht der Staatsanwaltschaft, am Leichnam keine Spuren von Gewalteinwirkung festzustellen waren.*

Ein Pfiff ging Patrick durch die Zähne. Ursprünglich hatte er den Mistkerl in der Vergangenheit lediglich finanziell ruinieren wollen! Nun hatte er sich durch seine Unersättlichkeit selbst aus dem Weg geräumt. Das änderte einiges: Ein toter Texel konnte Susanna Monroe nicht mehr auf ihn angesetzt haben. Und damit dürfte es auch ihre steile Medienkarriere nie gegeben haben. „Was ist mit Sophie?", flüsterte er heiser. Nur sie war wichtig. Er spürte seinen Herzschlag.

„Sie wurde nie in die Privatklinik in Köln-Hürth eingeliefert. Ihr sollte es gut gehen. Susanna Monroe ist ein unbeschriebenes Blatt, sie arbeitet als Journalistin in Düsseldorf, meist lokale Nachrichten."

Willkommen Glücksgefühl, dachte Patrick. Es strömte in vollen Zügen in ihn hinein. Seit vielen Tagen hatte er sich nicht mehr so gut gefühlt. Er hätte Siggi geknutscht, wenn es nicht so dämlich aussehen würde. Ach, pfeif drauf! Er küsste das K11.

„Ähm ... ich werte dies als Ausdruck deiner Freude. Nun gut, ich habe noch mehr zu Sophie. Es gibt widersprüchliche Aussagen zu ihrem Wohnort. Mal lebt sie bei ihrer Mutter, mal bei einer Familie namens Kemmerer."

„Hm. Nie gehört den Namen. Aber Hauptsache, sie lebt."

„Sie geht in die neunte Klasse des Humboldt-Gymnasiums. Auf der Klassenliste finde ich auch den Namen Kemmerer. Rabea Kemmerer."

Ergriffen schloss Patrick die Augen. So viele gute Nachrichten auf einmal. Offensichtlich waren sie füreinander da gewesen. Er glaubte nicht, dass er durch sein Auftauchen auf dem Schulhof wirklich etwas bewirkt hatte, dennoch war er froh, es getan zu haben. Im Grunde wusste er nicht einmal, ob Sophie ihn später suchen würde, wie sie es schon getan hatte. Schließlich war er vom Radar ihrer Mutter verschwunden. Dementgegen müssten ihr spätestens in 2029 einige Berichte über diesen merkwürdigen Patrick Richter auffallen. Wie auch immer, er würde sie behüten, ihr helfen, ihr Geheimnis zu bewahren. Patrick wusste als einziger Mensch, dass Sophie eine Zeitreisende war – eine Zeitreisende werden würde – was sie selbst noch nicht ahnen konnte.

„Was ist mit Stan Wilson?", fragte er.

Siggi machte es spannend. Es dauerte etwa fünf Minuten, bis er loslegte: *„Ich musste erst den Hochsicherheitsserver des FBI hacken. Wilson ist nach wie vor FBI-Agent. Er lebt mit seiner Frau in Düsseldorf. Seine Tochter Laura kam bei einem Segeltörn ums Leben."*

Warum hätte sich daran auch etwas ändern sollen, überlegte Patrick.

Er hoffte, dass es Wilson gut ging – jedenfalls hatte er mit Iris eine tolle Frau.

„Und Carsten Grünfeld? Du hast gesagt, du hast ihn angerufen."

„Korrekt. Doch in der jetzigen Realität hat Stan das Handy nicht gestohlen und daher Carsten Grünfeld nicht involviert. Dein pensionierter Freund weiß also nichts von der Geschichte."

„Aber er war sofort bereit, mir zu helfen."

„Ja, das hat er getan. Ein erstaunlicher Konsument. Er weiß über dich Bescheid."

„Wie bitte? Ich glaube, ich sollte mit ihm sprechen. Ich denke, er ist jemand, der mich so nimmt, wie ich bin und kein Kapital aus meiner Zeitinstabilität schlagen möchte."

Siggi schwieg dazu.

„Grünfeld", meldete sich auf einmal eine Stimme aus dem Handy.

Dieser verdammte learning mode der KI.

„Hier ist Patrick Richter. Ich … ich möchte mich bedanken."

Der Herr am anderen Ende der Leitung räusperte sich, bevor er seine Stimme fand. *„Hallo Patrick. Wofür bedanken?"*

„Dass Sie mir glauben. Und dass Sie mir geholfen haben."

„Ich habe seit Tagen nichts getan, außer meinen alten Porsche poliert."

„Ja, äh … in einer anderen Realität haben Sie es getan."

„Junge, sehen Sie es mir nach, wenn ich Sie so nenne, aber Sie könnten mein Sohn sein."

„So wie ihr Sohn Benedikt?"

„Ja, genau. Woher wissen Sie von ihm?"

„Er hat mir das Handy zugespielt."

„Ha! Niemals würde ich meinen Sohn da hineinziehen. Wovon redest du?"

„Ich kenne Sie besser als Sie sich selbst. Ich weiß, was Sie zu tun bereit sind, wenn es die Situation erfordert. Und Sie waren für mich da. Danke dafür", sagte Patrick freundlich.

„Ich weiß, was Sie für mich getan haben. Stan hat mir die Daten aus diesem Teufelshandy überspielt. 2015 hätte um ein Haar stattgefunden. Dieser ganze Mist am Düsseldorfer Flughafen. Die vielen Toten. Schrecklich. Und das blieb uns erspart."

„Es war nicht einfach, Ihre feine Kollegin Marion Fischer davon zu überzeugen."

„Bis Sie in ihre Kladde geschrieben haben. Ein kluger Schachzug." Grünfeld lachte sympathisch.

„Einer meiner vielen klugen Schachzüge. Der allerklügste war, in der Wuppertaler Notrufzentrale anzurufen und vor dem Anschlag in New York zu warnen."

Grünfeld gluckste. *„Ja, ein echter Klassiker. Das würde ich bei der nächsten Gelegenheit unterlassen."* Dann wurde er ernst. *„Ich kann mir vorstellen, dass es für Sie nicht einfach ist, mit dieser ... Begabung leben zu müssen."*

„Solange ich mich nicht fürchterlich aufregen muss, ist alles gut."

„Dann werde ich nichts tun, was Sie ärgert. Ich habe lange nachgedacht. Sind wir uns nicht schon vorher begegnet?"

„Nicht dass ich wüsste."

„Die besten Freunde kommen ungebeten."

„Das haben Sie beim Verhör im Polizeipräsidium gesagt." Patrick wollte nicht über den Zwischenfall beim Flughafenbrand von 1996 reden.

„Na gut." Grünfeld überlegte laut: *„Ich habe im Moment viel Zeit. Wir könnten in den nächsten Tagen mal einen Kaffee zusammen trinken."*

„Zeit ist relativ, glauben Sie mir. Aber die Idee ist hervorragend. Ich bringe mein Teufelshandy mit. Es mag Sie, nachdem Sie mit ihm schon erfolgreich zusammengearbeitet haben."

Grünfeld stöhnte. *„Ich glaube, wenn man sich mit Ihnen abgibt, führt die Realität die Vorstellungskraft ad absurdum."*

„Welche Realität?", fragte Patrick in unschuldigem Ton.

„Nehmen wir zur Abwechslung die aktuelle."

Patrick hörte den alten Polizisten am Telefon grinsen.

„Einverstanden."

„Ich rufe Sie an. Und bitte ... in der Zwischenzeit nicht aufregen."

„Ich gebe mir Mühe."

„Wenn ich etwas für Sie tun kann, rufen Sie an."

„Wenn nicht ich, dann wird dies mein Handy übernehmen."

„Wir sehen uns."

Patrick beendete das Gespräch. „Siggi, du sollst doch nicht einfach so Leute anrufen."

„Ich werde diesen Vorschlag als Ticket-Nummer fünfundzwanzig an meinen genialen Entwickler Dr. Pukiyama Kakuzo weiterleiten."

Patrick grinste sein Smartphone an. Manchmal machte Siggi es sich sehr einfach.

Er dachte an Sophie. An das blonde Mädchen, das in 2029 die Frau sein würde, in die er sich verliebt hatte. Ihm war, als würde er sie schon lange kennen. Ob sie ihn auch liebte ... oder lieben wird? Ein unfassbares Gefühl, Sophie so nah und doch so weit weg zu spüren. Doch dieses Schicksal musste er akzeptieren. Die Zeit war nicht sein Feind. Die Zeit würde sie zusammenführen, dessen war er sich sicher.

Band 3

Die Zukunft ist
INSTABIL
Schnee von gestern